AL RESCATE DE LA DAMA

MARY JO PUTNEY

AL RESCATE DE LA DAMA

Titania Editores
ARGENTINA — CHILE — COLOMBIA — ESPAÑA
ESTADOS UNIDOS — MÉXICO — PERÚ — URUGUAY — VENEZUELA

Título original: *Sometimes a Rogue*
Editor original: Kensington Publishing Corp., New York
Traducción: Elisa Mesa Fernández

1.ª edición Febrero 2014

ISBN: 978-84-92916-59-7
E-ISBN: 978-84-9944-682-0
Depósito legal: B-1.192-2014

Fotocomposición: Ediciones Urano, S.A.
Impreso por: Romanyà-Valls, S.A. — Verdaguer, 1 — 08786 Capellades
(Barcelona)

Impreso en España — *Printed in Spain*

Para las Word Wenches:

*Camaradas de blog,
increíbles escritoras
y buenas amigas.*

Agradecimientos

Gracias a Eric Hare por la información que me dio sobre la navegación y las yolas, ¡sin la que habría estado a la deriva!

Si hay errores, son sólo míos.

Capítulo 1

¿Qué se hace con una duquesa embarazada,
Qué se hace con una duquesa embarazada,
¿Qué se hace con una duquesa embarazada?
¡Por la mañaaaana!

Sarah Clarke-Townsend gritaba la canción a los cuatro vientos mientras conducía el coche de dos caballos hacia un camino verde que se alejaba de Ralston Abbey. Mientras cogía aire para comenzar otro verso, su hermana gemela Mariah, embarazada y duquesa de Ashton, se echó a reír y se llevó una mano al abdomen.

—¿Has compuesto tú esa canción, Sarah?

Sarah sonrió. El sol estaba saliendo y ella llevaba un vestido de color amarillo narciso en honor a aquel glorioso día de primavera.

—He cambiado la letra de una canción de marineros que oí una vez. La original pregunta qué se puede hacer con un marinero borracho.

—Un marinero borracho estaría más elegante que yo en este momento —afirmó Mariah con remordimiento mientras se echaba hacia atrás el cabello dorado que era exactamente del mismo tono que el de Sarah—. ¡No me hagas reír así, o tendré al bebé aquí mismo!

—¡No hagas eso! —contestó Sarah, alarmada—. Ya es bastante malo que me haya dejado convencer para que te lleve a dar un paseo en coche al alba. A todos en Ralston Abbey les dará un ataque cuando se enteren de que incluso Murphy nos está siguiendo a una distancia prudente.

—Por eso quería salir —dijo Mariah con exasperación—. ¡Estoy tan inquieta! Me duele la espalda y tengo los nervios de punta porque todos se preocupan por mí como si estuviera hecha de porcelana. ¡Me estoy volviendo loca!

Ésa era la razón por la que la duquesa de Ashton se había vestido y había atravesado los oscuros pasillos de puntillas para llamar a la puerta de Sarah y rogarle que la llevara a dar un paseo matutino por la finca.

—Es el precio que tienes que pagar por tener un marido que te adora —dijo Sarah con despreocupación para ocultar los celos que sentía.

No envidiaba a su hermana por tener un marido maravilloso; Mariah había padecido una infancia bastante irregular y merecía ser feliz. Pero Sarah se arrepentía de haber perdido la oportunidad de conseguir esa felicidad.

—¡Es verdad, y me siento muy agradecida! —Mariah hizo una mueca—. ¡Ay, este diablillo me está dando patadas! Adam está siendo un santo con mis cambios de humor. Yo nunca había estado tan irascible.

—El bebé pronto nacerá y volverás a ser la serena y risueña duquesa dorada.

Sarah usó una mano para subir un poco más la suave manta de lana del coche. Su hermana y ella llevaban ropa de abrigo y habían echado la capota del vehículo para impedir que entrara el viento, pero el aire de la mañana aún era frío.

—Espero que tengas razón —dijo Mariah, dudosa—. He estado sintiendo una… una nube cerniéndose sobre mí. Como si fuera a ocurrir algo espantoso.

Sarah frunció el ceño, pero enseguida suavizó la expresión.

—Es normal, sobre todo con el primer hijo. Sin embargo, las mujeres llevan haciendo esto desde tiempos inmemoriales, y estoy segura de que te las arreglarás muy bien, con tu eficacia de siempre. Mamá no es mucho más alta que nosotras y tuvo gemelas sin ningún problema.

—Eso dice ahora, pero puede que sólo esté intentando animarme. —Mariah sonrió, mostrando uno de sus rápidos cambios de humor—. Estoy deseando ser una madre calmada y sensata mientras tú te comportas de forma incontroladamente cambiante con tu primer hijo. Y no me vengas con esas tonterías de que estás condenada a ser una solterona. La mitad de los amigos de Adam se casarían contigo inmediatamente si simplemente les sonrieras.

Sarah puso los ojos en blanco.

—No seas tonta. No siento ningún deseo de ser una imitación de la duquesa dorada. —Hizo que el par de caballos castaños aminorara el paso cuando se aproximaron a un cruce—. No conozco bien la finca. ¿Por dónde tenemos que ir?

—Coge el camino de la derecha —dijo su hermana—. Lleva a una iglesia abandonada sobre la colina más alta de la propiedad. Es muy, muy antigua y no está muy bien situada, así que terminó abandonada cuando la población de Ralston se extendió por el valle. —Mariah parecía nostálgica—. A Adam y a mí nos encantaba cabalgar hasta allá arriba cuando yo no parecía una vaca sobrealimentada. Te miro para recordar cómo solía ser.

—Y volverás a serlo. Madre dice que, aunque tuvo gemelas, recuperó la figura con mucha rapidez, así que llevamos en la sangre el ser hermosas.

—Espero que tenga razón. —Mariah le apretó una mano a Sarah—. ¡Me alegro tanto de que estés aquí! Me arrepiento de todos los años que hemos pasado separadas.

—Tenemos muchos años por delante para convertirnos en unas brujas chismosas —le aseguró Sarah.

El camino ascendía. Cuando el coche ya se acercaba a la cima de la colina, tomaron una curva y frente a ellas apareció una sencilla iglesia de piedra.

—¡Es maravillosa! —exclamó Sarah mientras se aproximaban a la estructura—. Parece sajona. Tendrá entonces más de mil años. Está muy bien conservada.

—Adam se encarga de su mantenimiento. En invierno, cuando no hay mucho trabajo en el campo, se hace un proyecto para que los peones sigan trabajando. —Mariah frunció el ceño y se frotó el enorme y abultado vientre—. Incluso han limpiado la cripta y han hecho bancos de roble. Cuando haya reparado toda la iglesia, tendrá que buscar alguna otra cosa que restaurar.

El viento era penetrante en la colina desprotegida. Al recordar que estaban en primavera, y no en verano, Sarah dijo:

—¿Volvemos ya? No podemos permitir que te resfríes. Con un poco de suerte, estaremos de vuelta antes de que todos se hayan despertado y se hayan dado cuenta de que te has escapado.

Mariah empezó a responder, pero entonces jadeó y se dobló sobre sí misma, abrazándose el vientre.

—¡Oh, Dios, creo que el bebé quiere venir ahora mismo!

A Sarah se le paró el corazón y detuvo el carruaje.

—¡Oh, por favor, no! ¡Espera a que lleguemos! Será menos de media hora.

—Yo… ¡No puedo! —Mariah se aferró al borde del carruaje, con sus ojos castaños bien abiertos por el pánico—. Julia me explicó todo el proceso y me dijo que a veces el parto es rápido y, otras, lento, y que el mío probablemente sería lento, porque es el primero.

—Pero, como eres impaciente, has decidido tener a este bebé enseguida.

Aunque Sarah intentaba mantener un tono de voz despreocupado, estaba aterrada. Ató las riendas y saltó al suelo para ayudar a Mariah a descender. La sangre y otros fluidos manchaban la parte trasera de las faldas de su hermana. ¿Qué tenía que hacer? *¿Qué tenía que hacer?*

El mozo de cuadra. Murphy había tomado la curva y ya podía verlas, así que agitó la mano libre frenéticamente.

Murphy espoleó a su caballo para cabalgar al galope y llegó a su lado en unos segundos.

—¿Qué ocurre, señorita?

—¡El bebé va a nacer! —dijo Sarah secamente.

Durante un brevísimo instante, la cara de Murphy reflejó el horror que la mayoría de los hombres sienten cuando tienen que enfrentarse a un parto, pero él había sido soldado. Sólo le llevó un instante recomponerse y preguntar:

—¿Llevo a la duquesa de vuelta a la casa en mi caballo? Ésa sería la manera más rápida de llegar.

—¡No! —Mariah se incorporó. Tenía la cara desencajada—. Necesito una… manera más lenta. Y… Oh, Dios, ¡necesito a Adam!

Para una embarazada sería peligroso ir en el arzón, y el coche era demasiado pequeño para que se pudiera tumbar en él. ¿Qué sería lo mejor? Pensando a toda velocidad, dijo:

—La llevaré a la iglesia y la pondré cómoda. Trae a Ashton y un carro grande con un montón de relleno… paja, plumas y cosas así. Y trae a lady Julia, que es la comadrona de la duquesa.

—Sí, señorita.

Murphy le dio la vuelta a su montura y se fue a toda velocidad.

—¿Puedes andar? —le preguntó Sarah a su hermana, intentando parecer tranquila.

—Eso… Eso creo. —Mariah cerró los ojos por un momento, mientras recobraba la compostura—. Las contracciones han pasado por ahora. Ayúdame a entrar para que pueda tumbarme.

Con la mano libre, Sarah cogió las mantas del carruaje y llevó a su hermana a la vieja construcción de piedra. La puerta, como el tejado, parecía nueva y se abrió fácilmente.

Dentro, una docena de bancos miraban hacia el presbiterio, que estaba un escalón por encima de la nave y tenía un sencillo altar de piedra. Al otro lado de la nave, una entrada arqueada daba paso a una pequeña estancia, probablemente la capilla de la Virgen. Las pequeñas ventanas arqueadas hacían que el interior estuviera sombrío y, como no había cristales, la iglesia estaba fría. Pero, al menos, se encontraban resguardadas del viento.

—Voy a usar la ropa del carruaje para hacerte un camastro en el estrado —dijo Sarah.

Mariah asintió en silencio. Entoncés dobló una manta por la mitad para hacer más blando el frío suelo de piedra y después ayudó a su hermana a tumbarse. Cuando la estaba tapando con la otra manta, Mariah gritó; otra contracción desestabilizó su frágil figura.

Ocultando su miedo, Sarah agarró la mano cerrada de su hermana.

—Qué pequeño tan impaciente —dijo con toda la calma que pudo—. Pero el parto lleva su tiempo. Adam y Julia estarán aquí antes de que te des cuenta.

—Tardarán casi una hora en venir hasta aquí. —Mariah cerró los ojos—. Estaba pálida y tenía el rostro sudoroso. —¡Nunca debería haberte convencido para que me llevaras de paseo! Si no lo… consigo, por favor, cuida de Adam y del bebé.

—No seas tan macabra —dijo Sarah, esforzándose por parecer tranquila—. Todo va bien, excepto que el niño ha elegido un momento y un lugar de lo más inoportunos para nacer. ¡Piensa que vas a dar a luz al siguiente duque de Ashton en una carreta de heno! Así podrá alardear de algo entre sus compañeros de la escuela.

Mariah hizo una mueca.

—Una prueba más de que no soy una verdadera duquesa. Si lo fuera, me habría quedado en casa para tener al niño en mi propia cama.

—Ya que un duque de verdad insistió en casarse contigo, creo que estás más que cualificada. —Sarah le apartó a su hermana el húmedo cabello dorado de la frente. Siempre le había parecido extraño que Mariah y ella se parecieran tanto y que fueran tan diferentes en muchos aspectos—. Aguanta, querida. Adam y Julia llegarán enseguida con una cómoda carreta de heno, y a mediodía estarás de nuevo en tu cama. Todo esto será sólo un mal sueño.

—Espero que tengas razón. —Apretó la mano de Sarah con la suficiente fuerza como para hacerle un moretón—. ¡Maldición, otra contracción!

Sarah agarró la mano de su hermana, deseando poder hacer más.

Las contracciones eran tan frecuentes que el bebé nacería en cualquier momento. Aunque ya era demasiado tarde, recordó que lady Julia, una comadrona experimentada y la mejor amiga de Mariah, había dicho en una ocasión que a menudo las mujeres estaban inquietas y llenas de energía justo antes de dar a luz. Exactamente lo que le había ocurrido a Mariah.

Por las ventanas abiertas oyeron el sonido de ruedas y de cascos de caballos.

—¡Ya están aquí! —exclamó Sarah con evidente alivio—. Han llegado muy rápido. Iré fuera para recibirlos. Adam debe de estar frenético.

Se levantó y se dirigió a la puerta, pero se detuvo en seco al oír voces extrañas en el exterior. No se trataba de Adam, Murphy o el comandante Alex Randall, el marido de Julia, sino que era una voz ronca y de alguien sin educación.

—Vaya jodido golpe de suerte que nos ha dejado ese mozo de cuadra —dijo el tipo con presunción—. Parecía tener problemas. Ahora que se ha ido, podemos secuestrar a la jodida duquesa embarazada sin tener que matar a nadie.

Capítulo 2

*H*orrorizada, Sarah se preguntó si estaba teniendo alucinaciones. Pero seguía oyendo voces. Otro hombre refunfuñó:

—No me gusta secuestrar a una mujer embarazada, Flannery. Tendremos que viajar rápido para escapar y, si tiene que trajinar mucho, eso podría matarla.

—Si se muere, que se muera, Curran. Iremos muy deprisa si conduzco yo —dijo un tercer hombre—. A lo mejor podemos llevarnos el coche de la duquesa y sus dos buenos caballos.

Por Dios santo, ¿por qué querrían secuestrar a Mariah?

La respuesta era evidente: estaba casada con uno de los hombres más ricos de Gran Bretaña. Adam pagaría cualquier precio por que su mujer y su hijo recién nacido regresaran a casa sanos y salvos... y después mataría a los secuestradores con sus propias manos.

Mientras los hombres admiraban los caballos de Adam, Sarah se quedó paralizada por el miedo. Sacar a Mariah a rastras de allí estando de parto probablemente la mataría. Sin embargo, ¿qué podrían hacer ellas dos contra tres o más hombres? La colina estaba despejada y cubierta de hierba, así que, aunque escaparan, las verían enseguida.

Tuvo una idea. Era descabellada, pero no se le ocurría nada más. Se volvió y corrió de nuevo hacia su hermana.

—¡Ahí fuera hay varios hombres de aspecto rudo que están planeando secuestrarte! Debes esconderte y yo los convenceré de que soy tú.

—Santo Dios, ¿secuestradores? —Mariah abrió mucho los ojos. Cuando asimiló las palabras de Sarah, exclamó—: ¡Si te haces pasar por mí, te secuestrarán a ti!

—Si nos encuentran a las dos, me llevarán contigo o me matarán porque soy una testigo —contestó Sarah gravemente—. Debemos convencerlos de que estoy sola y de que soy la duquesa. Puede que no sepan que tienes una gemela idéntica y, con la capota del carruaje subida, probablemente no hayan visto que éramos dos. Tienes que esconderte, y recemos para que crean que soy tú. ¡Date prisa, no hay tiempo que perder!

Agarró a su hermana de la mano y la ayudó a ponerse en pie con dificultad.

—Deberías ser tú quien se escondiera —dijo Mariah, moviéndose de manera insegura—. Es a mí a quien quieren, a ti no te buscarán.

—¡No seas idiota! —le espetó Sarah mientras recorría con la mirada la pequeña y sencilla iglesia. En el altar no había mucho sitio donde esconderse, y tampoco en los bancos—. Si no piensas en tu seguridad, piensa en la del bebé. ¡No puedes poner en peligro a tu hijo!

Mariah se puso pálida y se pasó una mano temblorosa por el abultado vientre.

—Tienes… Tienes razón. Pero, por favor, si te llevan con ellos, ¡ten cuidado! Aunque Adam enviará hombres a rescatarte, no los esperes si tienes oportunidad de escapar.

—No te preocupes por mí. —Sabía que se les estaba agotando el tiempo y dijo—: Antes mencionaste una cripta. ¿Dónde está?

—En la capilla de la Virgen.

Sarah recogió del suelo las mantas del carruaje y se dirigieron a la capilla. Cuando entraron en la pequeña estancia, miró a su alrededor y no vio nada.

Mariah señaló con el dedo.

—Allí. Detrás del altar.

La entrada a la cripta era una simple trampilla de madera, no visible a menos que se rodeara el altar. Sarah levantó la trampilla y vio un tramo de escalones que se perdían en la húmeda oscuridad. Se encogió de miedo y pensó que parecía la entrada al infierno.

—¿Podrás soportar estar ahí abajo?

—No tengo elección, ¿no crees? —Mariah empezó a bajar, apoyándose con fuerza en la barandilla de madera—. He estado aquí con Adam. Por lo menos, han sacado los huesos y los han enterrado fuera.

Sarah se estremeció ante la idea de esconderse en la cripta si no la hubieran limpiado. ¡Gracias a Dios, ya no había huesos!

—¡Espera! —Mariah se detuvo a medio camino, se dejó caer en un escalón y se llevó una mano al vientre, como si la estuviera sacudiendo otra contracción. Luchando contra el dolor, se despojó de un guante y se quitó con dificultad su anillo de bodas—. Necesitarás esto.

Se tocaron las manos y se las sostuvieron por un momento al pasarse el anillo. Cuando Sarah miró a su hermana a los ojos, castaños igual que los suyos, reconoció en ellos la angustiosa certeza de que tal vez no volvieran a verse nunca más.

No podía permitirse pensar en eso. Soltó a Mariah y se puso la alianza en el dedo corazón de la mano izquierda. Ella no solía llevar anillos, así que se alegró de que su hermana hubiera pensado en eso.

Los hombres abrieron la puerta de la iglesia y entraron. Con el corazón latiéndole a toda velocidad, Sarah lanzó por la trampilla las mantas del carruaje.

—¡No hagas ruido! —le dijo en voz baja.

Mientras bajaba la trampilla en silencio, oyó que Mariah susurraba:

—Te quiero, Sarah. Ten cuidado.

Ella se incorporó y cerró los ojos por un momento para recuperar la calma y ponerse una máscara de arrogancia aristocrática. Si fracasaba en su imitación de duquesa, Mariah, el bebé y ella estarían condenados.

Oyó una voz en la nave que decía con indignación:

—¿Dónde demonios está?

Sarah era menuda, rubia y no podría haber asustado ni a una cesta llena de gatitos, pero había tenido tiempo de observar a las imponentes condesas y a las duquesas autoritarias. Recordándose que no era Sarah Clarke-Townsend sino Mariah, duquesa de Ashton, levantó la barbilla y salió a la nave.

—¿Se han perdido, caballeros? —preguntó con frialdad—. Esta capilla es privada.

Tres hombres de aspecto rudo la miraron como si no fuera lo que esperaban. El más moreno preguntó:

—¿Es usted la duquesa de Ashton?

—Sí que lo es, Flannery. Una vez la vi de lejos —comentó un hombre fornido.

Sarah sintió un gemido apenas audible procedente de la capilla de la Virgen. Alzó la voz para que los hombres no lo escucharan y dijo:

—Mi identidad no es asunto suyo. Esto me pertenece, no a ustedes. —Enarcó las cejas—. ¿Quiénes son? Aparte de intrusos, claro.

El hombre de la voz ronca dijo:

—Me habían dicho que la duquesa está embarazada.

—Los bebés nacen —replicó ella con frialdad—. Mi querido hijo vino pronto.

El moreno se rió escandalosamente.

—¡Así que su señoría se abrió de piernas para el duque antes de la boda! Demasiado para una dama.

—Es usted un descarado —replicó en un tono tan gélido que el hombre, inconscientemente, retrocedió un paso—. Por favor, márchense.

—¿Dónde está el bebé? —preguntó el ronco con mirada pícara—. Me gustaría tener la suerte del pequeñajo. ¿Lo ha traído aquí arriba para que tome un poco de aire fresco?

—Por supuesto que no. Está con su nodriza.

El tono de Sarah implicaba sutilmente que sólo las campesinas amamantarían ellas mismas a sus hijos.

Uno de los hombres soltó una palabrota.

—Hemos llegado tarde, Flannery.

—Entonces, ella tendrá que servir. —Flannery miró a Sarah con los ojos entornados—. Vamos, su señoría. La vamos a llevar de paseo.

Negándose a mostrar miedo, ella dijo:

—El título correcto es «Su Excelencia», y no tengo ningún deseo de ir con ustedes. Les sugiero que se marchen rápidamente; he enviado al mozo de cuadra a buscar a mi marido y a nuestros invitados para tomar un desayuno improvisado. Entre ellos hay varios militares. No sería nada sensato desafiarlos.

—Supongo que no —dijo Flannery con cierto remordimiento—. Pero, cuando lleguen, ya nos habremos marchado. Tendremos que dejar el coche y los caballos para que pierdan tiempo buscando por aquí. —Se inclinó hacia delante para coger a Sarah del brazo—. Mueva su bonito trasero, Su jodida Excelencia.

—¡No me toque! —exclamó con tal ferocidad que él dejó caer la mano.

El ronco maldijo y sacó un largo puñal de aspecto imponente.

—Entonces, muévase, o yo mismo la llevaré. ¡En trocitos, si eso es lo que quiere!

Aterrorizada al ver la hoja, Sarah se cerró la capa en torno a ella, levantó la cabeza y comenzó a andar hacia la puerta. Cuanto antes alejara a aquellos brutos de Mariah, mejor.

Y, después… Que Dios la ayudara.

Capítulo 3

*A*unque Ralston Abbey no era la ruta más corta para viajar de Glasgow a Londres, Rob Carmichael decidió hacer uso de la invitación abierta de Ashton y quedarse unos días en la residencia familiar. El duque siempre era una compañía agradable cuando estaba en la hacienda y, si se encontraba ausente, los sirvientes de Ralston Abbey sabían que él debía ser tratado como un invitado de honor. Ya que no se sentía muy sociable en esos momentos, casi esperaba que Ashton se encontrara en Londres.

Esa esperanza se vio hecha añicos cuando se acercó a la impresionante entrada de la casa, donde estaba teniendo lugar un pequeño desorden. Mientras espoleaba a su caballo para averiguar qué ocurría, todo ese movimiento y ruido resultó ser una simple carreta de heno rodeada de gente preocupada, algunas de esas personas a caballo.

Cuando llegó junto al grupo, un grito desgarrador hendió el aire de la mañana. El grito procedía de la mujer que se retorcía en la carreta, gruesamente acolchada con plumas.

¡Santo Dios, la duquesa de Ashton! Su marido estaba arrodillado a su lado y le agarraba una mano pequeña y con los nudillos blancos de tanto apretar mientras ella se revolvía, agónica. Rob se dio cuenta de que estaba de parto y, a juzgar por la sangre que empapaba el colchón de plumas, no iba nada bien.

Arrodillada al otro lado había una menuda mujer morena que también se encontraba en avanzado estado de gestación. Le decía palabras tranquilizadoras a la duquesa mientras los sirvientes y otras personas se arremolinaban alrededor de la carreta.

El mozo de cuadra principal de Ashton, Murphy, conducía la carreta. Rob y él eran viejos amigos, así que se acercó al asiento del conductor y preguntó en voz baja:

—¿Se puso de parto de repente, mientras la llevabas a la propiedad?

Murphy parecía descompuesto y tardó unos segundos en reconocer a Rob.

—Carmichael. Es mucho peor que eso. La duquesa y su hermana gemela estaban dando un paseo por la mañana cuando varios maleantes les dieron alcance. La hermana ocultó a la duquesa y se hizo pasar por Su Excelencia, así que esos bastardos se la llevaron. —Señaló con la cabeza hacia la carreta, detrás de él—. Además de estar de parto, la duquesa está angustiada por su hermana.

Qué valiente ha sido esa hermana para proteger así a la duquesa.

Rob miró hacia la carreta. Había conocido brevemente a Mariah, duquesa de Ashton, en mejores condiciones, cuando era una mujer encantadora, risueña y de cabello dorado que iluminaba una estancia con su mera presencia y que siempre tenía una sonrisa para todos.

Ahora tenía la cara roja y con rastros de lágrimas y jadeaba.

—¡Tienes que rescatar a Sarah, Adam! A cada minuto que pasa, esos brutos se alejan más y, si descubren que no soy yo…

Se le quebró la voz y se mordió el labio inferior al sentir otra contracción.

Ashton dijo dulcemente:

—Enviaré a varios hombres a buscarla en cuanto sea posible, pero ahora tengo que llevarte dentro para que Julia pueda hacerse cargo de ti adecuadamente.

Aunque hablaba con serenidad, sus ojos reflejaban el infierno que estaba sufriendo.

Dos sirvientes corpulentos que llevaban una camilla se acercaron a la carreta. Les daba órdenes un delgado hombre rubio que parecía tan tenso como Ashton. El comandante Alex Randall. Randall y Ashton habían sido compañeros de clase en la academia de Westerfield, mientras que él iba un curso por detrás. La escuela era pequeña, así que todos los estudiantes se conocían.

Con los labios apretados, Randall le dijo a su amigo:

—Pásamela.

Ashton pasó los brazos por debajo de su mujer y la levantó con cuidado, al borde de la carreta, hasta dejarla en brazos de Randall. Cuando éste se giró y la depositó en la camilla, Ashton saltó al suelo y volvió a cogerle la mano a su mujer.

Randall alargó los brazos hacia la mujer morena.

—Tienes una dura tarea por delante, mi amor.

Así que era lady Julia Randall, hija de un duque y comadrona experimentada. Se abrazó a su marido, con fuerza, pálida, cuando él la dejó en el suelo. Como se llevó una mano al vientre, él dijo con horror.

—Santo Dios, ¿tú también estás de parto?

—Es una falsa alarma —le aseguró, aunque tenía el rostro desencajado—. Pero manda llamar a la comadrona de la localidad que trabaja por aquí. Es muy buena y me puede ayudar con Mariah.

Randall asintió, a pesar de que parecía preocupado.

Rob exclamó:

—¡Ashton! Deduzco que necesitas mis servicios, ¿no es así?

Ashton levantó la mirada, confundido, y después aliviado.

—¡Divina intervención! No se me ocurre otro hombre a quien quisiera ver más que a ti, Rob. Sarah, la hermana de Mariah, ha sido secuestrada y alguien tiene que rescatarla en cuanto sea humanamente posible.

Los sirvientes ya se llevaban a la duquesa, cuando ésta exclamó:

—¿Rob Carmichael? ¿El detective de Bow Street?* ¡Gracias a Dios! ¡Por favor, encuentre a Sarah!

---

* Los detectives de Bow Street fueron la primera fuerza policial profesional de Londres. El cuerpo lo formó en 1749 Henry Fielding y, originalmente, sólo contaba con seis miembros. Se disolvió en 1839. (N. de la T.)

—Lo haré, Su Excelencia —afirmó, sosteniéndole la mirada—. ¿Cómo es?

—Idéntica a mí. —La duquesa consiguió sonreír de manera irónica mientras agitaba la mano libre sobre su abultado vientre—. Menos en esto. Somos gemelas.

—¿Podéis decirme algo sobre los hombres que se la han llevado?

—No los vi. —La duquesa cerró los ojos cuando sintió otra contracción—. Sarah dijo que tenían aspecto rudo, pero eso no es de mucha ayuda.

—No os preocupéis, la encontraré. De hecho, no han podido ir muy lejos. —Y la especialidad de Rob era encontrar a la gente—. Necesito ver el lugar donde se llevó a cabo el secuestro.

Ashton se encogió cuando Mariah soltó un grito.

—Murphy lo sabe mejor que yo —dijo rápidamente—. Que vaya contigo si necesitas ayuda para la búsqueda.

Rob dudó un momento. Murphy había sido soldado y era un hombre duro y competente. Pero negó con la cabeza.

—Estoy acostumbrado a trabajar solo, y será más seguro rescatar a la dama discretamente que montar una batalla campal. Te mantendré informado en cuanto sea posible.

Ashton apretó el hombro de Rob con fuerza.

—Trae a Sarah sana y salva, Rob.

Se dio la vuelta y se dirigió a la casa, sin dejar de cogerle la mano a su mujer mientras los sirvientes llevaban la camilla de la forma más estable posible. Tras ellos iban los Randall, él rodeando a su mujer con un brazo.

Rob murmuró una rápida oración para que el parto fuera bien y después se dirigió al mozo de cuadra principal, que todavía estaba en el asiento del conductor de la carreta.

—¿Oyes eso?

Murphy asintió y le dirigió una mirada experta a la montura de Rob.

—Tu caballo se ha esforzado mucho. Tráelo a los establos y yo te daré a *Strider*. De los que tenemos, es el que mejor aguanta.

Rob asintió. Sabía que su caballo, *Sultan*, merecía descansar en los opulentos establos de Ashton. Siguió la carreta de Murphy por la finca hasta llegar al patio de los establos. En cuestión de minutos, las alforjas de Rob se pasaron a lomos de *Strider*, un caballo castaño grande y tranquilo.

Murphy montó un alazán de brillante pelaje y los dos hombres se internaron en las extensas colinas de Wiltshire al galope. Rob preguntó:

—¿Cuánto tiempo hace del secuestro?

Murphy miró el sol.

—Unas tres horas. Hoy la duquesa se despertó sintiéndose muy inquieta y convenció a su hermana para que la llevara a dar un paseo. Yo las seguí, por supuesto. Cuando llegaron a esa vieja iglesia que está al otro lado de la finca, Su Excelencia se puso de parto. Yo volví para pedir ayuda. Cuando regresamos, la duquesa estaba escondida en la cripta y su hermana había desaparecido. —Maldijo con saña—. ¡No debería haberlas dejado solas!

—Me parece que no tenías otra opción —contestó Rob—. ¿Tienes idea de por qué los secuestradores escogieron un momento tan oportuno?

Aparentemente, Murphy no había pensado en eso. Frunció el ceño y condujo a su caballo por un camino que llevaba a una colina.

—A la duquesa no le gusta estar encerrada, así que salía cada vez que el clima lo permitía. Por lo general, Ashton la llevaba en carruaje y un mozo de cuadra los seguía. Hay varios caminos públicos en la propiedad, por lo que cualquier persona que vigilara los establos podría haberse dado cuenta de que salía casi cada día.

—Eso implica a varios hombres y una espera muy paciente —comentó Rob, pensativo—. Bien disciplinados, no vulgares criminales.

La expresión de Murphy se tensó.

—El rescate de una duquesa podría pagar a un pequeño ejército.

—¿Dejaron alguna nota en la iglesia?

El mozo de cuadra parecía disgustado.

—No se me ocurrió mirar, no con todo lo que estaba pasando... La duquesa pidiendo ayuda para encontrar a su hermana y el duque intentando subirla a la carreta para poder traerla a casa.

—Si tenemos suerte, encontraremos una nota —dijo Rob—. Si lo que quieren es dinero, probablemente no se la llevarán muy lejos y habrán preparado un lugar seguro donde ocultarse.

Al darse cuenta de lo que Rob había dicho, Murphy preguntó:

—¿Crees que puede tratarse de otra cosa que no sea un rescate?

Rob se encogió de hombros.

—Un duque siempre tiene enemigos. Ashton ha tenido problemas con los que no aceptan sus orígenes hindúes.

Murphy frunció el ceño.

—Es cierto, pero el objetivo ha sido la duquesa.

—Así es. Háblame de su hermana. ¿Cómo se llama?

—Señorita Sarah Clarke-Townsend. La duquesa y ella son sobrinas de lord Torrington por vía paterna y de lord Babcock por parte de madre.

—¿Cómo es?

Murphy dudó.

—No la he tratado mucho. Es una joven muy agradable. No tan extrovertida como la duquesa, pero siempre está alegre y es cortés. Las hermanas eran completamente idénticas hasta que la duquesa empezó a engordar con el embarazo. —Tras una pausa, añadió—: La señorita Sarah conduce muy bien y es una gran amazona.

Y lo suficientemente valiente como para ponerse en peligro por el bien de su hermana y del bebé. Rob se preguntó si ahora ella se estaría arrepintiendo.

Rob habría dicho que la vieja construcción de piedra era más bien una capilla, no una iglesia. Se alzaba en un lugar elevado de las colinas. Estaba más cerca de Dios, pero más próxima todavía a los vientos.

Murphy y él ataron los caballos y registraron la capilla. Aun con los bancos recientemente construidos, el interior de piedra ofrecía pocos lugares para ocultarse. Rob no envidiaba a la duquesa por el tiempo que había pasado en la cripta, pero ese agujero frío y húmedo la había salvado.

No había nota de rescate. Volvieron a salir y Rob estudió la zona que rodeaba la iglesia. La lluvia que había caído durante la noche había dejado la tierra blanda. Él señaló unas huellas profundas de ruedas.

—¿Es ésta la carreta que trajiste para la duquesa?

Murphy asintió.

—Las huellas más ligeras que hay allí son del coche de dos caballos que conducía la señorita Sarah.

—¿Un coche de dos caballos, no un carro tirado por un poni? Debe de ser buena conductora, como dijiste.

—Dudo que sea lo suficientemente fuerte como para manejar un carruaje de cuatro caballos, pero lleva un coche de dos tan bien como yo —dijo Murphy.

Rob arqueó las cejas.

—Estás exagerando.

Los ojos del otro hombre parecieron reflejar un poco de diversión.

—Sí, pero sólo un poco.

Rob empezó a rodear la capilla, estudiando el terreno cubierto de hierba. En el lado oeste, encontró lo que estaba buscando.

—Un carruaje de cuatro caballos estuvo parado aquí un rato. No mucho tiempo. —Señaló colina abajo, por donde se podía ver un sutil rastro de hierba aplastada—. Se dirigieron al oeste. ¿Siguieron uno de los caminos públicos que mencionaste antes?

Murphy se hizo sombra sobre los ojos con una mano.

—Sí, las huellas se incorporan a un camino público al pie de esta colina. El sendero continúa por el oeste hasta la parte trasera de la propiedad y atraviesa la carretera de Bristol.

Rob subió a su caballo.

—¿Hay posibilidades de que algún empleado de granja o un aparcero haya podido ver el carruaje?

—Es posible —se mostró de acuerdo Murphy mientras también subía a su caballo.

El rastro del carruaje era fácil de seguir sobre la tierra húmeda, ya que ningún otro vehículo había tomado ese camino recientemente. Rob escudriñó el tranquilo paisaje verde, buscando a los secuestradores. Nada. La propiedad era muy vasta y estaba vacía.

Cuando se acercaban a la carretera de Bristol, vio un rebaño de ovejas pastando la fresca hierba primaveral en una colina a su derecha.

—¿Vamos a ver si hay un pastor?

—Debería haber uno.

Los animales pastaban apaciblemente bajo la atenta mirada de un eficiente perro ovejero y bajo la menos atenta mirada de un muchacho pelirrojo que dormitaba bajo un árbol cercano. Al oír que se aproximaban unos caballos, se puso en pie precipitadamente e intentó parecer alerta.

Rob refrenó su montura tirando de las riendas y preguntó:

—¿Has visto esta mañana un carruaje por el camino público?

—Sí —contestó el muchacho—. Me fijé en él porque no había visto antes un carruaje por aquí. Iba como alma que lleva el diablo. Supuse que sería algún invitado del duque tomando un atajo a través de la propiedad para llegar a la carretera de Bristol.

Rob se inclinó hacia delante.

—¿Puedes describir el carruaje?

—¡Oh, sí! —contestó el pastor, que pareció cobrar vida de repente—. Era un fantástico carruaje de viaje, no ostentoso, pero sí de buena calidad. De color bronce con adornos negros. Llevaba el mejor tiro de alazanes de Cleveland que he visto nunca. El caballo guía tenía una pata blanca y, los dos caballos traseros, manchas blancas en la cara.

—¿Puedes describir al conductor? ¿Había un escolta? ¿Llevaban pasajeros dentro?

El chico arrugó la cara, pensativo.

—El conductor era moreno. Corpulento. No estoy seguro de si había escolta. Puede que hubiera pasajeros en el interior, pero no los vi.

—¿No viste a una hermosa joven dentro?

—No, señor —contestó, pesaroso—. Solamente me fijé en los caballos.

—¿Pudiste ver qué dirección cogió el carruaje al tomar la carretera de Bristol?

El muchacho negó con la cabeza.

—No puedo ver la carretera desde aquí.

Por lo menos, tenían una buena descripción del vehículo.

—Gracias por la información. —Rob sacó del bolsillo media corona y le lanzó la moneda al chico—. Como parece que te gustan los caballos, tal vez deberías ir a ver si necesitan ayuda en los establos de Ashton.

El joven pastor se quedó boquiabierto.

—¿Podría hacerlo?

—No pierdes nada por preguntar —dijo Murphy lacónicamente—. Conozco al mozo de cuadra principal. Si vas a pedir trabajo, Murphy te atenderá.

Giró su caballo hacia la carretera.

Cuando el muchacho ya no podía oírlos, Rob preguntó:

—¿Necesitas otro trabajador en los establos?

—Sí. —A sus labios asomó un atisbo de sonrisa—. Me gustan los muchachos que se fijan más en los caballos que en la gente.

—Mientras ese pelo rojo que tiene no los asuste…

Rob pensó en la descripción que les había facilitado el pastor. Parecía que el carruaje era caro y los alazanes de Cleveland eran animales de buena calidad, especialmente criados para guiar vehículos. Un caballero elegante preferiría que su tiro no tuviera ninguna mancha blanca, pero a los hombres interesados en la velocidad y la fiabilidad no les importaría. Los secuestradores tenían dinero, inteligencia y paciencia. Formidable.

El rastro llegaba hasta la carretera de Bristol y no continuaba por al otro lado, así que, como esperaban, el carruaje había tomado la carretera principal. Rob desmontó para estudiar las huellas, pero era imposible saber qué dirección había seguido el vehículo.

—Y ahora, ¿qué? —preguntó Murphy.

Rob se puso en pie, sacudiéndose la hierba de las rodillas, y dio un paso atrás cuando un carro cargado con barriles pasó traqueteando. La carretera estaba muy transitada; en aquel momento se veía una docena o más de carruajes y carros.

—El instinto me dice que se han ido por la izquierda. Hacia el oeste.

—Por lo que he oído, ese instinto es muy fiable —señaló Murphy.

—La mayor parte de las veces.

De hecho, el instinto rastreador de Rob era prácticamente infalible, y por eso era tan bueno en su trabajo. Tenía tantos ancestros escoceses que sospechaba que su talento podía ser una especie de clarividencia.

—Es hora de que nos separemos —añadió—. Como tengo una buena descripción del carruaje, no debería tardar mucho tiempo en descubrir qué dirección ha tomado. Si ha ido hacia Bristol, seguiré ese camino. Si no encuentro ninguna pista, volveré a Ralston.

Murphy miró hacia el oeste con mirada dura.

—¿Estás seguro de que no quieres ayuda en esta búsqueda?

—Si la quisiera, sería la tuya. Pero, llegados a este punto, la velocidad es más importante que el número de perseguidores.

Murphy asintió para mostrar su acuerdo.

—Espero que traigas a la muchacha a casa antes del anochecer.

—Yo también.

Rob montó sobre su caballo.

Pero dudaba de que eso fuera a ocurrir.

Capítulo 4

Durante su vida tranquila y ordenada, Sarah había echado de menos a menudo la emoción. No había esperado que una aventura fuera aburrida. Correr por una carretera de cabras con dos enormes secuestradores dentro y otros dos fuera había resultado ser una lamentable combinación de miedo y monotonía.

Mientras se aferraba a un asidero para evitar dar tumbos dentro del carruaje, intentó entablar conversación con los hombres con la esperanza de descubrir algo útil. Sin embargo, el líder, Flannery, la ignoraba, y el otro, O'Dwyer, la observaba con una inquietante mirada lasciva, como si la estuviera desnudando con el pensamiento.

Ella intentaba no ser consciente de ello y se imaginaba su rescate. En cuanto Murphy regresara a la iglesia con Adam y un carro, darían la alarma. Probablemente, ya habría hombres movilizados buscándola. ¿Quién le gustaría que la rescatara?

Adam no dejaría a Mariah mientras estuviera de parto, pero su amigo, el comandante Randall, estaba en la finca. Randall era un hombre duro e inmensamente competente, así que tal vez encabezara la partida de rescate. Sarah había fantaseado un poco con él, hasta que se supo que se había enamorado de lady Julia en cuanto la vio, y eran una pareja tan unida que ella no podía desear otra cosa.

Murphy acudiría a su rescate con Randall. Era otro formidable soldado, igual de competente, y era bastante atractivo, pero ella no podía soñar con un rescate romántico llevado a cabo por un mozo de cuadra, por muy galante que fuera.

Era una pena que el amigo de Adam, Rob Carmichael, no estuviera disponible. Aunque no se lo habían presentado formalmente, lo había visto en la boda de la hermana de Adam. Carmichael era un detective de Bow Street, una profesión terriblemente fascinante para un graduado de la academia de Westerfield, una escuela para jóvenes de buena cuna y mal comportamiento. No sabía nada de su familia, pero más tarde se le mencionó en un artículo de una revista como el ilustre Robert Carmichael, así que era hijo de un lord. Era adecuado soñar con él.

Al principio, no lo había visto. Rob estaba medio oculto en la parte trasera de la iglesia y tenía un don para pasar desapercibido. Pero en cuanto fue consciente de su presencia, Sarah se dio cuenta de que era tremendamente atractivo e irradiaba cierta aura de peligro. Peligro en el buen sentido…, la cualidad que una chica desearía que poseyera su salvador. Parecía un hombre capaz de enfrentarse a cuatro secuestradores y huir con ella hasta que estuviera segura. No haría falta que cabalgara sobre un caballo blanco.

Al atravesar un surco particularmente profundo el carruaje se sacudió de tal manera que Sarah se soltó y fue a dar sobre O'Dwyer, el lascivo. Él la agarró de la rodilla como si quisiera ayudarla a recuperar el equilibrio, pero le hundió los dedos en el muslo antes de que ella pudiera apartarse. Si hubiera tenido una espada, le habría cortado la mano.

Alejándose todo lo posible en el reducido espacio, se puso a mirar por la ventanilla, esforzándose por contener las lágrimas. Estaba muy bien soñar con sus salvadores, pero si la rescataba un anciano bajito y gordo con tres esposas, caería a sus pies agradecida de igual manera.

Se agarró al asidero y fijó la mirada en la ventanilla mientras el sol ganaba altura en el cielo y, más tarde, empezaba a caer hacia el horizonte. Las amplias colinas cubiertas de hierba dieron paso a bosques, campos y aldeas.

¿Cuánto tiempo tardarían los perseguidores en alcanzarlos? Viajaban casi tan rápido como el carruaje del correo. Habían hecho una breve parada en una posada para cambiar de caballos. El carruaje se había quedado a un lado del patio y a ella no se le había permitido salir. Flannery y O'Dwyer se habían quedado con ella, y este último la apuntaba con un afilado puñal mientras el conductor y el escolta vigilaban el cambio de caballos.

Era increíble cuánto más aterrador podía ser un puñal comparado con una pistola. Una pistola podría matarla rápidamente, mientras que la sonrisa viciosa de O'Dwyer le decía que disfrutaría haciéndola pedacitos. Intentó no mirarlo.

—Tengo que ir al excusado —había dicho fríamente—. Y necesitaré comida y agua, a menos que planeen matarme de hambre.

—Buscaremos un pequeño arbusto en cuanto nos volvamos a poner en marcha —dijo Flannery, que estaba disfrutando al verla tan incómoda—. Y comeremos la próxima vez que cambiemos de caballos.

Pararon aproximadamente un kilómetro y medio después de la posada. Flannery acompañó a Sarah a una arboleda y la miró mientras ella se aliviaba. Fue el momento más humillante de su vida.

Volvieron al carruaje y al vapuleo de la carrera. Se dirigían al oeste, hacia el sol poniente. Cuando volvieron a cambiar los caballos, Curran, el escolta, dejó una cesta con comida y bebida en el interior del vehículo y volvieron a ponerse en marcha.

Flannery hurgó dentro.

—Cómete esto.

Le tendió a Sarah un pastel de carne de cordero frío y asquerosamente grasiento. Ella tenía tanta hambre que se lo comió desconfiada y a bocados pequeños, y le sentó mal. Como estaba muy salado, sintió más sed de la que tenía antes. Con la esperanza de quitarse el sabor a grasa de la boca, preguntó:

—¿Hay ahí dentro una cerveza suave?

O'Dwyer sacó una jarra de la cesta, bebió de ella deliberadamente y se la dio.

Sarah contuvo el impulso de darle una patada y limpió con ostentación la boca de la jarra antes de beber. En vez de cerveza suave, la vasija contenía whisky barato y fuerte. Empezó a toser, sintiendo como si le ardiera la garganta. O'Dwyer se rió a carcajadas e incluso Flannery sonrió.

Furiosa, Sarah volcó la jarra y dejó que el licor se derramara por el suelo.

—¡Si eso es lo que bebes, no me extraña que tengas el cerebro podrido!

—¡Maldita zorra!

O'Dwyer cogió la jarra antes de que se derramara todo el whisky. Parecía dispuesto a golpearla, pero Flannery lo miró con dureza y bajó la mano. Apuró el whisky, hablando entre dientes.

Sarah continuó viendo el paisaje que pasaba a toda velocidad. Al menos, los secuestradores no querían matarla, o ya lo habrían hecho. Eso y la certeza de que su familia la buscaría sin perder tiempo era su único consuelo.

Aunque nunca antes se había mareado en un carruaje, la rapidez de la marcha, el pastel grasiento de cordero y el whisky se mezclaron en su estómago provocándole náuseas. Se sentía tan mal que, al principio, no se dio cuenta de que se habían vuelto a detener.

Flannery abrió la puerta y le ordenó:

—Baja y no digas ni una palabra, o te arrepentirás.

Ella descendió con dificultad y vio que estaban en un muelle donde había una yola atracada. Al otro lado del agua se veía tierra, pero la distancia era tan grande que supuso que estaban en la orilla del río Severn, en la parte en la que se ensanchaba hacia el canal de Bristol y, de ahí, al mar.

La agarraron con fuerza del codo.

—Vamos, su excelencia remilgada —dijo O'Dwyer—. Vamos a navegar un poco.

A ella se le encogió el corazón. Desde allí, podrían dirigirse a cualquier parte, y eso haría que el rescate fuera mucho más difícil. Mientras O'Dwyer la conducía por el muelle hacia un bote, miró a su alrededor buscando ayuda, pero no vio a nadie. Era sólo una aldea con un sencillo muelle y media docena de barcos pesqueros amarrados durante la noche. Aunque había un pequeño establo de caballos al otro lado de la calle, no se veía a nadie.

—Al bote —le ordenó Flannery.

De mala gana, ella le cogió la mano para que la ayudara a embarcar. Sarah intentó, sin éxito, no pisar el agua sucia que había en el fondo. Cuando se sentó, preguntó, intentando parecer tranquila:

—¿Adónde me llevan?

Flannery subió detrás de ella y O'Dwyer cogió los remos. Mientras el bote se dirigía a la yola, O'Dwyer dijo con maldad:

—A Irlanda, donde nadie te encontrará nunca.

¿Irlanda? Ella lo miró espantada. Los irlandeses se rebelaban contra el gobierno inglés, así que no era un buen lugar para una joven inglesa desprotegida. Se llevó una mano al vientre; el miedo le había agitado el estómago, ya de por sí revuelto.

Al ver que O'Dwyer se regodeaba de la situación, decidió dejar de luchar contra su atribulado estómago. Se inclinó hacia delante con mareante satisfacción y vomitó sobre el horrible hombre.

Él bramó, furioso, y fue el mejor momento que Sarah experimentó en todo el día.

Rob tardó menos de media hora en ver que su instinto se confirmaba. En una pequeña taberna situada en la carretera, al oeste, había media docena de hombres sentados a la puerta, dándole caladas a pipas de arcilla y limitándose a ver pasar el mundo. Se habían fijado en el carruaje de color bronce porque iba inusualmente rápido para no ser el vehículo del correo ni el de un aristócrata que iba de viaje.

Rob llamó al propietario de la taberna y envió un mensaje a Ralston Abbey. Después siguió adelante, ignorando el cansancio y dando las gracias por un caballo fresco y fuerte.

Después de un largo día cabalgando, poco a poco se fue acercando a los secuestradores. Siguió la pista del carruaje hasta la localidad ribereña de Burnham, donde encontró el vehículo lleno de barro aparcado frente a un establo de caballos, al otro lado del pequeño puerto. Un mozo de cuadra y un muchacho que parecía su hijo estaban fuera, cepillando un par de caballos de tiro. Otros dos animales ya cepillados estaban comiendo heno en el interior del establo.

Rob desmontó, preparándose para recibir malas noticias.

—Buenos días. ¿Los tipos que llegaron en este carruaje han zarpado desde aquí?

—Sí, hace unas dos horas. Se fueron con la marea.

—¿Les alquilaron el carruaje a ustedes?

—No, solamente alquilamos caballos y carruajes para uso local, no para largas distancias. —El mozo de cuadra le dio unas palmaditas al caballo que estaba cepillando—. Este carruaje fue alquilado en Bristol y, el tiro, en la carretera de Bristol a Londres. Por la mañana lo enviaremos todo de vuelta allí, cuando los animales hayan descansado un poco. Hoy se han esforzado mucho.

Rob miró hacia el mar con expresión sombría. A esa hora, los secuestradores estarían muy lejos y podían haberse dirigido a cualquier parte.

—¿Cuántos hombres había en el vehículo?

El mozo de cuadra lo pensó un momento.

—Cuatro. Un conductor, un escolta y otros dos dentro.

El muchacho añadió:

—¡Y una chica! Una rubia muy guapa.

Animado por la confirmación, Rob preguntó:

—¿Parecía herida?

El hombre frunció el ceño.

—Es usted muy curioso.

—Soy un detective de Bow Street. —Sacó su identificación como oficial de la ley—. La joven ha sido secuestrada y me han enviado a rescatarla.

—¡Un detective! —exclamó el chico casi sin respiración, con los ojos muy abiertos—. ¿Han secuestrado a la chica? Uno de los hombres la llevaba del codo y ella iba inclinada hacia abajo.

¿Una rubia débil? A la señorita Sarah le debía de faltar la burbujeante energía de su hermana. Más razón para rescatarla.

—¿Saben adónde se dirigía la embarcación?

El hombre negó con la cabeza, pesaroso, pero el chico exclamó:

—A Irlanda. A Cork.

—¿Estás seguro?

Rob se puso tenso, pensando a toda velocidad. Inspirados por los americanos y la Revolución Francesa, muchos irlandeses ansiaban desembarazarse del gobierno inglés y convertirse en una república, y Cork era un hervidero de opiniones republicanas. ¿Tendría el secuestro una dimensión política? Dado el rango de Ashton, era muy posible.

El muchacho asintió vehementemente.

—Oí al escolta y al cochero hablar sobre cuánto tiempo tardarían en llegar a Cork con este viento.

—¡Excelente! ¿Puedes describir la embarcación?

—Una yola de dos mástiles —contestó el mozo de cuadra—. Con el nombre *Santa Brígida* en la popa y un mascarón de la santa en la proa.

Rob recorrió el puerto con la mirada y estudió los barcos pesqueros que había atracados.

—Quiero alquilar el barco más rápido que esté disponible. ¿Quién es el propietario?

El hombre parpadeó.

—Usted no pierde el tiempo.

—No hay ni un solo condenado minuto que perder —contestó Rob con sequedad.

Capítulo 5

*T*ras tres días de secuestro, la capacidad de Sarah de ver la situación como una aventura romántica se había hecho pedazos. Sus captores seguían siendo muy poco comunicativos, pero tras un día de travesía llegaron a un puerto que se encontraba evidentemente en Irlanda, aunque ella no estaba segura de dónde. Parecía demasiado pequeño para ser Dublín.

Inmediatamente la metieron en otro carruaje, más viejo que el vehículo inglés. A pesar de que no viajaron con la misma urgencia que en Inglaterra, llevaban la mayor velocidad que permitían esas carreteras tan irregulares.

Cuando se hizo demasiado oscuro para viajar, se detuvieron en una casa de sólida construcción. A Sarah la encerraron en un armario debajo de las escaleras, junto con una manta áspera para combatir el frío. A la mañana siguiente continuaron hacia el oeste, internándose en la campiña. Ella no quiso renunciar a la manta y la usó como capa.

La segunda noche hicieron alto en una casa parecida y la encerraron en una repugnante bodega de vegetales crudos. El lugar estaba oscuro, húmedo y frío, y había cosas arrastrándose por el suelo en la oscuridad y un desagradable hedor a patatas podridas.

Sarah palpó con cuidado el cuarto oscuro como boca de lobo con la esperanza de encontrar una vía de escape. No halló nada, y no le sorprendió. Si los secuestradores se caracterizaban por algo, era por ser cuidadosos. Se envolvió en la manta y se quedó sentada toda la noche. Le costó mucho no tener un ataque de histeria. Sólo la certeza de que llorar y gemir no la ayudaría en nada y además la dejaría en peor estado, la ayudaba a mantener el control.

Intentó pensar en cosas felices: en su hermana y el bebé, en sus padres, en que su familia nunca dejaría de buscarla. Sin embargo, era muy difícil ser optimista en la fría y pestilente oscuridad. Casi lloró de alivio cuando la sacaron de allí a la mañana siguiente.

Durante los largos días de traqueteo en el carruaje, mantuvo la fría reticencia de una digna duquesa mientras escuchaba atentamente, por si oía algo que pudiera ayudarla. Algunas de las conversaciones se mantenían en irlandés y le resultaban completamente ininteligibles, pero el resto eran en inglés. Aparentemente, Flannery y sus hombres eran miembros de una organización secreta, y se alojaban en las casas de otros miembros.

Ese aire de secretismo hizo que se preguntara si la habrían secuestrado rebeldes políticos. Tal vez sus captores querían encarcelar a una duquesa con algún extraño objetivo político. ¿Sería mejor que revelara que solamente era la señorita Sarah Clarke-Townsend? Probablemente, no. Si querían a una duquesa y descubrían que ella no lo era, quizá la mataran sin pensarlo dos veces.

Por lo menos, todavía no estaba muerta.

Cuando Rob llegó a Cork, los secuestradores le sacaban más de un día de ventaja. Aun así, se tomó tiempo para visitar algunas tabernas y tomarle el puso a la ciudad. Descubrió que Cork seguía alimentando un sentimiento de rebelión, y que en el sudeste de Irlanda se había formado un nuevo grupo llamado Free Eire. Se decía que eran más radicales que los Irlandeses Unidos, un grupo liberal formado por protestantes, católicos y disidentes. Aunque Rob no tenía ninguna prueba de que el Free Eire estuviera detrás del secuestro, su instinto le decía que así era.

Compró dos resistentes caballos de montar y siguió el rastro de los secuestradores hacia el oeste, adentrándose en el corazón de Irlanda del sur.

Con el coche sacudiéndose con demasiada violencia como para que Sarah pudiera descansar, pasaba el tiempo agarrada a un asidero y observando la campiña verde y generalmente húmeda. Cabalgar habría sido más sensato que usar ese vehículo viejo y maltrecho, pero suponía que sus captores no querían ofrecerle ni una sola oportunidad de escapar.

Y hacían bien, porque si le dieran un caballo y la más mínima ocasión, saldría disparada como una bala de cañón. Aunque sabía que no llegaría lejos. No hablaba irlandés y destacaría como un ganso entre una bandada de palomas. Pero esa certeza no le impediría, al menos, intentarlo.

Cuando empezaba a caer la noche, tomaron un camino que los llevó a una sólida construcción de piedra del tamaño de una casa parroquial. Después de que los secuestradores la acompañaran al interior, Flannery y el anciano propietario se pusieron a hablar en irlandés delante de ella hasta que el dueño dijo sin convicción en inglés con un marcado acento:

—¿Eres duquesa, niña?

No le sorprendía que tuviera sus reservas. A Sarah le había llovido encima hasta que se le había arruinado su alegre vestido, y seguramente tenía el cabello hecho un desastre.

—Las duquesas son de todos los tamaños, formas y edades —replicó ella secamente—. Incluidas las hambrientas.

El dueño de la casa se rió entre dientes.

—¿No le has dado de comer adecuadamente? No tengo nada del nivel de una duquesa, pero le diré a la chica de la cocina que caliente el guiso de cordero antes de que se vaya a casa.

Flannery resopló.

—No hace falta, McCarthy. Le he estado dando de comer a su preciosa excelencia patatas hervidas y leche, para que sepa cómo viven los campesinos irlandeses.

—¡Pero es una duquesa! —exclamó McCarthy, sorprendido.

—Con más razón debe darse cuenta de cómo viven los irlandeses —replicó Flannery.

Sarah cada vez estaba más segura de que el secuestro tenía tintes políticos. Se preguntó cuál sería su destino final. Gracias a algunas cosas que había conseguido oír, sabía que la llevaban ante el líder de alguna misteriosa organización. Y después… ¿Un rescate? ¿Encarcelamiento? ¿Una espectacular ejecución pública de la «duquesa» para apoyar su punto de vista político?

A veces deseaba no tener tanta imaginación.

—Venid por aquí, Su Excelencia —dijo el señor McCarthy con educación.

—¡No te arrodilles ante ella! —le espetó Flannery—. ¡Lo que queremos es deshacernos de malditos aristócratas como ella!

McCarthy frunció el ceño.

—Sí, pero no es necesario ser grosero con una dama.

Flannery hizo un sonido de disgusto, pero era lo suficientemente sensato como para saber que debía dejar de discutir con su anfitrión.

—Sírvele unas patatas mientras yo voy a comprobar si tu despensa es segura para encerrarla allí esta noche.

McCarthy le dirigió a Sarah una mirada pesarosa y se dispuso a guiar al grupo a la amplia cocina situada al fondo de la casa. Mientras Flannery abría la puerta de la despensa para estudiarla, McCarthy le daba órdenes en irlandés a Bridget, una guapa cocinera pelirroja.

La chica puso al fuego una cacerola con un guiso de cordero para los hombres y después frió patatas y cebollas para Sarah. Con mantequilla y perejil, las patatas estaban deliciosas. Y también la leche entera; la mayor parte del tiempo le habían dado simples patatas hervidas y leche a la que le habían quitado la nata para hacer mantequilla o queso.

Cuando le dio las gracias a la joven, ésta dijo en inglés vacilante:

—Desearía poder ayudaros, milady, pero no puedo hacer nada.

Le dirigió una mirada indignada a Flannery.

—Lo comprendo —contestó Sarah con suavidad—. Te agradezco que me hayas preparado una comida tan rica con lo que te han pedido que hagas.

Bridget inclinó la cabeza y se dirigió al fogón para remover el guiso. Tras tres días a base de leche y patatas, y en pequeñas cantidades, olía muy bien.

Antes de que Sarah se viniera abajo y empezara a salivar, O'Dwyer la agarró del brazo izquierdo y la hizo levantarse.

—Es hora de encerrarte esta noche, su jodida excelencia.

Sarah dio un tirón para liberar el brazo y cogió la manta. Era áspera y estaba raída por los bordes, pero era lo único que impedía que tiritara de frío por las noches.

—Si no me dejas que te coja del brazo, su excelencia —dijo O'Dwyer de manera burlona—, te llevaré por las tetas.

Le agarró el pecho izquierdo con fuerza.

Tras un instante de conmoción, Sarah explotó con furia. Apretó la mano derecha, subió el puño desde el costado y lo incrustó en la entrepierna de O'Dwyer.

Éste bramó y soltó el pecho de Sarah, trastabillando hacia atrás y llevándose las manos a sus dañadas partes íntimas.

—¡Eres una zorrita salvaje! —jadeó—. ¡Te mataré por esto!

—No, no lo harás —dijo Flannery sonriendo. Llevó a O'Dwyer a una silla y le puso un vaso de licor en una mano—. No puedo culpar a la chica por defenderse. Parece más una chavala irlandesa que una duquesa, y eso me gusta.

Poniéndose serio de nuevo, le dijo a Sarah:

—Ahora, a la despensa, y derechita, si no quieres que te arroje dentro.

Como sabía que no debía tentar más a la suerte, Sarah se envolvió en la manta y se metió en la despensa con la mayor dignidad posible. La pequeña habitación estaba llena de estanterías cargadas de sacos de verduras y harina. Nada con lo que completar la cena. Los jamones, el beicon y el queso debían de guardarse en otra parte.

Antes de que se cerrara la puerta tras ella, tuvo suficiente tiempo para ver que algo se escabullía por la harina en el fondo de la despensa. Se estremeció y se encogió de miedo contra la puerta. Ratones, o peor, ratas.

Se mordió el labio y se dijo que no debía ser ridícula. Por supuesto que habría una plaga de bichos en aquel lugar. No la molestarían mientras no se tumbara en el suelo, y así las criaturas no la mordisquearían.

Se estremeció de nuevo al pensarlo. Estaba demasiado cansada como para quedarse de pie toda la noche, pero las estanterías de la despensa eran lo suficientemente grandes para albergar a una persona menuda. Dando gracias por su pequeño tamaño, palpó las que estaban a su izquierda hasta que encontró una que se hallaba a la altura de su cadera y a algo menos de medio metro de la siguiente por arriba. Suficiente espacio para ella.

Tiró todo lo que había en la repisa, empujando todos los artículos hacia la pared del fondo. Una nube de harina se formó en el aire, seguida de un estruendo de cerámica rota y el fuerte y característico olor a vinagre cuando una pequeña vasija de algo encurtido salió volando. No olía muy apetitoso, así que no investigó más.

Cuando la superficie estuvo libre, se enrolló la manta alrededor del cuerpo como si fuera un capullo y trepó a la estantería. Había suficiente espacio si no intentaba darse la vuelta.

Una vez que sus ojos se hubieron acostumbrado a la oscuridad, se dio cuenta de que se colaba un poco de luz desde una estrecha ventana alta, lo suficiente para revelar los perfiles de las estanterías y la puerta. Aunque la ventana era demasiado pequeña para escapar por ella, suponiendo que pudiera llegar hasta allí, le gustaba no estar en completa oscuridad.

Descansó la cabeza en el brazo y cerró los ojos con un suspiro. Por lo menos, no estaba en el suelo, por si había ratas.

Después de pasar una eternidad en un vacío oscuro, Mariah volvió lentamente a un estado consciente. Se dio cuenta de que estaba en su propia cama. En Ralston Abbey. A la débil luz de las velas, reconoció el dosel suntuosamente bordado que había sobre su cabeza.

Y no estaba sola en la cama. Con gran esfuerzo, giró la cabeza hacia la izquierda y vio a Adam. Estaba sobre el cubrecama, y sólo llevaba unos pantalones bombachos de ante y una camisa arrugada. Su oscuro cabello enmarañado descansaba en la almohada y tenía una mano sobre la suya.

Aunque estaba dormitando, cuando ella giró la cabeza, abrió los ojos de golpe. Contuvo la respiración mientras la miraba y después se incorporó sobre un codo. Sus ojos verdes resplandecían.

—¡Mariah! Has regresado, ¿verdad?

—Adam. —Tenía la voz tan débil que apenas se oyó a sí misma, pero consiguió sonreír—. ¿El bebé? ¿Bien?

—Maravillosamente. —Le acarició la mejilla con ternura—. Es un muchachito guapo y sano. Nuestro pequeño Richard está durmiendo en su cuna, a tu lado de la cama. ¿Quieres cogerlo?

—¡Por favor!

Mariah se espabiló un poco más y observó a su marido bajar de la cama, rodearla y sacar con cuidado de la cuna al bebé envuelto en mantas. Con igual cuidado, se lo colocó en el hueco del brazo.

A pesar de que no recordaba haber visto a su hijo antes, le pareció lo más natural del mundo cogerlo mientras él bostezaba y se acurrucaba contra ella. Era un niño pequeñito y robusto con mucho pelo oscuro, como Adam. Habían decidido llamarlo Richard Charles Lawford, como sus padres. Mariah observó su carita diminuta, embelesada. Su bebé, Richard. ¡Su hijo! Adam y ella habían hecho ese pequeño milagro juntos.

Reunió las fuerzas necesarias para pasarle un brazo alrededor con gesto protector.

—Es precioso —susurró, intentando poner en orden sus pensamientos—. He estado muy enferma, ¿verdad? ¿Durante cuánto tiempo?

—Cinco días. —Adam se apoyó en el borde de la cama. Parecía

agotado y no se había afeitado en varios días—. Nosotros... Yo... Casi te pierdo, Mariah. Estabas sangrando mucho. —Sacudió la cabeza como si quisiera deshacerse de ese recuerdo—. Si Julia no hubiera estado aquí, no sé qué habría pasado.

—¿Cómo habéis alimentado a Richard, ya que yo no he podido hacerlo? —preguntó ella, preocupada.

—Tenemos una excelente nodriza que ha venido del pueblo —contestó tiernamente—. Julia os ha estado cuidando, a Richard y a ti.

Mariah cerró los ojos para contener las lágrimas. Se sentía muy débil. Daba gracias al cielo por tener a Julia, que era una de las mejores comadronas y una de sus mejores amigas.

Intentó recordar lo que había pasado. Había convencido a Sarah para dar un paseo por la mañana. Después...

Se le heló la sangre en las venas cuando la asaltaron los recuerdos. Los dolores que había sufrido en la iglesia abandonada. Los villanos que querían secuestrarla. La horrible cripta oscura en la que se había ocultado mientras su hermana se ponía en manos de aquellos desconocidos violentos.

—¡Sarah! ¡La han secuestrado! ¿La has encontrado y la has traído a casa? ¡Ha sido tan valiente...!

Adam se puso serio.

—Todavía no. Sin embargo, afortunadamente, Rob Carmichael vino a hacernos una visita cuando te estábamos llevando a la casa, después del secuestro. Salió en su búsqueda de inmediato.

Carmichael había ayudado a Mariah en el pasado y ella sabía que era un hombre alarmantemente competente.

—Pero ¿no la ha encontrado aún?

Adam negó con la cabeza.

—Se la han llevado a Irlanda. Rob envió un mensaje justo antes de cruzar el canal, persiguiendo a los captores. Desde entonces no hemos tenido noticias suyas. Sin embargo, si alguien puede encontrarla, es él. —Dudó antes de continuar—: La situación es grave, Mariah. Puede que el secuestro sea político.

Por la mirada de su marido, Mariah supo que él temía que aquellos canallas pudieran asesinar a Sarah y que ella debía prepararse para lo peor.

—¡Se encuentra bien! —exclamó Mariah con obstinación—. Si le hubiera ocurrido algo, yo lo sabría. Incluso cuando aún no sabía que tenía una hermana gemela, sentía su presencia. Estoy segura de que Rob la encontrará pronto.

—Espero que tengas razón —dijo Adam con suavidad, y le puso una mano en el hombro.

Mariah también lo esperaba. No sabía cómo iba a poder seguir viviendo si su hermana moría en su lugar.

Capítulo 6

Rob había alcanzado a su presa al anochecer. Cuando el carruaje de los secuestradores se detuvo para pasar la noche en una casa de piedra de considerable tamaño, él los estaba observando con un catalejo desde el camino, sobre una colina. Aunque no pudo distinguir muchos detalles, vio una pequeña figura en el centro del grupo de hombres mientras bajaban del vehículo y entraban en la casa. Le alegró ver que la chica no se movía como si estuviera herida, tanto por su propio bien, como porque así les resultaría más fácil escapar.

Según iba oscureciendo, bajó de la colina para acercarse a la casa. Un cobertizo vacío al lado de los establos le proporcionó un lugar para ocultarse y ocuparse de los dos caballos. Eran animales robustos de buen aguante, pero no había tenido tiempo de buscar una silla de montar de mujer. Confiaba en que la señorita Sarah no fuera tan remilgada como para negarse a montar a horcajadas.

Mientras esperaba a que se apagaran las luces en la casa, comió un poco de pan irlandés y de queso. Pasó un rato en los establos con un puñal afilado para asegurarse de que el arnés y los arreos del carruaje y los caballos se quebrarían rápidamente en caso de que a la dama y a él los persiguieran.

Después, exploró alrededor de la casa, buscando algún sitio por donde entrar. Colarse dentro sería fácil. Localizar a la chica sin despertar a nadie resultaría más difícil. Tendría que confiar en una mezcla de lógica y su misteriosa intuición de hallador.

Todavía quedaban algunas luces encendidas en el interior de la casa cuando alguien salió por la parte trasera. Estudió la figura e identificó a una mujer corpulenta que llevaba una sencilla capa oscura y un pequeño farol. Recorría rápidamente el camino. Rob supuso que era una sirvienta que se dirigía a su casa, situada en el pueblo cercano.

Dando gracias por ese golpe de suerte, la siguió en silencio hasta que la mujer se hubo alejado lo bastante del lugar. Entonces se puso detrás de ella y la agarró con fuerza, inmovilizándole los brazos y tapándole la boca con una mano.

Cuando ella forcejeó para liberarse, le dijo en irlandés:

—No quiero hacerte daño, muchacha, sólo necesito información sobre la joven dama que han llevado esta tarde a la casa. ¿Prometes no gritar si te quito la mano de la boca?

La mujer se relajó levemente y asintió. Cuando Rob retiró la mano, ella dijo con cautela:

—¿Quién eres y por qué quieres saberlo? Lo único que sé es que es una dulzura y ellos dicen que es duquesa.

—Yo soy Rob, y tú eres...

—Bridget, cocinera y chica de cocina del señor McCarthy.

Señaló con la cabeza hacia la casa.

—Quiero saber dónde la han encerrado —dijo Rob secamente, apartando el brazo que le sujetaba el torso—. Su familia me ha enviado para que la rescate y la devuelva sana y salva.

—Entonces, es algo bueno. No dejaría ni a un perro con esos malditos cabrones. —Se giró para mirarlo, pero la oscuridad los ocultaba el uno del otro—. La cocina y los almacenes están al fondo de la casa, en la planta baja. La han encerrado en una despensa, la que está a la izquierda, al final de la cocina. La puerta lateral que encontrarás en la fachada oeste te llevará hasta allí.

Aquello era información muy útil.

—¿Está vigilada?

—No lo sé. Me fui cuando todavía se estaban comiendo la comida del señor McCarthy y bebiéndose su whisky—. Su tono de voz se volvió amargo—. Estoy segura de que lo están dejando todo hecho un desastre.

—¿Sabes quiénes son los secuestradores?

—Miembros de un grupo rebelde llamado Eire Free —contestó Bridget—. Aunque la libertad de Irlanda sería algo bueno, yo no me fiaría de esa panda de villanos. Mi jefe no está demasiado contento de tenerlos como huéspedes con una duquesa secuestrada. ¿Vendrán las tropas inglesas por ella? —preguntó con cierta preocupación.

Rob comprendía su desasosiego. Cualquier tipo de escaramuza sería mala para su jefe, el vecindario y para el empleo de aquella joven.

—No vendrá nadie excepto yo, y pretendo liberar a la dama sin que nadie resulte herido.

Y, si alguien salía herido, haría todo lo posible para asegurarse de que no fuera Sarah Clarke-Townsend.

—Está bien, entonces —contestó ella asintiendo con la cabeza—. No me gusta que intimiden a ninguna mujer, aunque sea una duquesa inglesa.

Rob pensó que cualquier hombre que intentara intimidar a Bridget pronto se daría cuenta de su error.

—¿Juras no dar la alarma? Si no lo haces, tendré que atarte y dejarte en un cobertizo.

—Lo juro. Cuanto antes te vayas con la dama, mejor. —Bridget soltó una risita—. Yo me voy a casa, a la cama, y por la mañana me asombraré mucho al enterarme de que se ha escapado.

—Buena chica. Toma, por tu ayuda.

Le puso un billete doblado en la mano.

Bridget cerró los dedos en torno a él.

—No es necesario, pero gracias.

—Con la gratitud de la familia de la joven dama. La quieren mucho.

—Entonces, llévatela de aquí sana y salva. —Y, añadió con la voz un poco ronca—: Y, si alguna vez vuelves de día, hazme una visita. Bridget Malone, y ha sido un placer.

—Para mí también, Bridget Malone.

Rob hizo una leve reverencia y la observó mientras retomaba el camino hacia su casa, contoneando las caderas. Había tenido muchísima suerte al encontrar a una criada que no fuera leal a los amigos rebeldes de su jefe y que se hubiera compadecido de una chica con problemas.

Se dio la vuelta y regresó hacia la casa para planear cómo entraría… y cómo saldrían después.

Pasaron horas antes de que todas las luces se apagaran, pero Rob tenía años de práctica siendo paciente. La lluvia ligera cesó y el cielo se aclaró, revelando una luna en cuarto creciente que les proporcionaría luz durante algunas horas más y les ayudaría a escapar.

Por fin la casa se quedó a oscuras, excepto por una débil luz en la planta baja que parecía provenir de la cocina. Como eso podría significar que la cautiva estaba vigilada, entraría por la puerta principal en vez de por la que Bridget le había sugerido.

Era bueno con las cerraduras, así que la enorme puerta no fue ningún reto. Se deslizó en el interior sin apenas respirar y dejó la puerta casi cerrada para poder escapar rápidamente. Paseó la mirada a su alrededor y sacó un pequeño bastón de pelea de un bolsillo interior. Lo había adquirido en la India y tanto el cuerpo como la empuñadura estaban diseñados para tenerlo en una mano y añadir fuerza en los golpes durante la lucha.

La casa parecía tener una disposición estándar, con escaleras que salían del centro y habitaciones a ambos lados. El salón estaba a la derecha y, el comedor, a la izquierda. Como Bridget había dicho que la cocina se encontraba detrás del comedor, pasó entre la mesa y el aparador hacia la puerta que lo llevaría hasta allí.

Con el bastón de pelea en la mano izquierda, abrió lentamente la puerta… y se quedó helado cuando lo recibió un estridente ronquido desde dentro.

Sin moverse, analizó todo lo que podía ver de la estancia desde su posición. El hombre que roncaba estaba sentado en un banco, junto a una gran mesa de trabajo a la derecha, con la cabeza descansando sobre los brazos cruzados. A su lado había una botella vacía de whisky y el farol que iluminaba la habitación. Ya que parecía sumido en un sueño de borrachera, Rob decidió no retirarse. No cuando estaba tan cerca de la dama secuestrada.

En silencio, cruzó la cocina por el lado izquierdo. El hombre ni se movió cuando pasó a menos de dos metros de él.

Llegó a la puerta de la despensa. La llave estaba puesta en la cerradura, lo que le ahorró tener que quitársela al secuestrador. Hizo un leve sonido rasposo cuando la giró.

Se quedó inmóvil, sin siquiera respirar, pero el borracho siguió roncando. Rezando para que los goznes no chirriaran, la abrió unos centímetros y entró, cerrando suavemente a su espalda.

Un rayo de luna que se colaba por la ventana alta de la despensa iluminaba la mayor parte de la diminuta estancia. Su primera reacción fue de decepción cuando vio que en el suelo sólo había un montón de sacos, cajas y loza rota, no una cautiva durmiente.

Algo se movió en una estantería a la izquierda y una delicada cara rodeada de una esponjosa nube de cabello rubio se giró hacia él. La señorita Sarah Clarke-Townsend parecía un adorable pollito dorado. Inofensiva e indefensa... presa fácil para el primer zorro o halcón que pasara.

Con la esperanza de que no chillara ni llamara la atención de ninguna otra manera, dijo en voz apenas audible:

—Ashton me envía. ¿Salimos?

Ella abrió mucho los ojos, como si fuera una gatita sorprendida, y bajó los pies al suelo.

—¡Sí! —Se envolvió la manta raída alrededor de los hombros y añadió—: ¡Usted primero, señor!

A pesar de que hablaba en voz baja, él se llevó un dedo a los labios para dejar claro que debían estar en silencio.

—Hay un hombre durmiendo en la cocina. Debemos irnos muy, muy discretamente.

Ella asintió y se enrolló con fuerza la manta alrededor del cuerpo. Cuando llegaran a los caballos, él le buscaría algo para abrigarla.

Rob volvió a abrir la puerta y entró en la cocina, haciéndole señas para que lo siguiera, ya que el borracho seguía roncando. Ella se deslizó detrás de él en silencio.

Habían atravesado la mitad de la cocina cuando ocurrió la tragedia. Algo cayó al suelo con estrépito y la señorita Sarah dejó escapar un chillido de consternación. En cuanto el borracho se despertó gruñendo, Rob vio que la manta que ella arrastraba por el suelo se había enganchado en una escoba que había apoyada contra la pared y que había caído al suelo.

El borracho abrió mucho los ojos y los fijó en ellos.

—¡La puta está intentando escapar! —bramó mientras se levantaba de la silla.

Al otro lado de la mesa aparecieron otras dos cabezas. Rob maldijo al darse cuenta de que los hombres habían estado durmiendo allí, fuera de su vista. Como le superaban en número, solamente contaba con la ventaja de estar despierto por completo y alerta. Mientras los otros dos se ponían en pie súbitamente, él arremetió contra el borracho, que estaba más cerca.

—¡Corra! —le gritó a la señorita Sarah.

Antes de que el borracho pudiera reaccionar, Rob lo golpeó en la sien con el bastón. El hombre cayó de espaldas sobre el banco y la botella de whisky salió volando y se estrelló contra el suelo de baldosas.

Sin detenerse, saltó sobre la mesa y atacó al que tenía más cerca de los dos, un hombre enjuto que estaba sacando un puñal de la vaina que llevaba a la cintura. Rob le dio un puñetazo en el estómago y le aporreó la cabeza mientras se doblaba por la mitad, jadeando.

Cuando el tipo enjuto se desplomó, se giró hacia el último oponente… y se quedó helado al ver el cañón de un revólver apuntándolo. El tercer hombre amartilló el arma y gruñó en irlandés:

—No sé quién eres, muchacho, ¡pero empieza a rezar!

Rob se estaba preparando para lanzarse sobre la mesa con la esperanza de esquivar la bala cuando un potente sonido parecido a un gong resonó en el aire. Detrás de él, sonriendo alegremente y con una enorme sartén de hierro fundido en ambas manos, estaba su indefensa polluela, absurdamente satisfecha consigo misma.

Iluminado desde atrás por un farol, el cabello de la señorita Sarah era una nube dorada que brillaba como un halo en torno a su exquisito rostro. Él sintió una emoción devastadora que no supo identificar. Anhelo, tal vez, porque con su belleza, su alegría y su inocencia, ella representaba todo lo que había amado y perdido.

Esa sensación desapareció rápidamente porque su trabajo era salvarle la vida, no regodearse en sus propias penas.

—Bien hecho, princesa. Ahora, debemos seguir nuestro camino.

Él habría preferido atar y amordazar a los tres hombres, pero los refuerzos llegarían en cualquier momento y no tenía ganas de iniciar una batalla campal. Recogió el revólver, que había caído al suelo, y señaló la puerta de la cocina.

—¡No podría estar más de acuerdo! —exclamó ella, y se dirigió a toda prisa hacia la salida.

Rob llegó a la puerta con una docena de pasos. La abrió y sacó a Sarah al exterior. En cuanto estuvieron fuera, sintiendo el aire fresco y húmedo de la noche, él le agarró su pequeña muñeca.

—Y ahora, princesa, ¡a correr!

Capítulo 7

Agradecida por haber tenido una infancia prácticamente masculina, Sarah echó a correr por el patio, sintiéndose segura por la fuerte mano de su salvador. No podía creer que su fantasía se hubiera hecho realidad y que Rob Carmichael hubiera aparecido de la nada para rescatarla de su cautiverio. Se habría reído con todas sus ganas de puro placer si no necesitara todo el aliento para huir de allí.

En la casa se habían encendido las luces y ella estaba jadeando cuando llegaron a un cobertizo que se encontraba detrás de los establos principales.

Carmichael le dijo que esperara y le soltó la mano. Abrió las amplias puertas dobles y quedaron a la vista dos caballos ensillados y embridados.

—¿Monta usted bien? Si no tiene mucha experiencia, la puedo llevar en mi caballo, aunque eso nos retrasará.

—Sé montar —respondió ella, respirando entrecortadamente.

—Entonces, espero que pueda montar a horcajadas, porque no he tenido tiempo de buscar una silla lateral.

—¡Me encantaría cabalgar a horcajadas! —exclamó ella—. Nunca me permitieron hacerlo.

—Entonces, arriba.

Entrelazó los dedos para ayudarla a subir.

Ella se remangó las faldas, puso el pie izquierdo en su mano y subió al caballo. Se sintió extraña al pasar la pierna derecha por encima de la montura, pues tenía un lomo bastante ancho. Pero en cuanto estuvo sobre la silla, la posición le pareció muy natural, a pesar de que las faldas se le habían subido hasta las rodillas. Mientras Carmichael le ajustaba los estribos, ella se colocó las faldas sobre las piernas, tapando la mayor parte de piel posible, y entrecruzó la manta a su alrededor.

—¿Eso le da suficiente calor? —le preguntó él—. Puede coger mi abrigo.

—No es necesario. Vayámonos antes de que vengan.

Él encabezó la marcha hacia la carretera a paso rápido, y aumentó la velocidad al ver que Sarah lo seguía con facilidad.

Había suficiente luz de luna para mostrarles el camino y, cuando llegaron a la carretera principal, iniciaron un medio galope. Sólo entonces, sí que se rió de puro placer. Aquello era el tipo de aventura con la que había soñado: huir en plena noche con su elegante héroe que la había salvado de su nauseabunda cautividad. Era mucho más divertido que ser maltratada por unos beodos y seguir una dieta que la mataba de hambre.

A aquella hora, tenían la carretera para ellos solos. Avanzaron bastante antes de que una masa de nubes oscureciera la luna y redujera la visibilidad a casi cero. Cuando empezó a llover ligeramente, Carmichael disminuyó la velocidad y se puso al lado de ella.

—Bien hecho, señorita Clarke-Townsend. Es usted toda una amazona.

—Llámame Sarah —contestó ella—. Es más fácil. Tú eres Rob Carmichael, el amigo de Adam, ¿no es así?

Él la miró con curiosidad.

—¿Cómo lo sabes? No nos han presentado.

—Formalmente no, pero asististe a la boda de lady Kiri. Mi hermana me dijo que eres uno de los primeros compañeros de academia que tuvo Adam. —Sarah sonrió un poco, recordando cuánto la había intrigado él—. En una revista de mujeres te mencionaban como el ilustre Robert Carmichael.

—Esa revista se equivocó —dijo con dureza—. Ya no tengo el derecho a que se dirijan a mí de ese modo. Llámame Rob, o Carmichael, como prefieras. Ilustre, nunca.

¿Ya no era ilustre? Sarah contuvo el deseo de preguntarle qué quería decir y comentó:

—Entonces, te llamaré Rob, porque cuando lleguemos a casa ya nos habremos conocido bien. —Tenía un montón de preguntas que hacerle, y no se contuvo—: ¿Cómo has conseguido encontrarme tan rápido? Trabajas en Londres, ¿verdad?

—Sí, pero los detectives de Bow Street recibimos encargos de toda Gran Bretaña. Ashton me invitó a ir a Ralston Abbey siempre que quisiera cuando estuviera por la zona. Casualmente, estaba aceptando su hospitalidad el día que te secuestraron.

Lady Kiri, la amiga de Sarah, lo habría llamado destino, no casualidad. Aferró las riendas y preguntó:

—¿Mi hermana está bien? La dejé de parto, escondida en una cripta de una iglesia abandonada.

Él dudó un instante y dijo:

—Cuando salí en tu busca, estaba a salvo en la casa, y todavía de parto. Ashton y lady Julia, la amiga de tu hermana, se encontraban con ella.

Aunque eso la consoló un poco, Sarah tenía la inquietante sensación de que el parto había sido difícil. Pero no fatal. Si hubiera sido fatal, lo habría sabido.

Estaba rezando una oración en silencio por la salud de Mariah cuando su caballo cabeceó, pataleó desesperadamente para buscar suelo y la lanzó por encima de su cabeza. Sarah salió volando y aterrizó con un salpicón en algún sitio con agua que le cubría la cabeza. Manoteó frenéticamente para poder respirar, pero unos fuertes brazos le sacaron la cabeza del agua.

—¿Estás bien? —le preguntó Rob rápidamente—. ¿Te has roto algún hueso?

—Creo… Creo que no.

Jadeó cuando Rob la incorporó hasta que quedó sentada. Había caído en una zanja llena de agua, no muy profunda, pero en la que podría haberse ahogado si hubiera estado sola y hubiera perdido la conciencia.

—El agua y el barro son más suaves que el suelo —añadió Sarah.

Él la levantó hasta sacarla del agua por completo y la puso en pie, dejando un brazo alrededor de su cintura para ayudarla a mantener el equilibrio.

—Tu caballo perdió pie al borde de la zanja.

Ella se apoyó en Rob. Le dolían todos los músculos del cuerpo.

—¿Está herido?

—Se ha dañado un tobillo, creo que nada más. Es hora de que nos cobijemos en un bonito granero que hay por aquí cerca.

Sarah asintió, temblando de frío. El viento se le colaba entre la ropa empapada y había perdido la manta al caer. Por eso mismo no se quejó cuando Rob se quitó el abrigo y se lo echó sobre los hombros. Le llegaba casi hasta las rodillas y la calentaba un poco, pero todavía se sentía como si fuera un pedazo de hielo.

—Te subiré a mi caballo y llevaré el tuyo por las riendas hasta el granero —dijo mientras la ayudaba a volver al camino—. No está lejos, tal vez a unos cuatrocientos metros.

Estaba empezando a llover otra vez. Sarah entornó los ojos en la oscuridad.

—¿Tú puedes ver?

—Cuando pasé por aquí por la tarde me fijé en algunos lugares que podrían resultarnos útiles —le explicó—. La costumbre.

La costumbre de un buen detective de Bow Street, supuso ella. Cuando él la ayudó a subir al caballo, apenas pudo pasar la pierna derecha por el lomo y tenía los dedos tan entumecidos que no sentía las riendas.

Al llegar al granero, que estaba al final de un camino embarrado, Sarah estaba temblando tan intensamente que casi no podía mantenerse sobre su montura. Rob abrió la puerta y condujo los caballos al interior.

Aunque estaba oscuro como el interior de un barril, escapar de la lluvia y del viento cortante era una bendición. Sarah intentó controlar el castañeteo de los dientes y se preguntó con cansancio si alguna vez volvería a sentirse caliente.

—Es hora de poner algo de luz.

Rob sacó un yesquero e hizo una chispa, que usó para encender una vela.

En aquella estación del año no había muchos suministros de pienso, pero sí vieron un enorme montón de heno en un rincón. Aparte de eso, el granero estaba prácticamente vacío, excepto por unos útiles de granja apoyados en una pared.

Había un farol colgando de un gancho de una de las vigas del techo. Lo cogió y colocó la vela dentro. La hojalata reflectora que había tras la vela aumentó la luz, aunque seguía sin ser mucha para el tamaño que tenía el granero.

Sarah estaba medio inconsciente cuando Rob la levantó de la silla de montar con la misma facilidad que si fuera una niña.

—Voy a hacer algo que te avergonzaría si pensaras en ello, así que cierra los ojos y no lo pienses —le dijo con suavidad mientras la ponía de pie en el suelo.

Ella ahogó un grito y se despertó por completo cuando él se puso detrás y empezó a desabrocharle la parte trasera del empapado vestido de color narciso.

—¿Señor Carmichael...?

—Tienes que quitarte esta ropa mojada antes de que mueras congelada —le explicó mientras la despojaba del vestido con destreza, dejándola con la camisa mojada, el corsé y las medias.

—Pensé que salir de Irlanda sería más fácil si te vestías como un muchacho y compré ropa usada de chico en Cork.

—Mientras... Mientras las prendas estén limpias... —dijo Sarah sin dejar de castañetear los dientes—. No, no importa lo de limpias. ¡Que calienten!

—Pronto entrarás en calor.

Rob seguía detrás de ella para que Sarah no tuviera que mirarlo a los ojos. Le terminó de quitar la ropa interior y empezó a frotarle el cuerpo desnudo con una manta áspera.

Fue la experiencia más extraña que había tenido en su vida. Algún día pensaría en ella como algo maravillosamente perverso. Ahora, simplemente era... extraño estar de pie, rígida y desnuda en un granero con un hombre muy apuesto y pensando sobre todo en el frío que tenía.

La fricción de la manta le calentó un poco la piel. Rob empezó por la espalda y los brazos, y después pasó a la parte delantera, las caderas y las piernas. Sarah cerró los ojos, como él le había sugerido.

Piensa en la manta, no en las grandes manos masculinas que están frotando el tejido deliciosamente áspero sobre tu piel desnuda y suave...

La fricción terminó. Rob le levantó los brazos y le deslizó una camisa de chico por encima de la cabeza. Estaba tejida con lino gastado y la prenda cayó con facilidad sobre su torso, hasta más abajo del trasero. Agradecida por estar tapada y un poco más caliente, se dio la vuelta para mirarle.

—Confío en que tengas algo más que una camisa...

—Calzones, pantalones, medias, botas y un abrigo —contestó, tan sereno como si hubiera estado cepillando a un caballo—. ¿Puedes vestirte tú o necesitas ayuda?

—Puedo hacerlo yo.

Cogió el fardo de prendas dobladas que él le ofrecía y se puso torpemente los calzones y los pantalones.

Mientras ella se remangaba las perneras de los pantalones para subirse las medias, Rob desensilló los caballos y sacó un paquete envuelto en papel de sus alforjas.

—Come un poco de queso y de pan. Comer ayuda a calentarse.

Sarah se lanzó sobre el paquete y lo abrió con avidez. El pan y el queso estaban cortados en trozos pequeños, así que no tuvo que perder tiempo troceándolos.

—Es el mejor queso que he comido nunca —dijo con veneración, y colocó otro trozo de queso sobre un pedazo de pan—. El pan también está muy bueno.

—El hambre es la mejor de las salsas. —Rob aceptó el trozo de queso sobre el pan que Sarah le tendía—. Pero el queso cheddar es bueno, de eso no cabe duda, y también el pan irlandés.

Se lo comió en dos bocados y regresó con los caballos.

Tras poner algo de heno al alcance de los animales, examinó la pata trasera dañada de la montura de Sarah.

—No es nada grave, pero nuestro amigo no podrá llevarte mañana a ninguna parte. Tendremos que cambiarlo por otro caballo.

Sarah se mordió el labio y empezó a pensar en otras cosas que no fuera estar congelada.

—¿Los secuestradores nos perseguirán?

—Es muy probable. —Rob empezó a cepillar el caballo de Sarah con puñados de heno—. Sospecho que el secuestro es político, al menos, en parte. ¿Oíste algo que confirmara esa teoría?

—Sí, los hombres forman parte de un grupo independentista radical. Querían llevarme ante su líder sin que hubiera sufrido ningún daño, y eso evitó que me violaran. —Intentó mantener la voz firme y se sintió avergonzada al oír un ligero temblor—. No estoy segura de si planeaban pedir un rescate para conseguir dinero o ejecutarme como símbolo de los malvados aristócratas ingleses.

—¿Les habrías dicho que no eres la duquesa de Ashton?

Ella se encogió de hombros.

—Dudo que me hubieran creído. No quería contárselo demasiado pronto porque eso podría haberme despojado de la protección que tenía. Y si se lo hubiera dicho cuando estuvieran levantando el hacha del verdugo, seguramente habrían pensado que estaba desesperada y que era una cobarde. Una mujer débil.

Rob sonrió levemente.

—Tienes razón, habría sido muy difícil convencerlos de que no eres la duquesa, sino su gemela idéntica. Se parece demasiado a una novela gótica.

Ella arrugó la nariz.

—Así es. Vulgar e inverosímil.

—La vida es a menudo ambas cosas. —Alargó el brazo para coger otro puñado de heno y siguió cepillando—. Vestirse como un muchacho para evitar que te cojan también es gótico, pero práctico. Con ese atuendo, pasarás mucho más desapercibida que viajando como una joven dama elegante.

—¿Una joven dama elegante? —se burló ella—. ¡Si tengo la pinta de haber sido arrastrada de espaldas por un arbusto!

—Y eso hace particularmente sorprendente que sigas estando elegante —dijo mientras seguía cepillando el caballo con la misma eficiencia enérgica que había usado con ella.

Sarah frunció el ceño. No sabía si estaba hablando en serio o si tenía un sentido del humor realmente irónico. Mejor pensar que era sentido del humor porque, desde luego, su aspecto no era nada elegante.

Después de escurrirse el cabello para quitar el exceso de agua, empezó a peinárselo con los dedos para desenredarlo, y eso le dio la oportunidad de estudiar a su salvador. Alto, esbelto y musculoso, se movía con gracia, con movimientos certeros. A pesar de que Rob poseía cierta aura de peligro, ella no sentía miedo. Cayó en la cuenta, asombrada, de que, mientras él considerara que la tenía a su cargo, la protegería con su vida. Era un pensamiento humillante.

Y él era un misterio para ella. Se preguntó por su vida personal. ¿Tendría una? ¿Tendría una mujer o una amante? ¿Familia de algún tipo? Daba la impresión de que no necesitaba nada ni a nadie.

Sin darse cuenta de que estaba hablando en voz alta, preguntó:

—¿Qué es lo que más te importa?

Él levantó la mirada por encima del lomo de su caballo y la observó con sus fríos ojos azules, deteniendo el movimiento de las manos. Tenía el cabello castaño húmedo y desordenado, y su rostro era delgado y de rasgos marcados, como el resto de él. A pesar de su habilidad de fundirse con el fondo cuando deseaba, era un hombre increíblemente atractivo.

—Lo siento —dijo ella, ruborizándose—. Ha sido una pregunta impertinente.

—Es cierto, pero interesante. —Frunció el ceño mientras pensaba—. Supongo que lo que más me importa es la justicia. —Siguió cepillando a los animales—. La vida y la sociedad a menudo son injustas. A veces puedo equilibrar un poco la balanza de la justicia.

Era una respuesta fascinante. Como él.

—¿Por eso te hiciste detective de Bow Street? ¿Para poder defender la ley?

—Es parte de la razón. —Su tono de voz se volvió más seco—. Igualmente importante es que un hombre pueda comer.

Muy rara vez un hijo de un lord admitía que tenía que trabajar para ganarse la vida. A Sarah le gustaba esa actitud desapasionada, aunque se preguntó por qué ya no era el ilustre Robert Carmichael. Pero no quería hacer otra pregunta impertinente tan pronto.

—¿Cuál es el plan para regresar a Inglaterra? Si tienes un plan.

Rob tiró a un lado los puñados de heno que había estado usando para cepillar al caballo.

—Llegar a la costa sin que nos cojan y alquilar una embarcación que nos lleve de vuelta a Inglaterra. No queremos coger los caminos que lleven a Cork o a Dublín. Será mejor llegar a un puerto más pequeño. Aparte de eso, tendremos que ver cómo van las cosas. Depende en gran medida de si nos siguen y de cuánto tiempo perdamos por culpa de nuestro amigo cojo.

Le dio unas palmadas al caballo en la grupa.

—Por lo menos, la lluvia borrará las huellas que hemos dejado.

Ella ahogó un bostezo. No sabía qué sentía con más intensidad, si la fatiga o el frío—. Será mejor que me tumbe antes de que me desmaye.

Él frunció el ceño y la miró.

—Todavía estás temblando. Tendremos que usar la forma más antigua de calentarse. Calor animal.

Confusa, ella preguntó:

—¿Dormir con los caballos?

Él sonrió y pareció mucho menos intimidante.

—Tú y yo juntos, de manera casta. Nos enterraremos en el heno, yo te abrazaré y los dos estaremos mucho más calientes.

Sarah parpadeó. En otras palabras, dormiría con un hombre por primera vez en su vida, y sería con alguien relativamente desconocido. Oh, bien. Ya había dejado atrás el momento de asombrarse, así que se limitó a asentir y se dirigió al montón de heno del rincón.

Se sentó con cuidado. Las ramitas y hojas secas pinchaban un poco, pero el heno estaba suave y tenía un agradable y dulce aroma. Dejando escapar un suspiro de alivio, Sarah se hizo un ovillo para generar todo el calor posible.

Rob apagó la vela de un soplido y atravesó el granero hasta donde estaba ella. Aunque Sarah confiaba en que se comportara, no pudo evitar tensarse cuando él se tumbó a su lado.

—Relájate —murmuró Rob, y echó heno sobre ambos, como si fuera una fina manta agradablemente perfumada.

Después se apretó contra ella, la espalda de Sarah contra la parte frontal de él. Rob era grande, estaba caliente y resultaba muy reconfortante.

Así que suspiró de placer, dejó de temblar y empezó a relajarse. No había nada apasionado en el abrazo de Rob, sólo calidez y protección.

Por primera vez desde que la habían secuestrado, durmió bien.

Capítulo 8

*L*a cocina del señor McCarthy parecía un campo de batalla, con el mobiliario volcado y la loza rota. Flannery caminaba de un lado a otro de la estancia, rugiendo a sus tropas magulladas y ensangrentadas.

—¿Los tres dejasteis que un solo hombre entrara y se llevara a la duquesa? ¡Sois un hatajo de malditos cavernícolas!

Curran dijo débilmente:

—Donovan y yo estábamos durmiendo. Nos pilló por sorpresa.

—¡Seguíais siendo tres! Y él ni siquiera tenía un arma. —Fulminó con la mirada a Donovan—. ¡Por lo menos, no hasta que se llevó esa pistola tan buena que te compré!

—¿Cómo iba yo a saber que la duquesa me golpearía con una sartén de hierro en la cabeza? —preguntó el conductor a la defensiva—. Creía que era una dama.

—¡Es más hombre que cualquiera de vosotros! —bramó Flannery—. El que la ha rescatado debe de ser alguien que trabaja para Ashton, si no, no habría llegado tan rápido. Estén donde estén ahora, se estarán muriendo de risa.

—Ese maldito no era un hombre de Ashton —intervino O'Dwyer hoscamente mientras se limpiaba la sangre de la cara—. Lo reconocí. Se llama Carmichael y es un condenado detective de Bow Street. Uno de los mejores.

—¿Un escocés?

—Peor. Un inglés. Tiene fama de encontrar a herederas alocadas y de solucionar otros problemas delicados. —O'Dwyer hizo una mueca al analizar el enorme moratón que tenía en la sien—. Tiene muchos encargos de los ricachones.

—Descríbelo —le ordenó Flannery—. Correré la voz entre los miembros del Free Eire por todos los caminos y puestos de control que haya desde aquí a la costa. Aunque Carmichael sea un detective, viajar con la pequeña duquesa lo retrasará. Arreglaos y comed. En cuanto se haga de día, saldremos tras ellos. Recordad: si no hay duquesa, no hay recompensa.

—Iba todo tan bien… —murmuró Curran.

—En esos momentos es cuando hay que tener más cuidado —gruñó Flannery—. Recordad: sólo necesitamos a la duquesa. A él lo podéis matar.

Rob se recordó que la señorita Sarah Clarke-Townsend era una cliente y una dama en apuros, no una mujer dulce y voluptuosa, y se concentró en darse calor mutuamente en vez de en su feminidad. Dejando aparte una pequeña sección de su mente que siempre estaba alerta, se quedó dormido de agotamiento, agradecido porque ella no fuera una mujer histérica. En eso se parecía a su hermana. Por lo que había visto, la duquesa era admirablemente sensata y tenía los pies en la tierra, características que Sarah compartía, aunque las dos parecían esponjosos pollitos dorados…

Se despertó al sentir una erección abrasadora y un suave cuerpo femenino aferrado a él en un abrazo acalorado. Solamente la ropa impedía que se unieran aún más. Su «¡Santo Dios!» se oyó a la vez que el «¡Cielo santo!» de ella.

Se apartaron rápidamente, despiertos de golpe. Rob se quedó de espaldas y se agarró las manos, maldiciéndose a sí mismo. ¡Era un adulto, no un jovencito acalorado!

Dando gracias una vez más por que la señorita Sarah no se dejara llevar por la histeria, consiguió decir con voz firme:

—Lo siento. No suelo seducir a las mujeres que rescato.

Sarah hizo un sonido susurrante, como si ella también estuviera apretando los puños.

—No creo que eso fuera seducción. Sólo... calor animal en acción. ¡Porque ahora estoy muy caliente!

—Yo también.

Él se obligó a imaginar cómo reaccionaría Ashton si supiera que se había acostado con la hermana de la duquesa. Eso hizo que se apaciguara rápidamente.

—Has dicho que no sueles seducir a las mujeres que rescatas —dijo Sarah con curiosidad—. ¿Eso significa que a veces sí lo haces?

—¡Por supuesto que no! Cuando me contratan para evitar que las mujeres arruinen su reputación, no puedo arruinársela yo.

—Deduzco que salvas a herederas alocadas de su propia estupidez. —Sarah soltó una risita—. Eso no puede aplicarse a mí. Yo no soy una heredera.

Rob sonrió levemente en la oscuridad.

—Pero el principio permanece. Mi trabajo consiste en devolverte a tu familia, ilesa e intacta.

—Lo sé y, créeme, estoy agradecida por ello. —Ella suspiró—. Pero a veces temo que estoy destinada a morir virgen.

Rob casi se atragantó.

—¡No deberíamos estar teniendo esta conversación! —Inspiró profundamente mientras intentaba no imaginarse enseñando a aquella hermosa y dispuesta joven—. Aunque no seas una gran heredera, a cualquier chica tan bella como tú no le faltarán pretendientes.

El tono despreocupado que ella había estado empleando desapareció.

—Y no me faltan. Pero he amado y perdido y yo... No creo que vuelva a ocurrir.

—Lo siento. —El dolor que oyó en su voz le hizo cogerle la mano y sujetársela para reconfortarla—. Pero un hombre lo suficientemente tonto como para dejarte no merece un duelo continuo.

—Me dejó porque murió, no porque su amor no fuera constante. Con él, me sentía la mujer más hermosa y fascinante del mundo. Íbamos a celebrar un baile de compromiso el mismo día que yo cumplía dieciocho años. Él... murió en una cacería dos semanas antes. —Se le quebró la voz—. Yo estaba eligiendo mi vestido de novia.

—Oh, Sarah. —Rob se giró hasta quedarse de costado y la abrazó contra su pecho—. Lo siento mucho. Pero si te quería de verdad, no desearía que lo lloraras para siempre.

—Estoy segura de que no. Gerald pensaba que había que disfrutar la vida al máximo. —Suspiró—. Después de un año de luto, me dije que ya era hora de empezar a buscar. Sin embargo, cuando lo hice, no encontré a nadie con quien quisiera casarme ni una fracción de lo que había deseado unirme a Gerald. He estado buscando durante más de siete años sin ningún éxito. Los hombres sólidos y respetables no me interesan, y me di cuenta de que los galantes me romperían el corazón tarde o temprano.

—Como hizo Gerald —dijo Rob en voz baja.

—Exactamente —contestó con tristeza—. Los dos éramos jóvenes y creo que podríamos haber madurado bien juntos. Pero nunca lo sabré. Porque no he tenido oportunidad de desenamorarme de él. Gerald todavía... conserva mi corazón. Sin embargo, ser una solterona me irá bien. En muchos aspectos, prefiero ser una mujer independiente.

Rob se preguntó si eso sería verdad o si ella sólo estaba viendo la parte positiva de su suerte.

—La independencia tiene muchas ventajas —se mostró de acuerdo—. Pero no descartes la posibilidad de encontrar a un hombre que sea un compañero bueno y honesto, aunque no lo ames como amabas a Gerald.

—¿Tú te casarías con una mujer que fuera sólo una buena compañera? —le preguntó con escepticismo—. Supongo que, si uno nunca se ha enamorado locamente, compartir la vida con un compañero agradable sería adecuado.

Por lo general, Rob no hablaba de su vida privada, pero en la oscuridad y con la sinceridad de Sarah como inspiración, se encontró diciendo:

—Yo he conocido ambas cosas. Estuve locamente enamorado a la misma edad en que tú amabas a Gerald. Y me sentí igual de desolado cuando terminó. Mucho después, encontré... a la mejor de las compañeras. Al menos, durante un tiempo.

El tono de voz de Sarah se suavizó.

—¿Qué le ocurrió a la mujer que amabas tanto? ¿Cómo era?

Rob apenas pensaba ya en Bryony. Pertenecía a una época de su vida en la que él todavía tenía esperanzas y optimismo.

—Era hermosa y con mucha vitalidad, la hija de un pastor que vivía en la propiedad de mi padre. Nunca he conocido a una chica como ella. Era morena, valiente y libre. —En la mente de Rob apareció una imagen de Bryony corriendo por la pradera delante de él, con su largo cabello oscuro flotando tras ella mientras lo provocaba para que la cogiera. Tragó saliva—. Le pedí que se casara conmigo, a pesar de que pertenecíamos a niveles sociales muy diferentes.

—¿Y murió?

Él torció la boca.

—Mi padre le dio dinero para que se fuera, no sé cuánto. Debió de ser suficiente, porque desapareció sin decirme ni una palabra.

Sarah apretó la mano.

—No sé qué manera de perder a la persona amada es peor.

Aunque Rob no había pensado en eso, no dudó en responder:

—La muerte es peor. Me gusta pensar que Bryony cogió el dinero y lo usó para crearse una buena vida en algún lugar. Sus padres eran terribles, y tal vez no se creyó que quisiera casarme con ella de verdad. El dinero le dio la posibilidad de ser independiente. Espero que sea feliz.

—Pero decías en serio lo que casarte con ella.

Las palabras de Sarah sonaban suaves en la noche.

Tan en serio como podía hablar un hombre.

—Habría sido una magnífica esposa para un oficial.

—Entonces, ¿has servido en el ejército?

—No. Había planeado comprar un cargo en el regimiento de Alex Randall, ya que nos hicimos amigos en la academia. Pero... las circunstancias cambiaron.

—Habrías sido un buen oficial —dijo Sarah con franqueza.

—Es lo que me gusta pensar. —Sonrió irónicamente—. Es una profesión mucho más honorable que la de detective de Bow Street.

—Pero seguramente un detective puede impartir más justicia.

A él le sorprendió su percepción. Tenía razón; aunque el trabajo de un detective podía ser sórdido, Rob conseguía darle un poco más de justicia al mundo.

—¿Y la compañera? No habrá sido la mejor si te dejó.

La pérdida de Cassie todavía estaba muy reciente y el dolor que le provocaba era intenso.

—Era intrépida, peligrosa y amable. Viajaba mucho y apenas estábamos juntos, pero esos momentos son los más brillantes de mi vida. Pensé que algún día sentaríamos cabeza juntos, pero, a sus ojos, solamente estábamos unidos por la amistad, no había nada más profundo.

—¿Y tenía razón?

Él abrió la boca para responder, pero la volvió a cerrar, pensativo. Había discrepado con Cassie cuando ella le había dicho que su vínculo era meramente amistoso porque los dos eran demasiado independientes como para necesitar a otra persona.

—Ella decía que éramos amigos que a veces compartían la cama. Por aquel entonces yo no estaba de acuerdo, aunque quizá tuviera razón. —Tras un largo silencio, añadió con melancolía—: La amistad podría haber sido suficiente si ella no hubiera conocido a un hombre que la hiciera sentir más. Pero... lo conoció.

—Entonces, encontrar el amor romántico es posible, incluso después de haber perdido la esperanza. Es una idea reconfortante. —Tras una pausa, Sarah siguió diciendo—: A pesar de que no es asunto mío, me muero de curiosidad por saber por qué ya no eres el ilustre Robert Carmichael.

Él se encogió de hombros.

—Mi padre me repudió hace algunos años. Legalmente, no podía negarme el derecho a seguir usando el tratamiento de ilustre, pero yo no quise hacerlo. No era ninguna ventaja para mi trabajo.

—Supongo que no. —Hizo un pequeño sonido, como si estuviera ahogando un bostezo—. Me gustaría volver a dormirme, pero hace frío en este granero. ¿Crees que es posible que nos abracemos sin que ocurra nada… inapropiado?

Él lo pensó.

—No estoy seguro.

—¿Y si tú te tumbas de lado y yo te abrazo por la espalda? —sugirió Sarah.

Él sonrió.

—No podrás darme mucho calor, pero será más seguro.

—Bien, entonces —dijo ella animadamente.

Rob se giró para darle la espalda. El heno crujió cuando Sarah se acercó. Inmediatamente él sintió la deliciosa calidez femenina en la espalda y los muslos. Una pequeña mano se deslizó entre su brazo y el costado para descansar sobre su pecho. Ella dejó escapar un leve suspiro de felicidad y se relajó.

Él hizo lo mismo. ¿Quién habría imaginado que el esponjoso pollito dorado y él se harían amigos tan rápidamente?

Capítulo 9

*P*ara su pesar, Rob ya se había ido cuando se despertó. Ahora entendía por qué compartir cama era algo tan popular entre la gente, y no podía recordar cuándo había sido la última vez que había dormido tan bien.

Pensó con cierta melancolía qué podría haber ocurrido si Rob hubiera sido un hombre que seducía a las mujeres que rescataba, pero estaba agradecida por su buen juicio. Aunque no deseaba morir virgen, un revolcón casual en el heno no era la solución.

A pesar de que ese hombre era su caballero de brillante armadura e increíblemente atractivo, comprendía por qué «la mejor de las compañeras» lo había abandonado. Probablemente sería un buen compañero de cama en un breve encuentro, pero era tan independiente que resultaba difícil imaginárselo deseando o necesitando algo más.

Se desperezó y salió del heno. Era muy temprano y había dejado de llover. En el granero entraba la suficiente luz como para que se pudiera ver el contorno de los caballos. No, de un solo caballo. Rob debía de haberse llevado al cojo y había dejado su propia montura comiendo heno plácidamente.

Se levantó y se sacudió la paja de la ropa. Se sentía extraña llevando pantalones, pero era algo liberador.

Se dirigía a la puerta cuando él la abrió de golpe y entró. Guiaba un caballo diferente y llevaba una cesta.

—Estamos de suerte. —Ató a su nueva adquisición—. He ido hasta la granja que hay siguiendo la carretera y le he contado al granjero, el señor Connolly, una versión de la verdad: que a mi joven primo y a mí nos persiguen unos villanos y que necesitábamos un medio de transporte. Le gustó el aspecto del caballo cojo y me lo cambió por éste.

Sarah observó su nueva montura.

—Así que te ha dado un rocín viejo a cambio de un caballo más joven y fuerte que vale mucho más y que estará curado en una o dos semanas.

—Exacto. Pero esta anciana no está coja, y eso es lo que ahora importa. —Rob le dio una palmada en la grupa huesuda al nuevo caballo—. Connolly se sintió lo suficientemente culpable como para invitarnos a la granja a desayunar.

—¿Comida caliente? —preguntó Sarah, esperanzada—. ¿Tal vez incluso té caliente?

—Es muy posible, porque la granja parece próspera. Pero rechacé el ofrecimiento. Es mejor que no te vean. —La miró con los ojos entornados—. De lejos podrías pasar por un chico, pero de cerca sería imposible, aunque te oscurecieras el pelo y te mancharas la cara.

Sarah suspiró. No parecía que el momento de estar limpia y bien alimentada fuera a llegar pronto.

—¿Queda algo de ese queso tan bueno?

Rob le tendió la cesta.

—No, pero la señora Connolly nos ha dado un poco de pan recién horneado, un par de huevos duros y una jarra de té. Les dejaré la cesta en la puerta cuando nos vayamos.

Sarah se lanzó a la cesta. Había dos rebanadas bien gruesas de pan con mantequilla y los huevos todavía estaban calientes. Nunca se había alegrado tanto de ver un huevo.

Le dio un trozo de pan y un huevo a Rob y después peló con cuidado el suyo y lo colocó sobre el pan. Estaba casi completamente duro, con la yema algo blanda, tal y como a ella le gustaba. Le dio un mordisco y se obligó a masticar despacio en vez de engullirlo. Después de beber un poco de té caliente con leche, dijo feliz:

—¡Esto es ambrosía! Nunca volveré a comer un huevo tan rico.

Rob se rió con ganas, y eso le hizo parecer un hombre diferente. Ella lo miró y pensó que debería reírse más a menudo.

—Me alegro de que te contentes tan fácilmente —le dijo él.

Ella le dio otro mordisco al pan y al huevo.

—Los pequeños placeres son los mejores, porque están por todas partes. Quien necesita grandes cosas está destinado a sentirse decepcionado la mayor parte del tiempo.

—Es una buena filosofía. —Rob terminó de comer el pan y el huevo, tomó un poco de té y le dio la jarra a Sarah. Empezó a ensillar su caballo y continuó diciendo—: Si todo va bien, te tendré de vuelta en Ralston Abbey en unos cinco días. Si puedes cabalgar a horcajadas. Preferiría no alquilar un carruaje.

Ella hizo una mueca.

—Me duelen músculos que no sabía que tuviera, pero me las podré arreglar.

—Te estoy pidiendo mucho, así que, si el dolor es muy fuerte, dímelo.

Rob ensilló los dos caballos y empacó sus alforjas. Lo hacía con la eficiencia de un hombre que pasaba mucho tiempo viajando.

Sarah se trenzó el cabello mientras él lo recogía todo y después ocultó las trenzas bajo el sombrero flexible que era parte del disfraz que le había proporcionado.

—¿De verdad parezco un muchacho?

Él sonrió levemente.

—Me alegro de que la ropa sea grande, porque ayuda a disimular el hecho de que no eres para nada un muchacho. Cuando estemos cerca de la gente, mantén la cabeza gacha para que lo único que vean sea el sombrero. ¿Estás preparada para partir?

Sarah asintió y, cuando Rob se acercó para ayudarla a subir al caballo, le puso impulsivamente las manos en los hombros y dijo:

—Gracias.

Y lo besó.

Aunque él podría haberla evitado fácilmente, no lo hizo. Se sorprendió al sentir la boca cálida cuando aceptó el beso y se lo devolvió.

Ella solamente quería expresar su gratitud, pero el deseo que los había juntado durante la noche volvió a la vida. Rob la rodeó con sus brazos mientras la besaba con intensidad, como si ella fuera lo único que importara en el mundo.

Y a ella le sorprendió su propia reacción. A pesar de que siempre lo había encontrado atractivo, no había esperado sentir tal... ansia. Tal anhelo de derretirse contra un hombre y dejar que la consumiera el fuego que ella había provocado.

Sus cuerpos estaban presionados en toda su longitud y las cálidas manos de Rob la sobaban y la acariciaban, haciendo que sintiera oleadas de emociones por todas partes. Entonces, el caballo que tenían al lado relinchó nervioso y se apartó un poco.

Rob la soltó de golpe y se echó hacia atrás, respirando con dificultad. Tenía una expresión extrañamente vulnerable.

—Eso ha sido... placentero pero insensato, señorita Clarke-Townsend.

Ella se llevó los dedos a los labios, que aún latían por el deseo.

—Lo... Lo sé. No volveré a hacerlo.

No debía añadir leña a un fuego que no tenía que arder.

Las facciones de Rob recuperaron su calma controlada de siempre.

—Estarás en casa en unos días y esto sólo será un mal recuerdo.

Ella le dedicó una sonrisa torcida.

—No tan malo.

—No. No tan malo —respondió en voz baja—. Pero estoy seguro de que te alegrarás de poder beber té caliente y de tener una cama cómoda y ropa limpia.

Entrelazó los dedos para ayudarla a montar.

Ella puso un pie en sus manos y subió al caballo. Sí, se alegraría de regresar a la comodidad de su casa y a la civilización. Pero no olvidaría lo que era dormir con un detective en un granero.

Tras recorrer unos cuatrocientos metros de la carretera bordeada de setos, llegaron al camino que llevaba a la granja. Cuando estaban a unos noventa metros de la construcción, Rob dijo:

—Espérame aquí mientras les devuelvo la cesta. Intenta pensar como lo haría un muchacho.

—¿Y eso significa…?

—Que pienses en comida y en luchar —dijo, desmontó, le dio las riendas y continuó a pie hacia la casa.

La puerta se abrió en cuanto él llamó y un tipo alto y fornido cogió la cesta mientras hablaba en irlandés. Rob frunció el ceño y contestó también en irlandés. El señor Connolly miró hacia Sarah con curiosidad. Ella intentó pensar como lo haría un muchacho.

La conversación duró unos minutos, salpicada de gestos con las manos. Después de inclinar la cabeza educadamente y de despedirse, Rob se reunió de nuevo con Sarah. Al montar, dijo con sequedad:

—Hace unos minutos, unos cuantos hombres llegaron a la casa y preguntaron por un par de ladrones ingleses que sabían que estaban en esta zona. El señor Connolly les ha dicho que no los ha visto.

—¿Corremos el riesgo de encontrarnos con ellos más adelante? —preguntó Sarah, alarmada.

Llegaron a la carretera y Rob giró a la izquierda, por donde habían venido, en vez de continuar en la misma dirección.

—Por aquí deberíamos estar seguros. Connolly me ha hablado de un sendero que lleva a una carretera paralela y que al final conduce a una caseta de control, en dirección este.

—¿Cómo han podido Flannery y sus hombres encontrarnos tan pronto? No han podido ir mucho más rápido que nosotros.

El hecho de saber que Rob y ella se estaban dirigiendo de nuevo a la casa de McCarthy y que podrían encontrarse con sus secuestradores le ponía los pelos de punta.

Rob entrecerró los ojos y, por su estado de alerta, ella supo que estaba igualmente receloso.

—No sé lo grande que es el Free Eire ni si está bien organizado. Si usan carruajes del correo para correr la voz, podría haber gente buscándonos por todo el camino hasta la costa.

Ella intentó no pensar en que podrían volverla a capturar.

—Entonces debemos cabalgar rápido y permanecer alerta. Has dicho que iban buscando a una pareja de ingleses. No sabía que hablabas irlandés, pero pareces defenderte muy bien. ¿Puedes pasar por irlandés o ese escocés es muy diferente del deje local?

—A pesar de mi apellido, no soy escocés. La rama de los Carmichael de la que procedo se mudó al sur —dijo con sequedad—. Uno de mis antepasados escoceses traicionó a su rey y lo recompensaron con una propiedad inglesa y un título. Ésos son mis nobles orígenes.

Curiosa por saber más de él, preguntó:

—¿Cómo aprendiste irlandés?

—Mi madre era hija de un pastor de la iglesia irlandesa. Mi padre la conoció durante una visita a su propiedad, Kilvarra, y se enamoró locamente. Ella regresaba todos los veranos, así que yo pasé mucho tiempo aquí y aprendí a hablar el idioma.

—Sin duda, eso nos ayudará a escapar —comentó Sarah—. ¿Conoces esta parte de Irlanda?

Él negó con la cabeza.

—Kilvarra está mucho más al norte, en el condado de Meath. Nunca había estado en esta parte del país.

Sarah intentó recordar cualquier cosa que supiera de Irlanda.

—¿Ballinagh está cerca de Kilvarra?

Él frunció el ceño.

—Creo que Ballinagh está por el oeste, pero no estoy seguro. ¿Tienes amistades allí?

Ella se estremeció.

—Al contrario. Georgiana Lawford, la horrible tía de Adam, vive en Ballinagh, si no recuerdo mal.

—Ah, la que intentó matarlo para que su hijo heredara el título. No, afortunadamente, no vivía cerca de nosotros.

—Adam estuvo en Ballinagh un par de veces cuando era un niño. Guarda buenos recuerdos de sus visitas y de sus primos. No tanto de su tía. —Ella desvió la mirada hacia los numerosos arbustos que poblaban las colinas—. Me gustaría visitar Irlanda algún día, en mejores circunstancias.

—Es mucho más agradable cuando no se está huyendo para salvar la vida. —Volviendo al tema que los ocupaba, Rob dijo—: Aunque me oriento bien, los caminos secundarios dan rodeos, y eso nos hará ir más despacio. Tendremos que arriesgarnos a coger algún trecho más directo, aunque esté más vigilado.

En otras palabras, todavía no estaban fuera de peligro.

—¿Cuánto tiempo tardaremos en llegar a la costa?

—Tres o cuatro días, con suerte. —Señaló un camino a la izquierda—. Tenemos que ir por ahí.

Ella hizo girar a su caballo, agradecida. El nuevo camino era un túnel verde con enormes setos a ambos lados, lo que los protegería de las miradas indiscretas de cualquiera que pasara por la carretera que habían dejado atrás.

Los días que tenían por delante serían agotadores. Pero confiaba en que Rob la llevara a casa sana y salva.

Capítulo 10

*D*espués de una hora cabalgando en silencio entre setos, Sarah y Rob pasaron por una cabaña toscamente construida. El sol ya había salido y una docena de niños estaban sentados a la puerta, escuchando hablar a un hombre. Los niños agitaron las manos y les gritaron saludos amistosos cuando pasaron. Como Rob también saludó con la mano, Sarah hizo lo mismo, pero no se detuvieron.

Una vez que se alejaron lo suficiente para que no los oyeran, Sarah preguntó:

—¿Qué estaban haciendo esos niños? Vi varios grupos así una o dos veces mientras estaba cautiva.

—Son escuelas rurales informales —contestó Rob—. A los católicos no se les permite ser profesores. Las autoridades quieren que los niños asistan a las escuelas protestantes y se conviertan en buenos anglicanitos.

Sarah ahogó un grito.

—Es, es... bastante espantoso. Supongo que los padres no quieren que obliguen a sus hijos a adoptar una religión diferente.

—Por supuesto que no. Por eso los hombres con algo de educación enseñan matemáticas, a leer y a escribir a los niños del lugar en escuelas rurales informales como la que acabamos de pasar. —Su voz se tiñó de ironía—. Fue una escuela rural la responsable de que me enviaran a la academia de Westerfield.

—¿Cómo demonios ocurrió eso?

—Yo estaba pasando el verano en Irlanda con mi madre en la propiedad de la familia, así que conocía la escuela rural de la zona. Me había hecho amigo de la mayoría de los estudiantes. A veces asistía a las clases de gramática irlandesa. Como era un verano muy lluvioso, le dije al profesor que podían usar una cabaña abandonada que había en la propiedad. También le di dinero de mi asignación para comprar folletines para los estudiantes.

—¿Folletines?

—Lecturas cortas y baratas —le explicó Rob—. Las escuelas rurales las usan para enseñar a leer. Solían ser historias de aventuras, muy divertidas.

—Eso es loable. —Estaba empezando a llover de nuevo, así que Sarah se subió el cuello del abrigo—. ¿Cómo ayudar a los estudiantes menos afortunados te llevó a una academia para niños de buena cuna y mal comportamiento?

—Mi padre estaba en contra de educar a los campesinos. Decía que les daba ideas que estaban por encima de su posición social —contestó Rob con sequedad—. Pero mi pecado más grave fue asistir a una misa católica. Me sacó a rastras de Irlanda y me envió a lady Agnes de inmediato, para que el catolicismo no me contaminara. Mi madre era su segunda esposa, y se casó con ella porque era hermosa, más que por dinero o por posición social. Yo era la prueba viviente de que jamás debería haberse casado con alguien inferior a él.

Sarah tragó saliva para no decir algo impropio de una dama.

—Parece que tu padre es… difícil.

—Eso es un eufemismo —dijo aún más secamente—. Es el noble inglés más arrogante, avaro e intolerante que existe. Lleva una vida grandiosa y a la moda, dando discursos muy aplaudidos en la Cámara de los Lores, acumulando enormes deudas y sin pagar a los sastres y a los zapateros que le permiten llevar ese estilo de vida.

—No parece que tengáis muchas cosas en común.

—No las tenemos. No lo he visto desde que yo tenía dieciocho años. —Se encogió de hombros—. El que yo desapareciera fue bueno para los dos.

Tras esas palabras pronunciadas con aparente indiferencia, Sarah descubrió una gran rabia y dolor.

—La academia de Westerfield te gustó, ¿no es verdad?

La expresión de Rob se suavizó.

—Fue lo mejor que mi padre hizo por mí. Todos éramos inadaptados sociales. Fue una buena base para forjar amistades.

Tomaron una curva en el camino y se encontraron con un granjero que guiaba a un rebaño de ovejas entre los setos. Sarah se colocó detrás de Rob y la conversación cesó mientras guiaban a los caballos muy lentamente entre las ovejas, que se agitaban y balaban.

Ahora ella comprendía por qué era tan independiente. Había tenido que serlo para sobrevivir en su infancia. Su fuerza y su integridad eran un tributo a su carácter innato. Muy posiblemente, su madre había sido una influencia muy fuerte; Rob había hablado con cariño al referirse a ella.

También entendía por qué su mayor aspiración romántica era encontrar a una compañera con quien se sintiera cómodo. Una mujer fuerte y peligrosa que encajara bien con la vida de un detective de Bow Street. Sin embargo, cuando dio con una mujer así, ella lo abandonó porque quería más. Sarah esperaba que encontrara a otra mujer que sí se quedara con él. Se lo merecía.

Rob no dejaba de observar a Sarah, pero no impuso un ritmo adecuado a una dama. A pesar de ser menuda y de su aspecto frágil, tenía una resistencia impresionante.

Su caballo no lo estaba haciendo tan bien. Aunque parecía un buen animal, era viejo y no lo habían criado para ser veloz. Rob se sintió aliviado cuando llegaron a una localidad que estaba celebrando el día de mercado. No sólo podrían abastecerse, sino que también había una pequeña feria de caballos contigua a la caballeriza.

Se detuvo en cuanto llegaron a la abarrotada plaza del mercado. Al ver que Sarah hacía lo mismo, le dijo en voz baja:

—Es hora de comprar provisiones y una montura mejor para ti.

—¿Me quedo aquí y ato a los caballos mientras tú vas al mercado?

Con esas prendas tan grandes y el sombrero flexible, estaba tan adorable que tuvo ganas de sonreír. La mancha que le habían aplicado cuidadosamente en la mejilla la hacía parecer aún más joven y traviesa, aunque él sabía que debía de tener veinticinco o veintiséis años, ya que era la gemela de la esposa de Ashton.

Se recordó rápidamente que su trabajo era devolverla sana y salva a su casa, no desarrollar un lazo más profundo que no les haría ningún bien a ninguno de los dos. Todavía no podía creer cuántas cosas le había contado de su pasado. Tal vez el hecho de estar en Irlanda lo volvía locuaz. O tal vez era porque ella sabía escuchar muy bien.

—Lleva los caballos al establo. Puedes ir echando un vistazo a los que están en venta mientras yo compro lo que necesitamos.

Ella asintió con la cabeza y desmontó. Rob hizo lo mismo, sacó una bolsa de tela doblada de las alforjas y se dirigió al batiburrillo de puestos. Se dio cuenta de que Sarah se quedaba entre los dos caballos para que nadie pudiera verla con claridad. Chica lista.

Dama lista.

Rob no tardó mucho en comprar más queso, pan, pasteles de carne, manzanas del otoño anterior y dos mantas toscas pero calientes. Ya no tendrían que volver a dormir uno en brazos del otro, lo que sería más sensato pero menos placentero.

La caballeriza tenía pintado el nombre *Holmes* sobre las amplias puertas. Sarah había atado sus monturas junto a las que estaban en venta y lo observaba todo desde detrás de ellas, pasando desapercibida. Como había mucho ruido en el mercado y podían hablar con disimulo, Rob guardó la compra en las alforjas y dijo en voz baja:

—¿Te has encaprichado de alguno?

Ella levantó la mirada, sorprendida.

—¿Un hombre me está pidiendo mi opinión sobre los caballos? ¡Vaya desastre!

Ahora sí que sonrió.

—Cualquier mujer que monte como tú debe de saber sobre caballos.

A Sarah se le iluminó la cara y él sintió una extraña sacudida junto al corazón. Nunca había conocido a una mujer que irradiara tanta alegría.

Ella señaló hacia la izquierda.

—El alazán oscuro de allí podría valer, creo, pero a lo mejor deberías preguntarle al dueño de la caballeriza si tiene algo mejor en el interior.

Rob observó a los caballos. Ninguno de ellos parecía mejor que adecuado.

—Tienes razón. Vayamos dentro. Pero mantén la cabeza baja.

Ella obedeció y se convirtió en un chico silencioso con un sombrero demasiado grande. En el interior del establo se reencontraron con los aromas ya conocidos de heno y caballos. Un enorme gato naranja estaba tumbado en un banco y los observaba soñoliento. Había bastantes compartimentos, todos ellos ocupados.

Un hombre corpulento se acercó a ellos despacio.

—Soy Holmes. Si están buscando establo para sus caballos, estoy lleno hasta que cierre el mercado. Entonces tendré sitio.

—Estoy buscando un buen caballo robusto que tenga resistencia —contestó Rob—. ¿Tiene alguno aquí dentro que esté en venta? La montura de mi primo es vieja y lenta, y le prometí que buscaríamos algo más vivaz.

El dueño apenas miró a Sarah.

—Hay dos buenos caballos al final del pasillo, a la izquierda. Y a la derecha hay un poni que le podría ir bien a un muchacho como éste.

—Entonces, echaremos un vistazo. —Mientras Rob se giraba para caminar por el pasillo, añadió—: Me gustaría comerciar con el caballo viejo. Puede que le interese verlo. Está atado fuera.

El dueño asintió y se dirigió al exterior mientras Rob y Sarah caminaban por el pasillo entre los compartimentos. Al llegar al final, le preguntó:

—¿Qué te parece el castaño?

—Parece un animal nervioso, pero probablemente sea rápido —contestó ella juiciosamente.

Rob asintió. Él era de la misma opinión.

—El alazán es espléndido, pero echemos un vistazo al poni. Holmes tenía razón al decir que no necesitas un caballo grande. Además, un poni acentuará la impresión de que eres un joven.

Cruzaron el pasillo para observar al poni, un animal castaño y tranquilo con una estrella blanca en la frente.

—Me recuerda a mi primer poni —dijo Sarah con afecto—. Sólo que es más grande, casi como un caballo. Me pregunto si tendrá buen carácter.

Llamó al caballo con un arrullo, lamentándose por no tener un trozo de zanahoria. Él le dio un suave cabezazo de manera amistosa; se le veía robusto y saludable. Rob pensó que aguantaría bien varios días de dura cabalgada. Abrió el compartimento y se metió dentro, manteniéndose atento aunque estaba razonablemente seguro de que el poni no le haría nada.

Sarah lo siguió y acarició el cuello del animal mientras Rob comprobaba los espolones y las herraduras. Se estaba incorporando cuando oyó una voz familiar hablando en irlandés. Miró hacia las puertas abiertas y vio a uno de los secuestradores de Sarah hablando con Holmes...; se estaba girando hacia el establo.

Al instante la agarró por la cintura y la arrastró hacia él mientras caía de rodillas hasta quedar por debajo de la puerta, que les llegaba al hombro. Estaban arrodillados en la paja, con la espalda de ella contra su pecho. Rob sintió un deseo de protegerla tan intenso que lo dejó sin respiración. Protegería a cualquier mujer que tuviera a su cargo, pero a aquélla más que a ninguna otra.

Cuando ella empezó a hablar, Rob le tocó los labios con un dedo.

—Shhh...

Sarah se quedó inmóvil y él se concentró en la conversación que mantenían Holmes y el secuestrador. Terminaron un par de minutos después, pero él esperó algunos más antes de susurrarle a ella:

—Era uno de tus secuestradores, el borracho que se quedó dormido.

—¡O'Dwyer! —siseó Sarah—. Es el peor de todos. ¿Qué decía?

—Le ha preguntado si había visto a un inglés alto con una mujer rubia.

Sarah se puso rígida contra él.

—¿Qué ha respondido Holmes?

—Que no ha visto a tales personas.

Ella suspiró, aliviada.

—Es una suerte que puedas pasar por irlandés. ¡Pero no esperaba que estuvieran tan cerca!

—No hay muchas carreteras hasta la costa. A partir de ahora tendremos que tener mucho más cuidado. —Rob frunció el ceño—. Cualquiera de los tres hombres que estaban en la cocina cuando te rescaté podría reconocerme, y esos tres, más el cuarto, te conocen. Espero que no se les ocurra pensar que vas vestida de hombre.

—No eran muy inteligentes —dijo Sarah ásperamente—. Exceptuando a Flannery, el líder. Pero si alguno me ve contigo, enseguida se darán cuenta.

—Entonces, tendremos que asegurarnos de que no nos vean.

Rob se asomó por encima del compartimento. Holmes estaba en la puerta, hablando con un hombre que parecía un granjero del lugar. Soltó a Sarah y se levantó.

—Está despejado. Es hora de comprar el poni y de seguir.

Ella se puso en pie, sacudiéndose la paja de la ropa.

—Ha sido una suerte que vieras a O'Dwyer antes de que él nos viera a nosotros.

Ella tenía razón. Pero a Rob no le gustaba confiar en la suerte. Al final, se acababa.

Capítulo 11

Sarah se quedó con el poni mientras Rob salía a hablar con Holmes. Todavía estaba temblando de pensar lo cerca que O'Dwyer había estado. También se sentía desconcertada por su reacción cuando Rob la abrazó. Le gustaba, confiaba en él y lo respetaba... y Rob despertaba en ella una atracción física que no había sentido desde la muerte de Gerald.

Tal vez el hecho de que se enfrentaran al peligro intensificara esa atracción. Pero probablemente fuera el propio Rob, que era una seductora mezcla de peligro y amabilidad. En cualquier caso, su reacción era un serio fastidio, como poco.

Decidida a dejar de pensar en detectives de Bow Street demasiado atractivos, cogió el ronzal del poni y lo sacó al pasillo para comprobar su paso. Regular y relajado. Esperaba que Rob pudiera comprarlo por un precio razonable.

Hasta el momento, no había pensado en el dinero. Ella no llevaba ni un penique encima. Evidentemente, Rob tenía fondos, pero no durarían eternamente. Rezó para que él dispusiera de suficiente dinero para volver a Inglaterra.

Rob regresó con su silla de montar y su equipaje.

—Ahora el poni es tuyo. Se llama *Boru*. Holmes ha aceptado el caballo viejo y algunas libras más a cambio. También me ha dicho dónde podemos encontrar una carretera secundaria al este que debería ser segura.

Eso esperaba Sarah. Pero tenía la desagradable sensación de que todo el mundo a su alrededor se dirigía al sudeste de Irlanda.

La carretera que Holmes les había sugerido no era más que un camino sinuoso, pero estaba tranquilo y, afortunadamente, libre de secuestradores. Cuando empezaba a anochecer llegaron a otra granja razonablemente próspera. Mientras Sarah esperaba cansada montada en *Boru* Rob bajó de su caballo y llamó a la puerta de la granja para pedir permiso para dormir en el granero a cambio de un modesto pago.

Un hombre abrió la puerta. Tras una breve conversación, Rob le hizo señas a Sarah para que se dirigiera al granero y entró en la casa. Ella esperaba que eso significara que iba a comprar algo de comida caliente.

Sarah llevó los dos caballos al granero, que era más grande que aquél en el que habían pasado la última noche y estaba menos vacío. Tres caballos que estaban en unos compartimentos a la izquierda la saludaron con unos relinchos cuando ella metió los suyos en el lado opuesto, en los compartimentos que había vacíos. Les dio agua y heno y después caminó a trompicones hasta donde almacenaban la paja y se dejó caer sobre ella.

Pensó que los caballos estarían bien durante unos minutos, hasta que Rob llegara y los cepillara. Ella debería empezar con *Boru*, pero le dolían todos los músculos, huesos, articulaciones y algunos lugares que no sabía que tenía. Al cabalgar a horcajadas se usaban otros músculos. Aunque era una buena amazona, nunca había cabalgado tanto como en aquel día interminable.

Se despertó cuando Rob anunció:

—Sopa de repollo y patata, pan recién hecho, queso y cerveza. —Dejó una bandeja en el suelo, junto a ella—. ¿Tienes fuerzas para comer?

—¿Alguna vez me has visto rechazar comida?

Ahogando un bostezo, se sentó en la paja y cruzó las piernas. Vio que Rob había cepillado a los caballos antes de despertarla. Eso significaba que podían concentrarse en la cena.

Él se sentó en el suelo con la espalda apoyada en una pared y las largas piernas estiradas frente a él. Después sirvió sopa humeante de una jarra en dos cuencos de peltre. Le tendió uno a ella junto con una cuchara y sirvió cerveza en tazas de peltre de otra jarra parecida.

—La señora de la casa es generosa con los viajeros agotados.

—¡Que Dios la bendiga! —Sarah engulló su comida, sin hablar, hasta que se hubo terminado todo el pan, mojándolo en la sopa. Mientras se limpiaba las manos con un montón de paja dijo un poco arrepentida—: Siento mi falta de modales, pero estaba famélica.

—Deberías estarlo, después de haber cabalgado tanto. —Rob partió lo que quedaba de queso en dos y le dio una mitad—. Tienes la resistencia de un jinete.

—Me encanta montar, y cabalgaba mucho intentando seguir el ritmo de mis primos. —Frunció el ceño—. Se me acaba de ocurrir que por qué no hemos acudido a las autoridades en busca de ayuda. ¿Es porque no sabes quién puede ser simpatizante de los rebeldes?

—Es parte de la razón —replicó Rob—. Hay muchos grupos antibritánicos, así que es posible que no encontremos mucha ayuda. Hasta es posible que nos entregaran de nuevo a los del Free Eire.

Sarah hizo una mueca.

—No es una idea muy feliz. Pero ahora que he visto algo del país, entiendo mejor por qué tantos irlandeses desean ser independientes.

—Si yo viviera aquí, me uniría a los Irlandeses Unidos. Es un grupo moderado formado por gente procedente de todas las categorías sociales —dijo Rob—. Pero, dado que somos ingleses, creo que lo más sensato es permanecer alejados de la política. Hay tropas en Dublín y una instalación naval en Cobh, en el puerto de Cork, pero si llegamos tan lejos, no los necesitaremos. Si encontramos escolta militar, cualquier posibilidad de mantener en secreto tu secuestro se desvanecerá. La prioridad número uno es llevarte a casa sana y salva, pero también es deseable mantener tu reputación intacta.

Sarah parpadeó.

—No había pensado en eso. A mi edad, la reputación no es tan importante como puede serlo para las jóvenes.

Él enarcó las cejas.

—Ya estás diciendo tus últimas oraciones, y tienes aspecto de acabar de salir de la escuela. Aunque no te importe mucho tu reputación, seguramente no querrás que todo el mundo en Gran Bretaña sepa que te ha secuestrado una panda de patanes. La historia ya es de por sí suficientemente escabrosa y, cuando los cotilleos hayan terminado de exagerarla, tendrás tan mala fama que nunca podrás superar la vergüenza.

Ella se estremeció.

—Tienes razón. Preferiría evitarme todo eso.

—¿Dónde creciste? Conozco tu pasado a grandes rasgos, pero no los detalles.

Rob repartió la cerveza que quedaba entre las tazas y se recostó contra la pared, con una rodilla levantada.

A Sarah le encantaba mirarlo: era alto, delgado y fuerte, de espalda ancha y manos hábiles. No se había afeitado en varios días y ella supuso que lo había hecho a propósito, para parecer vagamente poco respetable.

Le dio un sorbo a la cerveza y se dijo a sí misma que no debía dejar que su mente vagara de aquella manera.

—Ya sabes que mis padres se casaron muy jóvenes, nos tuvieron a Mariah y a mí y un día, tras una gran pelea, mi padre fue a nuestro cuarto, cogió a Mariah y se la llevó como si fuera un cachorro.

Rob asintió.

—Me contaron que tu padre llevó una vida itinerante como jugador y consiguiendo hospedaje con su encanto hasta que ganó una propiedad a las cartas y se reconcilió con tu madre.

—Él dice que el orgullo no le dejó regresar después de la disputa, y que no quería volver a menos que pudiera mantener adecuadamente a su familia. Cuando ganó Hartley, pudo hacerlo. —Sacudió la cabeza, exasperada—. Pero le llevó más de veinte años. ¡Qué insensatez!

—¿Se llevó a Mariah porque era su favorita?

—Dice que fue pura casualidad. Cuando entró en el cuarto, ella caminó tambaleándose hacia él, así que la cogió y se la llevó. Pensó que, con dos hijas idénticas, mi madre y él podrían quedarse cada uno con una y no notar la carencia.

—Dudo que ese razonamiento le gustara a tu madre —dijo Rob con sequedad.

—Tienes razón. Ella solía hablarme de mi hermana. Solíamos especular acerca de dónde estaría Mariah y lo que haría. —Sarah había anhelado reencontrarse con su gemela y llegar a ser buenas amigas. Nunca había esperado que ese milagro llegara a ocurrir de verdad—. Pero mi madre se alegró de que no se llevara a las dos. Legalmente, podría haberlo hecho.

—Si lo hubiera hecho, estoy seguro de que ella jamás lo habría perdonado —comentó Rob—. Pero un padre joven habría tenido problemas criando a dos niñas pequeñas. Incluso una sola le debió suponer mucho esfuerzo.

—Le dio a Mariah a su abuela, que era medio gitana, y se marchó a ganarse la vida con las cartas —le explicó Sarah—. Mariah me dijo que la visitaba con frecuencia, aunque nunca se ocupó del duro trabajo diario de criar a una hija.

Rob dejó las jarras vacías y los demás utensilios en la bandeja y apartó ésta a un lado.

—Debes de haberte preguntado cómo habría sido tu vida si tu padre te hubiera llevado a ti en lugar de a tu hermana.

—Mariah y yo hemos hablado de ello —admitió—. ¿Yo sería ella y ella sería yo? No lo creo, y ella tampoco. Aunque por fuera somos idénticas, cada una es original y tenemos nuestras diferencias.

—Si tu padre se hubiera marchado contigo en lugar de con Mariah, tal vez tú ahora serías duquesa.

—Es más probable que Adam se hubiera ahogado porque Mariah no hubiera estado en el lugar adecuado para sacarlo del agua. Aunque lo hubiera salvado, yo no me habría enamorado de él. —Sarah frunció el ceño—. O tal vez sí. Si yo hubiera llevado la vida irregular de Mariah, tal vez me hubiera sentido atraída por su estabilidad, como le ha ocurrido a ella. Es un enigma.

Rob sonrió.

—El tipo de asunto que te podría mantener despierta noches enteras si pensaras mucho en él.

—Pero no lo hago —respondió con firmeza—. La situación es la que es. Yo fui la gemela con suerte. Me crió mi madre y me alegro de ello.

—No me has dicho dónde creciste.

Ella sonrió, agradablemente abotargada por la cerveza, que era más fuerte de la que estaba acostumbrada a beber.

—Es que tiendo a divagar. Tuve una infancia muy bonita, aparte de no contar con mi padre y con mi hermana. Cuando mi padre se marchó, el hermano mayor de mi madre, lord Babcock, la invitó a vivir con él para que fuera su anfitriona y se hiciera cargo de la casa. La esposa del tío Peter había muerto y, como tenía cuatro hijos saludables, no veía la necesidad de casarse de nuevo. Así que crecí en Babcock Hall, en Hertford. Mis primos y yo nos criamos juntos y yo fui la hermana pequeña mimada.

—Me alegro de que te fuera bien —afirmó Rob—. Tu madre tuvo suerte de que su hermano no se resintiera por tener que mantener a una hermana y a una sobrina.

—No tuvo que hacerlo. —Sarah sacudió la cabeza—. Como a mi padre siempre le gustaron los grandes gestos, renunció a los ingresos de la herencia de mi madre para demostrar que no se había casado con ella por su dinero. Vivíamos bastante bien.

Rob enarcó las cejas.

—Fue un gesto quijotesco y honorable por su parte. —Dudó—. ¿Sentiste resentimiento hacia él por regresar y reclamar la atención de tu madre después de haberla tenido para ti sola durante tantos años?

Sarah suspiró y bajó la mirada, pensando que Rob era incómodamente perceptivo.

—Un poco. Mi madre y yo estábamos muy unidas. Todavía lo estamos, pero... es diferente. —*Y más solitario*—. Ahora te toca a ti hablarme de tu vida. ¿Tienes un hogar permanente en Londres o viajas demasiado para eso?

—Tengo unas habitaciones encima de una tienda de empeños cerca de Covent Garden. Mi socio, Harvey, vive allí y lleva los negocios de Londres cuando estoy fuera.

En otras palabras, en su vida no había sitio para una mujer como ella, aunque quizá su compañera dura y peligrosa podría haber encajado en ese estilo de vida. Sarah sospechaba que él estaba enfatizando deliberadamente todo lo que los separaba.

Un tanto imprudente por el cansancio y la cerveza fuerte, le preguntó en voz baja:

—¿Te has preguntado cómo podrían haber sido las cosas entre nosotros en otras circunstancias?

Él se quedó muy quieto cuando sus miradas se encontraron. Los ojos de Rob eran sorprendentes, de un color azul verdoso nítido y pálido con el borde negro como la noche. Esos ojos podían ser intimidantes, amenazadores y amables. Ahora eran... sombríos.

—Me lo he planteado —dijo, y pareció que el aire se espesaba entre los dos—. Pero debemos jugar las cartas que la vida nos ha repartido.

Así que él también sentía esa enorme atracción y reconocía que seguían caminos demasiado diferentes. La intimidad que estaba creciendo en aquellos días tan intensos debía terminar. Aunque ella sabía que era inevitable, se sintió afligida al ver confirmadas sus sospechas.

Rob rompió aquel hechizo al coger sus alforjas y sacar de ellas una pistola.

—Ya que te has criado con chicos, ¿estás familiarizada con las armas? Algunas damas se amilanan ante tales artefactos infernales.

Ella la cogió y la abrió con habilidad. Estaba limpia, en buenas condiciones y descargada.

—No demasiado familiarizada, pero mi tío me enseñó a manejarlas. Yo tenía mejor puntería que mis primos. El tío Peter me decía que llevara siempre una pistola cuando viajara. por desgracia, no pensé en coger un arma cuando paseaba en coche por la propiedad de mi cuñado.

—Una pistola no te habría protegido de cuatro hombres, pero me alegro de que sepas disparar. —Rob le tendió un saquito de pólvora y perdigones—. Este arma es mía, una buena pistola. Yo llevaré la que le quité a uno de tus secuestradores, porque es más grande y pesada. Te sugiero que conserves ésta hasta que estemos a salvo en Inglaterra.

Ella se mordió el labio mientras miraba el arma.

—Como te he dicho, tengo buena puntería, pero no sé si podría matar a un hombre. Ni siquiera me gustaba cazar en Babcock Hall.

—Nunca te pediría que dispararas a otra persona. Pero blandir un arma y tal vez dispararla por encima de la cabeza de alguien es una declaración de intenciones bastante contundente.

—Muy bien. —Aceptó el saquito y practicó cargando su nueva arma—. ¿Sueles llevar una pistola a mano? No vi ninguna cuando me rescataste.

—Llevaba ésta, pero prefiero no usar armas a menos que sea absolutamente necesario. La probabilidad de herir seriamente a alguien de cerca es demasiado alta. En tales circunstancias, uso este bastón de lucha. —Metió una mano bajo su abrigo y sacó un pulido bastón de madera con pomos en ambos extremos. Cuando cerró una mano sobre él, los pomos sobresalieron a cada lado—. Esto añade mucha fuerza a los golpes cuando quieres herir, no matar.

—¡Oh, es excelente! ¿Puedo verlo?

Sonriendo, él se lo tendió.

—Tienes una mirada sorprendentemente cruel para ser una joven dama bien educada.

Ella cerró la mano alrededor del bastón e hizo algunos movimientos. Le gustaba el tacto de la madera suave en la palma, aunque el artilugio era demasiado largo.

—Me críe con chicos, lo que incluye una buena dosis de trato duro y rodar por el suelo cuando éramos pequeños y nuestros padres no nos veían. —Le devolvió el bastón—. Creo que yo necesitaría uno más pequeño para obtener el efecto deseado. No es que espere tener que luchar mucho, pero esta pequeña aventura me recuerda que a veces una dama debe defenderse.

—¡Espero que nunca vuelvas a tener una aventura así! —exclamó él—. Sin embargo, es bueno estar preparado para cualquier cosa que pueda surgir.

—Lo que significa descansar un poco para poder cabalgar durante todo el día de mañana. —Se tapó la boca mientras bostezaba y cogió una manta—. Dormiré en ese extremo del montón de paja.

—Yo dormiré junto a la puerta para ahuyentar a los dragones que puedan venir a por mi dama —respondió él con tono cortés.

—En otras palabras, bien alejado de mí —dijo ella sin rodeos.

—Exactamente. Tienes un campo muy potente de atracción, Sarah —dijo con ojos risueños—. Sería más fácil ahuyentar dragones.

Ella se rió, contenta de que pudieran bromear sobre esa atracción tan inconveniente. Después se envolvió en la manta, se hizo un ovillo en la paja contra la pared y se quedó dormida.

Capítulo 12

Sarah durmió como un tronco… y se despertó por la mañana tumbada junto a Rob. Tenía la cabeza sobre su hombro y él le rodeaba la cintura con un brazo. Por lo que parecía, los dos se habían movido y se habían encontrado en mitad del montón de paja. Aunque ambos seguían envueltos en sus mantas como si fueran momias, ella era vagamente consciente del calor y la fuerza de Rob.

Se acurrucó un poco más contra él sin darse cuenta de lo que hacía. Él abrió los ojos y la miró. Estaban a sólo unos centímetros de distancia. En las profundidades de color aguamarina de Rob se reflejó primero la conciencia y, después, un hondo deseo. Hipnotizada por su mirada, ella le pasó las yemas de los dedos por la encantadora mandíbula masculina sin afeitar.

Si él se hubiera acercado esos centímetros para besarla, ella habría respondido con un entusiasmo más peligroso que los dragones. En lugar de eso, Rob sonrió con cierta tristeza y rodó para apartarse de ella.

—Esta noche tendremos que levantar un muro entre los dos.

Ella se sentó y se pasó la mano por el pelo para quitarse la paja.

—No estoy segura de que eso funcione. Menos mal que los dos somos adultos sensatos.

Por lo menos, Rob lo era. Ella no confiaba en sí misma.

Otro largo día de cabalgar por recónditos caminos le produjo rozaduras en la piel y más músculos doloridos. Sarah había abandonado ya la esperanza de lavarse; había dejado de ser importante. La realidad era que la lluvia, las nubes y el sol se sucedían y que había que cambiar el paso para que los caballos se mantuvieran en buena forma durante las largas horas de viaje.

Nadie parecía perseguirlos. Una vez más, cuando cayó la noche encontraron un granero donde refugiarse. Rob compró manos de cerdo guisadas y compartieron la comida. Una semana antes ella tal vez se habría negado a comer manos de cerdo adobadas, pero ahora se lanzó a ellas ávidamente. Además, estaban bastante sabrosas.

Rob la envió a dormir al cuarto de los arreos con la puerta cerrada. Eso fue suficiente para mantenerlos alejados. Por desgracia.

Mientras tomaban un desayuno sencillo a la mañana siguiente, Rob dijo:

—Hemos aprovechado bien el tiempo porque eres una buena amazona. Si tomamos las carreteras de peaje, llegaremos hoy a Cork. Me han dicho que la que está cerca de aquí no está muy transitada, pero aun así lo estará mucho más que los caminos secundarios que hemos estado siguiendo. Y en cualquier puesto de control hay más probabilidades de que nos estén buscando.

—Pero llegaríamos a Cork antes —contestó ella pensativa—. Tú eres el experto. ¿Crees que merece la pena arriesgarse?

—Creo que sí. Cuanto más tardemos en llegar a un puerto y partir hacia casa, más se extenderá la voz de que nos están buscando. No sabemos si Free Eire es una organización muy grande y es posible que ya haya hombres buscándonos en todas las localidades del sudeste. Si todo va bien, podríamos estar en Cork a media tarde y tal vez incluso navegando hacia Inglaterra antes de que se acabe el día.

A Sarah le dio un vuelco el corazón. Deseaba desesperadamente estar en casa, a salvo y limpia y, sobre todo, ver cómo estaba Mariah, pero echaría de menos su aventura. O, para ser más exactos, echaría de menos a Rob. No le resultaría tan atractivo si fuera un villano de verdad, pero la combinación de su aspecto duro junto con su noble cuna, su educación y su actitud protectora era casi irresistible.

Sin embargo, aquel extraño idilio debía acabar y, cuanto antes terminara, más seguros estarían los dos. Sarah se puso en pie y se caló el sombrero.

—¡Hacia Cork, señor!

Sólo estaban a una media hora a caballo del comienzo de la carretera de peaje. Sarah tenía los nervios de punta cuando se detuvieron frente a la caseta de control. El vigilante vivía en la pequeña construcción, y así estaba disponible día y noche para levantar la barrera si venían viajeros. Un tablón pintado en la pared decía que el vigilante era un tal señor Diarmid Condon, y había una lista de tarifas en inglés y en irlandés para los caballos, ganado y medios de transporte de varios tamaños. El peaje para alguien que iba a caballo era de dos peniques.

Ella agachó la cabeza y se mantuvo encorvada en la montura mientras Rob hablaba con el anciano guarda en irlandés. Sarah y él solamente eran dos sucios viajeros irlandeses más.

Rob le dio un par de monedas y Condon se dispuso a levantar el largo poste de la carretera. Entonces, dos hombres salieron de la caseta blandiendo mosquetes: O'Dwyer y otro tipo al que ella no reconoció.

—¡Carmichael, bastardo! —vociferó O'Dwyer—. ¡Te estás haciendo pasar por irlandés! ¡Y nuestra duquesa, la muy ramera, va en pantalones! No me extraña que haya sido tan jodidamente difícil rastrearos. —Fulminó a Sarah con la mirada mientras seguía apuntando con el arma a Rob—. ¡Manos arriba, detective! ¡Este mosquete está cargado y me encantaría tener una excusa para volarte el corazón!

Rob levantó las manos, impasible. Sarah casi podía oír el ruido que hacía su mente al pensar en cómo reaccionar. Pero con dos mosquetes apuntándolo al pecho a bocajarro, sus opciones no eran nada buenas.

Los tres hombres, incluyendo al guardia de aspecto infeliz, estaban mirando a Rob y dando por sentado que ella era inofensiva. Tontos ellos, ya que Sarah alargó la mano hacia atrás y, tanteando, encontró la pistola en la alforja.

La llevaba medio amartillada y cargada, lo que era muy arriesgado, pero había decidido hacerlo porque algo así podía ocurrir. Sacó el arma, comprobó que estaba correctamente cargada, apuntó por encima de las cabezas de los hombres y apretó el gatillo.

¡¡¡BUM!!!

Mientras el estallido aún resonaba en las colinas, ella gritó:

—¡La bolsa o la vida! —porque gritar le parecía apropiado y, además, no se le ocurrió nada mejor.

Condon se ocultó detrás del poste mientras O'Dwyer y el otro tipo maldecían y se daban la vuelta, buscando a quien había disparado. Rob aprovechó su desconcierto para sacar el bastón de lucha y saltar de su caballo.

Aterrizó sobre O'Dwyer, cayendo los dos a tierra, él encima. Lanzó el bastón contra la sien de O'Dwyer, pero el irlandés era grande y se revolvía violentamente, así que sólo le golpeó con él el hombro. Los hombres rodaron por el suelo en una maraña de manos, rodillas y furiosos puñetazos.

Mientras luchaban, el otro tipo se recobró del susto y apuntó su arma hacia Rob y O'Dwyer. Movía el cañón de un lado a otro, buscando un punto donde disparar a Rob, pero ambos estaban demasiado enredados.

Estaba ignorando a Sarah de nuevo. Aquel tipo no era muy inteligente. En cuanto ella volvió a cargar la pistola, espoleó a *Boru* para que se dirigiera hacia él. Éste chilló e intentó esquivar al poni cuando lo tuvo casi encima, pero no fue lo suficientemente rápido. *Boru* lo golpeó de refilón y Sarah cogió el mosquete mientras el hombre caía al suelo.

Cuando el tipo se tambaleó hacia atrás, ella se puso el mosquete bajo el brazo izquierdo y apuntó la pistola a su cara.

—Por favor, no me haga disparar —dijo con su tono más solemne—. No quiero matarlo accidentalmente, pero no puedo permitir que interfiera. Levante las manos y no resultará herido. —Miró al vigilante—. Eso también vale para usted, señor Condon. Se habrá dado cuenta de que han sido estos salvajes los que lo han comenzado todo. Lo único que queremos mi amigo y yo es usar esta carretera.

El tipo palideció al mirar el cañón de la pistola. Mientras levantaba sus manos temblorosas, Rob terminó la refriega con O'Dwyer golpeándole la mandíbula con el pomo del bastón, lo que produjo un ruido de huesos rotos. O'Dwyer gruñó y se desplomó. Un hilo de sangre le corría por la barbilla.

Rob se incorporó rápidamente y lo agarró del cuello, hundiendo los dedos. El hombre abrió los ojos con horror antes de volver a caer al suelo.

Mientras Rob lo miraba con ojos entornados, Sarah tuvo la extraña sensación de poder leerle la mente. Estaba pensando en matarlo. No por rabia o sed de sangre, sino como resultado del pensamiento frío y racional de que estarían más seguros si O'Dwyer moría.

—No lo hagas —dijo ella suavemente—. Es una persona horrible, pero no quiero cargar con su muerte.

—Muy bien —contestó Rob tras unos instantes de duda—. Aunque puede que nos arrepintamos. —Se volvió al vigilante—. ¿Cuánto tráfico suele haber por aquí?

—No demasiado, pero es constante —contestó Condon con cautela—. Nunca pasa mucho tiempo entre un viajero y otro.

—¿Nos vamos ya? —preguntó Sarah, que se sentía incómoda al pensar que unos desconocidos pudieran encontrarse aquella escena.

—Quiero darnos algo más de ventaja. Ten preparada la pistola mientras yo meto a estos tipos en la caseta que hay detrás de la casa. —Rob se dirigió a su caballo y sacó dos pares de esposas de las alforjas. Al ver que Sarah levantaba las cejas, le explicó—: No hay razón para facilitarles la persecución cuando se despierten.

—Rob, eres una fuente constante de información —dijo ella con sinceridad, asumiendo que también tenía planes para el guarda.

Él le dedicó una rápida sonrisa.

—Y tú eres tremendamente útil en las peleas.

Mientras ella vigilaba a Condon, que parecía menos receloso, Rob arrastró a O'Dwyer y, después, al otro tipo. Cuando regresó, le dijo al guarda:

—Hay dos caballos atados en el cobertizo. ¿Son suyos?

—No, son de estas personas. —Condon frunció el ceño—. Dijeron que estaban buscando a dos ladrones que habían robado algo muy valioso. ¿Qué tiene que decir sobre eso?

—Que han mentido —respondió Rob con sequedad—. Secuestraron a mi compañera. A mí me enviaron a rescatarla y devolverla sana y salva a su familia en Inglaterra.

Condon examinó el rostro de Sarah y asintió.

—Lo creo, pero no quiero enemistarme con el Free Eire. Tendré que soltarlos en cuanto ustedes se marchen.

—No se preocupe. Lo ataré también para que su furia no recaiga sobre usted. Si entra en la casa, intentaré que esté lo más cómodo posible.

Sarah desamartilló la pistola y volvió a guardarla en la alforja mientras Rob acompañaba a Condon al interior. Regresó unos minutos después.

—Le he dado de comer a su perro, tal y como me ha pedido, y a él lo he atado tumbado en la cama, para que esté bien. Si los siguientes viajeros que pasen por aquí no son demasiado honestos, simplemente seguirán su camino, agradecidos de que no haya vigilante.

Sarah estaba a punto de responder cuando oyeron que se aproximaba un vehículo. Rob le lanzó las riendas.

—Escóndete detrás de la casa y yo les atenderé.

—¡Tienes muchas habilidades!

Sarah sacó a los caballos fuera de la vista justo cuando un carro bien cargado doblaba la curva. Desmontó y se asomó por la esquina de la casa. Vio que Rob levantaba la barrera y hablaba con el conductor, como si llevara años haciéndolo.

Llegaron más viajeros, un hombre que se dirigía al oeste a caballo y un carro tirado por un poni que iba hacia el este. Fue un alivio cuando todos se marcharon y el peaje quedó de nuevo en calma.

Rob regresó con dos caballos ensillados que sacó del cobertizo.

—Nos los llevamos. No los estamos robando... los soltaremos más adelante. Pero no quiero que O'Dwyer y su esbirro nos sigan pronto.

Ella se había convertido en la socia de un ladrón de caballos.

—¿Le has pagado al señor Condon cuatro peniques por los caballos extra?

Rob sonrió.

—Por supuesto. Está mal no pagar la tarifa.

Sin soltar las riendas de los caballos, subió a su propia montura y se dirigió de nuevo a la carretera. Impuso un trote rápido, con Sarah a su lado y los otros dos caballos detrás.

Cuando habían avanzado unos cuatrocientos metros y ya no se les veía desde el puesto de peaje, él frenó su montura.

—Es hora de montar estos caballos y de cabalgar rápido hasta que estén cansados. Después los soltaremos y volveremos a montar nuestros animales.

Sarah pensó que era lógico y desmontó de *Boru*.

—¿Cuánto tiempo crees que pasará antes de que reanuden la persecución?

—Es difícil saberlo. Podría ser media hora o medio día. —Rob se dirigió al caballo más pequeño de los que habían tomado prestados y acortó los estribos—. No pasará mucho tiempo antes de que alguien entre en la casa y descubra al señor Condon. Será más difícil soltar a O'Dwyer y al otro tipo, porque los he esposado a unas anillas de hierro que había en las paredes del cobertizo. Pero en cuanto rompan las esposas, encontrarán nuevas monturas y vendrán por nosotros como alma que lleva el diablo.

Sarah subió a su caballo provisional.

—¿Podremos llegar a Cork antes de que nos alcancen?

—Podríamos si fuéramos a Cork, pero no es así. Vamos a dejar esta carretera y a dirigirnos a Kinsale, un pequeño puerto al sur de Cork.

Ella nunca había oído hablar de aquel lugar, pero, hasta el momento, Rob no se había equivocado.

—Supongo que sabes cómo llegar allí.

—El granjero en cuyo granero nos quedamos anoche me habló de un camino que se cruza con esta carretera y que lleva a Kinsale. Discurre por un terreno escarpado, pero se puede hacer a caballo.

—Entonces, aunque vengan detrás de nosotros rápidamente, estaremos a salvo hasta que se encuentren con viajeros que se dirijan al oeste y les pregunten si nos han visto.

—Lo que será pronto. —Le dedicó una sonrisa tranquilizadora—. Llegaremos a casa, Sarah. Ya no queda mucho.

Probablemente le estaba mintiendo, pero ella se lo agradeció.

Rob y Sarah llegaron a lo alto de una gran colina y, al mirar hacia abajo, disfrutaron de la vista del mar, de una costa escabrosa y de una localidad enclavada en un pequeño puerto.

—Kinsale —dijo Rob, intentando no sonar demasiado aliviado.

A pesar de que había estado intentando parecer confiado, era plenamente consciente de cuántas cosas podrían salir mal. Si otro caballo se hubiera quedado cojo, habría sido desastroso.

—Media hora más y estaremos en el puerto, buscando una embarcación y un capitán que nos lleve a Inglaterra.

—Será mejor que encontremos a alguien rápido —dijo ella con voz tensa—, porque nos siguen.

Rob se giró y maldijo al ver a media docena de hombres que bajaba por la colina anterior. Entornó los ojos y reconoció la figura corpulenta de O'Dwyer al frente.

—¡Son jodidamente eficientes! Pero están por lo menos a un cuarto de hora de distancia. Eso nos dará suficiente tiempo.

Los perseguidores los vieron y un grito resonó por las colinas cuando espolearon a sus caballos para avanzar más rápidamente. Rob apretó los labios.

—¡A cabalgar! ¡Usted primero, milady!

Endureciendo sus delicados rasgos, Sarah se lanzó camino abajo hacia el pueblo, con Rob pisándole los talones. Él había tenido la esperanza de escapar de Irlanda sin sufrir ese tipo de persecución tan agitada, pero, por si acaso, había administrado bien la resistencia de los caballos.

Dio gracias porque Sarah montara tan bien. No habrían llegado tan lejos si no fuera una excelente amazona. Le había dicho que abriera camino para que impusiera el ritmo, y su poni y ella bajaron la colina a tal velocidad que a él le habría resultado difícil ir más rápido.

Llegaron al pueblo sin echar a perder los caballos, pero cuando Rob miró hacia atrás, vio que no parecía que a sus perseguidores les importara si sus caballos sobrevivían. Se aproximaban muy rápido y ya estaban lo suficientemente cerca como para poder ver la mezquina expectación reflejada en la cara de O'Dwyer.

Con los cascos de sus caballos retumbando por las estrechas calles empinadas, Rob y Sarah disminuyeron el paso para no llevarse por delante a los lugareños, que se apartaban apresuradamente. Rob sopesó rápidamente sus opciones. Intentar esconderse en esa pequeña localidad donde eran desconocidos sería muy difícil, por no decir imposible.

Había un fuerte británico, pero estaba en el otro extremo del pueblo. Demasiado lejos. Aunque tenían dos pistolas y dos mosquetes, enzarzarse en una batalla armada en mitad de Kinsale sería una locura.

Los habían perseguido hasta que estuvieron casi en el mar, lo que les dejaba sólo una vía de escape: una embarcación.

Capítulo 13

*S*i Sarah no hubiera estado concentrada en cabalgar lo más rápido posible por las empinadas calles de Kinsale sin herir a nadie, le habría dado un ataque de histeria. Los secuestradores estaban sólo a unos minutos detrás de ellos, y Rob y ella quedarían atrapados contra el mar. Ni siquiera Rob sería capaz de encontrar una salida esta vez.

Rob. Lo matarían a la menor oportunidad. A ella no. Probablemente le harían algo peor, por todos los problemas que les había causado.

¡Pero por Dios, no pensaba rendirse todavía! Y tampoco Rob.

Llegaron a la orilla entre el estrépito de los cascos de los animales, con los caballos bañados en sudor. A Sarah se le encogió el corazón cuando vio sólo un puñado de botes en el puerto. Uno estaba anclado en el muelle más cercano y un hombre se encontraba descargando una última cesta de pescado en los tablones de madera. El barco tenía dos velas, parecía en buen estado y llevaba el nombre *Brianne* pintado en la proa.

Rob frenó a su caballo al pie del muelle y saltó a tierra.

—¡Señor! —gritó mientras corría al muelle—. ¿Es usted el propietario de esta yola?

El hombre se incorporó y estiró la espalda.

—Sí, soy Michael Farrell. ¿Adónde van ustedes como si los persiguiera el diablo?

Rob se detuvo junto al *Brianne*, con todo el cuerpo tenso.

—¡Tenemos que partir de aquí ahora mismo! ¿Puede llevarnos a mi compañera y a mí? Le pagaremos generosamente.

Farrell resopló.

—¿Es que intentan matarse? —Señaló el cielo, donde unas nubes tormentosas se estaban formando hacia el norte—. Se acerca una intensa borrasca y no pienso meter en ella a mi *Brianne*.

—Estoy intentando evitar que nos maten —replicó Rob con seriedad—. Unos hombres malvados secuestraron a mi compañera. Yo la rescaté, pero nos han dado alcance y tienen armas y sed de venganza.

—¿Una mujer?

Farrell miró a Sarah, que había desmontado. Ella se quitó el sombrero para que su trenza rubia le cayera sobre la espalda y después hizo todo lo posible por parecer vulnerable y adorable. Lo de vulnerable era fácil porque estaba aterrorizada. Debió de funcionar, porque el capitán abrió mucho los ojos, sorprendido.

Sarah ató los caballos a una barandilla, desató los dos juegos de alforjas y se echó una sobre cada hombro para mantener el equilibrio. Temblando de agotamiento por la intensa cabalgada y las pesadas alforjas, siguió a Rob hasta el muelle, rezando por que pudiera convencer al capitán de que los sacara de allí.

Rob sacó una bolsa del interior de su abrigo y se la puso en la mano para que el hombre escuchara el sonido inconfundible de las monedas tintineantes.

—No tiene que llevarnos muy lejos, capitán. Sólo sacarnos de aquí.

Farrell fijó la mirada en la bolsa.

—Accederé de buena gana cuando haya pasado la borrasca, si por entonces no hemos perdido la marea.

—No tenemos tiempo que perder —replicó Rob secamente—. Estoy seguro de que un marinero experimentado puede navegar con una borrasca pasajera.

—Sí, si tuviera que hacerlo, pero sólo un necio intentaría salir navegando de este puerto con fuertes vientos sin una jodida buena razón. —Miró a Sarah y se tocó el ala del sombrero—. Perdón por el lenguaje, nena.

El lenguaje era el menor de sus problemas, porque un martilleo de cascos anunció que aparecerían una docena de hombres armados por una calle lateral, hacia la zona abierta que terminaba en la orilla. Se pusieron a gritar cuando vieron a su presa y se lanzaron a la carrera hacia Rob y Sarah.

Ella los miró, paralizada por el terror, y en ese momento uno de los caballos que iba al frente se tambaleó y cayó al suelo. Los dos que se encontraban inmediatamente detrás se desplomaron sobre el animal caído, derrumbándose en un revoltijo de relinchos y de hombres sudorosos que bloqueaban el camino. Los jinetes que iban detrás consiguieron detenerse a tiempo, pero uno de los hombres que había caído se había golpeado con una pared de piedra y se había quedado inerte.

Sarah musitó una oración de agradecimiento por ese breve respiro, aunque sería muy corto. Flannery y O'Dwyer ya estaban esquivando a sus hombres.

Rob pasó la mirada de sus perseguidores a la embarcación.

—Lo siento, capitán Farrell, pero debo llevarme el *Brianne*. —Le tendió la bolsa—. Puede quedarse los caballos y esto. Es más que suficiente para comprar otra yola. Si hay a bordo algo que quiera, cójalo, porque nos vamos.

—¡No pueden llevarse mi barco! —escupió el capitán.

—Podemos y lo haremos. Preferiría contar con su aprobación, pero no nos detendremos si no nos da su consentimiento. —Rob saltó al barco, manteniendo fácilmente el equilibrio cuando éste se balanceó por su peso—. Sarah, dame las alforjas y después cógeme la mano para embarcar.

Ella obedeció y al mismo tiempo le dedicó a Farrell una mirada que derretía el corazón, con los ojos bien abiertos, la que siempre funcionaba con su tío y con su padre.

—Señor, de verdad que es una cuestión de vida o muerte. ¡Tenga piedad de nosotros!

Indeciso, el capitán abrió la bolsa. Se le agrandaron aún más los ojos. Antes de que pudiera responder, el estallido de un mosquete resonó en el puerto. El agua del mar salió disparada en una docena de sitios y los perdigones repiquetearon contra el casco. Rob se agachó cuando otra ráfaga de mosquete se dirigió a ellos.

—¡Ya ve que no exagerábamos! Le aconsejo que se aparte de la línea de fuego.

Con la boca abierta por la sorpresa, Farrell miró hacia la orilla y vio a dos hombres cargando los mosquetes.

—¡Santa Madre de Dios! —Se guardó el saquito en un bolsillo, cogió una abultada bolsa de tela y saltó espantado al muelle—. ¡Muy bien, maldita sea! —Se lanzó a un bote inflable que estaba anclado al otro lado—. ¡El *Brianne* es suyo, y si se ahogan, no me echen la culpa a mí! ¡Tengan cuidado con el banco de arena que hay en la entrada del puerto!

Mientras Farrell remaba rápidamente para alejarse, Rob desató al *Brianne* y empujó el muelle con el pie para que el bote empezara a dirigirse al puerto. Entonces fue hacia el mástil delantero y empezó a izar la vela.

—¡Quédate agachada, que no te dé, Sarah!

Ella se dirigió a popa, obediente. Podía ver a *Boru* esperando pacientemente donde lo había dejado atado y esperó que Farrell se encargara de que trataran bien al poni.

Encabezados por O'Dwyer y Flannery, los secuestradores corrían ya por el muelle hacia el *Brianne*. Quince metros... cinco... O'Dwyer levantó una pistola y apuntó a Rob...

Con un crujido de la vela, el *Brianne* por fin cogió el viento y se alejó bruscamente del muelle. El tirón que sufrieron cuando el barco empezó a moverse casi lanzó a Sarah por la borda.

—¡Mantente agachada, maldita sea!

—Sí, sí, capitán.

Temblando, Sarah se agarró y miró a los secuestradores. El *Brianne* ya se había alejado lo suficiente como para que no pudieran saltar a él. Les dispararon varias veces y Sarah pudo oír las maldiciones de los hombres. Las pronunciadas en inglés eran sucias y, las irlandesas, probablemente mucho peor. Ninguno de los disparos cayó cerca de ellos; el barco se estaba moviendo demasiado rápido y de forma irregular, aunque ella suponía que por un buen propósito.

¡Lo habían conseguido! Se habían escapado de los demonios que se habrían llevado a Mariah y a su bebé no nacido y que probablemente los habrían matado a los dos en el proceso.

Junto con el alivio llegó la furia. Esos hombres horribles la habían aterrorizado y habrían matado a Rob de buena gana. Sarah se levantó, colocó las manos alrededor de la boca y gritó:

—¡Necios ignorantes! ¡Ni siquiera soy la duquesa de Ashton, sino su hermana! Lo hicisteis mal desde el principio.

En el rostro de Flannery se reflejaron la sorpresa y la rabia.

—¡No te rías demasiado pronto, zorra! —le respondió—. ¡Cuando mi jefa se entere, irá tras vosotros!

Sarah parpadeó. ¿Había dicho que su jefe era una mujer? Con el viento y la distancia, la voz se le iba apagando. No importaba. Rob y ella habían escapado, y Adam se aseguraría de que Mariah estuviera bien protegida en el futuro.

El barco se tambaleó y ella casi se cayó por la borda. Una mano fuerte la agarró por la cinturilla del pantalón y tiró de ella hacia abajo.

—Siéntate, princesa —dijo Rob con sequedad—. Aunque entiendo que necesites descargar tu enfado con ellos, no merece la pena ahogarse.

Y era verdad, pero había disfrutado desahogándose un poco. Se dio la vuelta y se sentó en el banco que cruzaba toda la popa. El barco tendría unos diez metros de largo y no era muy alto, con un par de bancos y de pequeñas bodeguillas al frente.

Rob estaba sentado en la parte posterior, frente al timón, guiando al *Brianne* mientras se alejaban del muelle. Ya casi habían llegado a la entrada del puerto. Frunció el ceño y paseó la mirada del cielo plomizo al banco de arena del que les había hablado Farrell.

Una ráfaga de viento inclinó el barco bruscamente hacia la derecha y Sarah se agarró aún más fuerte a la borda.

—¿Sabes lo que hay que hacer con esta cosa?

—Me crié en Somerset, la parte inglesa de este canal, y los pescadores del lugar me enseñaron a navegar en yolas muy parecidas a ésta —dijo de modo tranquilizador—. Pero Farrell tenía razón en preocuparse por esa borrasca. Quiero estar en mar abierto cuando se desate. Guarda las alforjas en el compartimento de babor si hay espacio. Está a la izquierda. Si no caben, prueba en la bodeguilla de la derecha. Es estribor. Cuando te muevas por el barco, mantente siempre agachada y agarrada a algo sólido.

Sarah se movió hacia delante, deslizando la mano por la borda. Cuando llegaran a Inglaterra, sabría nombrar las diferentes partes del barco. De la yola.

—¿Todas las yolas son como ésta?

—Hay muchas variantes, pero las yolas de pesca suelen tener este tamaño y dos velas.

Sarah abrió la pequeña bodega de babor. Pensó que sería útil hacer un inventario de los recursos que tenían y dijo:

—Hay cuerda en el fondo y una especie de cubo pequeño, y también caben las alforjas. No me importa que después todo huela a pescado.

—Cuando pasen unas cuantas horas, ni siquiera notarás el olor. El cubo es para achicar agua. Mantenlo cerca porque, con el diseño que tiene esta yola, lo tendrás que usar tarde o temprano. —Miró al cielo—. Temprano. Busca un lugar seguro donde puedas agarrarte con las dos manos y mantén la cabeza por debajo del brazo de la vela para que no te tire al agua.

A pesar de que Sarah no sabía lo que era el brazo de la vela, le resultó fácil entender la advertencia de Rob. Se sentó con la espalda apoyada en la pequeña bodega, agarrándose con una mano a la borda. No sólo se sentía segura, sino que estaba frente a Rob y podía verlo al timón.

Se había quitado el sombrero y su cabello castaño ondeaba al viento mientras fijaba sus ojos de color azul claro en las nubes que se acercaban. Con sus marcados rasgos y su eficiente habilidad, verlo podría despertar los sueños románticos de cualquier chica mientras llevaba al *Brianne* fuera del puerto. Pero era mucho más que el sueño romántico de una chica. Era real, fuerte y completamente fiable. Tal vez eso significaba que era el sueño romántico de una mujer.

Como no conseguía nada de provecho pensando en eso, se dedicó a estudiar la borrasca que se acercaba. Podía ver la lluvia y el viento barriendo las olas grises, dirigiéndose directamente hacia ellos. Acababan de salir del puerto cuando por fin los alcanzó, empujando al *Brianne* con tanta brusquedad que Sarah gritó involuntariamente, segura de que iban a volcar.

—¡Agárrate fuerte, Sarah! ¡Vamos a salir de ésta!

Rob le hablaba a ella, pero toda su atención estaba puesta en el mar y en el viento. El *Brianne* se enderezó y continuó navegando bajo la lluvia torrencial.

Sarah se agarraba con todas sus fuerzas y Rob se esforzaba al máximo para controlar la yola. Sorprendida primero y después divertida, se dio cuenta de que Rob estaba disfrutando de aquella batalla con los elementos. Dudaba que sus ojos brillaran tanto si estuvieran en peligro de ahogarse, así que empezó a relajarse.

La lluvia cesó con sorprendente brusquedad y el viento disminuyó hasta ser fresco, no amenazador. Cuando el sol salió, dejando toques de luz en las olas, Sarah dejó escapar un suspiro de alivio.

—Estoy realmente impresionada, Rob. ¿Hay algo que no puedas hacer?

Él se rió. Desde que la había rescatado, Sarah no lo había visto tan relajado.

—Hay muchas cosas que no puedo hacer, pero me defiendo con los barcos. Esta embarcación es una dulce yolita. Nos llevará a casa sanos y salvos.

—¿Cuánto tiempo tardaremos en llegar?

—Es difícil saberlo. Si el viento coopera, alrededor de un día. Si estuviéramos mucho más al norte, frente a Gales, la travesía sería mucho más corta. Espero que Farrell tenga reservas de agua, o estaremos muertos de sed cuando lleguemos.

—Yo tengo suficiente agua encima como para compensar esa carencia.

Agua y frío.

Rob debió de haber notado sus temblores, porque dijo:

—Puedes calentarte con una manta seca de nuestro equipaje, pero antes tendrás que usar el cubo para achicar. La borrasca nos ha dejado mucha agua. —Tras una pausa, añadió—: Puedo achicar yo si tú quieres probar a llevar el timón.

—¡No, gracias! Tal vez lo haría si el mar estuviera en calma y el viento fuera más ligero. En estas condiciones, probablemente terminaríamos en España si intentara guiarlo. —Sacó el cubo y husmeó un poco más en la bodeguilla—. Aquí hay tazas y platos de peltre y una botella pequeña de algo que tal vez sea potable. —Quitó el corcho, olió el contenido y arrugó la nariz—. Es algo con mucho alcohol. ¿Quieres probarlo?

Con cierta pesadumbre, él dijo:

—A lo mejor más tarde, si necesito calentarme. ¿Hay algo más que nos resulte útil?

Sarah encontró un pequeño barril y abrió un poco el grifo, lo justo para que salieran unas gotas.

—Éste es de agua. —Volvió a guardarlo en la bodeguilla y siguió explorando—. Hay un paquete con pescado ahumado. Y algunos huevos, imagino que cocidos, porque Farrell no podría hacer gran cosa con huevos crudos. Y eso es todo. Hora de achicar.

Se inclinó y empezó con su tarea. Sentía cierta libertad al saber que no importaba si se salpicaba a sí misma porque ya no podía estar más mojada. Además, el trabajo la calentaba.

Cuando terminó y guardó el cubo, Rob dijo pensativo:

—No estoy seguro de que Ashton apruebe que le devuelva a una picaruela desaliñada en lugar de la elegante dama que perdió.

Ella se rió.

—Le diré que te pague la tarifa completa, aunque parezca que me has pescado de un estanque. —Estaba empezando a tener frío de nuevo, así que hurgó en las alforjas, en busca de una de las mantas secas—. ¿Quieres la otra manta?

—Es mejor reservarla. Puede que haya más borrascas.

Ése no era un pensamiento muy alegre. Sarah se envolvió en la manta y entró un poco en calor, pero no lo suficiente. Se apretó la manta más contra su cuerpo e intentó que no le castañetearan los dientes.

—Ven y siéntate a mi lado para que pueda pasarte por los hombros el brazo que tengo libre —dijo Rob—. Lo siento. Es lo mejor que puedo ofrecerte.

—¡Es una oferta que acepto con entusiasmo! —Sarah se pasó al banco de popa y se sentó tan cerca de Rob que sus cuerpos quedaron pegados desde los hombros a las rodillas. Dejó escapar un leve suspiro de placer—. Incluso en estas condiciones irradias calor. Es un don muy útil. —Cuando Rob le pasó un brazo alrededor, añadió—: Estoy muy asombrada por haber escapado.

—No lo habríamos conseguido si hubieras sido la chica inútil que creía que eras cuando te vi por primera vez —respondió Rob con seriedad—. Pero has estado a la altura de todos los desafíos. La vida civilizada se te queda pequeña.

Ella se rió.

—Tal vez, pero ya he satisfecho mi sed de aventuras por bastante tiempo. —Se acurrucó un poco más bajo su brazo y sintió que el calor volvía a su cuerpo entumecido—. ¿No te cansas nunca de las aventuras?

—No pienso en ello como aventuras. Simplemente es… mi vida. —Sonrió con ironía—. Aunque suele ser más tranquila que esto.

—¿Has navegado más desde que eras un muchacho? —le preguntó ella—. ¿O te estás fiando de los recuerdos?

Él se quedó muy quieto y Sarah se preguntó qué habría causado esa reacción.

—No tienes que contestar —añadió ella rápidamente—. Era una pregunta ociosa, fruto de una mente ociosa.

—Tu mente nunca está ociosa. —Él suspiró—. La respuesta es una larga historia.

Ella apoyó la cabeza en su hombro y observó los brillantes rayos del sol del atardecer iluminar el mar que los llevaría a casa.

—Bueno, yo diría que no nos falta tiempo.

Flannery odiaba tener que darle un informe negativo a su jefa. Con el rostro rígido como el granito, dijo:

—Compraron una yola en Kinsale y huyeron cuando estábamos a punto de cogerlos.

Ella le dirigió una mirada fiera y rabiosa.

—¿Dejasteis que escaparan? ¿Por qué demonios no les disparasteis?

—Lo intentamos. Pero la distancia era demasiado grande y el barco se movía.

Decidió cerrar la boca. Cuanto menos dijera, mejor.

—Está habiendo tormentas —murmuró ella—. Con suerte, la duquesa y el detective se ahogarán y nadie lo sabrá.

Ya que ella había sacado el tema, tenía que contarle el resto.

—Mientras la embarcación se alejaba, la chica gritó que no era la duquesa, sino su hermana. Puede que sólo lo haya dicho para burlarse de nosotros. La verdad es que encajaba en la descripción de la duquesa.

Su jefa dio un puñetazo sobre la mesa.

—¡La duquesa tiene una hermana gemela! Son como dos gotas de agua, pero ella estaba embarazada, a punto de dar a luz. ¡Secuestrasteis a la maldita mujer equivocada!

Flannery se encogió involuntariamente. Aunque su jefa era sólo una mujer, tenía un carácter aterrador. Recordó lo hábilmente que la chica le había explicado que el bebé ya había nacido y que estaba con una nodriza. La muy zorra traicionera...

—No sabíamos que tenía una hermana.

Quedó flotando en el aire que la jefa debería habérselo contado desde el principio.

—El nombre de la hermana es Sarah y es una solterona. Sin ningún valor, comparada con la duquesa. —Los rasgos de la mujer se endurecieron—. Pagará por esto. Y también ese condenado detective de Bow Street.

Y Flannery deseaba ser quien exigiera venganza.

Capítulo 14

*M*uy pocos amigos de Rob conocían su sórdido pasado, y no eran de los que aireaban secretos. Pero se dio cuenta de que quería contarle su historia a aquella joven dama alegre e intrépida que había demostrado ser tan buena compañera. No tenía fortuna y su honor había quedado bien maltrecho. Sin embargo, podía ofrecerle a Sarah un trozo de sí mismo en forma de las experiencias que lo habían hecho ser como era. Ya la conocía lo suficientemente bien como para creer que respetaría ese regalo tan peculiar.

—Ya te he hecho un resumen del primer capítulo de mi vida —empezó a decir—. Mi madre era la segunda esposa de mi padre, la hermosa hija de un vicario irlandés. A mi padre le gustaba alardear de ella en Londres. Él pertenecía a la alta sociedad, era un líder de la flor y nata y un tremendo hipócrita que seguía fervientemente la religión de boca para afuera cuando en realidad tenía alma de filisteo.

—Suena bastante desagradable —dijo Sarah.

Eso era un eufemismo enorme, pero Rob no tenía necesidad de decírselo.

—Para ser completamente justo, debo añadir que tenía una buena razón para sentir aversión por mí. Yo no era un hijo obediente. Después de que me expulsaran de dos de los mejores colegios para hijos de caballeros, se enteró de la existencia de la academia de Westerfield y me envió de inmediato a lady Agnes, lo que resultó ser un gran alivio para ambos.

—Me dijiste que pensaste llevar una carrera militar, pero que no pudo ser —comentó Sarah, que se sentía increíblemente bien bajo su brazo—. Imagino que él no se opondría a tu ingreso en el ejército. Sería una forma respetable de perderte de vista.

—Cometí dos grandes crímenes que hicieron que me repudiara y que me exiliara. El primero fue robar la querida y valiosa colección de mi padre de cajas de rapé, y el segundo, anunciar que iba a casarme con Bryony, la alocada hija del pastor. —Bajó la vista hacia los grandes ojos castaños de Sarah—. Ya ves que soy un completo sinvergüenza.

Ella elevó un lado de la boca.

—Puede que seas un perfecto sinvergüenza, pero dudo que robaras sus tesoros para pagar deudas de juego o a amantes.

Se sintió desmesuradamente satisfecho al ver lo bien que ella lo comprendía.

—Usé el dinero para arreglar cuentas con los comerciantes a los que frecuentaba mi padre y a los que nunca pagaba. Algunos estaban a punto de ir a prisión por morosos. Las cajas de rapé dieron suficiente dinero para pagar a casi todo el mundo. La factura del sastre era, con mucho, la más elevada.

—Sospecho que tu madre y tu abuelo vicario te moldearon el carácter antes de que tu padre pudiera arruinarlo —observó Sarah—. Y, por eso, eres mejor hombre.

—Pero un peor caballero —replicó Rob secamente—. Aunque podría haber sobrevivido tras robar las cajas de rapé, insistir en que me casaría con Bryony fue la gota que colmó el vaso. Como sólo tenía dieciocho años, necesitaba el permiso de mi padre, pero pensé que estaría contento de dármelo para que me llevara a Bryony y entrara en el ejército, y así él se libraría de mí. Con suerte, moriría honorablemente en combate.

Sarah hizo una mueca al oír semejante declaración.

—Debió de sentirse horrorizado ante la idea de que su noble sangre Carmichael se mezclara con la de una campesina.

—Exacto. Una vez que Bryony estuviera fuera de escena, probablemente pensaba comprarme un cargo para deshacerse de mí, pero antes de que eso ocurriera, mi hermano decidió quitarle la mancha al escudo familiar. Edmund era el heredero y seguía los pasos de nuestro elegante padre. Como iba a casarse con la heredera de una rica familia, no había necesidad de seguir manteniendo a un heredero de repuesto como yo.

Sarah frunció el ceño.

—¿Qué hizo?

Una brusca ráfaga de viento le dio a Rob la excusa de concentrarse en la navegación el tiempo suficiente para controlar la ira que siempre sentía al pensar en su hermano.

—Mi querido Edmund me vendió a una patrulla de reclutamiento forzoso.

—¡Santo Dios! —exclamó Sarah—. Eso es malvado. ¿Cómo pudo hacerlo? Las leyes referentes a la leva son bastante claras. Tú no eras un marinero profesional y, como hijo de un caballero, debías tener protección.

—Las leyes son claras, pero las personas que las hacen cumplir pueden ser unos corruptos. Mi querido Edmund no tuvo ningún problema para conseguir que me llevaran a la fuerza, me amordazaran y me metieran en un barco que necesitaba tripulación. —Rob torció la boca—. Así que, respondiendo a tu pregunta, sí, tengo más experiencia navegando. Como marinero común y corriente en un barco comercial de la India.

Y tenía las cicatrices del látigo en la espalda para demostrarlo.

Sarah sacudió la cabeza, incrédula.

—¿Cómo pudo hacerle eso a su propio hermano?

—Muy fácil. Aunque mi padre y yo teníamos una relación que podría describirse como aversión cordial, Edmund y yo nos odiábamos abiertamente. La última imagen que tengo de mi hermano es su sonrisa de satisfacción mientras cuatro hombres me golpeaban, me ataban, me amordazaban y me arrastraban.

Sarah hizo un pequeño ruidito de angustia, pero sabía que lo mejor era no hablar de esas cosas tan horribles.

—¿Cuánto tiempo estuviste navegando como esclavo?

—Alrededor de un año. Me escapé del barco en Bombay y encontré trabajo con un alto oficial de la Compañía de las Indias Orientales. El señor Fraser me contrató gracias a mi apellido escocés. Me trató bien y me dio posibilidades de aprender. Me convertí en una mezcla de su secretario personal y su guardaespaldas.

También había mejorado sus habilidades en la lucha. Ya no le parecían demasiados cuatro hombres atacándolo a la vez. Una vez había salvado al señor Fraser cuando media docena de bandidos los habían atacado.

—¡Me alegro de que encontraras a alguien que te valorara! ¿Cuánto tiempo estuviste en la India?

—Casi cinco años. Pensé en quedarme, porque es un lugar fascinante.

Incluso ahora, a veces se despertaba sintiendo los aromas de los bazares de especias, o rememorando los brillantes colores tropicales.

Aunque estaba anocheciendo, todavía había suficiente luz para que él pudiera ver sus delicados rasgos cuando le preguntó:

—¿Por qué te marchaste si te encantaba la India y tenías una buena posición?

Él sonrió, burlándose de sí mismo.

—Un duro detective de Bow Street no debería admitir tales sentimentalismos, pero… Soy británico hasta la médula. Echaba de menos mi país natal. Así que le di la mitad de mis ahorros a Fraser para que los invirtiera y compré un pasaje para Londres. Había aprendido a llevar a cabo investigaciones de forma discreta, a veces peligrosos encargos, y así fue como acabé en Bow Street. —Le apartó a Sarah un mechón de cabello de la cara—. Rescatando a hermosas damiselas.

—Yo también añoraría Inglaterra terriblemente —dijo ella—. ¿Alguna vez te enfrentaste a tu horrible hermano?

Rob negó con la cabeza.

—Conseguí que venciera el control civilizado y, cuando regresé a Inglaterra, decidí dejar atrás todo eso y abrir el segundo capítulo de mi vida. —No habría sobrevivido si no se hubiera obligado a olvidar la furia y el hecho se sentirse traicionado—. Estuve tentado de hacer saber a mi familia que me había convertido en un detective de Bow Street para horrorizarlos un poco más, pero no ganaba nada buscando disculpas o venganza. Nunca me ofrecerían las primeras, y yo no deseaba que me colgaran por conseguir la segunda.

—Fuiste muy sensato. —Se hizo el silencio, excepto por el sonido de las olas y el viento, hasta que Sarah dijo con suavidad—: ¿Eres feliz con la vida que te has creado, Rob?

—¿Feliz? —Lo meditó unos segundos—. Definitivamente, estoy contento. Soy muy bueno en lo que hago, y eso es muy satisfactorio. Ayudo a la gente y, a veces, hago justicia. —Le apretó los hombros—. Incluso rescato a bellas damas. Sí, me gusta mi vida.

—Me alegro. —Tras otro silencio aún más prolongado, dijo con la voz entrecortada—: Me va a resultar muy difícil decirte adiós, Rob. Has llegado a ser... muy especial para mí.

A él se le encogió el corazón y deseó con toda su alma que las cosas fueran diferentes.

—Hemos tenido la oportunidad de conocernos de una manera que es rara entre un hombre y una mujer que en circunstancias normales nunca se habrían encontrado.

—Sí. —Suspiró, reconociendo la distancia que él estaba poniendo entre los dos—. ¿Sería posible que quedáramos como amigos?

Él pensó en las habitaciones que tenía sobre la tienda de empeños. Eran pulcras y cómodas, al menos para él, pero no podía imaginarse a Sarah allí.

—No tendría sentido. Algunas cosas están predestinadas a terminar.

Inclinó la cabeza para darle un beso que pretendía que fuera suave y dulce, un tributo melancólico a lo que nunca podría ser. Pero ella lo recibió con un anhelo ardiente que abrasó la noche. Olvidando sus buenos propósitos, él la apretó contra sí y le exploró la boca, las cálidas curvas de su cuerpo, el poder de la pasión oculta en su pequeña figura.

Ella correspondió a su deseo, le abrazó la pierna izquierda con los muslos y presionó las caderas contra las suyas. Santo Dios, Sarah era embriagadora, inocencia, fuego y generosidad que le llegaban a lugares olvidados del alma.

—Dulce Sarah —susurró él—. Mi princesa dorada...

El *Brianne* viró tan bruscamente que casi cayeron al mar. Maldición, ¡había soltado el timón! Lo cogió con una mano y se estiró para agarrar a Sarah por la cintura antes de que cayera por la borda. Con el corazón latiéndole rápidamente, corrigió el rumbo mientras apretaba aquel delgado cuerpo contra el suyo.

—¡Bueno, eso ha sido interesante! —dijo Sarah riéndose suavemente—. Me habían hablado de besos que hacen temblar la tierra. Nosotros hemos hecho temblar el mar.

Él sonrió y su tensión se evaporó al ver que ella se reía.

—Creo que ha sido el mar el que nos ha hecho temblar a nosotros. Pareces tener un ángel de la guarda que protege tu virtud.

Ella suspiró y Rob sintió su aliento cálido a través del hombro mojado del abrigo.

—Por desgracia, es verdad.

Se quedaron muy juntos, sin que ninguno de los dos deseara apartarse. El viento era regular y, las olas, moderadas, pero eso no duraría. Pronto tendrían que separarse, y en esa ocasión sería para bien. Un pequeño bote en el mar no era el lugar adecuado para un devaneo apasionado.

A Rob se le estaba empezando a entumecer el hombro por el peso de la cabeza de Sarah cuando ésta preguntó:

—¿Has pensado alguna vez en cambiar de trabajo? El administrador de mi tío se jubilará pronto, así que tendrá que buscar a alguien que lo releve. Creo que tú harías muy bien esa tarea.

Durante un momento, él lo pensó. Ser administrador en la propiedad de un caballero era un puesto de responsabilidad y respeto y solía venir con un buen salario y una casa. Era una buena posición para un hombre de familia. Una mujer como Sarah podría casarse con un hombre así, si era de buena cuna. No se consideraría una excelente unión, pero tampoco sería un matrimonio inconveniente. Sarah y él podrían estar juntos...

Esa posibilidad murió casi tan repentinamente como había aparecido. Vivir dependiendo de un familiar de Sarah nunca funcionaría. *Pobre Carmichael, incapaz de mantener a su esposa adecuadamente sin la caridad familiar.* No. Ambos se merecían algo mejor.

—Es un pensamiento muy generoso, Sarah, pero no funcionaría —contestó, eligiendo con cuidado las palabras—. Una de las mejores cosas de ser un detective es que soy totalmente independiente. No me gusta acatar órdenes y, desde luego, no sé cómo se gestiona una propiedad. Tu tío necesita un administrador apropiado.

—Sabía que dirías eso —respondió ella con desolación—. Pero tenía que preguntar.

Ella había tenido que preguntar. Y él había tenido que rehusar.

Por primera vez en muchos años, Rob maldijo a su hermano por destruir las oportunidades que tenía de llevar la vida para la que había nacido.

—Debes de estar agotado —dijo Sarah en la oscuridad—. ¿Quieres que coja un rato el timón para que puedas descansar un poco? Parece que llevamos un rumbo hacia el sur bastante regular.

—Puedo arreglármelas. Es fácil llevar una yola como ésta con una sola mano. Pero si quieres probar a guiarla tú, ahora es un buen momento.

Rob se levantó y rodeó el timón, manteniendo una mano en él mientras Sarah se deslizaba por el banco de popa y cogía la larga barra de madera.

Se sintió intrigada por cómo el timón transmitía todas las vibraciones y sutiles movimientos del *Brianne.* La yola era como una criatura viva, y entendió vagamente cómo un buen marinero podía sentirse en armonía con su embarcación.

Cuando Rob lo soltó, Sarah se vio de repente luchando para mantener el timón en el ángulo adecuado. Masculló una maldición y hundió bien los talones en el suelo para agarrar la barra con fuerza, pero, aun así, la yola perdió el rumbo.

—¡Es mucho más difícil de lo que parece!

Rob puso una mano sobre el timón desde el otro lado, y Sarah lo controló inmediatamente.

—Dirigirlo no es difícil, pero se necesita mucha fuerza —le explicó Rob—. Tú eres fuerte para tu tamaño, pero ese tamaño es...

—Mediocre —sugirió ella cuando él pareció no encontrar una palabra cortés.

—Exquisitamente pequeño —afirmó Rob.

—Muy galante, pero ya hace tiempo que me resigné a ser poca cosa —dijo Sarah sonriendo—. Mi amiga lady Kiri Mackenzie tiene muchas virtudes envidiables, pero la que de verdad envidio es su altura. Cuando entra en una habitación, es como una diosa guerrera hindú que atrae todas las miradas. Yo sólo soy la chiquilla Clarke-Townsend.

Rob deslizó la mano por el timón hasta posarla sobre la de Sarah.

—Tienes la altura adecuada. Si fueras más alta, serías demasiado alta. Y serás una esposa económica, porque necesitarás menos tela para los vestidos.

Ella se rió.

—Me aseguraré de decirles eso a mis futuros pretendientes. Las gemelas Clarke-Townsend son la encantadora duquesa dorada y su hermana, un eco de ella. Con menos brillo y magnetismo, pero agradable y buena en la organización de la casa.

Él le apretó la mano.

—No te burles de lo que es único y especial en ti, Sarah.

Durante unos instantes, ella no respondió.

—En realidad, no lo hago. Pero soy una polilla al lado de la mariposa que es Mariah. La vida impredecible que ha llevado la ha hecho vivaz, encantadora y adaptable. Yo soy... menos interesante. Mariah no recordaba que tenía una gemela, pero creó una amiga imaginaria llamada Sarah que siempre era perfecta y aburridamente correcta. Ésa soy yo, aunque no soy perfecta.

—Así que las dos os comparáis de manera negativa. «¡Señor, qué locos son los mortales!»* —dijo Rob, risueño—. Mientras que dudáis de vosotras mismas, cualquier hombre que os vea juntas se sentirá doblemente bendecido. Dos jóvenes encantadoras, igualmente bellas y deliciosamente diferentes.

—Dices unas cosas muy bonitas, Rob. —Desconfiada, Sarah ahogó un bostezo—. Ya que no soy la persona adecuada para gobernar el *Brianne*, prepararé algo de cena. Me acabo de dar cuenta de que estoy hambrienta.

—No hemos comido nada desde el ligero desayuno del alba. —Rob se hizo cargo del timón cuando Sarah se apartó—. Pero mañana por la tarde deberíamos estar en tierra y poder elegir qué comer. Pasado mañana estarás con tu familia en Ralston Abbey.

—¡Eso espero! —Sarah abrió la bodeguilla que contenía la comida y sacó los paquetes de pan, queso y pescado ahumado—. ¿Quieres un poco de whisky?

—Solo no. Añade un poco de agua. Te recomiendo que bebas lo mismo, te calentará.

Mientras ella cogía las dos tazas de peltre, preguntó:

—¿Dónde crees que desembarcaremos?

—Si es posible, me gustaría navegar hasta Bristol, aunque no estoy seguro de dónde hemos zarpado, ni de cuánto al sur nos ha empujado la borrasca. Pero conozco bastante bien el litoral inglés a lo largo de las costas de Somerset y Devonshire. Hay varios puertos pequeños que nos vendrán bien si es allí donde acabamos.

---

* La frase pertenece al tercer acto de *Sueño de una noche de verano*, de William Shakespeare. *(N. de la T.)*

—¿Cómo vas a guiar el barco durante la noche? Necesitas descansar y ya hemos comprobado que no soy buena para sustituirte.

—Recogeré la vela pequeña y reduciré la superficie de la vela mayor —contestó Rob—. Después bloquearé el timón en posición y echaré unas cabezadas junto a él. Si el viento o el tiempo cambian drásticamente, me despertaré de inmediato.

Ella no lo dudaba. Sospechaba que Rob podía hacer cualquier cosa. Cenaron en tranquilo silencio. Sarah tenía tanta hambre que incluso el pescado ahumado le supo bien. Dudaba que le cogiera el gusto a las bebidas alcohólicas, pero el whisky con agua se podía beber y, como Rob le había dicho, la calentó.

Después de comer, se envolvió en las dos mantas por insistencia de Rob y se acurrucó a su lado. Los sonidos del viento y del mar eran muy relajantes.

Algún día recordaría maravillada aquella aventura de navegación, porque era muy diferente del resto de su vida. Al igual que Rob.

Por lo menos, tendría los recuerdos.

Capítulo 15

*E*l alba apareció roja y ominosa. *Cielo rojo al atardecer, de marineros es placer. / Rojo de amanecida, alerta en la marina.* Rob no sabía si aquel dicho era muy antiguo, pero sospechaba que la advertencia había existido desde que Noé construyó el arca.

Mientras observaba el cielo, el rollo de manta en el que estaba envuelta Sarah se movió y después se abrió para revelar su enmarañado contenido rubio. Ella se sentó y se desperezó, y parecía tan apetecible que él volvió a desviar la mirada apresuradamente hacia el cielo.

—Dormir en una cubierta de madera me hace apreciar la comodidad de un pajar —dijo Sarah alegremente—. ¿Has conseguido descansar?

—Sí, el viento ha sido ligero la mayor parte del tiempo. He podido dormitar un buen rato.

Ella dobló las dos mantas con esmero y las guardó en la bodeguilla.

—No voy a saber qué hacer con una cama de verdad cuando vuelva a tener una.

Rob deseó que no hubiera hablado de camas. Uno de los inconvenientes de la navegación tranquila era que tenía demasiado tiempo para pensar en su atractiva compañera.

—Si todo va bien, dormirás esta noche en una cama de verdad.

—Una cama de verdad —dijo ella con veneración—. Y, si se me bendice por completo, ¡un baño de verdad!

—¡Ten cuidado! Demasiada civilización de una sola vez puede ser abrumadora.

Rob no debió de haber conseguido el tono relajado que buscaba, porque ella lo observó con el ceño fruncido.

—¿Ocurre algo? No nos siguen, ¿verdad?

Se sentó más incorporada y oteó el mar que había tras ellos.

—No es eso, pero se aproxima una tormenta. Probablemente, una grande. —Señaló el alba rojiza—. No estoy seguro de cuándo llegará. Espero que no antes de que estemos a salvo en la costa, pero todavía nos queda mucho camino por delante.

—Atravesamos la borrasca con facilidad —comentó Sarah—. ¿Esto será peor?

—Las borrascas son breves. Una tormenta puede durar horas o días.

Y había navegado lo suficiente como para tener un mal presentimiento sobre la que se avecinaba.

Sarah miró al cielo en dirección este, muy seria. Rob pensó que su esponjoso pollito dorado parecía tranquilo y decidido. Una mujer, no una muchacha.

—Entonces, debemos prepararnos lo mejor que podamos. Primero, el desayuno. Después, ¿qué puedo hacer para facilitar atravesar la tormenta?

—El desayuno es un buen comienzo. Come bien… necesitaremos la energía. Después de que hayamos comido, guarda todo lo que esté suelto y trae la cuerda que encontraste ayer. Los dos necesitamos cuerdas de seguridad que nos aten a la yola.

Ella tragó saliva con dificultad.

—¿De manera que si somos lanzados por la borda podamos sobrevivir?

Él asintió.

—Las cuerdas de seguridad son sólo una precaución, pero prefiero pecar de seguro que lamentarlo después. Yo haré los nudos. Aguantarán bien, aunque podremos soltarlos con un simple tirón.

Por la expresión de Sarah, él supuso que estaba imaginando todas las formas posibles en que podría ahogarse, pero se limitó a decir:

—Sí, sí, capitán.

Desayunaron con el tenue sol del alba, sentados el uno junto al otro en el banco de popa, en cómodo silencio. A él le gustaba que Sarah no sintiera la necesidad de charlar. Estaba tan cerca que él podría tocarla con la mano si quisiera, y sentía una extraña mezcla de paz y deseo. No era una mala manera de pasar lo que podría ser su último desayuno en la Tierra.

Sarah se puso a envolver la comida que había sobrado y preguntó:

—¿Qué es lo que no me estás contando? Si vamos a morir hoy, quiero que me lo digas para hacer mis últimas oraciones.

Él parpadeó, sorprendido ante su percepción y su tranquila aceptación del peligro.

—Espero de todo corazón que no muramos hoy, pero... podría ocurrir. Si la tormenta estalla con fuerza desde la dirección en la que viene, puede que nos arrastre a la costa inglesa. La costa sudeste tiene muchas zonas escabrosas en las que sería difícil tocar tierra con seguridad durante una tempestad.

Sarah asimiló esa información.

—Entonces, podríamos naufragar y ahogarnos en las costas de nuestro país. Eso sería irónico.

Él se alegró de no tener que explicarle con todo detalle el peligro.

—No creo que podamos dejar atrás la tormenta y llegar a tierra antes de que se desate, así que estoy navegando en paralelo a la costa hasta que haya pasado. Sin embargo, si el viento es muy fuerte, perderé el control.

—Entonces, me esmeraré en mis plegarias. —Sarah terminó de guardar la comida—. Pero antes, las cuerdas de seguridad.

A Sarah le parecía escalofriante estar viviendo el día que podía ser el último de su vida. Aunque se había sentido aterrada por sus secuestradores, nunca había pensado que la muerte fuera inminente e inevitable. Aquel peligro era diferente... no la amenaza de hombres peligrosos, sino de la naturaleza inmensa e impersonal. Tal vez sobrevivieran; tenía mucha fe en las capacidades de Rob. Pero tal vez no. El hecho de que él estuviera preocupado era bastante alarmante.

Sarah no quería morir. ¡En absoluto! Sin embargo, la muerte podía llegarle a cualquiera, en cualquier momento, y ella había vivido veintiséis años buenos. Muchas personas habían tenido mucho menos.

Odiaba el hecho de que su familia nunca supiera lo que le había ocurrido. Harían indagaciones en Irlanda, pero el rastro terminaría en Kinsale con la razonable suposición de que Rob y ella se habían perdido en el mar.

Si moría aquel día, nunca sabría si Mariah había tenido un niño o una niña. Nunca tendrían la oportunidad de ponerse al día de los muchos años que habían pasado separadas. Ella nunca conocería de verdad a su encantador y a veces irritante padre.

Por no mencionar el hecho exasperante de que moriría virgen. Pensó, medio en serio, que debería haber seducido a Rob cuando estaban en tierra. A lo mejor lo habría conseguido, a pesar de la tremenda fuerza de voluntad de aquel hombre.

Sin embargo, lo había dejado y ahora era demasiado tarde. El viento había ido aumentando incesantemente y el *Brianne* estaba surcando olas de considerable tamaño. Rob estaba concentrado en la navegación. Después de anudar las cuerdas de seguridad, con Sarah asegurada a un banco por la cintura y él amarrado a la base del palo de mesana, todavía le quedó cuerda para hacer un arnés que le permitiría asegurar el timón en caso de que tuviera que moverse.

El arnés suavizaría los enormes esfuerzos físicos que requería la yola para navegar. Había plegado la vela mesana y reducido el área de la vela mayor todo lo posible para seguir teniendo el control. Hablaban poco porque no había nada que decir.

Sarah se situó en medio de la embarcación con el cubo de achicar en las manos. Las olas ya entraban en el puente de mando y ella no podía dejar de sacar agua. Se alegraba de poder hacer algo que contribuyera a su posible supervivencia, pero si no se ahogaban, la espalda y los hombros le dolerían durante días enteros.

Una enorme ola rompió por encima de la proa y depositó quince centímetros de agua en el barco. Con un suspiro, Sarah siguió achicando, asegurándose de seguir la norma de Rob de que siempre se agarrara con una mano a algo firme. Se preguntó qué hora sería. El sol había desaparecido tras unas nubes negras de tormenta, pero seguramente ya sería por la tarde.

Estaba vertiendo un cubo de agua por la borda cuando le pareció ver algo a lo lejos.

—Creo que es tierra. Inglaterra. El hogar.

Tragó saliva, conmovida. Había estado fuera menos de dos semanas, pero parecía más tiempo por todo lo que había ocurrido.

—Lo es —dijo Rob, elevando la voz para hacerse oír por encima del viento.

Ella estudió la costa con gesto sombrío.

—No son grandes noticias, ¿verdad?

—No muy buenas —reconoció él—. Incluso reduciendo las velas, el viento nos ha empujado mucho hacia la costa. Y la deriva será peor cuando la tormenta se desate por completo. —Frunció el ceño mientras observaba la lejana orilla—. Como conozco bien la costa, estoy intentando dirigirnos hacia una zona de playas abiertas donde podamos llegar a tierra sin peligro.

Ella estaba a punto de responder cuando los golpeó el poderoso fragor de la tormenta, y ya no pudo desperdiciar aliento hablando.

Achicar, achicar, achicar. El mundo llevaba tanto tiempo siendo una cacofonía chillona de vientos desgarradores y de olas gigantescas que Sarah apenas recordaba el silencio. Le dolían los músculos, y seguramente a Rob le dolían más, porque había estado peleando con el timón durante todo aquel día interminable. Ella llevaba tanto tiempo empapada y temblando de frío que ya no lo notaba. La vida se había reducido a recoger agua y a rezar para que la tormenta terminara sin destrozar al *Brianne* y a su tripulación.

De repente se oyó un espantoso sonido chirriante y un violento temblor sacudió a la yola.

—¡Hemos golpeado una roca! ¡Sarah, agárrate fuerte! —gritó Rob mientras el barco se inclinaba peligrosamente hacia un lado y una ola enorme rompía contra el puente de mando.

Ella se agarró a la regala, pero la avalancha de agua la lanzó por la borda y la arrastró al mar. Luchó contra la fuerza del agua, intentando seguir la tirante cuerda de seguridad hasta la yola. Pero no tenía la fuerza suficiente para moverse contra las corrientes que la golpeaban. El agua la estaba arrastrando sin remedio. No podía respirar, no podía respirar...

Así que aquello era la muerte...

Un fuerte brazo la agarró por la cintura y tiró de ella hasta subirla de nuevo a la yola.

—Santo Dios, Sarah, ¿estás bien? —preguntó Rob ansioso—. No puedes estar muerta, no has estado bajo el agua tanto tiempo. ¡Por favor, dime algo!

Ella intentó responder, pero no podía hablar. Rob la llevó a su sitio en la popa y puso su cuerpo laxo en el regazo, mirando hacia abajo. Al darle una hábil palmada en la espalda con la mano abierta, Sarah se atragantó y después tosió agua convulsivamente.

Mientras ella tomaba aire, Rob la apretó contra él, rodeándole el cuerpo tembloroso con un brazo.

—¿Estás bien?

Ella volvió a toser y dijo con voz ronca:

—No. Muerta. Todavía.

Él la abrazó con más fuerza y Sarah se acurrucó contra su pecho. Los dos estaban empapados, la lluvia seguía cayendo con fuerza, e incluso Sarah se dio cuenta de que la yola estaba en aprietos. Era vagamente consciente de que el timón estaba sujeto por el arnés con ayuda del brazo derecho de Rob mientras que a ella la agarraba con el izquierdo.

Observó el caos de viento y agua y vio algunas formas más oscuras recortadas contra las ondulaciones negras y en ocasiones blancas de las olas rompientes. Más adelante se oía el intenso bramido de las olas estrellándose contra la costa

Sintiéndose extrañamente tranquila, dijo:

—Vamos a morir, ¿no es verdad?

Rob le habló al oído en voz alta para que lo escuchara por encima del rugido de la tormenta.

—Puede que no. Conozco bien esta zona. Demasiado bien, pero sé dónde están las rocas, y hay una playa de guijarros una vez pasadas. Es posible que el *Brianne* se rompa antes de que lleguemos tan lejos. Estoy soltando los nudos de las cuerdas de seguridad para que no nos veamos arrastrados al fondo. También me estoy quitando las botas. Tú haz lo mismo. Supongo que no sabes nadar, ¿no?

—Nunca me permitieron meterme con mis primos varones en el estanque —respondió con pesar—. Entonces me enfadé, ¡y ahora lo estoy mucho más!

—Como yo me crié en la costa, sé nadar bastante bien. Es muy posible que pueda llevarte hasta la orilla. Si te pierdo sin querer o… si no puedo continuar, sigue dirigiéndote hacia tierra como puedas. —Se le quebró la voz—. Siento haberte fallado, princesa.

Con una indiferencia que estaba por encima del miedo, ella replicó:

—Nuestro destino está en manos de Dios, y Él puede fallar incluso en contra de los detectives de Bow Street. —Se inclinó hacia delante para desatarse las botas—. Lo has hecho lo mejor que has podido, Rob. No se te puede pedir más.

—Ah, Sarah, Sarah…

Le levantó la cara y le dio un beso rápido e intenso que a ella le provocó un hormigueo de calidez que le recorrió el cuerpo helado. Ella le agarró el brazo con fuerza y deseó desesperadamente no tener que dejar ir nunca a Rob.

Él tiró del extremo de la cuerda de seguridad de Sarah y la soltó.

—Estate alerta, mi querida muchacha —dijo él mientras cogía sus botas empapadas—. ¡Allá vamos!

Capítulo 16

*M*aldiciendo al irónico destino que había llevado al *Brianne* al tramo de costa que él conocía tan bien, entornó los ojos para ver a través de la tromba de agua, buscando el mejor lugar para pasar entre las rocas. No podían estar a más de cien metros de tierra, porque podía oír el oleaje rompiendo contra la playa de guijarros. Por lo menos, la playa les daría una oportunidad de sobrevivir. Si la yola hubiera sido empujada hacia los escarpados acantilados, habrían muerto.

Retiró de mala gana el brazo izquierdo que tenía alrededor de Sarah para poder maniobrar el timón con ambas manos. Era casi imposible controlar el *Brianne* en aquel mar tan bravo, pero el mínimo manejo del rumbo podía marcar la diferencia.

—¿Si te paso un brazo por la cintura te desequilibrarás? —preguntó Sarah, elevando la voz para hacerse oír por encima del temporal—. Eres un ancla muy sólida a la que agarrarse.

—Como desees, princesa —dijo él, sintiendo que parte de su tensión se aliviaba.

Sarah era generosa y lo había perdonado de antemano por su posible fracaso en salvarla.

En su arrogancia, había pensado que podía llevarla sana y salva a casa él solo. Ahora que era demasiado tarde, se daba cuenta de que un campamento militar británico habría sido la mejor opción. Aunque todos se habrían enterado de su secuestro y su reputación habría quedado seriamente dañada, por lo menos estaría viva. En lugar de eso, era probable que no presenciaran un nuevo día.

Sin embargo, si se ahogaban no sería por no haberlo intentado. Dirigió el timón bruscamente a estribor para evitar un ominoso pilar de piedra que emergió de repente en medio de la oscuridad y de la lluvia. La yola viró y el casco pasó rozando el pilar, pero consiguieron sortearlo.

El mar se embraveció aún más y los lanzó girando directos a una roca altísima. Chocaron con un tremendo crujido y una sacudida que los tiró a los dos hacia delante. Rob se agarró con todas sus fuerzas al timón y Sarah se aferró a él mientras la yola daba vueltas, y después golpeó otra roca.

Cuando el agua los inundó, Rob gritó:

—¡Es hora de abandonar el barco, Sarah! ¿Puedes agarrarte a mis hombros mientras yo nado hasta la orilla?

—No... No lo sé —jadeó—. Tengo los dedos entumecidos por el frío y a lo mejor termino soltándome.

Él se lo había temido. Se quitó el abrigo para poder nadar mejor.

—Te rodearé con un brazo mientras nado. Será más lento, pero te mantendré por encima del agua.

Mientras pudiera.

Sarah levantó hacia él su pálido rostro ovalado.

—¿Hay algo que pueda hacer yo para ayudar a llegar a tierra?

—Quédate quieta y deja que yo te lleve.

Mientras hablaba, el *Brianne* chocó contra otro peñasco resbaladizo. La yola estaba llena de agua casi por completo y a la merced de la explosión de las olas. Rob enlazó con el brazo izquierdo la cintura de Sarah y los lanzó a ambos al torbellino de agua, apartándose de la formación rocosa donde la yola había quedado atrapada y hecha pedazos.

Sumergirse completamente en el mar era más frío que estar en el barco, si eso era posible. Él siguió la corriente hacia la orilla, nadando de lado y pataleando con ambas piernas mientras braceaba con el brazo derecho. Sarah, obedeciendo sus órdenes, flotaba bajo su brazo izquierdo y se mantenía fuera de sus patadas.

Rob sabía que no estaban lejos de la orilla, pero las olas rompientes hacían que le resultara casi imposible mantenerse a flote. Se estaba quedando sin fuerzas mientras avanzaba por el agua helada, pero ya no quedaba mucho más, seguro que no quedaba mucho...

Una ola los lanzó contra una roca. Él consiguió apartarse lo suficiente como para pasar raspándola por un lateral en lugar de chocar de lleno con ella. Sentía junto a la oreja la respiración pesada de Sarah, pero ella no interfería mientras él continuaba dirigiéndose tenazmente a tierra. Había llegado a ese estado insensible más allá del agotamiento en el que sólo la tenacidad ciega lo mantenía nadando.

Era vagamente consciente de que, si soltaba a Sarah, tendría muchas más probabilidades de sobrevivir, pero ese conocimiento era irrelevante. No merecería la pena vivir si sobrevivía a su costa.

La orilla ya estaba más cerca y las olas eran más hostiles. Apenas consiguió evitar una masa de roca baja rodeada de espuma blanca que explotaba en el aire y, cuando se estaban apartando de ella, los atrapó una violenta corriente. Se iban a precipitar contra un pináculo escarpado, y era Sarah quien chocaría directamente con él.

¡No! La envolvió de forma protectora con su cuerpo, agachando la cabeza para minimizar el impacto, pero no fue suficiente. Rob chocó contra la roca con toda la fuerza del mar que lo empujaba desde atrás, y de repente el mundo se redujo a dolor y oscuridad.

—¡Rob! ¡Rob!

El tremendo impacto casi apartó a Sarah del abrazo de Rob. El cuerpo masculino se aflojó durante largos instantes. Después volvió a nadar torpemente hacia la costa.

Desesperada por ayudar, Sarah rodeó a Rob con un brazo y pataleó casi sin fuerzas hasta que una ola gigante se los tragó y los lanzó hacia delante. Chocaron contra tierra sólida en el corazón de la ola, y Sarah casi perdió la conciencia.

Entonces el agua retrocedió y empezó a arrastrarlos de nuevo al mar. Blasfemando, ella hundió los dedos de la mano libre en los rugosos guijarros de la playa, manteniendo el otro brazo alrededor de Rob. Cogió aire frenéticamente cuando la ola se retiró y lo mantuvo en su interior mientras otro muro de agua se los tragaba.

Tenían que avanzar más. En el breve tiempo que había entre una ola y otra, Sarah se puso de rodillas y miró a su alrededor. Había suficiente luz para ver que estaban en una playa estrecha, rodeados de empinadas paredes de piedra. Rob estaba tendido a su derecha, aparentemente inconsciente y con una mancha oscura de sangre brotándole de la frente.

—¡Rob, tenemos que movernos! —Cuando otra ola rompió contra ella, lo sacudió con fuerza—. Tenemos que apartarnos de la orilla. Intentaré ayudarte, pero no puedo levantarte yo sola. Viene otra ola. ¡Inténtalo!

Cuando la ola llegó y los empujó hacia delante, ella tiró de un brazo de Rob para levantarlo. Él se movió a trompicones hasta quedarse sobre las rodillas y las manos y avanzó con dificultad, agarrándose fuerte a Sarah cuando el agua retrocedió de nuevo. Otra vez. Otra vez. Otra vez.

Por fin salieron de la línea del oleaje. Los dos cayeron exhaustos sobre la superficie de guijarros, jadeando. Rob estaba aturdido y silencioso, pero al menos podía moverse. La lluvia por fin había cesado y el viento cortante estaba despejando la luna de nubes.

Ahora que podía ver mejor, Sarah paseó la mirada a su alrededor, esperando no estar atrapados en aquella cueva como ratas en un barril. ¡Ah, había un camino que subía por la pared del peñasco escarpado! Si pudieran seguirlo hasta arriba, podrían buscar refugio. Aunque no habían muerto ahogados, el frío y el viento de la noche podían ser letales.

—Rob, hay un camino que sube por el acantilado. Si te ayudo, ¿podrías escalar?

Él no habló, pero se puso en pie con esfuerzo. Ella lo guió al comienzo del camino. Rob todavía parecía estar medio inconsciente, el resultado de haber sido golpeado en la cabeza al intentar protegerla.

Sarah esperaba que la capacidad que tenía para comprenderla y seguir moviéndose significara que el daño no era grave.

Él empezó a escalar. Iba apoyándose en la pared con la mano derecha para guardar el equilibrio. El camino era demasiado estrecho como para ir el uno junto al otro, así que Sarah lo siguió, preparada para sujetarlo si perdía el equilibrio, a pesar de que eso significaría que los dos se caerían, ya que él era mucho más corpulento.

Estaba tan cansada y tan entumecida que ya había recorrido medio camino cuando se dio cuenta de que iba descalza. Las olas le habían arrancado los calcetines. Sí, Rob también estaba descalzo. Por la mañana ella tendría los pies magullados y llenos de sangre. No le importaba mientras estuviera caliente.

Tras unos minutos interminables de agotadora escalada, llegaron a la cima del peñasco. Sarah se dejó caer sobre las ásperas posidonias para tomar aire. Nunca jamás desearía vivir una aventura otra vez. Rob seguía de pie, aunque estaba tambaleándose. Ella siguió la dirección de su mirada y vio no una casita de campo, sino un amenazador castillo gótico que parecía recién salido de las inquietantes novelas de la señora Radcliffe. Pero estaba cerca y se veían luces en su interior. Refugio. Sarah dio las gracias fervientemente en silencio mientras luchaba por volver a levantarse.

Se puso al lado de él y pasó uno de los brazos de Rob por encima de sus propios hombros a la vez que lo enlazaba por la cintura.

—Ahí podremos refugiarnos de la tormenta, Rob. Sólo unos pasos más.

Él murmuró algo que sonó sospechosamente a una maldición, pero empezó a caminar hacia el castillo. Aunque sería más apropiado decir que comenzó a trastabillar. Un paso, otro paso, otro paso, otro paso. Si Sarah dejaba de moverse, nunca podría empezar a caminar de nuevo.

Entraron en el terreno del castillo por una enorme cancela abierta que había en un muro de piedra. Aunque el muro había sido excavado a lo largo de los siglos para sacar piedras, todavía ofrecía protección contra el viento.

Ahora que estaban más cerca, Sarah vio que la construcción no era en realidad un castillo, a pesar de que tenía cúpulas y torres. La estructura básica parecía ser una desgarbada casa señorial que había sido alterada para parecer un castillo durante la época en la que predominaba el gusto por lo gótico. No importaba mientras hubiera alguien dentro para dejarlos entrar.

El camino llevaba a un lateral del falso castillo y terminaba en una amplia escalera de piedra que desembocaba en una robusta puerta doble. Esperando que hubiera una aldaba, Sarah se arrastró hasta subir la media docena de peldaños. No estaba segura de quién mantenía en pie a quién, pero al menos Rob y ella avanzaban juntos.

Sí que había una aldaba, una sólida bestia en actitud de gruñir tan pesada que necesitó las dos manos para levantarla. Golpeó el desagradable objeto contra la puerta de madera tan fuerte como pudo, que no era mucho. Sin embargo, oyó que el estruendo retumbaba en el interior.

No hubo respuesta. Volvió a aporrear la puerta y se preguntó si alguien la abriría antes de que Rob y ella se desmayaran. Él seguía sin hablar, con la cabeza gacha y una sangre negruzca chorreándole por la cara y por el cuello.

La puerta se abrió con un chirrido y un mayordomo inmaculadamente vestido los miró con repulsión.

—No se admiten mendigos en el castillo de Kellington. —Bajó la mirada a sus pies descalzos—. Sigan por el camino hasta el pueblo. Allí hay un asilo de pobres.

Sarah lo miró fijamente.

—¡No somos mendigos! Hemos sobrevivido a un naufragio y necesitamos refugio desesperadamente.

Como respuesta, el mayordomo empezó a cerrar la puerta. Rob se coló en la entrada, empujó al sirviente y llevó a Sarah al interior. Después dio tal portazo que hasta las paredes de piedra parecieron tambalearse. El vestíbulo estaba decorado con un pomposo estilo propio de varias décadas atrás y frente a ellos se veía una escalera doble. Ahora la estancia parecía deslucida y deteriorada.

Rob lo observó.

—Por todos los diablos.

Dejando escapar un leve suspiro, como si fuera un fuelle deshinchándose, cayó al frío suelo de mármol, se hizo un ovillo sobre un costado y se quedó inconsciente. Alarmada, Sarah cayó de rodillas y le puso unos dedos en el cuello buscándole el pulso. Sí, aún lo tenía y era firme. Sólo estaba maltrecho y exhausto.

Levantó la mirada al ceñudo sirviente y dijo:

—¡Por el amor de Dios, traiga algo caliente de beber y mantas! Mejor aún, que lo lleven a una habitación donde puedan hacerse cargo de él adecuadamente. ¿Quiere que se muera un hombre en su entrada porque se ha negado a ayudarlo?

Antes de que el mayordomo pudiera responder, Sarah oyó un sonido de tacones contra el suelo. Levantó la mirada y vio a una mujer canosa toda vestida de negro. Con un bastón en una mano y una actitud de lo más estirada, estaba bajando las escaleras del lado izquierdo. Al ver la riqueza de su vestido y su arrogante expresión, Sarah supo que era una aristócrata, parte de la familia que vivía en aquel montón de piedra y de historia.

—¿Qué es este griterío? —dijo al llegar al pie de las escaleras, y atravesó la estancia.

Se detuvo a poca distancia de Rob y se quedó paralizada. Después, usando el bastón, lo empujó por el hombro con tanta fuerza que él rodó hasta quedar de espaldas.

Rebosando sangre y con barba de varios días, Rob tenía un aspecto aterrador, pero aun así, la reacción de la mujer fue imprevisible.

—Robert —dijo con extremo disgusto—. Se supone que estás muerto.

¿Qué les pasaba a aquellas personas? Fortalecida por la rabia, Sarah se puso en pie súbitamente.

—¿Lo conoce?

—Oh, sí. Este desprestigiado sinvergüenza es Robert Cassidy Carmichael. Mi nieto. —Las finas fosas nasales de la nariz se ensancharon—. El conde de Kellington.

Capítulo 17

A Sarah se le abrió la boca por la sorpresa.

—¿Rob es el conde? ¿Y su padre y su hermano?

La condesa viuda de Kellington, dijo sin emoción:

—Mi hijo, el tercer conde, murió hace tres meses de unas fiebres. Edmund, su hijo y el cuarto conde, falleció hace quince días en un accidente de equitación, en Londres. —Pinchó a Rob en las costillas con el bastón—.

Suponíamos que Rob estaba muerto, y nos sentíamos aliviados.

Las muertes explicaban que vistiera de luto. ¿Qué probabilidades tenían de naufragar junto a la propiedad familiar de Rob? Él había dicho que conocía la costa de aquel lugar, pero aquello era ridículo.

Kiri lo llamaría karma. Recordando lo que Rob le había contado, Sarah preguntó:

—¿No estaba casado Edmund? ¿O no dejó hijos?

La condesa frunció el ceño.

—Estuvo comprometido hace algunos años, pero esa estúpida lo dejó plantado. Recientemente se había comprometido con una joven espléndida y muy conveniente. Pero murió tres días antes de que se celebrara la boda. Ahora el título de conde recae sobre él.

Hizo ademán de volver a pinchar a Rob en las costillas. Furiosa, Sarah le arrebató el bastón y lo lanzó al otro lado del vestíbulo, sin importarle si la condesa se caía sobre su noble trasero.

—Si Rob es de verdad el nuevo conde, ahora es el propietario de este montón de ruinas —dijo con los dientes apretados—. Y tiene derecho a que todos en esta casa lo obedezcan y lo traten con respeto. —Fijó la mirada en el mayordomo—. Todos están aquí gracias a su indulgencia.

La condesa fulminó a Sarah con la mirada.

—¿Y tú quién eres para amenazarnos de ese modo, asquerosa vagabunda?

Sarah se incorporó totalmente, aunque su altura no era muy imponente, y le devolvió la mirada.

—Soy la señorita Sarah Clarke-Townsend, hermana de la duquesa de Ashton y sobrina de lord Torrington y de lord Babcock.

Mientras dejaba que asimilaran sus palabras, se dio cuenta de que necesitaba algo más si quería tener algo de autoridad en aquel lugar. Tendría que mentir.

—Rob y yo estamos comprometidos. Como él está herido, yo daré las órdenes en su nombre.

La condesa siseó, incapaz de darle una contestación. Sarah se dirigió al mayordomo.

—Si quieres mantener tu trabajo, reúne a algunos hombres para que lleven a lord Kellington a una habitación decente con sábanas limpias y un buen fuego. Y que dispongan una habitación parecida para mí cerca de él. Si disponen de una bañera lo suficientemente grande para su señoría, prepare un baño caliente. Por lo menos, que haya agua caliente para que se pueda lavar. Se quedó helado mientras salvaba nuestras vidas navegando desde Irlanda con una tormenta, así que traigan té caliente y un caldo.

El mayordomo miró a la condesa con nerviosismo mientras recogía el bastón y se lo entregaba. La anciana gruñó:

—Supongo que debes obedecer las órdenes de esta ramera hasta que el conde —casi escupió el título— se recupere lo suficiente como para hacerse cargo. Con suerte, morirá de neumonía.

Se dio la vuelta y salió de la estancia, reflejando su ira en el golpeteo de los tacones y del bastón.

¿Cómo podía esa horrible anciana ser tan odiosa con su propio nieto? Sarah decidió dejar la pregunta para otro día y se dirigió al mayordomo.

—¿Cómo te llamas?

—Hector —contestó cautelosamente.

—Bien, Hector, si en los próximos diez minutos eres capaz de hacer que lord Kellington esté en un sitio seguro y caliente, pasaré por alto tu anterior comportamiento. —Arqueó una ceja—. Si eso es inaceptable, recorreré todo el castillo de Kellington hasta encontrar a alguien dispuesto a hacer el trabajo por el que se le paga. ¿Ha quedado claro?

Resentido, pero con educación, él dijo:

—Sí, señorita Clarke-Townsend. Enseguida regresaré con ayuda para llevar a su señoría arriba.

Salió del vestíbulo casi corriendo.

Exhausta por la escena que acababa de representar, Sarah se desplomó junto a Rob y le cogió la mano. La piel se le estaba calentando ahora que estaba a cubierto, y tanto su pulso como su respiración eran firmes y regulares. Esperaba que despertara pronto. Presumiblemente, él era más capaz de tratar con esos lunáticos que ella.

Pasaron más de diez minutos, pero Hector regresó con dos hombres musculosos ataviados como mozos de cuadra que llevaban una camilla. Aunque parecían haberse vestido apresuradamente, tenían aspecto de ser fuertes y con buena disposición. El hombre más alto, un pelirrojo de treinta y tantos años, exclamó:

—¡Señorito Rob! ¡Es usted de verdad!

Rob no se movió. El pelirrojo miró a Sarah con preocupación.

—¿Está malherido, señorita?

Ella se levantó con esfuerzo.

—Está helado, magullado y agotado, pero consiguió subir por el camino de la playa, así que no creo que sea muy grave. ¿Lo conoces?

—Sí. —Su compañero y él pusieron a Rob con cuidado en la camilla y levantaron los extremos—. Soy Jonas, el mozo de cuadra principal. Cuando el señorito Rob era un muchacho, pasaba gran parte de su tiempo en los establos. Yo estaba aprendiendo a ser un mozo de cuadra y me encargaron cuidar a su poni. Pasamos muy buenos momentos juntos, ya lo creo que sí.

Sarah supuso que se habían hecho amigos, aunque probablemente ahora el hombre pensaría que era presuntuoso afirmar que mantenía una amistad con el nuevo conde. Por lo menos había alguien que se alegraba de ver a Rob.

—Hector, guíanos hasta la habitación del conde —dijo Sarah—. ¿Has ordenado ya el baño y el caldo?

—Todavía no, señorita.

—Pues ya es hora de que lo hagas. En cuanto nos conduzcas al dormitorio —ordenó con un tono de voz que no admitía réplica.

En silencio, Hector subió la amplia escalera. Sarah contuvo la respiración, preocupada por que Rob pudiera caerse de la camilla, pero Jonas y su hombre iban con cuidado.

La estancia preparada apresuradamente se encontraba en el ala derecha de la casa. Era una habitación de invitados, no el cuarto principal, pero habían hecho la cama y el fuego ardía en la chimenea.

Cuando los mozos dejaron a Rob en la cama, Hector dijo:

—Me encargaré de que preparen el baño y el caldo, señorita Clarke-Townsend. Nos llevará algo de tiempo calentar tanta agua. Cuando esté lista para retirarse, su dormitorio está al otro lado del pasillo.

—Gracias.

Sarah estaba exhausta, pero sentía que debía velar a Rob para que su abuela no le echara veneno en el té.

Cuando Hector se hubo ido, Jonas dijo:

—Usted también está agotada, señorita. ¿Por qué no va a su habitación a descansar? Me encargaré de que se ocupen adecuadamente de su señoría. —Al ver que ella dudaba, añadió de modo tranquilizador—: No dejaré que le ocurra nada malo.

Parecía que se podía confiar en él, y Sarah no estaba en condiciones de seguir manteniéndose en pie.

—Gracias, señor Jonas. Eso haré.

—Llámeme simplemente Jonas, señorita. Le enviaré a Francie, una de las doncellas. Ella la cuidará bien. —Miró a su ayudante—. Barney, busca a Francie y envíala a la habitación de la dama.

Barney asintió y abrió la puerta para que saliera. Ella cruzó el pasillo hacia la habitación que había enfrente. También la habían preparado y había un fuego. Por lo menos Hector había hecho eso bien.

Demasiado cansada como para hacer nada y demasiado embarrada como para dormir entre las sábanas, se dejó caer sobre la cama, rodó sobre la mullida colcha y se sumió en un profundo sueño.

Sarah fue vagamente consciente de que la despertaban con suavidad, la ayudaban a desnudarse y la metían en un baño de asiento de deliciosa agua caliente. Le pusieron una taza de caldo de ternera caliente entre las manos. Cuando hubo terminado de beberse el caldo a pequeños sorbos y el agua se hubo enfriado, ya se había calentado hasta los huesos.

Las mismas manos amables la ayudaron a salir de la bañera, la secaron y le pusieron un camisón enorme por la cabeza. Después, otra vez el bendito sueño.

Al fin se despertó bruscamente, descansada y llena de energía. Su aventura no parecía haberla herido. Salió de la cama, haciendo una mueca por los moratones y los músculos doloridos. Sobre todo le dolían los pies por haber subido por el acantilado descalza. Sin embargo, no tenía cortes graves.

Abrió las cortinas y vio el pálido cielo del amanecer y las ondulantes colinas verdes. La tormenta había pasado y parecía que iba a hacer un día espléndido. Habían llegado al castillo por la tarde, así que había descansado mucho.

¿Y Rob? Él se había llevado lo peor. Arrastrando el camisón, salió de su dormitorio y cruzó hasta el de él. Dormía tranquilamente bajo las sábanas. Lo habían lavado y tenía una venda limpia alrededor de la cabeza.

Ella abrió las cortinas de las dos ventanas para que entrara la luz. La habitación tenía una agradable vista del mar. Se acercó a la cama y le cogió una mano.

—¿Rob? ¿Estás despierto?

Él parpadeó y abrió los ojos.

—¿Sarah? —Se tocó a tientas el vendaje de la cabeza, pero hablaba con claridad—. Así que hemos conseguido llegar a Inglaterra. ¿Te encuentras bien?

Ella sintió una oleada de alivio.

—Estoy bien. No sólo estamos vivos, sino en el castillo de Kellington. La tormenta te ha traído a casa.

—¡Maldición! Pensé que lo había soñado. Que era una pesadilla. ¿Qué probabilidades había? —Cerró los ojos con fuerza—. He aterrizado en el infierno. Tú te merecías algo mejor que las regiones infernales.

—Las probabilidades eran infinitesimales, pero no nulas —contestó—. La tormenta fue el verdadero infierno. Ahora agradezco tener comida y estar caliente y cómoda.

Él se incorporó hasta quedar sentado en la cama, haciendo una mueca. Como Jonas no lo había afeitado por la noche, parecía un auténtico pícaro. Pero un pícaro muy apuesto.

—Tengo innumerables heridas, aunque creo que no hay nada roto —dijo después de hacer inventario—. ¿Cómo he terminado con esta cara camisa de dormir puesta?

—Ordené al mayordomo, Hector, que pidiera ayuda y se encargara de que te cuidaran.

Antes de que ella pudiera continuar, Rob dijo pensativo:

—Hector. Era un lacayo cuando yo era un muchacho. Un necio altanero, si no recuerdo mal.

—El mismo. Llamó a dos mozos de cuadra para que te trajeran aquí. Creo que recurrió a ellos para hacerte un desprecio, pero funcionó bien. El mozo de cuadra principal, Jonas, te reconoció y se alegró de que estuvieras vivo.

—¡Jonas! —La expresión de Rob se suavizó—. Era mi compañero de travesuras. Me sorprende que siga aquí. Solía decir que se haría soldado. ¿Está presente mi horrible padre o mi hermano? Con un poco de suerte, se hallarán en Londres, en la temporada de eventos sociales.

Sarah se dio cuenta de que no había oído nada de la conversación de la noche anterior.

—Los dos están muertos, Rob —dijo sin rodeos—. Ahora, tú eres el conde de Kellington.

Él se quedó paralizado.

—Estás bromeando.

—No que yo sepa. Anoche llegamos tambaleándonos a este falso castillo y una atemorizadora vieja escoba, que afirmó ser tu abuela, dijo que tu padre murió de fiebres hace unos meses y que tu hermano falleció en un accidente de equitación hace un par de semanas, sin dejar herederos legítimos.

—Edmund nunca fue tan buen jinete como él creía que era. —Rob tenía el aspecto de haberse caído él mismo de un caballo—. ¿No consiguió engendrar un heredero?

—Ni siquiera consiguió casarse. Según tu abuela, la chica de la familia rica lo dejó plantado, y él murió justo antes de contraer matrimonio con otra mujer, muy adecuada.

—Me estremezco sólo de pensar qué tipo de mujer considera mi abuela que es adecuada —musitó Rob—. Una arpía con fortuna y un pedigrí excelente, imagino.

—La actitud de tu abuela me sorprendió muchísimo —dijo Sarah cuidadosamente—. Supongo que no os lleváis bien…

Rob se encogió de hombros.

Ella tenía predilección por Edmund, cuya madre era otra «mujer adecuada». —Imitó la entonación de su abuela con perversa exactitud—. Yo era un recordatorio de mi madre, una mujer nada conveniente. Sospecho que casarse con ella fue lo único inapropiado que hizo mi padre.

—Sea lo que sea lo que la viuda piense sobre el linaje de tu madre, tendrá que adaptarse. —Sarah hizo un gesto con el brazo, abarcando todo lo que los rodeaba—. Ahora, todo esto es tuyo.

Rob salió de la cama y se dirigió a la ventana. Sus fuertes hombros estaban rígidos bajo la cara y corta camisa de dormir. Sarah pudo ver que tenía heridas en las piernas y en los pies por el camino tempestuoso que habían tenido que recorrer la noche anterior.

—Por todos los demonios —dijo él en voz baja mientras abría la ventana con bisagras. La fresca brisa del mar entró en la habitación. Él se agarró al alféizar con tanta fuerza que los nudillos se le quedaron blancos—. ¡Por todos los demonios!

Frunciendo el ceño, Sarah fue hacia él y se quedó a su lado, cerca pero sin tocarlo.

—¿Es que ese futuro te parece tan malo?

—Peor. —En el cuello le latía una vena—. No sólo he heredado toda una generación de derroche, deudas y negligencia, sino que además me he convertido en lo que desprecio: un maldito par.

Sarah frunció el ceño.

—Tienes varios amigos que son pares, ¿no es así? Pensé que Ashton y Kirkland te gustaban y que los respetabas, al igual que tus otros compañeros de academia, muchos de los cuales tienen títulos.

—Porque a todos los enviaron a la academia de Westerfield por ser inadaptados sociales y excéntricos, como yo. Son hombres a quienes la vida degradó muy pronto, y se convirtieron en mejores personas. —Torció la boca—. No son como mi padre y mi hermano. Vagos y ociosos inútiles producto de un sistema corrupto que merece ser destrozado.

Ella parpadeó y pensó que no debería sorprenderse porque Rob fuera tan radical, dada su educación.

—Hay vagos y ociosos inútiles en todos los niveles de la sociedad. Los pares simplemente tienen más que despilfarrar. Pero no todos son así. Mis tíos, que son lores, son unos excelentes caballeros. ¿Lo que odias es el título, o el hecho de que ahora eres el conde de Kellington?

Rob pensó en ello.

—Creo que el título es una idea que ha sobrevivido a su funcionalidad, pero tienes razón. Lo que realmente aborrezco es ser lord Kellington. Llevo una vida que me gusta. No quiero la vida que acabo de heredar.

—Sin embargo, no tienes elección —dijo Sarah con suavidad—. El título va con tu sangre. Podrías renunciar a tu herencia y a todas las responsabilidades que conlleva, pero no te imagino haciéndolo. Piensa en la gente como Jonas y los otros sirvientes y aparceros que son parte de Kellington. Necesitan a un patrón fuerte, justo y responsable, algo que hace mucho tiempo que no tienen.

—No me cabe duda de que los han tratado terriblemente durante años —dijo él con amargura.

—Razón de más para que tú hagas el trabajo mejor. ¿No sería ésa la mejor venganza? —Sarah le cogió la mano—. Tal vez la situación financiera no sea tan mala como crees.

Rob le apretó la mano.

—Probablemente sea peor. Pero tienes razón, no puedo darles la espalda. Tengo que descubrir cómo están las cosas exactamente. También tenemos que avisar a tu familia de que estás a salvo. Deben de estar muy preocupados. Te llevaría a Ralston Abbey, pero los dos necesitamos un día de descanso, y puede que a mí se me necesite más aquí.

Ella asintió. A pesar de que le parecía que habían pasado siglos desde que la habían secuestrado, ni siquiera habían pasado dos semanas, y su familia estaría frenética. Su aventura había terminado. En el fondo, era algo bueno. Miró a Rob de reojo. Lo echaría de menos, desde luego que sí.

Él también la miró y durante largos instantes se quedaron observándose mutuamente mientras los recuerdos del peligro compartido y de la camaradería flotaban entre ellos. Rob le soltó la mano y dio un paso atrás.

—Es hora de que nos acordemos de tu reputación, empezando por el hecho de que no deberías estar en mi dormitorio en camisón. Si algo de esto sale a la luz, quizá tendrás que acabar casándote conmigo.

Ella hizo una mueca.

—Olvidé decirte que anoche les dije a tu abuela y a Hector que estábamos comprometidos. Necesitaba autoridad para dar órdenes, y ésa parecía la manera más sencilla. Pero no te preocupes, estás a salvo. Te daré calabazas. No se quebrantará ninguna promesa. Mi persistente virginidad es la prueba de que no me has corrompido.

Él pareció sorprendido y, después, divertido.

—Podría culparte a ti de romper la promesa si has declarado que estamos comprometidos ante testigos. Pero si regresas a tu habitación, los dos estaremos a salvo.

Sarah se dio cuenta de que aquél era el fin de su intimidad. Rob acababa de heredar una posición pública. Todo lo que hiciera se observaría minuciosamente y se criticaría. Él lo odiaría. Y, como la había rescatado, ella debería hacer que aquel nuevo cargo fuera lo más sencillo posible. Eso significaba retirarse rápidamente de su presencia y de su vida.

Con un nudo en la garganta, se puso de puntillas y le rodeó el cuello con los brazos.

—Gracias, Rob, por todo. Empezando, pero no terminando, con mi vida y mi libertad.

Y lo besó.

Ella pretendía darle un rápido y sincero beso de despedida, pero en cuanto sus bocas se tocaron, se convirtió en mucho más. Rob dejó escapar un sonido entrecortado y la abrazó, presionándola contra su cuerpo. Estaban en ropa de dormir y sólo los separaban dos capas de tela. Ella sintió el calor y el deseo endurecido del cuerpo de él, los brazos protectores que la habían salvado una y otra vez. Sus fuertes manos acariciándole el cuerpo. Quería hundirse en él para siempre.

De repente, sintió frío y se encontró sola. Rob retrocedió varios pasos y tragó saliva con dificultad.

—Vete, princesa. Vete ahora.

Ella se llevó los dedos a la boca, sintiendo todavía el calor y el deseo. Obligándose a permanecer tranquila, bajó la mano.

—Sé que no quieres esto, Rob. Pero sacarás adelante las responsabilidades de Kellington porque tú lo haces todo bien. Recuérdalo cuando te sientas abrumado.

Después se dio la vuelta nerviosa y salió de la habitación.

La vida de Rob se acababa de volver enormemente complicada y estresante. Ella no debía ayudar a que el estrés y las complicaciones fueran mayores. Le debía demasiado como para hacer eso.

Capítulo 18

Cuando Sarah salió del cuarto con una expresión indescifrable, Rob cerró los ojos e intentó poner en orden sus caóticos pensamientos. Conde de Kellington. Un título y una carga que nunca había esperado y que no quería.

¿Significaba algo que después de una docena de años evitando aquel lugar como una colonia de leprosos, durante la tempestad se hubiera dirigido ciegamente a su hogar, como una paloma regresando al nido? Había cosas en Kellington que había adorado cuando era un niño.

Y ahora era suyo. No podía darle la espalda a sus deberes, pero ¿por dónde empezar?

Por vestirse. Era difícil parecer autoritario llevando una camisa corta de dormir. Sin embargo, incluso vestirse sería un desafío, porque la ropa que había llevado cuando se desplomó en el castillo estaba hecha jirones, y el resto de su modesto vestuario se encontraba en Londres.

Pero Jonas había cuidado de él por la noche, y siempre había sido un hombre práctico. Rob abrió el armario y encontró un atuendo que tal vez le sirviera. Las prendas eran para un hombre de su altura, aunque algo más corpulento. Probablemente procedieran del propio vestuario de Jonas, ya que eran de altura parecida.

Se lavó y se puso la camisa de lino y los pantalones bombachos de color beige. Intentó no mirarse en el espejo que había sobre la repisa para dejar los útiles de afeitar, donde se reflejaba por qué su abuela pensaba que era un sinvergüenza. Tenía la cara magullada y el cabello muy revuelto y demasiado largo. Unos días más y tendría una barba considerable.

No había navaja, pero encontró un peine. Estaba intentando arreglarse el cabello por encima del vendaje cuando alguien llamó a la puerta.

—Soy Jonas —dijo una voz familiar.

Rob se giró rápidamente.

—¡Pasa!

Jonas abrió la puerta y entró. Aunque su cabello rojo se había oscurecido con el tiempo, su rostro redondeado y su expresión amable seguían siendo inconfundibles.

—Buenos días, milord. Siento molestaros, pero quería ver cómo estabais después del naufragio.

Rob atravesó la habitación con una mano extendida.

—¡Si sigues llamándome «milord», vamos a tener problemas, Jonas! —Se estrecharon las manos y él le dio unas palmadas a su amigo en el hombro—. ¡Me alegro mucho de verte! Es lo único bueno de Kellington. Tienes buen aspecto. ¿Te casaste con tu dulce Annie?

—Sí. —Jonas sonrió—. Tenemos dos hijos y el tercero está en camino. No hay tantos caballos en la propiedad como antes, pero los suficientes para mantenerme ocupado.

—Saluda a Annie de mi parte. —Rob sonrió—. Nunca entendí qué pudo ver en ti una chica tan guapa.

Jonas se rió.

—¡Lo que vio en mí no es asunto tuyo!

La sonrisa de Rob se desvaneció.

—Todavía no me he recuperado de la impresión de ser el último Kellington.

—¿No lo sabías? —preguntó Jonas, sorprendido—. Pensé que, si seguías vivo, te enterarías enseguida. Antes solías estar al tanto de todo. —Frunció el ceño—. Por supuesto, no había razones para pensar que estuvieras vivo. Desapareciste hace doce años. Pensé que me harías saber que estabas bien.

—Tenías derecho a esperarlo —dijo Rob con calma—. Pero durante mucho tiempo no estuve en condiciones de escribir y después estuve en la India varios años. Decidí que lo mejor era comportarme como si mi familia no existiera, así que evité tener noticias de ellos. Eso incluía lo referente a las muertes. —Deseaba cambiar de tema, así que le hizo señas a Jonas para que se sentara—. Gracias por la ropa. ¿Me has dejado tu mejor atuendo de los domingos?

Jonas asintió y se sentó en una silla.

—Fue lo mejor que pude encontrar con tan poco tiempo. He traído una navaja. Espero que sepas cómo usarla, porque no soy un buen ayuda de cámara.

Le tendió una caja de madera que contenía los útiles de afeitar.

—Yo no sabría qué hacer con un ayuda de cámara. —Regresó junto al estante, se puso una toalla alrededor del cuello y se enjabonó la cara—. Te debo ropa nueva, suponiendo que la herencia de Kellington tenga suficiente dinero. —Se rasuró cuidadosamente una franja de barba—. ¿Están muy mal las cosas en la propiedad?

El buen humor de Jonas desapareció.

—Es sabido por todos que se encuentra en una mala situación. Las dependencias externas se están cayendo a pedazos y las propiedades de los aparceros se han descuidado desde que tu padre murió. Se decía que tu hermano quería romper el vínculo para poder vender parte de la tierra, pero falleció antes de poder hacerlo.

El abuelo de Rob debía de estar revolviéndose en su tumba ante tal herejía.

—Supongo que la propiedad tiene un administrador.

—Sí, un tipo de Kent llamado Buckley.

—Un forastero, entonces —observó Rob, sabiendo que a cualquiera procedente de algún lugar alejado más de veinte metros se le consideraba un forastero—. ¿Cómo es? ¿Honesto? ¿Competente?

Jonas hizo una mueca.

—Se le da muy bien exprimir hasta el último cuarto de penique de la propiedad. Si es honesto o no, no lo sé. En los meses que siguieron a la muerte de tu padre, tu hermano no vino a Kellington ni una sola vez.

—Siempre pensó que Londres era el centro del mundo. ¿Y mi abuela? Tenía una casa en Bath, ¿no?

—Sí, pero en los últimos años ha estado pasando más tiempo aquí. Es una vieja aterradora, pero estaba bien tener por lo menos a un miembro de la familia viviendo aquí.

Rob estaba de acuerdo. A pesar de que su abuela siempre lo había despreciado, tenía sentido común y no estaba tan obsesionada con la alta sociedad y con el juego como su hijo y Edmund.

—Daré un paseo a caballo por la propiedad esta mañana para ver cómo están las cosas. Después hablaré con Buckley. Supongo que en los establos todavía habrá un par de rocines decentes, ¿no es así?

Jonas asintió.

—El caballo de tu padre no es ostentoso, pero es un animal noble de buen carácter. Si tu hermano se hubiera llevado a *Oakleaf* a Londres, probablemente seguiría vivo. Se dice que tenía un alazán nervioso y llamativo que lo lanzó en medio del tráfico.

Así era Edmund: escogía el estilo por encima de la calidad. Si hubiera llevado una montura más firme, él no tendría ahora esos problemas.

—Por lo que dices, *Oakleaf* me valdrá. Me gustaría que vinieras conmigo, ya que probablemente tú conoces la propiedad mejor que nadie.

—Lo haré. ¿Tu prometida vendrá con nosotros? —Jonas se rió—. La señorita Clarke-Townsend es una fierecilla. Cuando me contaron que lanzó el bastón de la viuda al otro lado del vestíbulo, casi me caí de tanto reírme.

Rob se dio la vuelta y lo miró fijamente.

—¿Que Sarah hizo qué?

—Tú te desmayaste en la entrada —le explicó Jonas—. Tu abuela oyó el revuelo y bajó. Cuando te reconoció, empezó a pincharte con el bastón como si fueras un pez muerto. Pero al intentar hacerlo una tercera vez, tu joven dama agarró el bastón y lo tiró al suelo, diciéndoles a ella y a Hector que tú, como el nuevo propietario que eres, merecías respeto y obediencia. —Negó con la cabeza—. Ojalá hubiera estado ahí para verlo. Una doncella lo estaba presenciando desde arriba y después lo contó todo en la cocina.

Naturalmente, el regreso del heredero largamente desaparecido y a quien creían muerto sería el principal tema de conversación entre los sirvientes. El hecho de aparecer de repente con su supuesta prometida los tendría a todos locos.

—A mí también me habría gustado verlo. La señorita Clarke Townsend es… extraordinaria.

—Y tan guapa como mi Annie. ¿Su hermana es duquesa de verdad? Rob asintió.

—Tiene contactos en las altas esferas. —Pero tenía los pies en la tierra cuando era necesario. Terminó de afeitarse y se limpió los restos de jabón de la cara. Ahora las magulladuras se veían más—. Tal vez la señorita Clarke-Townsend desee cabalgar con nosotros, aunque no tiene mucha costumbre de montar.

—Entonces, prepararé otra silla.

Rob recordó por fin lo que tenía que haber hecho en primer lugar y dijo:

—Necesito enviar mensajes a la familia de Sarah y a Londres. Escribiré las cartas después del desayuno.

Eso retrasaría el paseo por la propiedad. Ya podía sentir las complicaciones de su nueva vida. Se puso un abrigo marrón y después se sentó y se calzó las botas con un estirón. Eran sorprendentemente cómodas.

—Con suerte, estaré en los establos en una hora. Gracias por la información.

Su amigo asintió con la cabeza y se puso en pie.

—Os ayudaré en todo lo que pueda, milord.

Rob lo miró fijamente.

—Necesito viejos amigos que me llamen Rob. ¿Podrás soportarlo?

Jonas le dedicó una media sonrisa.

—Será más fácil que recordar llamarte «milord». Gracias a Dios que has vuelto y estás a cargo de todo, Rob. Kellington te necesita.

Las palabras de Jonas añadieron más peso a la ya pesada carga. Tal vez la no deseada herencia se hiciera más manejable después de haber comido. Ahora que lo pensaba, se daba cuenta de que no había hecho una comida decente en días. Aunque le gustaban el pan y el queso, estaba preparado para más variedad.

No recordaba haber entrado en el castillo de Kellington la noche anterior, pero según bajaba hacia el comedor, la casa le pareció siniestramente familiar. Deslucida y destartalada, pero sin haber sufrido apenas cambios. Su padre y su hermano no se habían preocupado lo suficiente de ella como para hacer cambios. Habían preferido gastar su dinero en la ciudad.

Al llegar al piso inferior, giró y se dirigió al comedor que se encontraba al fondo de la casa. A pesar de que había pasado una docena de años desde la última vez que había puesto un pie allí, seguía siendo su hogar de la infancia. Hubo una época en que conocía cada armario, chimenea y todas las escaleras del servicio. Con la excelente memoria que tenía, probablemente todavía lo recordara.

La casa no estaba destrozada, pero tenía un aire de tristeza. ¿Alguna vez había habido felicidad en ella? Sí, cuando su madre estaba viva. Los mejores tiempos fueron los veranos que habían pasado en Kilvarra, la residencia familiar de los Kellington en Irlanda. Aquella época había terminado cuando su madre falleció, poco antes de que él cumpliera once años. Ella tenía un carácter alegre, y Rob y su padre la habían adorado. Edmund no, pero él solía estar fuera estudiando, así que había sido fácil ignorarlo.

Se preguntó si volvería a haber felicidad en aquella casa.

Cuando se encontraba a medio camino del comedor, lo interceptó un hombre corpulento de sonrisa fácil y mirada fría.

—¡Lord Kellington! —El hombre hizo una reverencia—. Todos estamos muy contentos de que estéis vivo y os hagáis cargo de vuestras responsabilidades como el nuevo conde. Permitidme que me presente.

—No es necesario —respondió Rob con frialdad—. Usted debe de ser el administrador, el señor Buckley, ¿me equivoco?

El administrador pareció momentáneamente sorprendido por que Rob lo conociera. Recuperó la compostura y dijo:

—Lo soy, milord. Imagino que desearéis hablar de la propiedad y de sus ingresos. Me encantará reunirme con vos ahora, si lo creéis conveniente.

—No es conveniente —replicó Rob—. Voy a desayunar y después recorreré a caballo la propiedad para hacerme una idea de su estado. Nos veremos esta tarde.

—Estaré encantado de acompañaros.

—Gracias, pero prefiero volver a familiarizarme con Kellington yo solo.

Buckley frunció el ceño, aunque volvió a inclinarse ante él.

—Como deseéis, milord. Estoy a vuestro servicio.

—Sí, lo está. —Rob tenía demasiada hambre para ser educado—. Ahora, si me disculpa...

Pasó de largo y entró en el comedor. No había señales de la comida ni de los platos. Parecía que no hubieran usado la habitación en años. Apretó los dientes, irritado. ¿No había nadie en la cocina que hubiera caído en la cuenta de que al nuevo dueño le gustaría alimentarse? Tendría que ir a la cocina; seguramente allí habría comida, aunque tuviera que cocinarla él mismo.

Sus pensamientos se vieron interrumpidos cuando la puerta del lado opuesto de la estancia se abrió. Sarah entró. Llevaba un sencillo vestido de color crema y el cabello hacia atrás, cayendo sobre sus hombros en brillantes ondas rubias. Estaba tan hermosa que lo único que pudo hacer fue mirarla embelesado.

—¡Rob! —Le dedicó una sonrisa que iluminó la habitación—. Me alegro de ver que tienes tan buen aspecto después del naufragio.

Él se sentía como si hubiera salido el sol desde detrás de las nubes de tormenta.

—El sentimiento es mutuo. Estás espléndida.

—Una de las doncellas, Francie, se ha hecho cargo de mí. —Sarah señaló el vestido—. Incluso le ha cosido rápidamente el dobladillo al vestido para que no arrastrara por el suelo. —Se volvió hacia los sirvientes, que estaban entrando en la estancia detrás de ella—. Hector, por favor, pon los platos cubiertos en el aparador. Mary, la bandeja del té también debería estar ahí. Esta mañana nos serviremos nosotros mismos. Le preguntaré a lord Kellington sus preferencias para el futuro.

—Sí, señorita Clarke-Townsend.

Hector dejó con destreza media docena de platos cubiertos sobre el aparador, puso la mesa para dos y salió detrás de la chica de la cocina.

Rob levantó la tapa del plato que tenía más cerca. Eran salchichas que olían de maravilla. Levantó dos tapas más. Huevos revueltos con hierbas en un plato y patatas con cebolla en el otro.

—¿Qué magia has usado?

Sarah se rió.

—Nada de magia. Los sirvientes no sabían lo que esperábamos de ellos, así que bajé a la cocina y se lo expliqué.

Él arqueó las cejas.

—Eso ha tenido que ser más complicado de lo que parece.

—Mi madre llevaba la enorme casa de su hermano, así que yo también aprendí a hacerlo. Decía que siempre hay que ser educado y respetuoso con los sirvientes, pero asegurándose de que el único resultado posible es que hagan lo que se les ha ordenado. —Cogió un plato y se dirigió al aparador—. ¡Me muero de hambre, y tú debes de estar famélico! Ésta es la primera comida decente que hemos tenido en mucho tiempo.

—¡Soy muy consciente de eso!

Después de haberse llenado los platos y de que Sarah hubiera servido té, se sentaron cada uno a un extremo de la mesa y comieron como lobos. Rob no recordaba una comida que hubiera agradecido tanto. Además, Sarah estaba frente a él, preciosa y comiendo con gusto.

Cuando Rob se levantó para rellenarse el plato, Sarah dijo:

—Cuando entraste en el comedor, no pude evitar pensar que tienes el aspecto de un lord. La ropa decente y un afeitado marcan la diferencia y, desde luego, dominas el aire de autoridad.

—Mi aspecto se lo debo a Jonas, que me ha dejado ropa y una navaja. —Rob se llenó el plato de nuevo—. En cuanto a la autoridad, justo antes de llegar al comedor, me interceptó el señor Buckley, el administrador. Quería hablar conmigo en cuanto fuera posible. Yo estaba hambriento e irritable, y ésa ha debido de ser la razón de que llegara con esa actitud.

Sarah se rió.

—No hace falta ser un gruñón. ¿Qué planes tienes para hoy?

—Terminar de desayunar. Escribir a Ashton y a Harvey, mi hombre en Londres. ¿Quieres enviarle un mensaje a tu hermana junto con mi carta?

—Oh, sí. —Sarah rellenó sus tazas—. ¿Quién es Harvey? ¿Un *valet*?

Rob se quedó callado con el tenedor en el aire mientras pensaba.

—Es difícil definir su posición. Es mi amigo y mi ayudante en mis tareas como detective de Bow Street. Lleva mi muy modesto establecimiento, pero no es un *valet*.

—Parece alguien muy útil. ¿Vas a pedirle que venga a Kellington?

—Sí, pero no estoy seguro de que acceda. Es londinense hasta la médula.

—Espero tener la oportunidad de conocerlo. —Sarah se puso mermelada de pera en la tostada—. Me pregunto qué quiere ocultar Buckley. Su deseo de hablar contigo antes que nadie parece un poco sospechoso.

—Ese comentario es bastante cínico, pero probablemente sea correcto —dijo Rob—. Por eso voy a recorrer la propiedad sin que él me diga qué pensar. Jonas viene conmigo. ¿Quieres acompañarnos?

—Me gustaría. Veré si Francie puede buscarme ropa de montar que me quede más o menos bien. —Sarah sonrió con picardía—. Si no encuentra nada, le pediré ropa de hombre para escandalizar a todo el castillo de Kellington montando a horcajadas.

Su mirada íntima hizo que él sonriera. Había estado encantadora en pantalones mientras corrían por Irlanda. Era la mujer más intrépida que...

La puerta se abrió y su abuela entró en la estancia, dispuesta a presentar batalla. Rob se levantó y pensó que el hecho de haber estado inconsciente la noche anterior le había evitado tener que hablar con ella.

—Buenos, días, señora. Me alegra ver que goza de buena salud.

Un frío saludo para una abuela a la que no había visto en doce años, pero fue lo más agradable que pudo decir teniendo en cuenta que ella lo había pinchado con el bastón como si fuera un pez muerto.

La viuda se detuvo y lo examinó con mirada crítica de la cabeza a los pies. Él se quedó rígido. Ella lo había aterrorizado cuando era un niño; Rob descubrió en ese momento que la edad, la experiencia y un título recién heredado no habían eliminado ese temor por completo. Menos mal que se había afeitado.

—Ya no estás tan impresentable como anoche, pero debes vestir como un caballero, aunque no lo seas —le espetó—. Haré llamar a un sastre de Londres, ya que no puedes aparecer en público sin un vestuario nuevo. De luto riguroso, por supuesto.

El miedo juvenil de Rob se convirtió en una oleada de pura rabia. Sin embargo, antes de que pudiera explotar, Sarah se puso en pie y dijo alegremente:

—Buenos días, lady Kellington. Me disculpo por no estar vestida adecuadamente, pero como llegamos aquí sólo con la ropa que llevábamos puesta, debemos estarles agradecidos a sus empleados por vestirnos. Naufragar fue una experiencia interesante, aunque no quisiera repetirla.

Con la diatriba interrumpida, la viuda la fulminó con la mirada. Sarah sonrió con infinita dulzura.

—¿Le gustaría tomar una taza de té, lady Kellington?

Tras un momento de desconcierto, porque Sarah no parecía acobardada, la condesa dijo malhumorada:

—Agradecería tomar un té. Con leche y una cucharada colmada de azúcar.

Como su abuela pretendía quedarse, Rob apartó de la mesa una silla para ella y después volvió a sentarse. Aún no había terminado de desayunar y no pensaba dejar que ella le arruinara el apetito.

Sarah puso la taza de té frente a la viuda y después rellenó las otras dos tazas sin que se lo hubieran pedido. La anciana tomó un sorbo de té y pareció decepcionada de que no hubiera nada de lo que quejarse.

—Tendrás que hablar con Buckley, el administrador, y enviar una carta a nuestros abogados de Londres. Han estado tratando con tu primo George, quien supuso que el título había recaído en él.

—Cuanto antes sepa que no es así, mejor —replicó Rob con frialdad mientras intentaba recordar a su primo.

Otro haragán elegante, si no recordaba mal. Era una pena que no pudiera pasarle toda la herencia a George.

—Supongo que los abogados de la familia siguen siendo Booth y Harlow, ¿no es así? —añadió.

Ella pareció sorprendida de que lo supiera.

—El viejo Caleb Booth murió hace algunos años, así que su hijo Nicholas lleva ahora nuestros asuntos. Es joven, pero competente.

Según los cálculos de Rob, el joven Nicholas Booth ya habría cumplido los cuarenta, pero valdría por el momento. Si los abogados aprobaban la forma en que su padre y su hermano habían explotado la propiedad, tendría que buscar una nueva firma.

—Escribiré a Booth después de desayunar, y acto seguido saldré a caballo con Jonas y la señorita Clarke-Townsend para supervisar la hacienda.

Su abuela arrugó los labios.

—Supongo que también irás con el señor Buckley.

—No. Me reuniré con él más tarde.

—¿Qué has estado haciendo todos estos años? —le preguntó su abuela repentinamente—. Supongo que habrás tenido una pobre ocupación para no morirte de hambre. Espero que no fuera nada criminal.

—Mi profesión sí que era criminal —dijo Rob. Su abuela abrió la boca sorprendida y él continuó diciendo—: Soy detective de Bow Street. Atrapo ladrones y resuelvo problemas. —Se levantó—. Si me disculpas, tengo que escribir a Ashton y a Booth.

Sarah también se puso en pie.

—Iré contigo para escribir a mi hermana. Hasta luego, lady Kellington.

Mientras la anciana los miraba atónita, ellos escaparon. Una vez que se hubieron alejado del comedor, Rob guió a su supuesta prometida hacia la izquierda.

—El estudio de mi padre está al final de esta ala. Imagino que allí podremos encontrar pluma, papel y cera para sellar.

Sarah se agarró a su brazo mientras recorrían el pasillo.

—Tiene que resultar extraño estar aquí después de tantos años.

—Mucho. No de una forma sentimental que me haga llorar por mi juventud y mi familia perdidas. Sólo es… extraño. —Dio media docena de pasos y continuó—: Sé que debería estar llorando a mi padre y a mi hermano, pero no siento ninguna pena. —Le dedicó una sonrisa torcida—. Tal vez haya algo malo en mi esencia, como siempre me dijeron.

—Tonterías —replicó Sarah rápidamente—. ¿Te habrías lamentado si te hubieras enterado de que Jonas había muerto mientras estabas fuera?

Él frunció el ceño.

—Por supuesto. Somos amigos.

—Mientras que tu padre y tu hermano no lo eran. No veo razón alguna para llorar la muerte de dos personas que te trataron terriblemente mal.

Rob parpadeó sorprendido mientras hacía pasar a Sarah al estudio.

—Para ser una joven dama con buena educación, tienes algunas ideas muy radicales.

—No me gusta la hipocresía. ¡Tu hermano te vendió a la leva, por el amor de Dios! Deberías celebrar que ya no tenga que sufrir las vicisitudes de la vida.

—Ese pensamiento me parece muy reconfortante.

Inspeccionó la pequeña habitación, que era oscura y estaba destartalada. Había un escritorio doble, varias sillas y poco más.

—No es una vista muy alegre —observó Sarah—. ¿Tu padre pasaba mucho tiempo aquí?

—No estoy seguro. Yo sólo venía aquí para que me regañara y me dijera que no era digno de mi noble nombre.

—Qué encantador. —Sarah abrió un cajón lateral del escritorio—. Pluma, papel y tinta, como dijiste—. Además de un cuaderno y algunos lápices. Pero este estudio necesitará mucho trabajo si quieres usarlo con regularidad.

—Qué perspectiva más abominable —murmuró él.

Al ver su expresión, ella dijo:

—Puedes elegir otro estudio. Seguramente, una casa de este tamaño tendrá habitaciones más agradables.

—Es una buena idea. Siempre me gustó la biblioteca. Es soleada y tiene una bonita vista del mar. Tal vez instale un despacho en un extremo.

—Ahora eres un conde —dijo Sarah—. Ya que hay muchos inconvenientes, deberías disfrutar las ventajas, como trabajar en la biblioteca, si te gusta.

Él frunció los labios.

—Me llevará tiempo acostumbrarme a esa idea, después de haber vivido solo y de manera sencilla durante bastante tiempo.

Ella sonrió mientras se instalaba en su lado del escritorio.

—Te prometo que te adaptarás y que descubrirás muchas cosas que te gustan de tu nueva posición.

Mientras él se sentaba en el lado contrario, deseó con tristeza que Sarah tuviera razón.

Capítulo 19

*F*rancie, ¿puedes buscar un vestido para cabalgar que me quede más o menos bien? —preguntó Sarah cuando localizó a la doncella—. Si no es posible, un atuendo de muchacho para que pueda montar con lord Kellington.

Francie una prima de Jonas, tenía el cabello castaño y los ojos brillantes, y era más o menos de la misma edad que ella. Pareció ligeramente escandalizada y dijo:

—Sé dónde hay un vestido, aunque estará viejo y será demasiado grande. ¡No debería ver a los aparceros por primera vez vestida como un muchacho!

La primera vez sería la última, porque algunos días más tarde ella ya se habría marchado, pero no discutió.

—Cualquier vestido que puedas encontrar me parecerá bien, Francie. ¿Serás mi doncella personal mientras esté aquí? ¡Necesito a alguien que haga milagros!

Francie se rió.

—Será un placer, señorita. Suba al desván conmigo. Sé dónde buscar.

Se volvió y se dirigió a las escaleras que conducían a los desvanes.

Sarah la siguió, agradecida de que Jonas hubiera elegido a Francie para que la ayudara. Como su primo, tenía un buen carácter y era competente. Y parecía que, durante los momentos de aburrimiento en el trabajo, había explorado los desvanes y tenía buena idea de lo que habían almacenado allí.

Cuando hubieron llegado al segundo desván, Francie se dirigió sin vacilar hacia un baúl polvoriento y lo arrastró hasta quedar debajo de una pequeña ventana.

—Aquí, si no recuerdo mal.

Levantó la tapa y empezó a sacar un fardo de terciopelo verde. Lo sacudió, lo levantó para evaluarlo y dijo:

—Es viejo pero está en buen estado, y no parece demasiado grande.

—¡Francie, eres un genio! —exclamó Sarah con fervor—. ¿Hay por ahí algunas botas de montar?

—Sí, aunque ya están muy gastadas. —Francie le tendió el vestido a Sarah y volvió a rebuscar en el baúl—. Aquí está el sombrero que va a juego. Ah, botas. ¿Servirán éstas?

Sarah valoró la talla.

—Son un poco grandes, pero será mejor que no llevar nada. Ahora, a vestirse. Lord Kellington estará impaciente por ver la finca.

Mientras se dirigían a las escaleras, Sarah decidió que era un buen momento para hacer algunas preguntas.

—¿Qué piensa la gente de aquí del nuevo conde?

—Es una conmoción, señorita, porque todo el mundo pensaba que estaba muerto. Algunas personas, como mi primo Jonas, lo conocen desde que era un muchacho y se alegran de saber que está vivo y que la sucesión se ha establecido en él.

Cuando Francie no parecía dispuesta a decir más, Sarah insistió.

—Has dicho «algunas personas». ¿Y los demás? —Al ver que la doncella dudaba, Sarah dijo—: Por favor, lord Kellington no va a castigar a la gente por lo que piensen, pero tiene que saber a lo que se enfrenta.

Habían llegado al dormitorio de Sarah, así que Francie mantuvo la puerta abierta para que pasara. Una vez que la hubieron cerrado tras ellas, la doncella dijo a regañadientes:

—Los antiguos condes, su padre y su hermano, siempre hablaban mal de él. Decían que el señorito Rob era un ladrón que le robaba a su familia y un sinvergüenza incorregible sin sentido del decoro. Se alegraron de librarse de él.

Sarah asintió con tristeza y se quitó los zapatos. Después se dio la vuelta para que Francie pudiera desabrocharle el vestido por la espalda.

—Era lo que me temía. Si se presenta el momento, podrías sugerir a la gente que le den una oportunidad. Quedarán agradablemente sorprendidos.

—Jonas dijo que el señorito Rob era justo y honorable hasta más no poder. —Le quitó a Sarah el vestido y después le puso el atuendo de montar por encima de la cabeza—. El primo George Carmichael, el que pensaban que era el heredero, vino una vez de visita. Todas las doncellas de la casa aprendieron enseguida que tenían que pasar rápidamente a su lado si no querían terminar con el trasero lleno de moratones.

—Eso es espantoso.

Francie había terminado de abrocharle el vestido, así que Sarah se sentó en la silla y se puso las botas de montar. Eran amplias, pero adecuadas.

—Nos pellizcaba a todas horas y, además, nunca mostró el menor interés por la propiedad. —Francie alisó el terciopelo verde—. Camine con cuidado porque la falda es demasiado larga, aunque no importará cuando esté sobre el caballo, y el color le sienta bien.

Sarah se dio la vuelta y observó su imagen en el espejo. Era cierto que el verde la favorecía. Su aspecto era bastante decente para ser una pobre vagabunda con ropa prestada. Se puso el sombrero de ala ancha tras quitarle un ramillete aplastado de flores de seda y se giró para salir del dormitorio.

—Estoy deseando ver la hacienda.

—No se encuentra en buen estado, señorita —dijo Francie, y suspiró.

—Razón de más para verla.

Sarah se recogió la falda por delante y se dirigió a las escaleras. Le gustaba bastante la amplia escalera. Cualquier mujer se sentiría bonita y romántica bajando por esos escalones.

Sobre todo si un hombre apuesto estaba esperando al pie, mirándola sorprendido.

—¿Es éste el jinete rudo que cruzó Irlanda conmigo? —preguntó Rob con asombro.

Ella se rió.

—La ropa marca la diferencia, ¿verdad? Francie, que es una prima de Jonas, lo encontró en el desván.

Rob le ofreció el brazo.

—Era más joven que nosotros, pero la recuerdo muy bonita. Me alegro de que pueda ayudarte tanto.

Sarah le agarró el brazo y se recogió la falda con la otra mano porque si no, echaría a perder la ilusión de ser una dama elegante. Jonas los estaba esperando en el establo con los caballos ensillados.

El momento en que un caballero ayudaba a una dama a subir a su caballo, era la mejor oportunidad para flirtear. Aquel día había demasiados asuntos serios que atender como para darse a aquellos juegos. Sin embargo, cuando Sarah puso el pie en las manos enlazadas de Rob, fue desconcertantemente consciente de su cercanía y de su fuerza.

Después de sentarse a lo amazona, le enseñó el cuaderno y el lápiz que había cogido.

—Estoy preparada para tomar notas y hacer algo útil.

Rob sonrió.

—¿Por qué tengo la sensación de que, además de aprender a llevar una casa al lado de tu madre, aprendiste a dirigir una hacienda al lado de tu tío?

—Porque eres muy perspicaz —contestó, riéndose—. Siempre iba detrás del tío Peter y con frecuencia le hacía de secretaria. También aprendí a llevar los libros.

—A lo mejor tengo que contratarte. —Rob montó y los tres salieron a caballo del patio de los establos—. Yo aprendí muy poco sobre dirigir una propiedad mientras estuve aquí porque nunca pensé heredar. Son otras cosas las que me interesan.

—¡Me alegro de que una de ellas fuera localizar a mujeres secuestradas! —Sobre el caballo Sarah tenía una buena vista del terreno—. ¿Eso que hay ahí abajo, al borde del acantilado, es un castillo de verdad?

—Sí, es el castillo original de Kellington aunque, como ves, casi todo está en ruinas. Data de la época normanda. La casa actual se construyó para vivir cómodamente y el castillo se abandonó, pero era un lugar magnífico para jugar, lleno de habitaciones y de túneles. —Rob cambió de tema y dijo—: ¿Qué granja visitaremos primero?

—Oaklea. El aparcero es Rupert White —contestó Jonas—. Tomó posesión después de que te marcharas.

La alegría de Sarah desapareció según cabalgaban hacia Oaklea. Ella había crecido en una hacienda cuidada y mimada. Kellington no era ni una cosa ni la otra.

Los campos necesitaban un drenaje mejor y, el ganado, muchos cuidados. Poner Kellington en forma sería un trabajo hercúleo. Hercúleo y caro.

Cuando ya se acercaban a Oaklea, el aparcero los vio y salió a recibirlos con una expresión recelosa.

—Buenos días, señor White —dijo Jonas mientras detenían a los caballos—. Tal vez haya oído que el nuevo conde está aquí, y está deseando conocer a sus aparceros.

White frunció el ceño.

—Lo he oído. Y también que es un ladrón y un holgazán. No tiene mucho sentido que venga hasta aquí, su maldita señoría. Su padre y su hermano ya se llevaron todo lo que había de valor.

Sarah jadeó ante tanta grosería. Hablaba como un hombre al que ya no le quedaba nada que perder.

Rob dijo amablemente:

—Dejé de robar para convertirme en un detective de Bow Street. He venido para familiarizarme con todo y preguntar qué es necesario hacer en Oaklea.

—¡Todo! —escupió White—. Hay que reparar el tejado. También necesito un nuevo granero y un pozo. Yo arreglo lo que puedo, pero es imposible ocuparse de todo. Pensé que había tenido suerte cuando me dieron Oaklea, pero es la peor decisión que he tomado nunca. —Al ver a Sarah escribir, preguntó con recelo—: ¿Qué está haciendo?

—La señorita Clarke-Townsend me está haciendo de secretaria —le explicó Rob—. Hay muchas cosas que hacer. El primer paso es saber lo que es más necesario.

—¿De verdad va a ordenar que hagan las reparaciones? —se burló el aparcero—. Lo creeré cuando lo vea.

Jonas, que había estado callado hasta el momento, dijo:

—Por lo menos, está viendo al conde en persona. ¿Cuándo fue la última vez que ocurrió eso?

—Nunca —admitió White—. Pero tal vez ha venido para contar la plata y llevársela.

Rob dijo:

—Una última pregunta. ¿El señor Buckley ha tratado con usted, como debería haber hecho?

—¡Buckley!

White escupió, giró sobre sus talones y entró de nuevo en su casa.

—Creo que es respuesta suficiente —dijo Rob con sequedad—. Es hora de ir a la siguiente granja.

Mientras se alejaban, Jonas comentó:

—Veo que has aprendido a controlar tu mal genio.

—Un detective de Bow Street siempre atrae insultos y abuso verbal —le explicó Rob—. Uno se acostumbra.

Aquello le arrancó a Sarah una carcajada.

—¡Entrenándote para tu cargo actual! Si quieres, puedo decírselo a tu abuela si critica tu anterior profesión.

—Es tentador —contestó él con una media sonrisa—. Pero no estaría bien causarle un desmayo. ¿Cuál es la siguiente granja, Jonas?

Ésas fueron las últimas risas del paseo por la propiedad. Algunos aparceros recordaban a Rob y se alegraban de que estuviera vivo, y ninguno fue tan grosero como White. Pero todos estaban rabiosos y habían perdido la esperanza. Sarah no los culpaba. Los anteriores lores Kellington no habían cumplido con sus obligaciones.

Sarah sabía que Rob lo haría si pudiera. Pero ésa era la pregunta crucial. ¿Habría suficiente dinero para llevar a cabo todo lo que se necesitaba hacer? No quería saber la respuesta.

La hacienda era vasta y no terminaron de visitar las granjas de los aparceros hasta bien entrada la tarde. Rob se mostraba paciente y pensativo, y Sarah llenó más de la mitad del cuaderno con listas de cosas pendientes de hacer, ordenándolas por urgente, menos urgente y útil pero no vital.

Cada vez que visitaban a un aparcero, los tres comentaban lo que habían visto, porque Rob los animaba a que le dieran sus opiniones. Él escuchaba atentamente. Sarah casi podía ver los engranajes moviéndose en su cabeza mientras oía las quejas y aprendía.

Comieron un pastel caliente de queso y cerveza en casa de Jonas. Sarah sospechaba que era porque no había otra casa en la propiedad donde les aseguraran una cálida bienvenida. La mujer de Jonas, Annie, era bonita y estaba embarazada, los dos niños pequeños eran adorables y se veía claramente que era un hogar feliz.

Pero ella era consciente de que la fundación de aquel hogar era gracias a la posición de Jonas como mozo de cuadra principal, con un salario decente y regular. Si las deudas del padre y del hermano de Rob destruían la propiedad, la familia de Jonas y todos los demás que vivían en Kellington se verían afectados. Y eso sin contar con las otras propiedades que podrían ser parte de la herencia Kellington. Entonces maldijo en silencio a los parientes de Rob por su egoísmo.

A media tarde, los tres ya estaban cansados y apagados. Mientras se alejaban de una pequeña granja llamada Hilltop, Rob preguntó:

—Ésta es la última, ¿verdad? ¿Son imaginaciones mías, o las propiedades están más deterioradas según se alejan del castillo?

—No son imaginaciones tuyas. Yo creo que Buckley sabía que no era probable que los anteriores condes fueran muy lejos para ver cómo les iba a sus aparceros. —Jonas señaló con la cabeza hacia las escabrosas colinas que se levantaban en el este—. ¿Quieres visitar a los pastores de las zonas altas?

—Sería difícil localizarlos, y no es realmente necesario. —Rob tiró de las riendas—. Es hora de volver.

Jonas asintió y giró su montura hacia el castillo, pero se entretuvo unos momentos mirando a las colinas. Sarah guió a su caballo hasta el de suyo.

—¿Estás pensando en Bryony? —le preguntó con suavidad.

—Te das cuenta de demasiadas cosas. —Tragó saliva con dificultad—. Vivía en las colinas. La conocí un día que llegué allí cabalgando. Estar aquí me recuerda a todas las veces que fui hasta allí para reunirme con ella. Lo mucho que disfrutábamos estando juntos.

Sarah recordó cómo había descrito Rob a su primer amor: una belleza morena, alocada y libre. Una joven así habría sido una esposa del ejército animosa y resistente si él hubiera llegado a ser un oficial. Les habían robado aquella vida.

—Puedes ir a buscarla. Probablemente todavía viva en esta zona.

—No —dijo Rob en voz baja—. Esos tiempos ya pasaron.

Hizo que su caballo diera la vuelta y se alejó.

Apenada por aquellos dos jóvenes que se habían desvanecido, Sarah lanzó una última mirada a las colinas y se encaminó al destartalado falso castillo junto al mar.

Capítulo 20

*Y*a estaba oscureciendo cuando Rob y sus acompañantes llegaron a los establos. Mientras él desmontaba, Jonas dijo:

—Yo me encargaré de los caballos si quieres hablar con Buckley ahora.

—¿Estás deseando que le retuerza el pescuezo por no haber hecho su trabajo?

Jonas lo pensó y después asintió.

—Sí.

Rob ayudó a Sarah a bajar de su montura.

—Y la gente piensa que soy yo el despiadado. Sarah, ¿puedo llevarme tus notas como artillería pesada?

—Me gustaría ir contigo —contestó ella mientras le tendía el cuaderno—. Como tengo algo de experiencia en administración de fincas, a lo mejor te resulto útil.

—Si no estás demasiado cansada, me gustaría. —Le gustaría mucho. Aquel asunto lo superaba, y tener a una mujer informada a su lado era reconfortante—. Necesito toda la ayuda posible.

El despacho del administrador era una pequeña construcción situada en ángulo recto con los establos. Sarah se recogió su voluminosa falda y agarró a Rob del brazo. Con aquel terciopelo verde tenía un aspecto deliciosamente hermoso y de mujer inútil. Como un esponjoso pollito dorado, de hecho.

—Eres mi arma secreta —dijo Rob mientras atravesaban el patio—. No dudes en hablar si crees que es necesario.

Sarah sonrió.

—Sabes que no dudaré en hacerlo. Mientras hablas con Buckley, me pasearé por su despacho para ver si encuentro algo interesante.

—Tienes el instinto de un espía o de un detective. —Le sonrió—. Me gusta eso en una mujer.

Ella se sonrojó de manera adorable. A Rob le divirtió ver cómo cambiaba la expresión de Sarah cuando llegaron al despacho del administrador. Cualquier signo de inteligencia desapareció. Parecía alegre e incluso algo boba. En absoluto mostraba ser una experta en nada, a menos que fuera en moda.

Rob llamó y Buckley lo invitó a entrar. Antes de hacerlo, él puso su mejor expresión intimidatoria de detective. No tendría que decir ni una palabra para poner nervioso al administrador.

Cuando entraron, se dio cuenta de que el despacho estaba costosamente amueblado, más como la biblioteca de un lord que como la zona de trabajo de un administrador. Frente al escritorio de caoba había una espléndida alfombra oriental, mapas y óleos enmarcados adornaban las paredes, y la pared que había detrás del escritorio consistía en un armario y una vitrina empotrados, también de caoba. El mobiliario debía de haber costado más que todo lo que había en el espacioso piso que él poseía en Londres.

Buckley se levantó e hizo una reverencia cuando entró con Sarah del brazo.

—¡Bienvenido, lord Kellington! Os he estado esperando. Supongo que esta encantadora dama es vuestra prometida.

Sarah le dedicó una sonrisa deslumbrante.

—Lo soy. ¡Todo esto es tan emocionante!

Buckley lanzó una mirada de admiración a su bien moldeada figura, la descartó como a una descerebrada cabeza hueca y se concentró en Rob.

—¿Queréis jerez o vino de Burdeos, milord?

—No, gracias. Pero voy a sentarme. —Guió a Sarah hasta una de las sillas que había frente al escritorio y él se sentó junto a ella—. La propiedad y las granjas de los aparceros se encuentran en un estado deplorable. Debe saberlo. —Rob levantó en una mano el cuaderno de Sarah—. Tengo listas de las necesidades más urgentes. Por favor, explíqueme por qué ha permitido que ocurra esto.

Buckley se quedó helado, como un conejo enfrentándose a un zorro, mientras buscaba desesperadamente una respuesta a esa pregunta tan directa. Decidió escurrir el bulto.

—Estaba siguiendo las órdenes de vuestro padre y, durante su breve posesión, de vuestro hermano. A ambos les interesaba generar los máximos ingresos posibles de la propiedad, y no consideraron oportuno invertir capital innecesariamente.

—Yo no diría que es innecesario reparar los tejados para que los aparceros de Kellington no se mueran de una neumonía —dijo Rob fríamente—. No sólo se están cayendo a pedazos las granjas, sino que el cercado está horriblemente descuidado y, todos los desagües, deteriorados. —Dejó con un golpe el cuaderno sobre el escritorio—. ¡Es una vergüenza!

—¡He hecho lo que he podido! —respondió Buckley a la defensiva—. ¡Pero no podía negarme a cumplir las órdenes directas de vuestro padre!

—Un buen administrador debería haber sido capaz de convencer al anterior conde de los peligros de conseguir ingresos a corto plazo a costa de destruir ingresos a largo plazo.

Gracias a los comentarios que Jonas y Sarah le habían hecho, parecía más experto de lo que realmente era. Buckley empezó a sudar.

Sarah se levantó de su asiento y empezó a pasear por el despacho como si estuviera aburrida. Pero estaba observando atentamente todo lo que veía y, unos minutos después, sacó un libro de contabilidad de la librería que había detrás de Buckley.

Lo hojeó rápidamente y en silencio y enarcó las cejas al ver lo que contenía. Cuando terminó, abrió las puertas del armario que llegaba hasta el techo. Dentro había archivos y una caja fuerte en la estantería inferior.

Al oírla, Buckley se giró y preguntó con recelo:

—¿Está buscando algo en particular, señorita Clarke-Townsend?

—Esperaba encontrar una o dos novelas, pero estos libros parecen ser aburridos volúmenes de agricultura y cosas así —respondió, batiendo las pestañas descaradamente.

—Éste es mi lugar de trabajo —contestó él con sequedad—. Si está buscando algo que la entretenga, puede que le guste el libro de mapas de los condados ingleses que hay en la estantería superior de la librería.

—¡Oh, sí, eso sería delicioso!

Tenía una expresión idiota y complacida.

Rob temió que Buckley adivinara la intención de Sarah, pero no fue así. En lugar de eso, volvió a mirarlo a él y le dio una explicación nada convincente sobre por qué se había cortado tanta madera.

Rob siguió haciéndole preguntas hasta que Sarah se volvió con un libro de contabilidad en las manos y asintió con la cabeza, satisfecha. Era evidente que había encontrado algo interesante.

Frunciendo el ceño, él interrumpió a Buckley en mitad de una frase.

—Teniendo en cuenta lo mal que ha llevado la hacienda, no veo razón para seguir contando con sus servicios.

Buckley palideció.

—¡Milord, eso es injusto! ¡Soy muy buen administrador! He dirigido Kellington de acuerdo con las órdenes de vuestro padre. Tras su muerte, vuestro hermano me dijo que continuara con la misma política. Si queréis mejorar la hacienda, lo haré de buena gana. Después de todas las dificultades que he tenido al servicio de los anteriores condes, agradecería tener una oportunidad para hacer mi trabajo adecuadamente. —Se inclinó sobre el escritorio, muy serio—. ¡Me debéis una oportunidad para demostrar mi valía!

Rob dudó. No le gustaba Buckley especialmente, pero si era verdad que le habían ordenado que exprimiera la hacienda al límite, habría tenido que obedecer o dimitir, y le habría sido difícil encontrar otro puesto parecido. Viendo la calidad de su ropa y el mobiliario de su despacho, era evidente que se le había pagado bien, y era comprensible que no quisiera dejar su cargo.

Sarah habló por primera vez, mirando por encima del voluminoso libro de contabilidad.

—No le debes nada al señor Buckley, Rob. De hecho, yo diría que él te debe a ti una buena cantidad. Ha estado robando un considerable porcentaje de los ingresos de la finca. Por lo menos un quince por ciento, tal vez más. Despídelo. Mejor aún, acúsalo de malversación.

El administrador ahogó un grito y se giró en su silla, pálido.

—¡Eso es una completa sandez! No podéis despedirme basándoos en la palabra de una muchacha sin experiencia.

Sarah sonrió como un pequeño ángel dorado. Un ángel vengador.

—El libro de contabilidad oficial enumera precios ridículamente altos de todo, desde el ganado a las herramientas. Usted recoge compras de toros de cría de primera categoría y carneros ingleses de Leicester comprados al mismo Coke de Norfolk,* pero yo no veo su estirpe en los rebaños.

—¿Qué sabe una chica soltera sobre la cría? —escupió—. Esas cosas llevan su tiempo. El ganado mejorado puede que no aparezca hasta dentro de unos años.

—Usted ha tenido años —respondió ella con frialdad—. Las primeras supuestas compras fueron hace diez años. Ha debido de tener una suerte excepcionalmente mala con los sementales, porque lista reemplazos cada año desde entonces. Reemplazos muy caros.

—Nosotros... hemos tenido mala suerte —dijo a la defensiva—. Los aparceros son un puñado de gruñones, no hacían caso de mis instrucciones para mejorar la productividad.

Rob estaba empezando a divertirse.

---

* Thomas William Coke, primer conde de Leicester (1754–1842), conocido como Coke de Norfolk o Coke de Holkham. A pesar de haber sido también político, su principal legado fue el de reformista agrícola. Históricamente se le reconoce haber impulsado la revolución agrícola británica gracias a las reformas que hizo para mejorar sus propiedades. Se le sigue describiendo como «el verdadero héroe de la agricultura de Norfolk» *(N. de la T.)*

—¿De verdad? Todos tienen la sensación de que usted ha ignorado sus peticiones y de que se ha negado en rotundo a hacer incluso las mejoras más básicas. ¿Qué más has encontrado, Sarah?

Ella devolvió el libro a la librería y cogió otro volumen, delgado y de color apagado.

—El título de este libro, *Sermones para un alma pecadora al final de su vida*, garantiza que nadie lo cogerá. Pero resulta que no contiene sermones, sino un interesante juego completo de... llamémoslas «segunda contabilidad.» —Abrió el libro y lo hojeó—. Señor Buckley, me parece que ha defraudado a la propiedad de Kellington más de cinco mil libras.

Rob enarcó las cejas. Era una suma muy elevada. No lo suficiente para arreglar todo lo que había que reparar en la finca, pero valdría para comenzar con buen pie.

Y Buckley había estado robando ese dinero mientras las casas de los aparceros se inundaban con las lluvias invernales.

—Lo acusaré y lo encarcelaré, Buckley —dijo Rob con fría furia—. Si tiene suerte, lo deportarán en vez de colgarlo. Sarah, ¿hay alguna pista sobre dónde ha guardado los bienes adquiridos ilícitamente?

—No está claro, pero no he tenido mucho tiempo para buscar —contestó ella disculpándose—. Yo diría que lo esconde cerca, para poder llevarse rápidamente el dinero si se descubren sus delitos. Se sentía a salvo, ¿no es así, señor Buckley? Los condes a los que ha servido no analizaban su trabajo en profundidad mientras recibieran los fondos trimestrales para sus vicios.

Con el pánico reflejado en los ojos, el administrador salió corriendo hacia la puerta. Rob lo atrapó fácilmente, le retorció un brazo a la espalda y exclamó:

—¡No intente huir de un detective de Bow Street! No lo conseguirá, y, además, agrava su delito.

Buckley dejó de resistirse.

—¡Por favor! —rogó—. Soy un buen administrador, por eso me contrataron al principio. Pero vuestro padre no quería que cuidara de la propiedad. Lo único que deseaba era hasta el último maldito penique

que yo pudiera sacar. Nunca comprobó mi trabajo, así que... no pude resistir la tentación de asegurar mi propio futuro.

Rob empujó a Buckley para que se sentara y echó un vistazo al libro de cuentas que Sarah le tendía. Páginas y páginas de meticulosos cálculos demostraban cuánto dinero había desviado Buckley de Kellington todos los meses. Probablemente era un buen administrador, o no habría llevado unos registros tan detallados de sus delitos.

—Es evidente que se sintió muy tentado. ¿Dónde está el dinero, Buckley? Démelo y no aconsejaré que lo cuelguen.

—Parte del dinero se ha gastado, pero como adivinó la señorita Clarke-Townsend, el resto está aquí —confesó con desesperación—. Os enseñaré dónde si me dejáis marchar.

Rob apretó los labios.

—No se trata de delitos sin importancia, Buckley. Me he pasado años metiendo en la cárcel a criminales de menor calado que usted. ¿Por qué debería dejar libre a un hombre que ha perjudicado a todos en Kellington?

—Tengo mujer e hijos. ¿Qué será de ellos si me ahorcan? —Le temblaban los hombros—. Ellos no... No creerán que me haya comportado tan mal.

Rob empezaba a sentir algo de compasión. La preocupación de Buckley por su familia parecía auténtica y, aparentemente, ellos eran inocentes de sus delitos. Pero éstos eran realmente considerables.

—Tiene algo de razón, Rob —observó Sarah—. No creo que el señor Buckley sea un hombre malvado. Sólo es débil y sin carácter. Si tu padre lo hubiera supervisado adecuadamente, es probable que hubiera hecho su trabajo de forma competente y que no hubiera sucumbido a la tentación.

—No hay ninguna duda de que tiene un carácter débil —dijo Rob ásperamente—. ¿Qué sugieres que haga con él?

—Recupera el dinero y deja que su familia y él se vayan con unas cien libras para mantenerse hasta que encuentre trabajo en otra parte. —Sonrió burlonamente—. Donde no tenga tentaciones.

Rob pensó en ello. No quería tener a la familia de Buckley sobre su conciencia, y era cierto que el descuido de su padre había creado una situación que permitió que la debilidad del administrador saliera a la luz. También era cierto que el dinero defraudado de la propiedad ahora estaría disponible para hacer las mejoras. Si Buckley hubiera sido honesto, los antiguos condes habrían gastado esa cantidad.

Tomó la decisión y dijo:

—Muy bien, Buckley. Saque el dinero. Cuando esté en mi poder, váyase a casa y dígale a su familia que empiece a hacer el equipaje. Quiero que se hayan ido mañana. Le permitiré que use un carro de la propiedad para que lleve a su familia y sus pertenencias a una ciudad más grande. Tendrá cien libras para mantenerse, como ha sugerido la señorita Clarke-Townsend. Lo vigilaré en el futuro. Si descubro que desfalca en otra parte, me veré obligado a tomar medidas más severas. ¿Me he explicado con claridad?

—Por supuesto. —Buckley torció la boca—. Juro que no volveré a robar. No puedo soportar las consecuencias.

Rob analizó la cara del hombre y asintió. Buckley no era un criminal empedernido, así que el miedo a las consecuencias haría que fuera honesto en el futuro.

—¿Dónde está el dinero?

—Aquí, en esta misma habitación.

El administrador se dio la vuelta y se arrodilló frente a la librería empotrada que había tras su escritorio. Había un panel de quince centímetros de ancho debajo de la última estantería. Alargó los brazos y apretó un lugar a cada extremo. El zócalo cayó hacia delante.

Dentro había cuatro cajas de madera, alargadas y estrechas. Buckley las sacó y las puso sobre el escritorio. La última era notablemente más pesada. Las abrió. Las primeras tres contenían billetes. La cuarta, hileras de monedas de oro.

—¡Cielos! —exclamó Sarah—. Nunca antes había visto tantas guineas juntas. Con lo escaso que es el oro, creo que una guinea de oro vale veintiséis o veintisiete chelines, en vez de veintiuno.

Lo que significaba que el tesoro de Buckley valía más de su valor nominal. Rob calculó la cantidad de monedas que había en la caja. Unas mil. Más dinero de lo que la mayoría de la gente vería en toda su vida.

—Sarah, ¿me ayudas a contar?

—¡Con mucho gusto!

Contando los dos a la vez, no tardaron en confirmar que había casi cinco mil libras en metálico. Rob apartó cien libras en billetes y se las dio a Buckley.

—Deme las llaves del despacho.

El administrador se guardó los billetes en un bolsillo interior, después abrió un cajón del escritorio y sacó una anilla con varias llaves.

—Son las llaves de este despacho, más un juego de la casa del administrador. Allí tengo otro juego de llaves del despacho.

—Déselas a Jonas —le ordenó Rob—. Después dígale a su familia que empiece a recoger sus cosas. No intente llevarse nada del mobiliario que había en la casa cuando se mudaron allí. Tengo buena memoria y lo recuerdo todo. ¿Hay algo en este despacho que sea realmente suyo, no propiedad de la finca o comprado con dinero robado?

Buckley paseó la mirada por la estancia.

—Esa acuarela. La pintó mi mujer. Me la dio como regalo de bodas.

Era un cuadro mediocre, así que probablemente decía la verdad.

—Llévesela. Si su mujer quiere saber por qué lo han despedido tan repentinamente, dígale que el nuevo conde es un patán maleducado que no quiere mantener al administrador de su padre. Después de todo, es verdad.

—Pero… es una razón mucho más comprensiva que la verdad. Gracias —dijo Buckley en voz baja mientras descolgaba la pintura de la pared—. Sois mejor hombre que vuestro padre y vuestro hermano.

Rob no sabía cómo responder a eso, pero Sarah dijo rápidamente:

—Eso es completamente cierto, señor Buckley. Ahora, váyase y no peque más.

Buckley hizo un brusco asentimiento con la cabeza y se marchó.

Sarah soltó el aire que había estado conteniendo mientras se dejaba caer en una silla.

—¡Eso ha sido interesante!

—Desde luego. Gracias por darme la munición que necesitaba. —Rob sintió una punzada de culpabilidad al ver lo cansada que estaba—. ¿Te importa vigilar este despacho mientras yo llevo el dinero a la casa? Dudo que Buckley regrese, pero, si lo hace, en cuanto te vea saldrá corriendo.

—Ya no dará más problemas —dijo ella con seguridad.

Rob sacó la caja fuerte del armario, la vació y puso dentro las cajas con el dinero defraudado.

—Menos mal que no es todo oro, o no podría levantarlo.

—Cinco mil libras cambiarán la vida de los aparceros. —Sarah se apartó con cansancio un mechón de brillante cabello de la cara—. Suponiendo que el dinero se destine a mejorar las granjas. Seguramente, hay otras deudas.

Rob hizo una mueca mientras cerraba la caja fuerte.

—Imagino que a lo largo de la semana el abogado de Kellington me enviará una lista. Pero no se me ocurre nada más importante que mejorar las granjas de los aparceros. Después de todo, ellos generan los ingresos. Como es primavera, las mejoras pueden tener efecto este año.

—Asegúrate de comprar algunos carneros de cría de Coke de Norfolk —dijo ella con ojos brillantes—. Son los mejores.

—Lo haré —le prometió—. Cuando guarde esto en la casa y le pida a Jonas que supervise la marcha de Buckley, volveré por ti. Espero que la magia que hiciste en la cocina signifique que vamos a tener una buena cena.

—Eso creo. —Sarah ahogó un bostezo—. La cocinera está muy contenta de tener al nuevo conde en casa, y deseosa de demostrar sus habilidades.

—Le diré a Hector que busque unos buenos vinos para acompañar la cena. Si hay algo de primera categoría en Kellington, son las bodegas —dijo secamente.

Se marchó del despacho con la caja fuerte bajo un brazo. Sarah seguía riéndose. Sus nuevas circunstancias parecían un poco menos desalentadoras. Además de tener una pequeña fortuna en metálico, estaba deseando cenar con ella a la luz de las velas.

Jonas estaba en el establo y se sintió más que feliz al enterarse de que Buckley se iba. Prometió quedarse el tiempo que hiciera falta para ayudar a la familia a prepararse para partir por la mañana. Como Jonas los conocía a todos, se aseguraría de que el proceso se llevara a cabo sin sobresaltos.

Años antes, el padre de Rob había instalado una caja fuerte en el feo y pequeño estudio. Y como él siempre había sido un buen observador, sabía dónde estaba y cómo abrirla, así pues, no tardó mucho en poner el dinero desfalcado a buen recaudo.

Cuando regresó al despacho del administrador, Sarah estaba sentada ante el escritorio, dormitando con la cabeza sobre los brazos cruzados. Se incorporó y le dedicó una sonrisa somnolienta; sus ojos castaños eran tan cálidos y reconfortantes como el chocolate caliente.

¿Cómo sería ver esa sonrisa cada mañana sobre la almohada? Rob apartó ese pensamiento de su mente y dijo:

—Todo está en orden y podemos relajarnos tomando una buena cena. ¿Milady?

Le ofreció el brazo.

—Gracias, milord.

Sarah puso una pequeña y suave mano sobre su brazo y salieron del despacho del administrador.

La noche ya había caído, aunque el horizonte en el oeste todavía mantenía un brillo anaranjado. Era extraño pensar que el día anterior habían estado luchando para mantenerse con vida durante el viaje desde Irlanda. Y que Rob era un detective de Bow Street contento y no un conde infeliz.

Mientras subían los escalones de la entrada principal, Sarah le preguntó:

—¿Cuánto tiempo crees que pasará antes de que mi familia sepa que estoy a salvo? No creo que más de un día o dos.

—Tal vez lo sepan mañana por la tarde. Wiltshire no está lejos de Somerset —añadió, divertido—: No me sorprendería si tus padres y Ashton vinieran corriendo para ver con sus propios ojos que estás bien.

—Espero que no te sientas demasiado abrumado si ocurre eso —dijo ella riéndose entre dientes—. Porque es muy probable que pase. Tal vez incluso venga Mariah. Acaba de tener un bebé, pero es muy resuelta.

—Que tu familia se deje caer en Kellington será una alteración menor comparado con todo lo que va a ocurrir.

Rob abrió la pesada puerta y ella se deslizó en el interior, tan majestuosa como una princesa con su vestido prestado de terciopelo verde.

Él la siguió. En cuanto cerró la puerta tras ellos, se dio cuenta de que se habían metido en una vorágine. Lady Kellington estaba al pie de las escaleras, paralizada, mientras que Hector, el mayordomo, hacía inútiles gestos con las manos, como si quisiera hacer caso omiso de la desagradable situación.

En medio del vestíbulo había un anciano toscamente vestido que a Rob le resultaba vagamente familiar. Agarraba con fuerza por el brazo a una chica flacucha que llevaba un vestido andrajoso y demasiado corto. El hombre rugió con un fuerte acento del campo:

—¡No me voy a marchar hasta que su jodida señoría regrese! ¡Juro que se la quedará, porque es suya! Maldito sea si sigo teniendo a esta pequeña bastarda bajo mi techo.

La chica se soltó de un tirón y se dio la vuelta con furia. Tenía once o doce años y una masa de pelo enmarañado que le llegaba hasta la cintura. Y resplandeciendo en su cara manchada se veían unos ojos de color azul pálido exactamente iguales que los de Rob.

—¡Bryony! —exclamó éste.

Tenía una hija.

Capítulo 21

*L*a chica se parecía tanto a Bryony, pero en pequeño, que Rob apenas pudo respirar. Era como una gatita furiosa, desafiante, asustada e indeciblemente valiente en un lugar nuevo y aterrador donde la estaba abandonando la única familia que tenía.

—Miente —replicó lady Kellington—. ¡No seas insensato, muchacho, o te caerán encima todos los bastardos de Somerset!

—Es mi hija. —Rob entornó los ojos y estudió al anciano—. No lo reconocí al principio. Usted es Owens, el pastor. El padre de Bryony. ¿Dónde está ella?

—Muerta —escupió el anciano canoso—. Me dejó con su mocosa hace dos años. Siempre afirmó que usted era el padre, pero todo el mundo pensaba que estaba muerto, así que me tuve que quedar con la pequeña bastarda. Ya que está aquí, es suya. Yo me lavo las manos —gritó y salió dando un portazo que hizo temblar las ventanas.

La gatita furiosa miró a Rob.

—¿Eres mi jodido padre?

Lady Kellington se estremeció al oír la blasfemia, pero Rob apoyó una rodilla en el suelo delante de la muchacha. La miró fijamente y le habló con voz suave, como si estuviera tranquilizando a un caballo nervioso.

—Lo soy —dijo—. No sabía que existías. Amaba a tu madre y planeábamos casarnos, pero mi familia se interpuso.

—Si la querías tanto, ¿por qué no huisteis a Gretna Green* cuando tu jodida familia se negó? —preguntó con recelo.

Si había alguien que merecía saber la verdad, era su hija.

—Mi padre le dio dinero a tu madre para que me abandonara. Yo estaba a punto de ir a buscarla cuando mi hermano me vendió a la leva —le explicó Rob sin emoción en la voz—. Me obligaron a trabajar en un barco que iba a la India y no volví a ver Inglaterra durante seis largos años.

Lady Kellington ahogó un grito.

—¡Tu hermano nunca habría hecho algo tan horrible!

—Yo estaba allí, abuela, no tú. —Rob se levantó. Su hija parecía recelosa y dispuesta a salir corriendo, así que él mantuvo algo de distancia entre ellos—. No nos han presentado adecuadamente. ¿Cómo te llamas?

—Bree.

La chica recorrió la estancia con la mirada, como si estuviera buscando una salida.

—Es bonito. ¿Te llamaron Bryony por tu madre?

Bree frunció el ceño y asintió.

—Bryony es una mala hierba inútil, una enredadera. Por eso mi abuelo le puso ese nombre a mi madre.**

Rob consiguió controlar el arrebato de furia que sintió. Owens había tratado a Bryony horriblemente mal, y parecía que había hecho lo mismo con Bree.

—Si vas a quedarte con la mocosa —dijo lady Kellington con exasperación—, por lo menos sácala rápidamente de aquí. Ponla de sirvienta o a aprender un oficio.

Eso era exactamente lo que él esperaba de su abuela.

---

* Gretna Green es una localidad en el sur de Escocia famosa por celebrar bodas rápidas. *(N. de la T.)*
** *Bryonia* es un género con 167 especies de plantas trepadoras perennes con zarcillos, de la familia de las cucurbitáceas. *(N. de la T.)*

—No. Ahora que su madre no está, Bree es mía.

La anciana resopló.

—Tienes que casarte con una heredera, y ninguna mujer decente aceptará a un hombre con una bastarda.

Sarah habló con voz tranquila, pero tenía los ojos brillantes.

—Tonterías. ¿Qué mujer decente querría a un hombre que no se ocupa de su propia hija?

Bree volvió a mirar a Rob.

—¿Quieres que me quede aquí?

—Por supuesto. —Le mantuvo la mirada—. Si hubiera sabido de ti, habría vuelto a Somerset mucho antes.

Sarah sonrió con calidez a la muchacha, que se relajó visiblemente. Era imposible tenerle miedo a ella.

—Debes de estar cansada y hambrienta. Con el permiso de tu padre, te prepararé una habitación, un baño y la cena.

—Por supuesto. Que esté cómoda —dijo Rob, aliviado al ver que Sarah se encargaría de cuidar de la chica.

Su hija. No tenía ni idea de que Bryony estuviera embarazada cuando se separaron. Probablemente, ella tampoco. Pero ahora que sabía que habían engendrado una hija, sentía emociones feroces y completamente nuevas. Bree era suya, y él la protegería.

—Cuando Bree esté preparada para pasar la noche, buscadme. Estaré en el estudio, revisando unos papeles.

—Qué suerte que te pedí que prepararas habitaciones para las visitas, Hector. Usaremos una para la hija de lord Kellington —dijo Sarah—. Ordena que preparen un baño y pídele a Francie que venga con nosotras.

Hector, que parecía aliviado por poder escapar, se inclinó ante ella.

—Sí, señorita. La Habitación Rosa debería ser adecuada para... una joven dama.

Le costaba referirse a la recién llegada como una joven dama, pero al menos lo estaba intentando.

Cuando Sarah se llevó a Bree, Rob pensó en lo drásticamente que había cambiado su vida en un día. Pero era un cambio que agradecía. Algo de Bryony había sobrevivido.

Mientras Sarah y Bree seguían al mayordomo subiendo las escaleras, la chica paseó la mirada a su alrededor, intentando asimilar su nuevo entorno. Parecía abrumada, y dispuesta a no demostrarlo. Ella supuso que había aprendido a ocultar sus emociones cuando vivía con su odioso abuelo.

La Habitación Rosa se encontraba cerca de su dormitorio. Aunque estaba tan deteriorada como el resto del castillo Kellington, la habían limpiado y dejado la chimenea preparada para encenderla. Justo después de que entraran, llegó una criada con sábanas para hacer la cama con dosel. Las cortinas de brocado rosa y una alfombra belga mullida y ligeramente gastada creaban un ambiente acogedor. Bree abrió mucho los ojos al entrar.

Hector encendió las dos lámparas y accedió a prender el fuego en la chimenea él mismo, en vez de esperar a que otro sirviente de rango inferior hiciera aquella tarea de poca importancia. Volvió a inclinarse.

—Enviaré a Francie, y el agua para el baño. ¿Algo más, señorita Clarke-Townsend?

—La cena en una bandeja, por favor. Bree, ¿hay algo que te guste especialmente?

La chica pareció asombrada de que le preguntaran sus deseos.

—Algo caliente. ¿Tal vez un guiso de ternera? ¿O un pastel de carne?

—Estoy segura de que la señora Fulton tendrá algo igualmente satisfactorio. Hector, asegúrate también de que haya pan, queso y dulces. ¿Y tal vez té caliente?

Sarah miró a Bree, que asintió aturdida.

Hector se marchó y la niña deambuló por la habitación, tocando con el dedo el brocado de la cama.

—¿De verdad puedo quedarme aquí esta noche?

—Por supuesto que sí, y mucho más tiempo. No puedo hablar por lord Kellington, pero parece que planea que tengas aquí tu hogar.

Bree fijó en ella sus desconcertantes ojos de color aguamarina.

—El mayordomo no la ha llamado «lady Kellington». ¿Es usted la querida de su señoría?

Sarah parpadeó.

—No, soy una amiga. Me secuestraron y me llevaron a Irlanda. Lord Kellington me rescató y me trajo ayer de vuelta a Inglaterra.

—¿De verdad habían llegado el día anterior? Parecía que hubiera pasado mucho más tiempo—. Volveré a mi casa dentro de unos pocos días. —Su hogar le iba a parecer muy aburrido después de haber pasado dos semanas en compañía de Rob—. Puedes llamarme Sarah.

Bree frunció el ceño y al hacerlo se pareció tanto a Rob que ella casi se echó a reír.

—¿Por qué te rescató? Los lores nunca hacen nada útil.

—Entonces Rob no era lord Kellington. Era un detective de Bow Street en Londres. Su trabajo era atrapar criminales y encontrar cosas robadas y a gente desaparecida —le explicó—. Su familia lo había tratado tan mal que él les dio la espalda. Al llegar aquí se enteró de que su padre y su hermano habían muerto, así que ahora él es el nuevo conde.

—Su gente parece tan mala como el jodido Owens. —Su cara se contrajo en una expresión que no la hizo parecer nada joven—. Me alegro de que el viejo desgraciado se haya ido. Si se lo hubiera permitido, me habría hecho cosas asquerosas.

Sarah hizo una mueca. Gracias a Dios, Bree había podido defenderse, pero era lamentable que hubiera heredado el repugnante lenguaje de su abuelo.

—¿Tu madre y tú vivisteis siempre con él?

Bree negó con la cabeza.

—Mamá tenía dinero del antiguo señor, y también era una buena costurera. Teníamos una casita de campo en un pueblo junto a la costa, Bendan. Sólo conocí al viejo desgraciado cuando ella murió y él vino por mí. Se llevó el dinero de mi madre y vendió los muebles. Dijo que lo necesitaba para cuidar de mí.

—Tal vez fuera cierto. ¿Tu madre y tú vivíais cómodamente?

—¡Oh, sí! —Bree parecía nostálgica—. Teníamos mucha comida y mamá me hacía los vestidos más bonitos del mundo. Me envió a una escuela de damas para que aprendiera a leer, a escribir y los números. Allí tenía amigas.

Hasta que su abuelo la arrastró a las solitarias colinas. Por lo menos, antes había llevado una vida decente.

—¿Tu madre te habló alguna vez de tu padre?

—Mamá decía que su Rob era un hombre bueno y guapo que le pidió que se casara con él, pero ella sabía que su familia nunca lo permitiría, así que cogió el dinero y se marchó. Después se enteró de que él había desaparecido. Pensó que su hermano lo había asesinado.

Bryony parecía haber sido una mujer admirablemente sincera. No le extrañaba que Rob la hubiera amado.

—No lo asesinó, pero casi. A su familia le horrorizaba la idea de que quisiera casarse con la hija de un pastor.

—¿Cómo es mi padre?

Bree le volvió a dedicar esa mirada desconcertante.

¿Cuál era la mejor manera de describir a Rob?

—Es fuerte y muy valiente. Me rescató de un grupo de irlandeses radicales. —Pensó en la manera en que había manejado a Buckley—. Es inteligente, sincero y justo. Cree en la justicia, pero también es amable. —Desde luego, había sido muy amable con ella—. Será muy buen padre para ti, estoy segura.

—¿De verdad quiere que esté aquí? —Bree parecía deseosa de que así fuera—. ¿O me va a colocar de aprendiza de una sombrerera, como quería esa vieja alcahueta?

Sarah se preguntó cómo reaccionaría la condesa si se enterara de que la habían llamado alcahueta.

—Oh, claro que quiere que te quedes —contestó con suavidad—.

Cuando se dio cuenta de que eras su hija, pareció que le hubieran regalado un trocito de cielo. Os llevará algún tiempo conoceros, por supuesto. Pero recuerda que está nervioso, tanto como tú.

Bree acarició el lavamanos de porcelana.

—No sabía que tuviera un padre.

En ese momento la puerta se abrió y entró Francie, muy sonriente.

—¡Qué emoción! ¿Así que su señoría tiene una hija?

—Sí, ¿no es maravilloso? —Sarah hizo las presentaciones y preguntó—: ¿Puedes encontrar algo de ropa que le esté bien a Bree?

—El camisón es lo más fácil, y puedo buscar una camisa interior y un vestido mañanero. ¿Mando llamar mañana a la costurera del pueblo para que venga a tomarle medidas para un vestuario básico?

—Sí, y también a un zapatero. Todo lo que pueda necesitar una joven dama.

Aunque no hubiera mucho dinero, sería suficiente para equipar a la nueva hija del conde.

La puerta volvió a abrirse y en esa ocasión entraron dos criadas con palanganas de agua humante. Mientras Bree observaba admirada tanto lujo, Francie dijo con tono conspiratorio:

—Puedo conseguirle jabón con aroma a lavanda si le gusta, señorita Bree.

—Oh, sí. ¡Una bañera llena de agua caliente!

Bree parecía aturdida y muy, muy cansada, pero en el fondo lo estaba llevando bien. Cuando Francie regresó con el jabón de lavanda y otros artículos de aseo, la bañera estaba llena y todos los sirvientes se habían marchado.

Francie chasqueó la lengua.

—Señorita Sarah, parece tan agotada como la señorita Bree. ¿Por qué no va a cenar algo mientras yo cuido del nuevo miembro de la familia?

Sarah dudó. Estaba exhausta, pero no quería que la hija de Rob se sintiera abandonada.

—¿Estarás bien, Bree? Puedo quedarme si quieres.

—No es necesario. —La joven sonrió con cansancio—. Un baño, algo de cenar y una cama son más de lo que soñé tener.

—Entonces, te veré por la mañana.

Dejándose llevar por un impulso, Sarah le dio un rápido abrazo. La muchacha también la rodeó con sus brazos y Sarah se dio cuenta de que Bree estaba temblando. ¿Cuánto tiempo hacía desde la última vez que alguien había sido amable con ella? Probablemente, desde que murió su madre.

—Ahora estás a salvo —le susurró—. Tu nueva vida ha comenzado.

Una vida que le recordaría a Rob cada vez que viera a su hija a la mujer que había amado y perdido.

Capítulo 22

Cansada, Sarah se dirigió al estudio. Todavía llevaba el pesado vestido de terciopelo de montar porque no había tenido tiempo de cambiarse.

El lúgubre estudio no había mejorado desde que lo vio por última vez, pero Rob siempre era una vista agradable, incluso cuando estaba frunciendo el ceño estudiando columnas de cifras. A la luz de la lámpara, sus rasgos parecían más bellos y austeros. En Irlanda ella había visto su fuerza física y cómo controlaba las situaciones; aquí veía su inteligencia y disciplina.

Entonces él levantó la mirada, sonrió y ella vio su calidez.

—¿Cómo está? —preguntó Rob.

—Se está integrando bien, aunque todo es muy extraño para ella. Bree es inteligente y adaptable, y desea tener un hogar. —Se sentó en una silla que había al otro lado del escritorio—. ¿Has encontrado algo interesante en los papeles de tu padre?

—Todo es información rutinaria relacionada con la propiedad. Como vivía casi siempre en Londres, los documentos más importantes los tendría allí. Tampoco es que esperara encontrar mucho más aparte de deudas. —Suspiró—. Supongo que tendré que ir a la ciudad y pasar por Kellington House antes de ponerla a la venta. Cuando asista al Parlamento, puedo quedarme en el piso que tengo cerca de Covent Garden. —Sonrió levemente—. Seré el único miembro de la Cámara de los Lores que vive sobre una tienda de empeños.

Sarah se rió, contenta al ver que Rob empezaba a aceptar su destino con humor.

—Veo que pretendes poner tu propia marca en el título de conde.

—No me he pasado la vida protegido dentro de un capullo como la mayoría de los lores. Van a tener que aguantarme. —Se levantó y se dirigió a un armario—. ¿Quieres tomar algo? Aquí hay una buena variedad de bebidas. Brandy, oporto, vino de Burdeos, jerez...

—Me encantaría tomar un burdeos. Si bebo algo más fuerte, me quedaré dormida en tu escritorio.

Rob sirvió una generosa cantidad de vino en dos copas y le ofreció una a Sarah.

—¿Brindamos por haber conseguido sobrevivir? Después de haber pensado en ello, me he quedado sorprendido de que no nos ahogáramos.

—Por la supervivencia. —Chocaron las copas, y después de beber, Sarah añadió—: Y por tu futuro, que es mejor de lo que ahora crees.

Ambos brindaron por ello. Rob se bebió la mitad de la copa, después la rellenó y se sentó.

—¿Has descubierto algo de la vida anterior de Bree? ¿Sobre su madre?

—Dijo que vivían en una casita de campo cerca de la costa y que eran felices. Bryony la envió a una escuela de damas, así que debería saber lo básico sobre lectura y escritura. —Sarah sonrió con pesar—. Pero necesitará un tutor para corregir su acento y el lenguaje que ha aprendido de su horrible abuelo. Dijo que tu abuela era una vieja alcahueta.

Rob soltó una carcajada.

—¡Ojalá yo me atreviera a decirle eso a la viuda! Me alegro de que el dinero que mi padre le dio a Bryony para que se marchara fuera suficiente para que vivieran bien.

—Bree me ha dicho que su madre sabía que tu familia nunca permitiría que os casarais, y por eso aceptó el dinero. Cuando desapareciste, sospechó que tu hermano te había asesinado.

Rob cerró los ojos unos momentos.

—Me alegro de que no pensara que la había traicionado. Estaba obsesionado pensando que podría creerlo.

Sarah podía imaginárselo.

—Bryony debió de ser muy hermosa para haber tenido esa hija tan guapa.

—Se parecen mucho, excepto en los ojos. Verla es saber cómo era Bryony a su edad. —La expresión de Rob se suavizó—. Sarah, es un milagro. Nunca imaginé cómo me sentiría al descubrir que tengo una hija. Es algo que... te cambia la vida. —Hizo girar la copa, observando el vino de color rubí—. Bree me da una razón para mirar al futuro con esperanza, no con cansancio.

Al oír esas palabras, Sarah comprendió mejor lo mucho que Rob había amado a Bryony. Aunque había fallecido, la hija que habían concebido con su amor significaba que no se había marchado por completo. Bree le daba a Rob una razón para seguir adelante.

—Me alegro por los dos —dijo ella—. Aunque lady Kellington tiene razón. Tienes que casarte con una heredera, y tendrás que encontrar a una que acepte tener en la casa a una hijastra ilegítima. Pero eso no es un problema insuperable. Eres atractivo y honesto y, además, tienes un título. Cualquier hija de mercader con la suficiente dote haría lo que fuera por mejorar la suerte de los Kellington.

—¡No! —exclamó Rob.

—¡Supongo que no eres un esnob! —dijo Sarah, perpleja—. Tienes más posibilidades de encontrar una heredera si buscas entre la clase de los comerciantes que en la alta sociedad.

Él se puso serio.

—No estoy rechazando a las hijas de los mercaderes, sino la idea de convertirme en un cazafortunas. Estoy perdiendo la vida que yo mismo me creé. No voy a renunciar al derecho de elegir a mis propias compañeras de cama.

Sarah parpadeó.

—¿En plural? Eso no le sentará bien a la mayoría de tus posibles esposas.

Él se relajó un poco.

—Nunca he querido tener un harén. Una mujer es más que suficiente. Pero quiero elegir una esposa porque me guste.

Porque le gustara, no porque la amara. Ninguna mujer podría ocupar nunca el lugar de su corazón en el que aún vivía Bryony.

—Seguramente, sólo con el dinero podrás encontrar a una mujer que sea como aquella buena compañera que perdiste.

—Es cierto que ya no necesito a una mujer que sea experta en el espionaje y que pueda derribar a un hombre que le doble la altura —dijo secamente—. Pero no he tenido oportunidad de pensar en una posible condesa.

—Tal vez ya sea el momento —dijo Sarah con brusquedad—. Porque la esposa adecuada podría salvar Kellington y hacer que tu vida fuera mucho más fácil.

—Sé que tienes razón —respondió con un suspiro. Se sirvió más vino—. Supongo que mi condesa ideal sería una mujer competente, capaz de dirigir una gran casa y de moverse cómodamente en sociedad. Alguien con un corazón generoso, pero sin gustos extravagantes. Y alguien que me guste, desde luego.

—Deberías poder encontrar a una mujer así y que tenga dinero. —Sarah bebió un poco más de su copa. Las bebidas eran muy útiles para ocultar las emociones—. Tienes mucho que ofrecer.

Él resopló.

—No se me ocurre ninguna razón por la que me querría una heredera, aparte de por el título. Tengo una destartalada imitación de un castillo, una hija ilegítima y problemas financieros horribles, puede que irresolubles. Cualquier mujer sensata huiría gritando.

Sarah se consideraba sensata, y estaría encantada de tener en cuenta una oferta de Rob. No estaba segura de si la aceptaría, pero desde luego que la tendría en cuenta. También lo haría cualquier mujer inteligente. Sin embargo, cuando Rob tuviera tiempo de pensar en su situación, la idea de casarse con una heredera le parecería más atractiva. Por supuesto, tendrían que gustarse mutuamente, pero el hecho de tener dinero no hacía que una mujer fuera desagradable.

Como no quería pensar en la afortunada y agradable heredera, le dijo:

—Puede que la situación financiera no sea tan terrible como crees.

—Lo más probable es que sea peor, no mejor —respondió con pesimismo—. Como yo no era el heredero y estuve separado de mi familia, desconozco la mayor parte de la información básica. No sé qué propiedades son mayorazgos y cuáles no. Las que no estén vinculadas, probablemente estarán hipotecadas hasta el cuello y a punto de ser embargadas. Los mayorazgos no pueden ser embargados, pero los ingresos se pueden congelar, lo que sólo dejaría un título vacío sin ningún sentido. La verdad es que no tengo ni idea.

—Imagino que habrá una casa en Londres. No suelen estar vinculadas, ¿verdad?

—No, pero Kellington House probablemente estará hipotecada. Ocupa el primer lugar en mi lista de cosas para vender. Apenas he visto el lugar, aunque recuerdo que era bastante grande.

—La incertidumbre sobre la situación financiera debe de estar volviéndote loco —dijo ella, compadeciéndose—. Cuando sepas dónde te encuentras, empezarás a buscar soluciones. Apostaría dinero a que has escrito al abogado de la familia esta mañana.

—Y ganarías la apuesta. —Se pasó unos dedos tensos por el pelo—. Supongo que tengo que ir en persona a la ciudad a hablar con el abogado. Si Ashton no viene, pero nos envía un carruaje, puedo dejarte en Ralston Abbey de camino. Tal vez dentro de dos días. Debo hacer muchas cosas aquí antes de irme.

Sarah se sintió como si un caballo la hubiera tirado al suelo y no pudiera respirar, y no sólo porque se sintiera como un molesto paquete que hubiera que entregar. Su aventura se había terminado. Ya no podría hablar y reír con Rob ni admirar su esbelto cuerpo, alto y poderoso. Aunque probablemente se volvieran a ver algún día, ella no era parte de su vida. Nunca lo había sido.

De repente pensó en algo.

—Bree necesitará a una mujer que cuide y se preocupe por ella. Yo sugeriría que fuera la doncella, Francie, la prima de Jonas. Es amable y lista, y ha hecho un gran trabajo cuidando de mí. Ya hemos hablado de hacer traer a una costurera del pueblo para que le confeccione a Bree un vestuario básico.

—Es una idea fantástica. Bree es demasiado mayor para tener niñera, y aún no es el momento de una institutriz. —Sacudió la cabeza—. Haré todo lo posible por ser un buen padre, pero no tengo ni idea de cómo ser una buena madre.

—Una razón más para casarte —contestó ella, manteniendo un tono de voz despreocupado—. Me alegraré de volver con mi familia, pero te echaré de menos, a ti y a todas las emociones.

Él la miró a los ojos.

—No me confundas con lo de emocionante, Sarah. Ha sido una gran aventura a la que hemos sobrevivido de milagro. Pero yo no soy particularmente interesante. Sólo hago algunas cosas interesantes. —Hizo una mueca—. Por lo menos, solía hacerlas. Ahora mi vida está a punto de convertirse en algo mucho menos interesante.

—El papeleo será aburrido después de haber estado años atrapando villanos y rescatando damiselas en apuros —afirmó mientras intentaba no sentirse herida.

Había pensado que había algo especial entre ellos. Una amistad, al igual que una atracción. Pero tal vez Rob fuera así con todas las mujeres que rescataba.

Su instinto le decía que no, y cierto toque de maldad la llevó a querer demostrarlo. Dejó a un lado su copa de vino y rodeó el escritorio hasta llegar a donde él se sentaba.

—A mí me parece que esto es bastante interesante.

Le rodeó la cara con las manos y se inclinó para besarlo.

Ya se habían besado antes, pero con dudas y vacilaciones. En esa ocasión, ella no se guardó nada. A pesar de que solamente lo tocaba con las manos y los labios, los suyos estaban calientes y ávidos y desencadenaron una respuesta inmediata. Él la rodeó con los brazos y tiró de ella hacia abajo, hasta que quedó sentada a horcajadas sobre su rodilla. Sus senos le presionaban el pecho y los pliegues de terciopelo verde caían en cascada alrededor de ellos.

—Sarah, Sarah —susurró él—. La princesa perfecta.

Le deslizó una mano por la espalda, moldeando sus curvas y dejando un rastro de fuego mientras la apretaba más contra sí. Hundió los dedos de la otra mano en su cabello, le soltó las horquillas y le sujetó la cabeza tiernamente.

Sarah había experimentado los embriagadores albores del deseo con Gerald, y desde entonces había disfrutado de algunos dulces besos. Sin embargo, no eran nada comparados con la pasión profunda y poderosa que Rob despertaba en ella. Puede que no se amaran, pero podrían fácilmente ser amigos y amantes.

Ella quería devorarlo, abandonar por completo el decoro. Sus cuerpos estaban tan pegados que el calor y la dureza de Rob la quemaban a través de las capas de terciopelo verde. Sarah palpitaba contra él, queriendo más. Deseándolo todo.

Jadeó cuando él subió una mano por su pierna por debajo de la falda. Fue una caricia pausada y hábil. Cuando le tocó la parte interior del muslo, ella pensó que se iba a volver loca de deseo. Seguramente podrían unirse…

Él se quedó inmóvil cuando la oyó gemir. Entonces se levantó bruscamente, cogiéndola para que no se cayera y sentándola en el borde del escritorio. Después se apartó.

—Ésta es una idea realmente mala —dijo entre jadeos.

Sarah se llevó una mano al agitado pecho, seriamente tentada de coger una silla y estrellársela sobre su terca cabeza. Pero según se fue calmando, tuvo que admitir que era cierto.

—Probablemente tengas razón. Pero me pregunto… ¿Esta atracción tan grande es excepcional? No la había sentido antes, no tengo mucha experiencia.

—No es muy común.

Cerró los ojos un momento y recuperó la compostura.

Ella suspiró.

—Es una pena que la malgastemos, ya que se considera que la pasión es una buena base para el matrimonio.

Rob la miró indeciso, como preguntándose si le estaba haciendo una proposición de manera indirecta. Como pareció decidir que no, le dijo:

—Es cierto que la pasión es un beneficio adicional, pero no es la base. Creo que la amistad y los valores compartidos sí lo son. Junto con la voluntad de trabajar juntos. —Sonrió con ironía—. Pero ¿qué puedo saber yo? Nunca he estado casado. Soy un mero observador.

—Un observador muy bueno, ya que la observación es muy importante en tu trabajo. —Bajó del escritorio al suelo e intentó arreglarse el cabello y alisarse el vestido de montar—. Han sido dos semanas muy educativas, pero ya he tenido más educación de la que puedo aguantar por un día. Buenas noches, Rob.

Se dirigió a la puerta con la cabeza bien alta. Tal vez hubiera sido una tonta al comenzar ese beso, porque hacía que fuera más difícil separarse de él. A pesar de todo, no se arrepentía.

No le parecía justo que, desde que Gerald falleciera, no hubiera conocido a un hombre con el que se hubiera imaginado casada. Y ahora que había encontrado a uno… no podía tenerlo.

Rob se quedó en el estudio mucho tiempo después de que ella se hubiera ido, mirando sin ver la copa medio vacía de vino que Sarah había dejado. Había heredado un título, un desastre económico y, milagrosamente, había descubierto que tenía una hija. Pero en ese momento solamente podía pensar en Sarah y en lo mucho que la echaría de menos cuando se hubiera marchado. Era difícil imaginar que pudiera encontrar a una compañera mejor.

Antes le había resultado imposible imaginársela viviendo en el piso que tenía sobre la tienda de empeños, y ahora no podía imaginarse arrastrándola a la ciénaga financiera que había heredado. Sarah merecía un marido que la mimara y la hiciera vivir cómodamente. Toda la atención que él pudiera dedicarle a alguien se la llevaría su vulnerable hija. No estaba en posición de casarse. Y, si buscaba esposa, sería una heredera.

La idea hizo que se le encogiera el estómago.

Sarah le había dado un consejo muy sabio: lo primero que tenía que hacer era comprobar lo seria que era su situación. Era muy bueno resolviendo problemas una vez que sabía cuáles eran.

No pensaría en una esposa. Y menos en una que era hermosa, alegre, sensata y hacía que se le bloqueara la mente…

Maldiciendo entre dientes, apagó las lámparas y salió del estudio. Era tarde y estaba demasiado cansado como para seguir estudiando los documentos de la propiedad.

Cuando llegó a su habitación, vio que se filtraba luz por debajo de la puerta que estaba al fondo del pasillo. Eran las dependencias de su abuela. Siempre había sido un ave nocturna. Ya que en algún momento tendría que hablar con ella, tal vez debería acabar con aquel asunto ahora.

Llamó a la puerta y le abrió la doncella, la señorita Cross, que lo miró con el ceño fruncido. Era una expresión que le resultó familiar de su pasado.

—Me gustaría hablar con mi abuela. ¿Es buen momento?

La doncella dijo que no, pero ese rechazo fue anulado por la brusca orden de ella:

—¡Hazlo pasar!

La doncella se hizo a un lado de mala gana y Rob entró en la salita de su abuela. No sabía con certeza si alguna vez había entrado en sus habitaciones. La anciana estaba sentada junto al fuego, y todavía llevaba su vestido de luto.

—Señora. —Él inclinó la cabeza—. Siento haber sobrevivido, en contra de sus deseos.

Ella bufó.

—Raramente se cumplen los deseos. Siéntate. —Señaló una silla que había al otro lado de la chimenea—. Pero, primero, sirve un poco de brandy para los dos. Lo vamos a necesitar.

Divertido a su pesar, Rob se acercó a la vitrina de las bebidas y sirvió dos brandys. Le tendió a ella un vaso y se sentó en la silla.

—¿Quiere pelear conmigo?

Ella lo miró con intensidad.

—¿Vas a seguir contando mentiras sobre tu hermano?

Rob suspiró.

—Nunca antes he mentido sobre él, y ahora tampoco lo estoy haciendo. No me complico la vida contándole a la gente lo mal que me trató. Aunque, si lo desea, puedo hacerle una lista con sus otros crímenes contra la fraternidad. ¿Es tan difícil imaginar que fuera un abusón con los que eran más jóvenes y débiles que él?

Ella bajó la mirada al brandy y no contestó. Rob supuso que eso significaba que su abuela reconocía que Edmund tenía otras cualidades menos piadosas.

Él le dio un sorbo a su bebida. El brandy era suave y caro.

—Ahora, una pregunta para usted. ¿El castillo de Kellington es ahora su residencia principal?

—¿Estás intentando deshacerte de mí? —preguntó ella mordazmente.

—Este lugar sería mucho más agradable si usted no estuviera por aquí gruñendo como una comadreja y deseando mi muerte —replicó—. Si se comporta con amabilidad, no le pediré que se marche, pero no permitiré que trate mal a Bree ni a Sarah.

Ella ahogó un grito.

—¿Me prohíbes vivir en la casa de mi familia?

—Si es necesario... —Al ver su expresión, Rob sonrió sin ganas—. Si desea que yo la trate bien, debería haber sido más amable cuando era un niño.

—El problema era que te parecías mucho a tu madre —dijo la condesa inesperadamente—. Ella era demasiado... demasiado emocional.

Impulsiva. Maleducada. A veces yo pensaba que era una bruja que había hechizado a tu padre para que se casara con ella.

—Qué pensamiento tan original. Tal vez él pensara que mi madre era cariñosa y que le encantaba estar con ella. —Como Sarah. Continuó diciendo—: Pero no he venido a discutir con usted. Aunque no quería esta herencia, pretendo hacer todo lo posible por manejarla adecuadamente. Suponiendo que las deudas no sean insuperables, claro está. ¿Sabe si mi padre y mi hermano consiguieron dejar seca la propiedad de Kellington antes de morir?

—¿Es que no tienes ningún respeto? —preguntó ella con furia.

—El respeto debe ganarse. Ni mi padre ni mi hermano me dieron ninguna razón para respetarlos. —Estudió la expresión de su abuela, que parecía un poco sorprendida—. A usted sí la respeto. Aunque me trató como si fuera un horrible error que no pertenecía a la familia, era justa con los sirvientes y los aparceros. También reconocía que las responsabilidades venían con el rango. Probablemente por eso está aquí ahora.

—Me alegro de que lo apruebes —dijo ásperamente—. Tienes razón. He estado pasando más tiempo en Kellington porque un miembro de la familia debería venir aquí con regularidad.

—Y no fueron mi padre ni mi hermano. Lo supongo dada su falta de decoro. Pero no ha respondido a mi pregunta anterior. ¿La propiedad está endeudada sin remedio?

Ella dudó.

—La situación financiera no es… ideal. Habla con el señor Booth. Él podrá decirte más.

—Ya he escrito a Booth. Espero recibir pronto su respuesta, a menos que haya estado defraudando y desaparezca.

Ella frunció el ceño.

—Tienes una pobre opinión sobre la honestidad de la gente.

—Es una consecuencia de ser un detective de Bow Street. Aunque se ve reforzada por el hecho de que el administrador de Kellington, Buckley, ha estado malversando durante años.

—¡Seguro que no! —Dejó con un golpe sordo su vaso sobre la mesa que tenía al lado—. Es un hombre refinado y cortés.

—La cortesía no tiene nada que ver con la honestidad. Le obligué a devolver todas sus ganancias mal conseguidas y lo despedí. —Cansado de la conversación, se puso en pie—. Si siente la tentación de ser grosera con mi hija, tenga en mente que sería la legítima lady Bryony Carmichael si no fuera por la intromisión de mi padre y de Edmund.

Su abuela frunció el ceño, incapaz de rebatirlo.

—Seré civilizada. Pero mantenla fuera de mi camino.

—Estoy seguro de que ella también se sentirá feliz de evitarla.

Inclinó su vaso hacia ella en un saludo no totalmente irónico y apuró el brandy.

Mientras se marchaba, se dio cuenta de que había sido el encuentro más civilizado que había tenido en toda su vida con la condesa viuda de Kellington.

Capítulo 23

*L*as cartas que Rob y Sarah enviaron desde Kellington viajaron por Inglaterra en el rápido carruaje del correo. La primera llegó a Ralston Abbey la tarde del mismo día que se mandó. Ansioso por recibir noticias, Adam había dado orden de que le llevaran todas las misivas inmediatamente, pero no esperaba una con el nombre «Kellington» estampado cruzando una esquina.

Frunció el ceño. El título pertenecía al hermano mayor de Rob Carmichael. ¿Acaso le habría ocurrido algo horrible a Rob y su hermano estaba escribiendo a sus amigos para darles la noticia? No parecía probable, por lo que sabía de Edmund Carmichael.

Adam rompió el sello de cera y leyó rápidamente el contenido, arqueando las cejas. Después fue a buscar a su mujer, que estaba leyendo en el cuarto del bebé con su hijo en la cuna, a su lado.

—¡Buenas noticias! —anunció Adam—. Rob Carmichael ha rescatado a Sarah y están de nuevo en Inglaterra.

—¡Gracias a Dios! —La expresión de Mariah se iluminó—. ¿Dónde está mi hermana?

—En Somerset, en el castillo de Kellington. Rob acaba de heredar el condado de Kellington —dijo Adam con interés—. He estado tan ocupado por aquí que no me enteré de que su hermano mayor murió en un accidente hace un par de semanas.

—Justo cuando secuestraron a Sarah y yo estaba dando a luz a tu

219

heredero. —Mariah se inclinó hacia delante y acarició con ternura el diminuto puño cerrado de su hijo dormido—. Creo que en esta ocasión se te puede perdonar no haber estado al tanto de las noticias.

Adam miró la carta.

—Rob dice que los secuestradores querían retener a Sarah, o mejor dicho, a ti, para pedir un rescate. Después de rescatarla, navegaron hasta Inglaterra. Cuando llegaron se enteró de su herencia, así que se está tomando un poco de tiempo para estudiar la situación.

—¿Hay una nota de Sarah?

—Sí, dirigida a ti.

Adam sacó un papel más pequeño que incluía la carta de Rob y se lo tendió.

Mariah rompió el sello con ansiedad y frunció el ceño al leerlo.

—Tiene una escritura muy parecida a la mía, lo que significa que es difícil de leer. Su relato es mucho más vívido que el de Rob. Por lo que parece, él la sacó de una casa llena de radicales y los persiguieron por toda Irlanda mientras dormían en graneros y sitios así. ¿Puedo confiar en la discreción de Rob? Sarah es la gemela con la reputación intacta, y me gustaría que siguiera siendo así.

—Rob es tan discreto que ni siquiera cuenta lo que ha ocurrido —le aseguró Adam—. ¿Qué más dice Sarah? ¿De verdad se encuentra bien?

—Dudó. No le gustaba nada expresar sus miedos con palabras—. ¿Sus captores no la agredieron?

—Me asegura que está bien, dejando aparte algunas magulladuras de cuando la yola naufragó en la costa de Somerset, durante una gran tormenta. ¿Rob no dice nada de eso?

—Sus informes suelen limitarse a los hechos.

Mariah acercó la carta a la luz para poder ver mejor las palabras.

—Después de que naufragara la yola, fueron a parar a la propiedad de su familia y ella les dijo a los que allí vivían que estaban prometidos para facilitar las cosas. —Frunció el ceño—. No dice que no están prometidos. ¿Qué significa eso? —Miró a Adam de manera inquisitiva—. Sé que Rob es uno de tus mejores amigos y que es valiente, honesto, que se puede confiar plenamente en él y que suele estar por encima de cualquier reproche. Pero ¿qué tipo de marido sería? ¡Todo parece haber ocurrido muy deprisa!

Adam sonrió.

—Nunca he pensado en Rob desde un punto de vista romántico, pero es un buen tipo. En cuanto a lo de la rapidez… la primera vez que vi tu rostro sonriente, me dijiste que era tu marido, y nunca se me ocurrió dudar de ti.

—En ese momento, tenía sentido —contestó Mariah con una sonrisa traviesa—. ¿Cuánto tiempo se quedará Rob en Somerset?

—No lo sé. Estará muy ocupado con Kellington. Se dice que la propiedad está consumida, por eso debe quedarse allí por unos días en lugar de traer a Sarah de inmediato. ¿Podrás resistir no verla enseguida?

Mariah se mordió el labio.

—No me quedaré completamente tranquila hasta que vea a Sarah con mis propios ojos. ¿Podemos ir hasta allí? No está muy lejos. A menos de un día de camino.

Adam dudó.

—¿Te sientes con fuerzas? Durante varios días estuviste entre la vida y la muerte.

—Ya estoy casi recuperada —le aseguró Mariah—. Iremos en el increíblemente cómodo carruaje de viaje de Ashton. Será fácil.

—¿Serás capaz de separarte de Richard?

—Vendrá conmigo, por supuesto. Sarah querrá conocerlo.

—Muy bien —dijo Adam, reprimiendo sus instintos de protección. No podía encerrar a Mariah en una jaula de oro—. Pero si el viaje te resulta difícil, pararemos inmediatamente.

—Estaremos bien. —Mariah cogió al bebé y lo abrazó—. Ordena que tengan preparado el carruaje para primera hora de la mañana mientras yo escribo a mis padres para decirles que Sarah está bien. Me alegro de que estén en Hertford, en Babcock con mi tío, en vez de en Cumberland, porque así mañana recibirán la noticia.

Adam sospechaba que en cuanto su familia política recibiera el mensaje de Mariah, también saldría corriendo a Kellington. Rob odiaría ser el centro de tanta atención. Pero tendría que acostumbrarse a eso. Aunque un noble fuera reservado por naturaleza, en ocasiones tenía que interpretar un papel público. Adam había aprendido a dominar ambas facetas, y Rob también lo haría.

Aun así, seguiría odiándolo.

Mariah preguntó:

—¿Cómo son los honorarios que cobra Rob? No puedo ni imaginármelo.

—Por este tipo de trabajo, es una tarifa diaria más todos los gastos. —Adam tuvo una breve y horrible visión de Mariah y de Richard muertos en un charco de sangre. Esa imagen poblaría sus pesadillas durante mucho, mucho tiempo—. Creo que el salario compensará el servicio prestado.

—Y, en aquel caso, el servicio de Sarah y de Rob había sido inmenso.

La fascinante historia del nuevo conde de Kellington tardó medio día más en llegar a Londres. En la firma legal Booth y Harlow, los abogados de la familia, Nicholas Booth se quedó mirando la carta sin saber si el hecho de que la oveja negra de la familia estuviera viva y en posesión de la propiedad de Kellington fuera una buena o una mala noticia. En cualquier caso, ahora su deber era comenzar el proceso de patentes y hacer el anuncio en una publicación oficial, y también tenía que reunir los registros financieros para el nuevo conde.

Su primera reunión no iba a ser muy alegre.

Jeremiah Harvey leyó la nota de su amigo y jefe con cierta sorpresa. No porque Rob estuviera de nuevo a salvo en Inglaterra después de haber rescatado a la joven dama, ya que era muy bueno haciendo ese tipo de cosas. Pero ¿convertirse en un jodido conde? A Rob no le gustaría eso.

Harvey no tenía que hacer el equipaje. Siempre tenía preparada una bolsa con lo imprescindible.

James, lord Kirkland, copropietario del club de juego más de moda de Londres, mercader marítimo escocés y cabecilla británico de una red de espionaje, frunció el ceño al leer la nota que le envió. Él tenía información para Rob, y sospechaba que su amigo también dispondría de información para él.

Alargó la mano para coger pluma y papel. Antes de consultar sus archivos, enviaría una nota a lady Agnes Westerfield. A ella le interesaría esa noticia.

La noticia se extendió rápidamente en los círculos de la alta sociedad. ¿El difunto lord Kellington tenía un hermano menor? ¿Y nunca se había movido en la buena sociedad? ¡Qué delicioso!

Algunos hombres y mujeres pertenecientes a los más ricos y de mejores cunas habían tenido ocasión de usar los servicios de Rob Carmichael, y estaban agradecidos por su discreción. Lo conseguiría.

Las madres casamenteras y las jóvenes damas ambiciosas recibieron con agrado la noticia de que había un joven conde nuevo que estaba soltero y que necesitaba casarse con una heredera. Una mujer en particular leyó el comunicado con gran interés. ¿Por qué esperar a que él fuera a Londres cuando tenía la excusa perfecta para buscarlo?

Empezó a hacer el equipaje.

El joven no había abandonado la mesa de cartas hasta el alba, así que durmió hasta el atardecer. Leyó la noticia del nuevo conde mientras se tomaba un café, intentando despertarse. Sería mejor que se apresurara para hacer su demanda antes de que fuera demasiado tarde.

Los políticos especulaban sobre a qué partido apoyaría el nuevo conde. Los conservadores se recordaron satisfechos que los condes de Kellington siempre habían sido *tories*. Los líderes liberales se decían esperanzados que, como no se sabía nada de él, tal vez apoyaría a la causa *whig*. Y los hombres que ya conocían a Rob Carmichael sospechaban que sería un problemático independiente antes que un seguidor de cualquier partido.

Lady Agnes Westerfield dejó a un lado la nota de Kirkland mientras recordaba su primer encuentro con Rob Carmichael, que por entonces era un joven bastante rebelde. Aun así, no había llegado a ser uno de sus chicos más difíciles. Había respondido bien a la amabilidad y al trato justo.

No estaría contento con esa herencia, no al principio. Sin embargo, Rob había demostrado ser extraordinariamente adaptable a las circunstancias de la vida. Había sido marinero, había prosperado en la India, se había hecho detective y era uno de los recursos más valiosos de Kirkland. Se adaptaría bastante bien a ser un conde. Tal vez incluso algún día disfrutaría con el cargo.

Algunos dirían que había sido pura coincidencia que un periódico con la historia del nuevo conde terminara en aquella cafetería de Dublín en particular. Ya que Patrick Cassidy no vivía en Dublín y apenas se molestaba en leer la prensa de Londres cuando visitaba la ciudad; podrían haber pasado semanas hasta que se enterara de que el ilustre Robert Cassidy Carmichael se había convertido en el quinto conde de Kellington.

Pero el padre Patrick no creía en las casualidades. Cuando su mirada cayó en la notificación, lo llamó la mano de Dios.

Capítulo 24

*F*rancie había encontrado un vestido mañanero para que lo usara Sarah y le había subido el bajo. Estaba pasado de moda y la descolorida franela gris no era muy favorecedora, pero después de un largo día llevando un pesado vestido de montar que no era de su talla, ella agradeció la nueva prenda. Aun así, se alegraría cuando recuperara su propio vestuario.

Francie le abrochó el vestido a la espalda y dijo:

—Le he cogido prestadas a mi hermana menor algunas prendas para la señorita Bree. Ahora se las llevaré.

—Iré contigo. —Sarah se echó un cálido chal de cachemira por los hombros—. Quiero ver qué tal le va. ¡Todo esto debe de ser tan extraño para ella!

—Extraño —se mostró de acuerdo Francie—, pero en un buen sentido. Es más fácil acostumbrarse a la comodidad que ser pobre y miserable.

—Le sugerí a su señoría que fueras tú quien se encargara de la señorita Bree. —Sarah se miró en el espejo y se alegró de que su voz sonara tan calmada—. Necesita una mujer que cuide de ella y la ayude a adaptarse a su nueva vida. Alguien que sea más que una doncella. Tú has sido tan buena conmigo que sé que serás una magnífica elección, si estás dispuesta.

—Por supuesto que lo estoy. —La expresión de Francie se suavizó—. ¿Le importaría a su señoría si traigo a mi hermana pequeña para que tome el té con la señorita Bree? Son prácticamente de la misma edad.

Sarah pensó en los diversos círculos en los que se movía Rob y casi sonrió.

—Estoy segura de que tanto a él como a Bree les encantará.

Salieron juntas del dormitorio de Sarah y se dirigieron al de Bree. Sarah llamó a la puerta.

—Bree, somos Sarah y Francie, la doncella que va a cuidar de ti. Francie trae ropa y yo puedo acompañarte al comedor.

Bree abrió la puerta. Llevaba el camisón y se había envuelto en una manta. Su cabello oscuro parecía aún más enmarañado que el día anterior.

—¿Tienes un peine? —preguntó la muchacha—. Me veo como si un jodido pájaro hubiera anidado en mi pelo.

—Aquí mismo.

Francie metió la mano en su bolsa de tela y sacó un peine de concha de tortuga.

Bree aceptó el peine con ilusión y, cuando empezó a desenredarse el cabello, Sarah dijo:

—También voy a darte una lección de lenguaje. Palabras como «jodido» y «vieja alcahueta» se consideran inapropiadas entre la gente bien educada.

Bree frunció el ceño.

—Owens siempre hablaba así.

—¿Dirías que era una persona bien educada?

—¡Ese condenado no lo era! —exclamó Bree. Entonces, se mordió el labio—. ¿Cómo puedo decir eso de manera que no sorprenda a nadie?

Sarah se rió.

—Puedes decir que era un tipo vulgar. Tú no eres como él, Bree. Eres una joven dama y serás educada como tal.

—¿De verdad me voy a quedar en el castillo de Kellington? ¿Su señoría no cambió de idea anoche?

—Fue muy claro al decir que eres su hija y que debes vivir bajo su techo. —Pensando que debía ser cauta, Sarah añadió—: La propiedad tiene muchas deudas y el futuro es incierto. Pero, pase lo que pase, tu padre te querrá a su lado.

Bree dejó de peinarse.

—¿Los lores ricos pueden perder sus casas? —preguntó con incredulidad.

—No todos son ricos. Los mismos hombres que impidieron que tu padre se casara con tu madre eran grandes derrochadores. Sin embargo, tu padre arreglará las cosas lo mejor que pueda.

Bree paseó la mirada por la habitación.

—Esto es más grande que toda la casa de mi jod... vulgar abuelo.

—¡Y mucho más bonito, estoy segura! —Francie sacudió un vestido mañanero de color azul—. Esto debería estarle bien. Espero que no le importe que sea de mi hermana pequeña, Molly.

Bree acarició la tela.

—Es mejor que nada de lo que he tenido desde que murió mi madre.

—A Molly le gustaría conocerla. —Francie miró a Sarah—. ¿Puedo invitarla a que venga esta tarde? Podrán jugar juntas y tomar el té.

A Bree se le iluminó la cara.

—¡Sí, señora! Me gustaría. —Cogió las prendas que Francie le ofrecía y se metió detrás de un biombo para vestirse, aunque siguió hablando—: ¿Cómo puedo aprender a ser como una jodida dama, señorita Sarah? —Hubo una pausa—. ¿Puedo decir «como una maldita dama»?

Sarah sonrió.

—«¿Cómo puedo aprender a ser una dama?» será suficiente.

Bree suspiró.

—No hablo correctamente como usted, no sé cómo vestirme, no sé nada.

—Para eso tienes a la señorita Francie —dijo Sarah—. Eres una chica lista y aprenderás rápido. Dentro de un año, nadie creerá que no has crecido en una mansión.

—Espero que tenga razón. —Bree salió de detrás del biombo, impresionante con el vestido azul. Sería una auténtica belleza. Se miró en el espejo y sonrió de manera involuntaria, satisfecha—. Dale las gracias a Molly por mí y, por favor, me encantaría conocerla.

Francie preguntó:

—Señorita Sarah, ¿estará bien si voy rápidamente a casa e invito a Molly mientras ustedes desayunan?

—Hazlo, por favor. —Sarah sonrió a Bree—. Ahora, busquemos el camino hacia el comedor.

Bree frunció el ceño.

—Pensé que ya lo sabía.

—Lo encontraré. —Sarah le dio a Bree un chal—. Lo necesitarás.

Francie se rió entre dientes.

—Yo las acompañaré. Este lugar es un verdadero laberinto y es fácil perderse.

Ciertamente, lo era. Sarah se alegró de que Francie las guiara.

Ella no se quedaría el tiempo suficiente como para conocer la casa.

Rob se puso en pie cuando Bree y Sarah entraron en el comedor. Eran dos hermosas mujeres, y casi de la misma altura. Bree sería alta, como sus progenitores.

Sarah estaba dorada y brillante, como un rayo de sol. Al principio, no pudo apartar la mirada de ella.

Aunque en los ojos de Sarah se reflejaba un gran anhelo, no lo dejó entrever en su voz cuando dijo:

—Buenos días, Rob. Bree, ¿te apetece tomar té?

Él desvió su atención a Bree, que no respondió a Sarah porque lo estaba observando fijamente a él. Le devolvió la mirada con la misma intensidad, deseoso de aprenderlo todo sobre aquella hija inesperada. Era muy hermosa y estaba llena de promesas. Como su madre. Tragó saliva con dificultad.

—¿Estás cómoda, Bree? ¿Todo es satisfactorio?

Ella asintió enérgicamente.

—¡Sí, señor! Todo es jodidamente maravilloso. —Le dirigió una mirada afligida a Sarah—. Todo es maravilloso. Señor.

Rob reprimió una sonrisa.

—Veo que ya estás aprendiendo buenos modales. Cometerás errores al principio, pero con la práctica, aprenderás a reservar los juramentos para las situaciones apropiadas.

—¿Podré maldecir a veces? —preguntó ella, frunciendo el ceño.

—Algunas situaciones no requieren otra cosa —respondió él con seriedad—. Recuerda que, cuantas menos veces digas palabrotas, más efectivas serán cuando tengas que pronunciarlas.

Bree asimiló el consejo y asintió con la cabeza.

—Sí, señor.

Cuando miró hacia los platos cubiertos que estaban sobre el aparador, Rob dijo:

—Desayuna algo. Debes de estar hambrienta.

Bree no necesitó que se lo repitieran. Se sirvió una enorme cucharada de huevos revueltos y estaba a punto de echarse una segunda cuando de repente ahogó un grito y miró asustada a Rob.

Al darse cuenta de su miedo, él dijo de manera tranquilizadora:

—Puedes tomar todo lo que quieras.

Ella se relajó.

—Siempre que cogía demasiada comida, ese viejo desgraciado me pegaba.

Rob hizo una mueca, y no por el lenguaje. No le extrañaba que estuviera tan delgada.

—Y, por supuesto, no sabías cuánto era demasiado hasta que él se enfadaba.

Ella asintió. Parecía mayor de lo que realmente era. Rob se preguntó cuándo sería su cumpleaños.

—No quiero que tengas miedo de mí, Bree —le dijo con firmeza—. Y, ¿cuándo es tu cumpleaños? Debes de tener casi doce años.

—Sí, señor. El veinticinco de abril.

Bree se sirvió con cuidado media cucharada de huevos y añadió jamón en lonchas y tostadas. Sarah sirvió té para los tres y su propio desayuno.

Bree se lanzó a la comida como una loba hambrienta, usando tanto los cubiertos como los dedos, mientras Rob y Sarah la miraban fascinados y algo preocupados por el hambre que tenía. Deberían dejar las buenas maneras en la mesa para otro día, cuando no estuviera tan famélica. Rob supuso que aún pasaría un tiempo antes de que su hija se relajara y comiera despacio.

Esperó a que todos hubieran terminado de desayunar y le dijo a Bree:

—Me eduqué en la academia de Westerfield, una escuela para chicos de «buena cuna y mal comportamiento».

Bree pareció sorprendida.

—¿Usted era malo?

—A menudo, pero aprendí a no serlo sin una buena razón. —Miró a su hija con seriedad—. Voy a hacerte las dos preguntas que me hizo la directora cuando estaba decidiendo si admitirme o no como estudiante. Primero, quiso saber qué era lo que me encantaba y deseaba tener a toda costa, y qué odiaba profundamente. ¿Me contestarás a esas dos preguntas?

Bree frunció el ceño.

—¿Me echará de aquí si no le gustan las respuestas?

—No, soy tu padre, no tu directora —contestó—. Pero me gustaría saber qué es importante para ti.

Ella se mordió el labio.

—¿Puedo decir cualquier cosa?

—Puedes.

—Quiero… Quiero un poni —dijo rápidamente—. ¡Un poni de verdad sólo para mí!

Él pensó en las enormes deudas de la propiedad, pero los ponis no costaban mucho.

—Sí, puedes tener un poni. ¿Sabes cabalgar?

—Un poco.

Su expresión sugería que estaba exagerando.

—Mañana puedes empezar a tomar lecciones de equitación. Cuando hayas tenido tiempo para practicar, elegiremos un buen poni para ti.

Ella sonrió.

—¡Un poni! —Se giró hacia Sarah—. ¿Ha oído? ¡Mi padre me va a dar un poni!

Sarah le devolvió la sonrisa.

—Yo pasé la mitad de mi infancia subida a un poni.

Una vez asimilada esa nueva dicha, Rob le dijo:

—La segunda pregunta es: ¿Qué odias?

La respuesta no se hizo esperar.

—Odio que me peguen. ¡Si fuera mayor, mataría a ese viejo desgraciado! —afirmó Bree con vehemencia.

—Yo no te pegaré. Lo juro. ¿Hay algo más?

También respondió rápidamente:

—No diga cosas desagradables de mi madre, y no me mienta.

—Todo eso es fácil —dijo Rob—. Tu madre era maravillosa y podría estar pensando una semana entera sin que se me ocurriera nada desagradable que decir de ella.

Bree se volvió a morder el labio.

—Era la mejor madre del mundo.

—Mi madre murió cuando yo tenía más o menos tu edad —le confió Rob en voz baja—. Todavía la echo de menos. —Le habría encantado su nieta. Con voz normal, continuó diciendo—: No me gusta mentir, así que no te mentiré, pero me gustaría que me prometieras que tú tampoco me vas a mentir a mí. Cuéntame siempre la verdad, sin importar lo horrible que sea. No te pegaré.

Ella parpadeó.

—No le mentiré. Lo juro.

Entonces le sonrió y a Rob le dio un vuelco el corazón. No importaba la enorme carga que era el condado, porque había merecido la pena regresar a Kellington para descubrir a su hija.

Bree se mordió el labio otra vez, aunque en aquella ocasión de manera pensativa, no por angustia.

—¿Puedo tomar esta mañana mi primera lección de equitación?

Rob dudó. Probablemente a Bree le encantaría montar a horcajadas, pero tenía que empezar a comportarse como una dama.

—Sarah, ¿hay algún vestido de montar de la talla de Bree?

—Puede usar el que yo llevaba ayer —contestó ella—. Le quedará amplio y largo, pero habrá mucha tela por si se cae del poni.

Bree tenía los ojos brillantes.

—Señor... papá... ¿podrías enseñarme?

Rob se quedó sorprendido, pero absurdamente satisfecho.

—No sé si seré un buen profesor, pero podemos intentarlo, a ver cómo nos va. —Miró por la ventana—. Ha salido el sol y no deberíamos desperdiciarlo.

—La clase tendrá que ser esta mañana —intervino Sarah—, porque por la tarde va a venir Molly, la hermana de Francie, a tomar el té con Bree.

Una razón más para estarle agradecido a Sarah por todo lo que estaba haciendo para que Bree se sintiera cómoda.

—Entonces, comenzaremos la clase en cuanto Bree se haya cambiado de vestido. Sarah, ¿has hecho planes para hoy? Podrías venir con nosotros.

Ella negó con la cabeza.

—Creo que voy a explorar la casa. Hay muchas cosas que ver.

—Deja un rastro de migas de pan —le aconsejó Rob—. Es fácil perderse.

Ella se rió y se levantó.

—Lo tendré en cuenta. Hasta luego.

Entonces se marchó y la habitación pareció haber perdido casi toda su luminosidad.

Capítulo 25

*R*ob estaba llegando a la casa después de la clase de equitación cuando se encontró con Sarah, que salía de la puerta lateral. La luz del sol transformaba su cabello en oro, y al verla no pudo evitar sonreír.

—¿Vas a dar un paseo? Puedo enseñarte los alrededores.

Ella le devolvió la sonrisa.

—Gracias. Me gustaría ver más cosas antes de irme.

Él odiaba saber que se iba a marchar. Otra razón más para disfrutar de su compañía mientras pudiera. Le ofreció el brazo.

—¿Te gustaría ver el castillo original? Siento curiosidad por comprobar cuánto se ha caído al mar.

Sarah le colocó su cálida mano en el hueco del codo.

—Deduzco que se construyó demasiado cerca del acantilado.

Mientras paseaban por los jardines formales, él dijo:

—Probablemente era una distancia razonable para el siglo catorce, pero durante los últimos cien años, se ha estado cayendo a pedazos.

—Es una suerte que la casa actual esté bien alejada. Hablando de caerse, ¿cómo han ido las clases? ¡Espero que Bree no se haya caído!

Él sonrió.

—No estoy seguro de si se había subido a un caballo antes de hoy, pero tiene un talento natural para montar. Jonas eligió una vieja yegua muy dócil y Bree lo hizo bien. No tardará mucho tiempo en estar preparada para tener su propio poni.

—¿Has disfrutado pasando tiempo con ella?

Sarah se lo preguntó despreocupadamente, pero lo estaba observando con intensidad.

—Mucho. Aunque no tengo mucha experiencia con niños, el hecho de saber que es mi hija... —Sacudió la cabeza—. Voy a ser como mantequilla en sus manos. Lo único que tiene que hacer es llamarme «papá» y ya estoy deseando darle todo lo que me pida.

Sarah se rió.

—¡Qué rápido se derrite el duro detective de Bow Street! Sin embargo, estoy segura de que aprenderás a disciplinarla en cuanto te familiarices con la paternidad.

—Eso espero. —Después de dar otra docena de pasos, dijo con vehemencia—: Quiero hacer esto bien, Sarah, pero soy sorprendentemente ignorante. ¿Qué necesita ella? ¿Cómo quieren ser tratadas las jovencitas?

Ella contestó sin perder pie:

—¿Qué necesitan los hombres? ¿Cómo quieren que se los trate?

Tras el momento inicial de sorpresa, Rob dijo:

—Ya te entiendo. Tanto los hombres como las jovencitas son personas. —Estudió el rostro en forma de corazón de Sarah. Era tan adorable que se distraía fácilmente mirándola. Se recordó que tenía que volver al tema que los ocupaba y continuó—: Tú has hablado con ella y una vez tuviste su edad. ¿Tienes alguna sugerencia? ¿Debería contratar a una institutriz? ¿Enviarla al colegio? —Hizo una mueca—. Suponiendo que pueda permitirme alguna de las dos cosas.

—No te precipites —le aconsejó Sarah—. ¿Hay una escuela en el pueblo a la que pueda asistir? ¿O tomar lecciones con el vicario local?

—No lo sé —reconoció Rob—. Mi padre no quería que los de las clases inferiores recibieran educación. Creía que, si aprendían demasiado, se volverían difíciles.

Sarah hizo un sonido de desaprobación nada propio de una dama.

—Empezar el colegio es otro punto de la lista.

—¿La lista de cosas que hacer en la propiedad? Ya es muy larga.

—Hoy he empezado otra lista —dijo Sarah como disculpándose—. Cuando estaba explorando la casa. Es un verdadero laberinto, con una mezcla de tesoros y basura. En general, está en mejores condiciones que las granjas de los aparceros, probablemente porque tu padre y tu abuela pasaron tiempo aquí. Pero pensé que te resultaría útil saber qué hay que hacer conforme avance el tiempo.

Él contuvo un suspiro ante la perspectiva de tener aún más responsabilidades.

—Gracias. Sé todavía menos de la organización doméstica que de administrar una propiedad.

—Puedes contratar a profesionales para hacer ambas cosas. Pero el dueño de la casa tiene que saber lo suficiente para hacer las preguntas apropiadas que le ayuden a encontrar buenos administradores.

—Debería contratarte a ti para que administraras el castillo de Kellington —dijo Rob, deseando que no fuera una broma—. Lo harías mucho mejor que yo. Pero volviendo a Bree, ¿no debería enviarla al colegio?

Sarah negó con la cabeza.

—Ahora no, y tal vez nunca. Bree necesita sentir que tiene un verdadero hogar. Que aquí se la quiere y está segura, como lo estaba con su madre. A lo mejor más adelante tenga sentido el colegio, pero tendrás que elegirlo cuidadosamente, porque ella es ilegítima. En algunos colegios la atormentarían sin piedad.

—Es una pena que lady Agnes no tenga un colegio para chicas —comentó él—. Nunca permitió que la ilegitimidad fuera un problema entre los estudiantes.

—¿La academia de Westerfield para chicas de buena cuna y mal comportamiento? —dijo Sarah, divertida—. Deberías sugerírselo a lady Agnes.

—Tal vez lo haga.

Los jardines dieron paso a un terreno herboso que discurría junto al acantilado. Frente a ellos se alzaban las ruinas del castillo original, sobre un promontorio que dominaba el mar. Los muros de piedra de varias alturas perfilaban la forma y el tamaño de la construcción que una vez se había alzado allí.

Mientras se acercaban al antiguo castillo, un conejo cruzó saltando el camino y las gaviotas chillaron. Las ruinas terminaban abruptamente al borde del acantilado, desde donde podían escucharse las olas rompientes.

Él echó un vistazo al lugar, recordando.

—La última vez que estuve aquí toda la construcción estaba intacta. Creo que esto era un lugar para fabricar bebidas fermentadas. Ahora, la mitad ha desaparecido.

—Está bien tener unas ruinas auténticas —comentó Sarah—. Construir falsas ruinas que parezcan pintorescas es caro.

Rob se rió entre dientes.

—Desde luego, éstas son auténticas. Yo jugaba aquí a menudo con los chicos del pueblo como Jonas. Es un magnífico lugar para jugar al escondite. Por debajo hay un laberinto de túneles. Uno de ellos se adentra bien en el interior y da a parar al almacén de hielo que hay cerca de la casa moderna. No estoy seguro de si los túneles se usaban para hacer contrabando o para idas y venidas privadas. Aquí fue donde descubrí mi talento para encontrar a la gente. Era muy difícil esconderse de mí.

Mientras Sarah se reía, giraron a la izquierda, tomando el camino que discurría paralelo al borde del acantilado.

—Estoy pensando algunas cosas más sobre Bree —dijo Sarah—. Primero, si estás considerando casarte con una heredera, no la creas si afirma que adora a los niños y que le encanta la idea de ser la madrastra de tu hija ilegítima. Fíjate en lo que hace, no en lo que dice. Algunas mujeres dirían cualquier cosa para conseguir un título.

—Es un buen consejo. —Si se casaba por razones puramente prácticas, sería más fácil ser objetivo con sus observaciones—. ¿Qué más piensas?

—Esto no es tan importante. —Levantó la mirada hacia él—. Bree cumplirá doce años dentro de unas semanas. Tal vez podrías organizarle una fiesta de cumpleaños con las amigas que tenía cuando vivía con su madre en aquel pueblo. Bendan, ¿no es así?

—Sí, sólo está a ocho kilómetros. —Unos pasteles y unos sándwiches para media docena de chicas entraban en su presupuesto—. Es una buena idea. Le gustará volver a ver a sus amigas, y le recordará a la buena vida que tuvo antes de que llegara el viejo desgraciado.

Sarah sonrió.

—Ten cuidado. Se te puede escapar cuando hables con otras personas.

—Espero no tener ninguna razón para volver a hablar de ese hombre. —Rob se detuvo y señaló hacia el acantilado—. Ése es el camino por el que subimos cuando naufragó la yola.

Sarah miró hacia abajo.

—Santo Dios, ¿de verdad subimos por ahí en la oscuridad, en una noche tormentosa? Estoy impresionada. Sería difícil hasta para las cabras.

—El camino es más empinado de lo que recordaba —se mostró de acuerdo Rob—. Afortunadamente, estaba más o menos inconsciente cuando lo subí y no podía ver lo que estaba haciendo.

—¿Alguna vez has pensado en poner una barandilla a lo largo del acantilado?

—No, pero es una buena idea. —Miró la playa de guijarros que había abajo—. Hay algunos trozos de madera que parecen ser del *Brianne*.

—Ay, pobre *Brianne* —dijo Sarah con tristeza—. Era una buena yola.

—Nos trajo sanos y salvos a tierra —se mostró de acuerdo él—. No fue culpa suya que no tuviéramos un buen lugar para desembarcar.

—Ahora que lo pienso, ¿por qué a muchos barcos se les pone nombre de mujer?

Él sonrió.

—¿Porque son hermosos, caprichosos y peligrosos?

—No sé si sentirme halagada o más bien insultada —le dijo Sarah pensativa.

—Mejor no darte una opinión.

Riéndose, dieron la vuelta para regresar. A Rob le resultaba muy fácil y natural hablar con ella. Cuando Sarah regresara a su vida de comodidades y privilegios, iba a echarla de menos tanto como si le hubieran amputado un miembro.

Cuando ya se acercaban a la casa, oyeron el retumbar de ruedas y de cascos de caballos contra el suelo. Por lo menos era un carruaje pesado, tal vez más. Rob calculó la distancia.

—Alguien viene. Puede que sean los Ashton, si se han dado prisa en partir.

Sarah aceleró el paso.

—¡Oh, espero que sí!

A la vez que ellos dejaban atrás los jardines, dos grandes carruajes de viaje aparecieron por la carretera y se detuvieron en el camino de entrada, frente a la casa.

—¡En la puerta está pintado el escudo de los Ashton! —exclamó Sarah—. ¡Mariah ha venido!

Echó a andar a una velocidad impresionante y alcanzó el carruaje que abría la marcha cuando la puerta se abría y Mariah bajaba torpemente, sin esperar a que le colocaran los escalones.

—¡Sarah!

—¡Mariah! —Las dos se abrazaron. Mariah sollozaba. Sarah dijo con voz temblorosa—: Tengo tu anillo de bodas.

Mariah sollozó aún más fuerte.

Rob se dio cuenta de que la luminosa alegría que se desprendía del encuentro de las hermanas era un reflejo de la agonía que Mariah habría sufrido si el sacrificio de Sarah hubiera resultado ser fatal. La pena y la culpabilidad de Mariah nunca se habrían curado por completo si hubiera ocurrido eso.

Ver a las hermanas juntas era desconcertante, ya que eran muy parecidas, aunque no completamente idénticas. La duquesa tenía la suave redondez de la maternidad reciente, mientras que Sarah... era Sarah. Su rostro era ligeramente más estrecho y la personalidad que proyectaba estaba sutilmente sazonada por su propio estilo travieso.

Aun así, eran tan parecidas como dos guisantes dorados en su vaina.

Ashton salió del carruaje tras su mujer. Con el cabello oscuro, discretamente elegante y reservado, no parecía uno de los nobles más poderosos de Gran Bretaña. A menos, quizá, que uno mirara sus inesperados ojos verdes.

Rodeó a las mujeres y se quedó junto a Rob. Tendió la mano y dijo con sencillez:

—Nunca podré agradecértelo lo suficiente, Rob.

—Sólo estaba haciendo mi trabajo, Ash. —Aceptó el apretón de manos de su amigo, que expresaba mucho más que las palabras—. O lo que solía ser mi trabajo. Ahora tengo uno nuevo.

—Por lo que contaba Sarah en su nota, rescatarla fue mucho más emocionante que simplemente un trabajo —dijo Ashton divertido.

Rob se encogió de hombros. Nunca había sido bueno aceptando los halagos o la gratitud.

—Nunca habríamos podido llegar aquí de una pieza si ella no fuera tan sorprendentemente intrépida.

—Como su hermana. —Ashton miró a las dos mujeres con cariño—. Ambas parecen ángeles de caramelo hilado. Cómo engañan.

Era muy cierto. Mientras Rob se reía entre dientes, otra mujer rolliza y de aspecto relajado salió del carruaje con un bebé en brazos. Mariah dijo con orgullo:

—Sarah, te presento a tu sobrino, Richard Charles, el marqués de Hawthorne.

Sarah ahogó un grito y cogió al bebé, que tenía el cabello oscuro y parecía vivamente interesado en todo lo que ocurría a su alrededor.

—¡Es precioso! Se parece a los dos.

—Hasta ahora, tiene muy buen carácter —dijo Mariah—. ¡No creo que dure mucho!

—Tal vez sí, si se parece más a su padre que a ti —comentó Sarah con una sonrisa mientras mecía al pequeño en sus brazos.

La ternura que había en su mirada hizo que Rob se quedara sin respiración. Sería una madre maravillosa.

—Podemos hablar después de que las damas se hayan instalado —le dijo Ashton a Rob. Elevó la voz y sugirió—: Tal vez deberíamos seguir la reunión dentro. Pareces cansada, Mariah.

—Tiene razón —convino Sarah—. Ven dentro, os llevaré a ti y al bebé arriba y cotillearemos mientras tomamos té y pastelitos.

La duquesa sonrió. Era lo suficientemente hermosa como para hacer que los hombres se detuvieran en la calle a mirarla, pero estaba pálida y tenía ojeras.

—Debo de estar cansada porque, si no, resistiría todas estas pequeñeces.

Sarah se rió y acompañó a su hermana, a la niñera y al bebé al interior de la casa.

—Relájate y disfruta, ya que no tienes alternativa.

Una vez dentro, Sarah pidió té y unos refrigerios, y después Hector acompañó a la nueva familia al piso superior, a la suite real, las mejores habitaciones que tenía la casa.

Rob le preguntó a Ashton:

—¿Prefieres té o brandy?

—Té. Si vamos a hablar de negocios, debemos pensar con claridad.

Rob ordenó que llevaran té a la biblioteca y después condujo a Ashton allí, por un camino más largo.

—Bajo los adornos del falso castillo sigue siendo una casa, y no tan vieja.

—Y es una casa agradable y espaciosa. —Ashton se detuvo para mirar por una ventana que daba al mar—. Como yo vivo en una abadía de verdad, puedo afirmar que demasiada autenticidad no es siempre cómoda. Desde que heredé, he estado trabajando para evitar que los vientos helados entren silbando por las chimeneas viejas y los pasillos de piedra.

Rob sonrió.

—Estás exagerando.

—Un poco —admitió Ashton con un brillo de diversión en los ojos—. Pero la excentricidad de esta casa tiene su encanto. Espero que no te importe que nos quedemos unos días. No hubo manera de impedir que Mariah comprobara con sus propios ojos que Sarah está bien, y preferiría no cansarla con otro viaje si no se encuentra con fuerzas.

—Seréis bienvenidos mientras os queráis quedar. Yo me he aprovechado de tu hospitalidad en Ralston Abbey muchas más veces de las que puedo recordar —contestó Rob—. De hecho, ésa fue la razón por la que estaba allí cuando raptaron a Sarah. Una afortunada casualidad creada por tu generosidad al darme carta blanca para quedarme cada vez que estuviera por la zona.

Ashton hizo una pausa y dijo:

—¿Sabes? Cuando apareciste, fue un milagro, y me dio libertad para ocuparme sólo de Mariah. Mis ancestros hindúes lo llamarían karma, no casualidad.

Como pragmático que era, Rob no se había formado una opinión sobre si su aparición había sido una casualidad o el destino. Se alegraba de haber llegado a tiempo para ayudar. Si no hubiera sido así... Apretó los labios. No quería pensar en lo que le habría ocurrido a Sarah.

Habían llegado a la biblioteca, cuyas ventanas orientadas al oeste, las que daban al mar, estaban bañadas por la luz del sol. Rob se dio cuenta maravillado de que en realidad era una casa agradable, y la biblioteca siempre había sido una de sus estancias favoritas.

Desde que había llegado casi desmayado hacía dos días, se había sentido tan abrumado con la carga de Kellington que había olvidado los placeres. Había sido una casa feliz cuando su madre vivía. Podría serlo otra vez.

Si podía permitirse mantener el maldito lugar.

Capítulo 26

Cuando Rob y Ashton entraron en la biblioteca, un lacayo estaba dejando la bandeja del té en medio de las butacas de cuero que había al fondo de la estancia. El hombre sirvió y se marchó en silencio. ¿Era Sarah quien hacía que la casa funcionara con tanta fluidez? Se dijo que tenía que preguntárselo.

Mientras se sentaban en las cómodas aunque un poco gastadas butacas, Ashton dijo:

—Estaba tan ocupado con los asuntos de Ralston Abbey que no me enteré de que tu hermano había muerto hasta que recibí tu carta. Aunque había coincidido con él un par de veces, no lo conocía bien.

—Oigo cierto tono en tu voz que sugiere que no te gustaba mucho. —Rob se echó un terrón de azúcar en el té y lo removió—. Si hubieras conocido a Edmund mejor, te habría desagradado aún más.

Ashton asintió.

—Yo también lo creo. Dicen los rumores que tu padre y tu hermano tenían grandes deudas. ¿Sabes ya lo mala que es la situación?

—Todavía no. Me habré hecho una idea cuando hable con el abogado de la familia. —Hizo una mueca—. No espero buenas noticias. Mientras estés aquí, ¿puedes recorrer la propiedad conmigo a caballo? Estás mucho más informado que yo sobre tales asuntos.

—Por ti, cualquier cosa —respondió Ashton con sencillez—. Todavía estoy pensando en cuál sería la recompensa más apropiada por lo que has hecho.

Rob hizo un rápido cálculo mental.

—Fue una misión cara. Entre mi tiempo y la adquisición de caballos y el barco, el total alcance probablemente las quinientas libras. Te haré una factura detallada.

—No es necesario, y tampoco creo que sea suficiente. —Ashton negó con la cabeza—. Voy a tener pesadillas durante toda mi vida con lo poco que me faltó para perder a mi mujer. Seguramente Mariah habría muerto a manos de los secuestradores si Sarah no hubiera tenido el valor y la rapidez de reflejos de ponerse en el lugar de su hermana. Le debo a ella todavía más de lo que te debo a ti.

—Algunas cosas no tienen precio, así que no tiene sentido intentar averiguar lo que valen. Me conformaré con mi tarifa habitual. —Rob sonrió—. Y me imagino que Sarah se conformará con ser la madrina de tu hijo.

—¿Estás seguro de que no hay nada que pueda darte?

—Me vendría bien un buen administrador por un tiempo. —Rob probó uno de los pastelitos galeses que acompañaban al té—. El hombre que había aquí estaba malversando y tuve que despedirlo.

—¿Tan pronto? Actuaste muy rápido.

—Todo fue gracias a Sarah. Mientras yo interrogaba al administrador, ella se paseó por su despacho y le echó un vistazo a los libros de contabilidad. Había trabajado con su tío, lord Babcock, lo suficiente en su propiedad para poder detectar unos cuantos problemas.

Ashton se rió.

—¿Y aterrorizaste al hombre para que confesara y devolviera sus mal conseguidas ganancias?

—Más o menos. No lo acusé porque Sarah señaló que, si no hubiera estado tan mal vigilado, no habría caído en la tentación. —Rob cogió otros dos pastelitos galeses. Tenía que conocer a su cocinera—. Pero ya ves que necesito un administrador que sea honesto y competente, y que esté dispuesto a hacerse cargo de un puesto provisional.

Ashton pensó.

—El administrador de Ralston Abbey tiene un ayudante, Crowell, que es muy competente y a quien le encantaría tener la oportunidad de hacerse cargo de una propiedad. Si las cosas van bien en Kellington y quieres ofrecerle un trabajo permanente, cuentas con mi bendición. Si quieres, haré que venga de inmediato.

—Te estaría muy agradecido. Supongo que podrá regresar a ti si pierdo la propiedad, ¿no es así?

Ashton lo miró pensativo.

—Es raro que una situación sea tan desesperada como para que un par noble pierda una propiedad vinculada. No estoy seguro de si eso puede ocurrir según nuestras leyes. Cuando alguien hereda y está dispuesto a reducir las deudas, debería ser posible arreglar las cosas con los bancos y otros acreedores. No sería fácil y llevaría un tiempo, pero tampoco sería imposible.

Rob se negaba a tener esperanzas.

—Es posible, pero he heredado la propiedad y no tengo ni los bienes ni la reputación necesarios para hacer que eso ocurra.

—Yo te avalaré.

Rob lo miró fijamente. Eran unas palabras muy amables y un gran acto de fe.

—¿De verdad? Kellington es un oscuro abismo de deudas y problemas.

—Puede ser, pero confío en que superarás eficazmente cualquier obstáculo que se te presente —afirmó Ashton sin inmutarse—. Cuando hables con tu abogado, recuerda que no estás sin recursos. —Rellenó su taza de té—. Volviendo a hablar de Sarah, le dijo a Mariah que, cuando los dos llegasteis aquí, afirmó ser tu prometida. ¿Es eso cierto?

Sintiendo que caminaba sobre una fina capa de hielo, Rob contestó:

—No, sólo quería autoridad para dar órdenes mientras yo estaba inconsciente.

Ashton enarcó las cejas.

—Vuestro viaje cada vez parece más interesante. Pero si llega a saberse que los dos viajasteis por Irlanda, la situación se complicará.

—Eso es un eufemismo —dijo Rob secamente—. Si te estás preguntando si seduje a tu cuñada, la respuesta es no.

—Si hubiera habido alguna seducción, habría sido con la participación entusiasta de Sarah. —A Ashton le brillaban los ojos—. O puede que incluso lo hubiera comenzado ella.

Aquello planteaba algunas interesantes preguntas sobre Sarah, pero Rob no era tan necio como para hacerlas.

—Tenía la esperanza de que su secuestro no se hiciera público, pero cada vez parece menos probable.

—Has pasado de tener una vida muy privada a otra bastante pública. Es mucho más probable que la gente cotillee sobre un conde que sobre alguien que atrapa ladrones. —Ashton levantó la tetera y rellenó ambas tazas—. No creo demasiado en que la gente se case sólo para evitar el escándalo. Pero si aparece uno... bueno, la mujer apropiada podría ser muy útil mientras te estableces en tu nueva posición.

En otras palabras, una mujer como Sarah. Por lo menos, Ashton no le estaba dando puñetazos ni exigiendo que se casara con ella para preservar su reputación. Dar puñetazos no era su estilo, por no mencionar el hecho de que Ash debía de saber que Sarah merecía un marido más solvente.

—Si me estás preguntando indirectamente si tengo intenciones con Sarah —dijo Rob con ironía—, debería mencionar que ella me ha estado aconsejando sobre qué debo buscar si quiero cazar a una heredera.

Ashton entornó los ojos.

—¿Te casarías por dinero? Las ventajas son evidentes. Los inconvenientes, no tanto.

—Hasta que sepa cuál es mi situación financiera, no estoy en disposición ni siquiera de pensar en el matrimonio. —Se dio cuenta de que había omitido una noticia importante y continuó—: Hay una complicación más, y es que ayer descubrí que tengo una hija. Es la hija de la chica con quien me quería casar cuando vivía aquí.

Ashton era una de las pocas personas que conocía la historia de Rob. Enarcó las cejas.

—Qué regalo tan inesperado. ¿Y su madre?

—Bryony murió hace dos años y nuestra hija, Bree, ha estado viviendo con su horrible abuelo. —Rob apretó la mandíbula—. Ahora está conmigo, y aquí se va a quedar. A no todas las posibles esposas les gustaría eso.

—Cualquier mujer que quiera ser tu esposa aceptará a tu hija. ¿Cómo es?

—Hermosa, valiente y con muchas ganas de aprender. —Rob sonrió—. Como su madre.

—Felicidades por ese nuevo miembro de la familia. —Cambiando de tema, Ashton continuó—: Hace algunas semanas asistí a la boda de Wyndham. ¿Sabías que ha regresado sin problemas de Francia? Parece encontrarse en bastante buen estado para ser un hombre que ha pasado diez años en un calabozo francés.

—Sabía que había vuelto.

Rob había conocido a Wyndham la misma noche que había descubierto que Cassie veía su relación de manera muy diferente a como lo hacía él. Había querido matar a aquel hombre tan encantador para quien todo había resultado tan fácil.

Ahora él se daba cuenta de que el dolor se había desvanecido. Cassie había tenido razón: los dos eran demasiado parecidos.

—Su esposa, Cassie, era una de las personas de Kirkland. Wyndham es un hombre con suerte —añadió Rob.

—Lo es. —Ashton hablaba con voz tan neutral que él no podía deducir si estaba al tanto de su relación con ella—. La nueva lady Wyndham es una arrebatadora pelirroja con una gran paz interior. Ellos… se curan mutuamente, supongo.

Y ambos habían necesitado curarse. Haber pasado diez años en prisión había hecho que Wyndham madurara, tal vez incluso había conseguido que fuera lo suficientemente bueno para Cassie.

Mientras Rob había estado con ella, se había teñido el cabello de un castaño apagado. Ahora, por fin, se sentía libre para ser ella misma. *Que tengas una vida larga y feliz, Cassie. Te lo mereces.*

Al pensar en ella se dio cuenta de que esa mujer era el pasado, aunque una de las mejores partes de su vida anterior. Lo que importaba ahora era el futuro.

—Por mucho que adore Ralston Abbey, envidio las vistas al mar de Kellington.

Mariah estaba sentada en un acolchado asiento de ventana en la sala de estar que usaban por las mañanas. En teoría, estaba escribiendo cartas, pero pasaba más tiempo mirando al mar. A Sarah no le importaba; disfrutaba estando con su hermana en la misma estancia. Todavía tenían que ponerse al día de muchos años de separación.

—El mar no es tan agradable en invierno, con un vendaval soplando del Atlántico —replicó lady Kellington mordazmente mientras daba diminutas puntadas en un cañamazo estirado sobre su bastidor. Se encontraba junto a otra ventana para disponer de suficiente luz mientras bordaba—. El viento te hiela hasta los huesos.

—En un agradable día primaveral como éste, es difícil recordar la furia del viento —dijo Sarah.

Eso no quería decir que hubiera olvidado la tormenta que los había arrojado contra las rocas bajo el castillo de Kellington. Aunque casi parecía otra vida.

Había disfrutado de dos dichosos días desde que Mariah y Adam habían llegado. Rob y Adam habían salido a hacer cosas de hombres por la propiedad mientras ella estaba gozando de la compañía femenina en la estancia.

—¡Mierda! —musitó Bree sobre su bastidor de bordar.

—¡Ese lenguaje, niña! —ladró lady Kellington—. ¿Qué problema tienes?

—Lo siento, lady Kellington —dijo Bree dócilmente—. No sé cómo hacer esta puntada.

—Tráelo aquí y yo te enseñaré —le ordenó la condesa.

Sarah ocultó una sonrisa mientras se aplicaba en su costura. Una de las muchas características que Mariah y ella compartían era la falta de entusiasmo por la labor de costura, aunque ambas eran muy buenas. Sin embargo, lady Kellington resultó ser una maestra en las técnicas de bordado, y en un giro inesperado que Sarah nunca habría previsto, ahora le estaba enseñando a Bree.

La condesa viuda había salido de su guarida el día anterior. Era evidente que aprobaba el hecho de tener a un duque y a una duquesa como invitados, y la presencia de los Ashton hacía que tuviera mejor opinión de Rob.

Al principio no le había hecho ningún caso a Bree, pero si quería sentarse con las otras mujeres, tenía que ser civilizada, ya que Sarah había invitado a la niña a unirse a Mariah y a ella. Sarah sospechaba que Rob había insistido en que su abuela fuera cortés con su hija.

Al final de la tarde ya se estaba empezando a formar un extraño vínculo entre lady Kellington y su bisnieta bastarda. Bree había preguntado si podía bordar un poco, ya que su madre le había enseñado las técnicas básicas de costura y disfrutaba con ellas. Lady Kellington había sacado un cañamazo de su cesta y le había ordenado que se pusiera a trabajar.

En la tela había un diseño floral para una almohada. La muchacha estiró el cañamazo sobre un bastidor de madera y empezó abordar. Su rapidez y habilidad se ganaron, aunque a regañadientes, el respeto de lady Kellington. Pronto estuvieron eligiendo juntas los hilos de colores de seda.

Sarah sospechaba que lady Kellington había estado aislada mientras lloraba la muerte de su hijo y de su nieto. El hecho de tener una bisnieta que era educada, aunque en ocasiones dijera vulgaridades, la estaba animando.

—¡Llega un carruaje! —exclamó Mariah, emocionada—. ¡Creo que son nuestros padres, que vienen a comprobar que estás bien! Y, por supuesto, mamá querrá coger a Richard en brazos.

Sarah dejó a un lado su labor y se unió a Mariah en la ventana mientras Bree se levantaba y miraba por la ventana de lady Kellington. Sólo la condesa ignoró la visita.

—Sí, es el carruaje del tío Peter. Mamá está saliendo, y tras ella nuestro padre. ¡Oh, mira! —Sarah empezó a dar saltitos—. ¡Es el tío Peter! ¡Hacía tanto que no lo veía!

Saltó del asiento de la ventana y se dirigió a la puerta de la salita, seguida de cerca por Mariah.

—Parecen un par de niñas de la calle —refunfuñó lady Kellington—. Bree, quédate aquí y sigue con tu labor.

Bree dudó y luego la obedeció, de modo que sólo Sarah y Mariah se precipitaron al vestíbulo para recibir a los recién llegados. Después de los abrazos y saludos, Mariah acompañó a sus invitados al salón principal para tomar un refrigerio mientras Sarah se quedaba atrás para hablar con el mayordomo.

—¿Tenemos suficientes habitaciones preparadas, Hector?

—Las tendremos cuando su familia haya terminado con el refrigerio —le aseguró—. Le diré a la cocinera que tenemos más invitados.

—Gracias. ¡Es estupendo que esta casa tenga tantas habitaciones!

Trató con el mayordomo en detalle todos los arreglos, pensando que era extraño que hubiera terminado actuando como la señora de la casa. Cuando ella se hubiera marchado, ¿esas tareas recaerían en lady Kellington? Le sugeriría a Rob que contratara a un ama de llaves para que trabajara con Hector.

Estaban a punto de salir del vestíbulo cunado el llamador resonó.

—Esta casa está muy concurrida —murmuró Hector mientras atravesaba el vestíbulo para abrir la puerta.

En la entrada había un hombre fornido con el rostro curtido y una pata de palo.

—He venido a ver a Carmichael —dijo con acento de cockney—. El que es el nuevo conde.

Hector contestó con frialdad:

—¿Qué quiere tratar con su señoría?

Haciendo una estimación fundamentada, Sarah se acercó al hombre y le dijo con amabilidad:

—Usted debe de ser el señor Harvey, aquél cuyo trabajo es difícil de definir.

Él sonrió.

—Está en lo cierto, señorita. Jeremiah Harvey. ¿Es usted la joven dama a la que él siguió hasta Irlanda?

—Lo soy. —Le ofreció la mano—. Sarah Clarke-Townsend, normalmente conocida como Sarah. Rob está fuera, inspeccionando los campos o algo así, pero volverá al final de la tarde. ¿Puedo ofrecerle un refrigerio?

Él le dio la mano con seriedad.

—No, he tomado una pinta y un pastel de carne en el pub local. He traído de Londres algo de ropa de Rob... de su señoría. Si me dice dónde está su habitación, llevaré allí sus pertenencias.

Sarah le dijo a Hector, que estaba desconcertado:

—Lord Kellington me ha hablado del señor Harvey. —Se volvió al recién llegado y añadió—: Se alegrará mucho de que haya llegado. Hector, ¿puedes acompañar al señor Harvey arriba, a las habitaciones de su señoría?

—Me vendría bien un poco de ayuda con el equipaje —dijo Harvey.

Hector se inclinó con rigidez.

—Como desee.

Mientras Harvey volvía a salir, Sarah le susurró al mayordomo:

—¿No es más interesante la vida ahora?

Hector contestó de forma arisca:

—Lo dice como si lo interesante fuera algo bueno.

Riéndose, ella fue a reunirse con su familia. Desde luego que lo interesante era bueno.

Capítulo 27

Rob estaba en el deprimente estudio de su padre calculando gastos cuando Sarah fue a verlo la tarde siguiente. Entró en la estancia con su brillante sonrisa.

—Pensé que podrías estar ocultándote aquí. ¿Te sientes abrumado por mis familiares?

Sólo el hecho de verla hizo que los músculos de su cuerpo empezaran a relajarse.

—Un poco. Individualmente todos son agradables, pero en grupo... —Sacudió la cabeza—. Estoy empezando a sentirme bastante perseguido.

—Pronto nos habremos ido todos y tú podrás relajarte de nuevo. —Sarah se sentó con elegancia en una butaca que había al otro lado del escritorio—. Si vas a usar este lugar como refugio, le vendría bien que lo redecoraras.

—Si lo hago atractivo, vendrá más gente —dijo con lógica irrefutable mientras se alegraba la vista observándola a ella.

Sarah siempre había estado adorable, incluso con al atuendo desaliñado de muchacho. Ahora que su propio vestuario había llegado de Ralston Abbey y llevaba prendas que le sentaban bien, se veía aún mejor.

—Probablemente tengas razón —se mostró de acuerdo ella—. La biblioteca está ahora plagada de invitados. Es el inconveniente de convertirla en tu despacho. Tal vez necesites dos bibliotecas, una para ti y otra para todos los demás.

Él sonrió ante aquel capricho de Sarah. No habían estado a solas desde que les había caído aquella lluvia de parientes, y echaba de menos hablar con ella.

—Ashton, tu padre y tu tío ya me han interrogado sobre mis intenciones hacia ti.

—Santo Dios —dijo ella—. ¿Por qué harían eso?

—Bueno, está el hecho sin importancia de que tú y yo hemos estado viajando por toda Irlanda sin una carabina —señaló Rob.

Ella frunció el ceño.

—Me parece todo tan lejano que había olvidado lo escandaloso que puede parecer. ¿Alguno de mis familiares te ha dicho que teníamos que casarnos para salvaguardar mi reputación?

—Al contrario, todos parecen bastante aliviados de saber que no tengo intenciones y que no estoy en posición de casarme con nadie —contestó con sequedad.

—Mi madre y mi hermana han estado haciendo preguntas indirectas sobre ti y sobre nosotros. Como si hubiera un «nosotros». Qué tontería. —Desechó ese pensamiento agitando la mano—. Una de las razones por las que he venido a buscarte es para preguntarte si tienes más información sobre el estado financiero de la propiedad. Adam, mi tío y tú habéis estado manteniendo largas conversaciones.

—Los dos me han sido de mucha ayuda. Tu padre ha tenido menos experiencia como terrateniente, pero también me hizo un par de buenas sugerencias. —Rob jugueteó con una pluma de escribir de ave. Las plumas de acero duraban más, pero eran más caras. Últimamente pensaba en el coste de todo. No le gustaba la idea de vivir así siempre—. Todavía no tengo datos finales. Solamente han pasado cuatro días desde que escribí al abogado de Kellington. Espero tener pronto noticias de él.

—Yo también lo espero. La incertidumbre te debe de estar volviendo loco. Pero pasará. —Lo miró pesarosa—. La razón principal por la que estoy aquí es que tu abuela me ha ordenado que os prepare un aperitivo en el salón antes de la cena, y cuando ella da órdenes, yo obedezco.

Rob frunció el ceño.

—¿Está siendo grosera contigo?

—Sólo muestra su grosería natural —le aseguró—. La verdad es que le estoy tomando cariño. ¿Sabías que le está enseñando a Bree técnicas avanzadas de bordado?

Él parpadeó, sorprendido. ¿Bree? ¿Su abuela?

—Me cuesta mucho imaginarlo. ¿Estamos hablando de Bree, mi hija loca por los ponis? Cuando hablamos, es sobre todo de caballos. ¿O es que ha venido alguna otra Bree mientras yo estaba ocupado fuera?

Ella se rió.

—Solamente hay una Bree. Está encantada con todas las nuevas experiencias. Cabalgar, la labor de costura, nuevas amigas, las conversaciones de las mujeres mayores… Lo absorbe todo. Me recuerda bastante a cuando yo tenía su edad.

—Me alegro de que se esté adaptando bien. —Suspiró—. Aparte de las clases de equitación, no he pasado mucho tiempo con ella. Tengo que hacerlo mejor.

—Bree está bien cuidada —afirmó Sarah—. Por cierto, esta tarde la llevé a la casa parroquial para conocer al vicario, el señor Holt, y a su familia. Educan allí a sus tres hijos y están dispuestos a incluir a Bree por un modesto pago. Son gente muy agradable y a ella le gustaron. ¿Quieres que la lleve allí?

—¡Sí, gracias! Parece justo lo que necesita. —Ordenó los papeles en los que había estado trabajando y se levantó—. Muy bien. Un aperitivo en el salón. ¿Parezco lo suficientemente respetable?

—Es tu casa, puedes llevar una piel de oso y plumas si quieres —le dijo con una risita—. Pero sí, pareces adecuadamente señorial. Como yo, has ganado al recuperar tu propia ropa, así no tienes que vestir prendas guardadas en el desván.

Estaba exagerando un poco; Rob iba vestido como un doctor o un abogado, no como un lord. Pero, ya que no poseía un vestuario distinguido, la chaqueta de color azul oscuro y los pantalones beige tendrían que valer.

Cuando él estaba rodeando el escritorio, ella dijo en voz baja:

—Es una especie de fiesta de despedida. Mañana todos tus invitados inesperados, incluyéndome a mí, nos marcharemos.

Rob se sintió como si le hubieran dado un puñetazo en el estómago. ¿Se marchaba al día siguiente? ¿Tan pronto? Aunque sabía que tenía que irse, no había pensado que todas las consultas que había hecho sobre la propiedad o la propia finca le robara tiempo de estar con ella. De repente, le costaba respirar.

—¿A cuál de tus residencias irás? ¿A la de tu hermana, tus padres o a la de tu tío?

—A la de mi hermana —contestó inmediatamente—. Las residencias de los Ashton son tan grandes que no me siento oprimida, y, además, así podré pasar más tiempo con mi adorable sobrinito. Tengo intención de ser una tía modélica.

Hablaba despreocupadamente, pero un poco nostálgica.

Sarah debería tener sus propios hijos, pero Rob no podía permitir que sus pensamientos discurrieran por ese derrotero.

—Estoy seguro de que Mariah se alegrará mucho también de contar con tu compañía. Sois uña y carne.

—Tenemos muchos años que recuperar. —Se encogió de hombros—. Y, aparte de los placeres que conlleva cotillear con mi hermana, hay un caballero cerca de Ralston Abbey que ha mostrado interés por mí. Ahora que he cubierto mi cupo de aventuras, pretendo fijarme más en él. Mariah me ha asegurado que es pudiente, ingenioso y bastante atractivo.

Otra vez respiraba con dificultad. ¿Lo estaba atormentando ella deliberadamente? No, ambos habían aceptado que no tenían futuro juntos. Como ya habían hablado de los proyectos conyugales de Rob, no había razón para que ella no mencionara los suyos.

—Tus familiares varones se asegurarán de que sea una pareja adecuada.

—Les permitiré opinar, pero la decisión será mía. —Se puso en pie—. Será mejor que vayamos al salón antes de que tu abuela envíe una partida de búsqueda por nosotros.

Él le abrió la puerta para que pasara.

—Después de ti, princesa.

Ella hizo una reverencia breve y elegante.

—Gracias, milord. Por cierto, ¿sabías que Sarah significa princesa en hebreo?

—No. Pero te sienta bien. —La atrajo hacia él para abrazarla. No para besarla; eso sería demasiado peligroso. Sin embargo, necesitaba sentir la calidez de su cuerpo contra el suyo por última vez. Suave y femenino—. Voy a echarte de menos —afirmó en voz baja.

—Yo también a ti, Rob. Ha sido una gran aventura, ¿verdad?

Ella se apartó. Su rostro, normalmente tan expresivo, ahora era indescifrable.

Una gran aventura que se había acabado. En silencio, él la acompañó por el corredor y atravesaron la destartalada casa mientras él oía un redoble de tambor en la cabeza que repetía: *Se marcha, se marcha, se marcha.*

La ruta más corta al salón era por el amplio vestíbulo. Al entrar, él se fijó en las paredes y se preguntó si realmente necesitaba tantas cabezas de animales disecadas.

El sonido del llamador retumbó por la casa. Como no había ningún sirviente a la vista, abrió él mismo. En los escalones de la entrada había un joven muy elegante, a la moda.

Entró en la casa y miró apreciativamente a Sarah antes de dirigirse a Rob. Sacó una tarjeta de visita con un ademán ostentoso.

—He venido a ver a lord Kellington.

—¿Para qué?

Rob miró la tarjeta. El ilustre Frederick Loveton.

Loveton pareció ofenderse.

—Los asuntos que tengo que tratar son con su señoría, así que dale la tarjeta, amigo.

—Soy Kellington, y no soy su amigo —dijo Rob secamente—. No recuerdo haber tratado nunca con usted.

Loveton, sorprendido, paseó la mirada rápidamente por el atuendo pasado de moda de Rob.

—¡Lo siento mucho, milord! Conocía a vuestro hermano, pobre hombre. Y es lo que me trae aquí. —Se sacó del bolsillo varios papeles doblados—. Hay que arreglar esto.

—Deudas de juego por... Dios, ¿casi diez mil libras? —dijo Rob tras ojear rápidamente los papeles.

—Nueve mil setecientas libras, para ser exactos. —Miró a Rob cautelosamente y dijo—: Estoy dispuesto a ofrecer un descuento, ya que acabáis de heredar y habrá muchas cosas que poner al día. ¿Tal vez el diez por ciento? Puedo redondear y dejarlo en nueve mil.

Rob no estaba de buen humor, así que no se molestó en mostrar sutilezas. Rompió los papeles en dos, después repitió el gesto y le devolvió los documentos rotos en cuatro a Loveton.

—Ha perdido el tiempo viniendo desde Londres, Loveton. Pero por lo menos Somerset es agradable en primavera.

—Pero, pero... ¡Es una deuda de honor! —balbuceó.

—No tiene que ver con mi honor —contestó Rob, sintiéndose más animado.

—Me aseguraré de que todos los caballeros de Londres se enteren de vuestro comportamiento grosero —gruñó—. No habrá ni un solo club en la ciudad que os permita entrar en la sala de juego.

—Siéntase libre de hacerlo. Con suerte, eso significará que no me molestarán más fulleros con las deudas de mi hermano —replicó—. Como tendrá los caballos pasando frío fuera, le sugiero que se vaya.

Loveton apretó los labios y se guardó de mala manera los papeles rotos en el bolsillo.

—¡Usted, señor, no es ningún caballero! —le espetó, y salió dando un portazo.

Rob se giró y vio que Sarah estaba intentando contener la risa.

—¡Eso ha sido espléndido! —exclamó—. ¡La cara que ha puesto cuando has roto los papeles...!

Él arqueó las cejas.

—¿No te importa que no tenga honor?

—Tienes el tipo de honor necesario —respondió—. No parecía que tu hermano tuviera ninguno.

—Intentaré pagar las deudas de los comerciantes —dijo Rob—, pero no pienso malgastar el poco dinero que pueda conseguir en cubrir las deudas de juego de Edmund. —Volvió a ofrecerle el brazo—. Será mejor que el aperitivo incluya brandy.

—Pide whisky —dijo ella con una risita adorable—. No es una bebida de caballeros, por lo que tengo entendido, y debes ser fiel a tus ideales.

Él se estaba riendo cuando volvieron a oír el estruendo del llamador. Con un suspiro de exasperación, Rob se giró para abrir la puerta.

—Espero que no se haya roto el carruaje de ese imbécil. Si tiene que pasar aquí la noche, tendrá que conformarse con los establos.

Abrió la puerta de golpe... y se encontró frente a una morena alta y voluptuosa que llevaba un magnífico vestido mañanero de satén negro y un abrigo negro ribeteado con plumas. Parpadeó al ver su escote. Si era una viuda reciente, parecía estar buscando un marido de repuesto.

Ella lo miró con interés antes de preguntar con un acento refinado:

—¿Sois vos por casualidad el nuevo lord Kellington?

—Lo soy —contestó—. Si viene a cobrar una deuda de juego, no ha tenido suerte. Acabo de romper un montón de adeudos y de echar a su portador.

—¿Por eso se marchaba Freddie Loveton? No importa. Mi propósito es muy diferente. —Lo miró con ojos enternecedores—. Soy Vivien Greene.

Él intentó recordar.

—Lo siento, no la conozco y no creo que haya oído nunca su nombre. A menos que quiera contratarme para un trabajo. Si es así, tendré que rechazarlo. Estoy a punto de dimitir de los detectives de Bow Street.

Ella lo miró todavía con más intensidad.

—¿Erais un detective? ¡Qué delicioso! Pero no he venido a contrataros. Por lo menos, no en ese sentido. Estaba prometida con vuestro hermano y he estado llorando su muerte desde que se marchó de nuestro lado de una manera tan trágica. He venido para que lloremos juntos.

Se abrazó a Rob con tanta fuerza que él tuvo que dar un paso atrás. Mientras sus generosas curvas se apretaban contra él, se dio cuenta de que llevaba demasiado perfume, muy fuerte.

Intentó apartarse de ella, pero la maldita mujer se pegaba como la hiedra.

—Siento mucho su pérdida —dijo él, y se quitó sus brazos de alrededor del cuello—, pero debería buscar consuelo en sus amigos, familia y su pastor.

Cuando Rob consiguió poner algo de distancia entre ellos, ella lo miró con reproche y batió sus largas y oscuras pestañas.

—Vos erais el hermano de Edmund y yo, su amada. ¡Podremos consolarnos los dos mejor que nadie! —En sus ojos azules se formaron grandes lágrimas—. Se cayó del caballo en Hyde Park y lo pisotearon un carruaje y cuatro caballos, ya sabéis. Pasó tres días agonizando hasta que, afortunadamente, falleció.

Sacó un pañuelo de encaje y se dio con él unos toquecitos en los ojos.

La última vez que Rob había visto a su hermano, Edmund se estaba regodeando mientras lo vendía a lo que era peligrosamente parecido a la esclavitud.

—Tres días de agonía no son suficientes —le espetó Rob—. Espero que arda en el infierno por toda la eternidad. Ya ve que no tenemos nada en común, señorita Greene. Es hora de que se vaya.

Ella lo miró sorprendida y, después, calculadora.

—Siento que los dos estuvieran distanciados. Pero eso no significa que vos y yo no podamos ser amigos. No soy señorita Greene, sino señora. Soy una viuda muy pudiente con completo control sobre la fortuna, que mi querido y viejo Walter me dejó. Edmund y yo nos adaptábamos muy bien el uno al otro. Él quería un heredero y una fortuna y yo deseaba un título y tener entrada a los niveles más altos de la sociedad. —Posó una mano en su brazo con gesto sugerente—. No hay ninguna razón por la que vos y yo no podamos tener un acuerdo similar. Vuestra propiedad necesita desesperadamente una inyección de dinero y a mí me gustaría tener un marido. —Lo miró con sinceridad—. Y debo decir que sois bastante más atractivo que Edmund. ¿Qué me contestas, Robert? ¿Estrechamos nuestra relación?

Rob se sentía como si estuviera en medio de un sueño de lo más vulgar. Sarah le había dicho que necesitaba una heredera de la clase de los mercaderes, y el acento de Vivien se había estado volviendo cada vez menos refinado según hablaba. Ahí estaba, la opulenta respuesta a los problemas de Kellington, porque su fortuna tenía que ser real o Edmund no le habría propuesto matrimonio.

Se casaría con ella por encima de su cadáver.

¿Dónde estaba Sarah? Paseó la mirada por el vestíbulo y la vio a su derecha. Parecía fascinada y divertida. Cuando sus miradas se encontraron, ella enarcó las cejas con un gesto que claramente quería decir: «Bien, ¿qué vas a hacer ahora?»

—Por muy interesante que sea su proposición, señora Greene, debo rechazarla. Ya estoy comprometido.

Acortó la distancia que había entre Sarah y él y la abrazó por la cintura.

Vivien arqueó las cejas.

—Lo siento, Kellington, pero ella ya está casada con el duque de Ashton. A menos que acabe de morir… Seguramente no. Me habría enterado.

—La duquesa de Ashton es mi hermana gemela —dijo Sarah alegremente—. Y lord Kellington es mío. Es hora de que se vaya.

—Es una cosita preciosa —dijo la viuda de manera crítica—, pero demasiado joven para vos, y os aseguro que tiene menos dinero que yo. Aún no es tarde para que cambiéis de opinión.

Rob agarró a Sarah con más fuerza.

—Lo siento, pero está persiguiendo al conde equivocado.

Vivien se rió y se ahuecó el abrigo de plumas. Con una voz más natural, dijo:

—No se puede culpar a una mujer por intentarlo. No hay tantos condes solteros por ahí, y mucho menos que sean jóvenes y atractivos. Imagino que tendré que conformarme con un barón.

—Buena suerte. Espero que encuentre a un noble menos venenoso que mi hermano —dijo él secamente.

—Me encantaría saber qué fue lo que los distanció —dijo la viuda—, pero supongo que no me lo vais a decir.

—Está en lo cierto. Buenas noches, señora Greene.

Permitiéndole una última vista de su escote, ella dijo:

—Sin duda, os veré a los dos, tortolitos, en Londres.

Sarah sonrió con dulzura.

—Si vuelves a acercarte a Rob, te sacaré los ojos.

Vivien se rió.

—Podrías llegar a gustarme. Cuida de él, pequeña. Es difícil encontrar buenos hombres. Y es bueno encontrar a un hombre difícil.

Se marchó entre un revuelo de plumas.

—¿De verdad acaba de ocurrir esto? —preguntó Rob, un poco aturdido por las últimas visitas.

—Ya lo creo. De verdad, Rob, podrías hacerlo mucho peor —dijo Sarah pensativa—. Por supuesto, tendrías que comprobar que tiene dinero, pero yo creo que sí que es rica, está deseando ser condesa y parece fértil.

Esas palabras fueron la gota que colmó el vaso.

—¡No! ¡Al diablo el sentido común! —Rob se giró hacia ella y la agarró por los hombros con ambas manos—. Sarah, ¿quieres casarte conmigo?

Capítulo 28

Sarah abrió mucho la boca.

—¡No puedes estar hablando en serio! Dijiste que no estabas en posición de casarte, y no estamos enamorados.

—No, pero estoy cansado de ser noble, sensato y de hacer siempre lo mejor. —Sus ojos de color aguamarina parecían arder—. No hay ninguna buena razón para que te cases conmigo. Tengo una destartalada imitación de un castillo, una hija ilegítima y aún no sé cuál es mi situación financiera, pero probablemente sea espantosa. Puede que acabe arrendando la propiedad a algún ricachón, porque no podré permitirme vivir aquí. Como bien has dicho, no estamos enamorados, y sé de buena tinta que no soy un caballero.

Luchando contra su primer impulso de aceptar, Sarah dijo:

—Si lo que quieres es que rechace tu oferta y salga corriendo por las colinas, estás siendo muy convincente.

—Quiero dejar las cosas muy, muy claras. —Dio un paso atrás, apretando los puños—. No quiero que aceptes por gratitud, porque eso sería una base terrible para un matrimonio. Tampoco quiero tu compasión, aunque mi situación sea desesperada. A pesar de que tendrías un título, no disfrutarías de la vida lujosa y a la moda que normalmente acompaña a ser una condesa. Pero te juro que haría todo lo necesario para proporcionaros a Bree y a ti un hogar decente, aunque eso signifique tener que trabajar como ayudante del administrador de tu tío.

Ella se mordió el labio, abrumada por todas las emociones que estaba sintiendo.

—¿Por qué me lo pides? Una esposa sería una complicación en estos momentos. ¿O estás buscando una madre para Bree? Dentro de un año estarás en una posición mucho mejor para decidir qué quieres en una esposa, o si deseas una.

—No te lo estoy pidiendo por el bien de Bree aunque, si lo recuerdas, me dijiste que observara cómo se comportaban las posibles esposas con Bree, más que escuchar sus palabras —señaló—. Yo le he dado lecciones de equitación, pero has sido tú quien se ha asegurado de que tenga una habitación, un vestuario, amigas, una educación y todo lo que pueda necesitar. Y lo has hecho sin ninguna razón especial, aparte del hecho de que necesita que se preocupen por ella, y parece que Bree te gusta.

—Es muy fácil encariñarse con Bree. Es una chica encantadora. Pero si no te quieres casar por ella... ¿por qué? —Tenía que saberlo antes de darle una respuesta—. ¿Quieres tener una esposa que te ayude con todas las cargas que han caído sobre tus hombros? ¿O me quieres a mí?

Él abrió la boca para responder y la volvió a cerrar, frunciendo el ceño mientras organizaba sus ideas.

—La situación me supera, Sarah. Una esposa realmente competente e informada como tú sería una bendición. Necesito una mujer que sepa llevar una casa y moverse cómodamente en sociedad. Alguien con un corazón generoso, pero sin gustos estrafalarios. Sin embargo, no me refiero a una mujer como tú. Me refiero a ti. En las últimas semanas nos hemos encontrado en situaciones difíciles y nos hemos hecho una buena idea del carácter del otro.

—¿Qué ves en mí? —preguntó ella con curiosidad.

Él sonrió con una calidez que salía desde lo más profundo de su ser.

—Eres hermosa, por supuesto, pero también eres fuerte, inteligente y tienes buen carácter. Es divertido estar contigo. Y eres... honorable.

Ella no necesitaba que le dijera lo mucho que el honor significaba para él. O lo desesperadamente que lo echaría de menos si se marchaba.

Intentando ser tan sensata como él, dijo, pensando en voz alta:

—La vida ha sido muy aburrida desde que mis padres se reconciliaron. Son tan felices juntos que casi me siento como una intrusa. Y no me gusta Cumberland en invierno.

—Somerset es una de las zonas más cálidas de Inglaterra —apuntó él.

—Es cierto. —Sus labios se curvaron en una sonrisa—. Y la vida contigo no sería aburrida.

—Ya que ambos hemos amado y perdido, haríamos buena pareja —dijo él con calma—. Sin ilusiones románticas, somos libres para ser amigos.

Sarah sintió que algo desagradable se retorcía cerca de su corazón.

—¿El marido y la mujer no deberían ser más que amigos?

Él dio un paso hacia delante y la abrazó.

—También está esto.

La besó no como un placer culpable, sino como un amante, con pasión, ternura y promesas. Introdujo una mano en su cabello y le soltó las horquillas, que repiquetearon al caer al suelo.

Ella abrió la boca bajo la suya, probando su sabor y su lengua provocadora. Se dio cuenta de que podrían ser amantes y amigos y compartir metas comunes. Eso sería suficiente, y mucho más de lo que había tenido.

Sarah cerró los ojos y deslizó las manos por debajo de su chaqueta, sintiendo cómo se movían sus poderosos músculos bajo la camisa de lino. Él le estaba acariciando el pecho de una manera deliciosa cuando la puerta del vestíbulo se abrió y oyeron un grito ahogado. Sarah se tensó e interrumpió el beso.

—¿Qué significa esto? —oyeron que alguien gritaba desde la puerta.

Sarah levantó la mirada y vio a lady Kellington, fulminándolos con los ojos. Parecía dispuesta a romper el bastón en la cabeza de alguien.

Rob la abrazó más fuerte, con un gesto protector.

—¿No es evidente? —contestó con suavidad—. Estoy besando a Sarah.

Antes de que la condesa pudiera explotar, Sarah dijo:

—Rob y yo nos acabamos de prometer.

—¡Creí que ya estabais prometidos! —les espetó la anciana.

Sarah pudo sentir la alegría que invadía a Rob cuando dijo:

—Como la situación había cambiado, teníamos que volver a planteárnoslo —le explicó—. ¿Me vas a culpar por celebrar el hecho de que me ha vuelto a aceptar?

—¡Hmm! —resopló su abuela—. No me había enterado de que la chica tuviera una fortuna.

—No soy ninguna heredera —dijo Sarah—. Lo que me corresponde son sólo dos mil libras.

Lady Kellington volvió a resoplar.

—Podrías haberlo hecho mejor, muchacho, pero supongo que también podrías haberlo hecho peor. Venid al salón y anunciadlo. Ya es suficientemente malo que haya tenido que venir yo a buscaros.

—Estaremos allí en cinco minutos —le prometió Rob—. Pero tenemos que tratar algunas cosas antes de hacer el anuncio. ¿Podría pedirle a un sirviente que fuera a buscar a Bree y la acompañara al salón?

—Cinco minutos. —Lady Kellington le lanzó a Sarah una mirada mordaz—. Úsalos para adecentarte, niña.

Se dio la vuelta y se alejó, haciendo sonar el bastón contra el suelo.

—¿Te estás replanteando haber aceptado? —le preguntó Rob cuando su abuela cerró la puerta—. Debería haberla puesto en la lista de razones por las que no querrías casarte conmigo.

Ruborizándose y riéndose, Sarah se apartó de él y se agachó para recoger las horquillas.

—Mi abuela Babcock era tan sarcástica como ella. Vivía con nosotros en Hertford, ladrándoles órdenes al tío Peter y a mi madre, como si todavía fueran unos niños. Todos la adorábamos. Falleció cuando yo tenía quince años y todavía la echo de menos.

—Mi abuela me aterroriza, así que dejaré que trates tú con ella.

Rob le ofreció la mano mientras ella se levantaba tras haber recogido las horquillas. Sarah no necesitaba ayuda, pero le gustaba cogerle la mano. Todavía estaba aturdida por la idea de que aquel hombre atractivo e inteligente quisiera casarse con ella. Se tendrían que enfrentar a problemas… pero, juntos, podrían solucionarlos.

—¿Dónde y cuándo te gustaría casarte? —le preguntó él—. ¿En la iglesia de tu familia en Hertford? ¿En la casa de tus padres en Cumberland? ¿En Ralston Abbey? ¿En Londres?

—Aquí —contestó con decisión mientras se recogía el cabello en la nuca y lo sujetaba con una horquilla—. Ésta será nuestra casa, así que, ¿por qué no empezar aquí? La boda del lord local le dará a la gente de Kellington una razón para hacer una fiesta. Un buen comienzo simbólico para la nueva era del quinto conde de Kellington.

—Me gusta la idea. ¿Cuándo?

—¿Cuánto tiempo se tarda en conseguir una licencia especial en Londres?

Rob frunció el ceño.

—Puede que tres o cuatro días. Reconozco que me gustaría casarme más pronto que tarde, pero ¿tú quieres que sea tan pronto?

Ella terminó de colocarse el cabello y se alisó el vestido.

—La mayoría de mis personas favoritas están aquí ahora, así que podríamos aprovechar la oportunidad. —Le lanzó una mirada seductora—. Yo tampoco quiero esperar más de lo necesario.

—Ah, princesa. —Le echó hacia atrás un mechón que se le había escapado. Sarah sintió sus dedos cálidos en el cuello—. Si no dejas de mirarme así, puede que consumamos nuestro compromiso aquí mismo.

—¿Y que nos pille tu abuela cuando venga a buscarnos otra vez? ¡No, gracias! —Le cogió el brazo, pero no empezó a caminar—. Acabo de darme cuenta de algo delicado. ¿Quién entregará a la novia?

—¿Por qué…? Ah, entiendo. Tanto tu padre como tu tío están aquí. Tu padre es tu padre, pero fue tu tío quien te crió. —La miró pensativo—. ¿Quién prefieres tú que lo haga?

Ella dudó, recordando todos los años que había pasado pegada a su tío, aprendiendo a montar, a disparar, a llevar los libros de la propiedad. Su tío había sentido debilidad por ella, la había llevado a hombros cuando era pequeña y decía que era más divertida que todos sus hijos juntos. Sarah siempre se reía, lo besaba y lo llamaba «tonto» cuando le decía eso.

—El tío Peter.

—Entonces, pídeselo. Puede que a tu padre no le guste, pero es un hombre justo. Lo entenderá.

Ella asintió con la cabeza, decidida.

—Entonces, el tío Peter. Mariah será mi madrina, por supuesto, pero me gustaría que Bree fuera mi dama de honor. ¿Crees que es demasiado joven?

Él sonrió.

—Le encantará. Será un buen comienzo para convertirnos en una familia.

Mientras se dirigían al salón, Sarah se preguntó qué se pondría. Tendría que elegir entre los vestidos que Mariah le había llevado de Ralston Abbey. Empezó a hacer listas mentalmente, agradecida de que fuera a ser una sencilla boda campestre.

Justo antes de llegar al salón se encontraron con Bree, que bajaba acompañada de Harvey. La muchacha llevaba uno de sus vestidos nuevos, una bonita prenda de lino azul pálido con ribetes en azul oscuro. Con el cabello recogido, parecía una verdadera joven dama. Rob sonrió a su hija y a su amigo.

—Me alegra poder daros la noticia a vosotros antes que a nadie. —Le dio unos golpecitos a la mano de Sarah, que descansaba en su brazo—. Sarah y yo acabamos de prometernos.

—Me sorprende que hayas tardado tanto en pedírselo —dijo Harvey, asintiendo con la cabeza en un gesto de aprobación.

Bree se quedó paralizada por la impresión.

—¡Por todos los diablos! —Frunció el ceño mirando a Sarah—. No eres mi madre.

—No, no lo soy —respondió, enarcando una ceja ante el lenguaje de Bree—. Tuviste una buena madre que siempre será parte de ti. Yo sólo soy Sarah. Puedes pensar en mí como en tu madrastra, como una especie de tía, o incluso como una hermana mayor, si quieres. Pero seremos parte de la misma familia, y eso me hace feliz.

Bree no parecía muy convencida. Sarah supuso que, puesto que acababa de descubrir que tenía padre, no estaba dispuesta a compartirlo con otra mujer.

Rob miró a su hija a los ojos.

—Tú y yo nos beneficiaremos de tener a Sarah en la familia, Bree. Te aseguro que ella será mucho mejor que yo enseñándote a ser una dama. —Le tendió una mano—. ¿Vienes a celebrarlo con nosotros?

Ella se acercó con cautela y después se puso al lado de Rob, prácticamente debajo de su brazo, con el rostro oculto. Sarah dijo:

—Bree, me gustaría que fueras mi dama de honor en la boda. Mi hermana y tú me asistiréis en la ceremonia porque sois mi familia. ¿Harás eso por mí?

Bree levantó la cabeza y la miró desde el otro lado de Rob. Parecía tan desconcertada como su padre.

—¿De verdad quieres que esté en tu boda?

—Por supuesto —respondió Sarah con seriedad—. Algunas familias nacen siéndolo, y otras se hacen. Quiero que nosotros tres construyamos una familia juntos.

—Yo... Me gustaría —dijo Bree, y se enderezó.

—¡Buena chica! —Rob dobló el brazo izquierdo para que se lo tomara su hija—. Ahora, vayamos al salón a darles la noticia a los demás.

Entraron con Sarah en el brazo derecho de Rob y Bree en el izquierdo. La media docena de invitados dejaron de hablar y los miraron.

—En caso de que no sea evidente —dijo Rob—, Sarah me ha concedido el honor de aceptar mi propuesta de matrimonio. Ya que todos estáis aquí, planeamos casarnos en tres o cuatro días, dependiendo de cuánto se tarde en conseguir una licencia especial de Londres.

Hubo un momento de silencio y Sarah vio sorpresa en la mayoría de las caras. Parecía que Rob y ella habían hecho un buen trabajo convenciéndolos a todos de que no había nada romántico entre ellos. Entonces Adam levantó su vaso.

—Por Sarah y por Rob. Felicidades por haberos encontrado el uno al otro. Me alegro de que vayamos a ser cuñados. —Sonrió a Bree—. ¡Y es una ganga conseguir a una sobrina al mismo tiempo!

Bree se ruborizó, todos los demás brindaron por la noticia y volvieron a conversar, esa vez más animados. Los padres y el tío de Sarah se acercaron sonriendo. Su madre dijo:

—¡Estoy muy contenta, querida! ¡Estaba empezando a creer que nunca tendría la oportunidad de llorar en tu boda!

Sarah, con lágrimas en los ojos, abrazó a su madre. Anna había sido quien la había consolado cuando ella lloraba afligida tras la muerte de Gerald. Durante su infancia, ella no sólo había sido su madre, sino también su mejor amiga.

El regreso de su marido lo había cambiado todo. Sarah había ganado a Mariah, pero la relación con su madre había cambiado inevitablemente. Aun así, siempre habían estado unidas, y ella daba gracias a Dios por que aquella mujer fuera su madre.

El tío Peter le dio un fuerte abrazo de oso.

—¡Así que mi pequeña se casa!

Como se dio cuenta de que no habría otra oportunidad mejor que aquélla, Sarah cogió la mano de su padre.

—No quiero herir tus sentimientos padre, pero... tío Peter, ¿me entregarás en la boda?

Su tío miró con cautela a Charles.

—Será un honor, mientras no cause ningún problema en la familia.

—Te has ganado el derecho, Babcock —dijo Charles con remordimiento—. Me he perdido demasiados años de la infancia de Sarah. Por lo menos, asistiré a tu boda.

—Gracias por ser tan comprensivo.

Sarah abrazó a su padre, sintiendo un gran cariño por él.

Después de que se intercambiaran felicitaciones y buenos deseos, lady Kellington dijo con voz estridente:

—Estoy lista para cenar.

—Una idea excelente. —Rob paseó la mirada por el salón, buscando al mayordomo—. Hector, ¿puedes añadir otro cubierto para mi hija? Debería celebrarlo con nosotros, ya que es una ocasión familiar.

Bree le sonrió. Sarah se alegró de que la chica se estuviera adaptando tan bien.

Como la velada era informal, no entraron en el salón desfilando. Mariah se aprovechó de ello para llevar a Sarah a un aparte.

—Lo siento, pero tengo que preguntarte algo —dijo en voz baja—. Aunque Rob parece un buen tipo y Adam lo tiene en gran estima… ¿estás enamorada de él? Por lo que me has dicho, me preocupa que no sea así.

Sarah se mordió el labio, preguntándose cómo explicárselo de manera que lo comprendiera.

—Si Adam muriera, ¿serías capaz de volver a amar y casarte otra vez?

Mariah hizo una mueca.

—Ni siquiera puedo imaginármelo. —Frunció el ceño, desvió la mirada y dijo con la voz entrecortada—: Quizá. Pero nunca podría amar a un hombre de la misma manera.

—Adam y tú habéis tenido suerte de casaros, porque sois el primer gran amor del otro. Rob y yo perdimos a nuestros primeros amores —dijo Sarah con suavidad—. Eso hace que hagamos buena pareja. Nos preocupamos el uno por el otro. Confiamos el uno en el otro. —*Nos deseamos*—. Es el único hombre que he conocido desde Gerald con el que me puedo imaginar casada. Creo que nos llevaremos muy bien.

El expresivo rostro de Mariah mostraba comprensión, pero también pesar porque su hermana no fuera a tener lo que Adam y ella compartían.

—Es un buen comienzo, y el vínculo que hay entre vosotros se hará más fuerte después de que os caséis. —Sonrió con complicidad—.

Tengo el vestido perfecto para ti. Es un vestido de duquesa que he traído.

—¿Un vestido de duquesa?

—Cuando viajo, siempre me llevo un atuendo elegante, por si acaso —le explicó Mariah—. Como soy duquesa, a menudo me piden que visite escuelas, que inaugure ventas benéficas en una iglesia y cosas así. Me he dado cuenta de que la gente parece decepcionada si no estoy a la altura de la imagen que tienen de una duquesa. —Mariah sonrió—. Como condesa, tú también lo verás. El vestido que he traído en esta ocasión no lo he estrenado todavía. Me encantaría regalártelo. Si te gusta, por supuesto.

Sarah se rió.

—¡Estoy segura de que me gustará! Ya sabes que siempre elegimos los mismos colores y estilos. ¿Cómo es?

—De seda de color marfil con manga larga y pedrería en el corpiño. El encaje es de color dorado, igual que la enagua, y tiene una cola corta y un chal haciendo juego. Estarás maravillosa con él.

—¡Debe de ser precioso! Mañana me lo probaré. —Vio que todos los demás ya estaban en el comedor, así que dijo—: Y ahora, ¡a comer!

Capítulo 29

*A*unque Sarah se acostó exhausta, no podía dormir. En su cabeza se mezclaban imágenes de todo lo que había que preparar para la boda. Rob y ella tenían que hacerle una visita al vicario, el señor Holt, y hablar con él sobre la fecha de la ceremonia. Harvey se marcharía a primera hora de la mañana a Londres para conseguir una licencia especial en Doctor's Commons, y así no tendrían que enviar las amonestaciones por correo ni esperar tres semanas para casarse.

Se dio la vuelta y ahuecó la almohada, intentando hacerla más cómoda. Lady Kellington estaba haciendo listas de la gente importante del lugar que debería ser invitada a la boda del lord local. Sarah le había preguntado a Francie si le gustaría ser la doncella de una dama oficialmente, ya que había estado haciendo el trabajo extraoficialmente. Francie había aceptado gustosa, y seguiría cuidando a Bree cuando fuera necesario.

Una de las cosas por las que no tenía que preocuparse era la comida de la boda. Anna se había hecho cargo y había desaparecido en las cocinas para hablar largamente con la cocinera. Era un alivio poder asignarle esa responsabilidad tan grande a su madre.

¡Se habían hecho muchas cosas en pocas horas, pero les esperaban muchas más! Sarah dio más vueltas en la cama y tiró la almohada al suelo dos veces, pero su cerebro seguía obstinadamente activo.

Finalmente suspiró y se levantó. Tal vez encontrara algo de leer en la biblioteca. Se abrochó la larga bata de lana, se puso unas zapatillas y comenzó a bajar las escaleras con una vela en la mano. Le resultaba extraño pensar que caminaría por esos pasillos el resto de su vida.

A menos que no pudieran permitirse vivir allí, por supuesto.

La biblioteca tenía dos chimeneas, así que Rob encendió el fuego en la oriental, que estaba en el extremo de la gran estancia que había convertido en su despacho. Se quitó la chaqueta y el pañuelo de cuello, los arrojó a un lado y se estiró en un sillón orejero, con los pies en una pequeña y mullida otomana. Debía estar pensando en mil cosas, pero en ese momento no le importaba ninguna de ellas. Ya se dedicaría a algo productivo al día siguiente. Por ahora, le bastaban un brandy y el fuego de la chimenea.

Oyó que se abría la puerta de la biblioteca y, al levantar la mirada, vio a Sarah. Era interesante que supiera de inmediato que era ella, a pesar de que Mariah estaba durmiendo en la misma casa. Su largo cabello rubio le caía sobre un hombro, sujeto en una trenza, y llevaba una bata azul hasta los pies atada a la cintura. Aunque casi toda ella estaba cubierta, le seguía pareciendo arrebatadora.

Ella dudó en la puerta.

—¿Prefieres estar solo?

—Eres la única persona que hay en esta casa a quien me alegro de ver. —Se levantó y cruzó la habitación para tomarla en brazos. Ella dio un gritito adorable y luego se acomodó contra su pecho. Rob volvió al sillón orejero y se sentó con ella en el regazo. Sarah apoyaba la cabeza bajo su barbilla—. Imagino que tú tampoco podías dormir.

—Mi mente daba vueltas como un molino de agua —le confirmó—. He bajado en busca de un libro de sermones que me haga dormir.

Él se rió entre dientes.

—Yo debería haber pensado en eso. ¿Quieres un poco de brandy?

Le ofreció su vaso medio lleno, que estaba en la mesita auxiliar. Ella dio un sorbito y se lo devolvió. Había sido un gesto sencillo, pero muy íntimo.

¿Estaría hecho el matrimonio de tales momentos, breves e íntimos? En realidad, Rob no había pensado mucho en eso en el pasado. El matrimonio nunca le había parecido necesario y, mucho menos, inminente.

Mientras le acariciaba la espalda, dijo:

—No me había dado cuenta de que el compromiso abre un mundo nuevo. Cuando tomábamos oporto, sentí como si me estuviera iniciando en la fraternidad de los hombres casados. Hombres importantes, interesantes. Hombres dignos. Casarme contigo hará que me aprecien más en sociedad.

Ella se rió.

—Con las mujeres fue igual en cuanto nos retiramos a tomar el té. Mariah, mi madre y tu abuela me trataban de forma diferente. —Se encogió de hombros con un gesto exagerado—. Me sentí aterrorizada cuando lady Kellington insistió en explicarme los hechos de la vida.

Él dijo, ligeramente alarmado:

—Supongo que eso no será necesario, ¿no?

—Me crié en una granja, así que estoy razonablemente bien informada. Si hay algo que quiera saber, se lo preguntaré a Mariah.

Ya había pasado mucho tiempo desde que Rob fuera un joven virgen de dieciocho años, pero Bryony y él se las habían arreglado para hacer que todo funcionara satisfactoriamente. Ella había tenido una disposición excelente que lo había facilitado todo.

Sarah no era remilgada y él ya no era un muchacho sin experiencia, así que deberían hacerlo bien. Pero sería mejor que pensara en otra cosa que no fuera su noche de bodas antes de que no pudiera pensar en nada más.

—El regalo de boda de Ashton y de Mariah será pagar la fiesta para todos en la propiedad de Kellington.

Sarah abrió mucho los ojos.

—¡Eso es increíblemente generoso!

—Y también muy práctico. Como él paga, yo no tendré que estar contando los peniques. Los aparceros merecen pasárselo bien. No han tenido nada por lo que sentirse bien en muchos años.

Sarah levantó la mirada hacia él con el ceño fruncido.

—¿Te molesta no poder permitírtelo tú?

Él hizo una mueca.

—Siempre he llevado una vida independiente y sin deudas, así que ahora no me gusta tener que preocuparme por gastos y deudas que no son míos. Pero no voy a dejar que el terco orgullo evite que acepte la ayuda cuando me la ofrecen. Sobre todo porque Ash sigue diciendo que la deuda que tiene conmigo es demasiado grande y que nunca la podrá pagar.

—Tiene razón —contestó Sarah con seriedad—. Para rescatarme necesitaste mucha valentía y destreza. Eres un héroe. —Le sonrió—. Mi héroe.

—Solamente estaba haciendo mi trabajo. —No pudo evitar besarla, aunque se aseguró de que fuera un beso rápido y leve para evitar que fuera a más—. ¿Sabías que piensa que tú tuviste más valor que yo? Ponerte en manos de un grupo de villanos fue... extraordinario.

Sarah pareció sorprenderse.

—En realidad, no. Ellos ya estaban allí. Meter a Mariah en la cripta significaba que por los menos una de nosotras escaparía.

—Desmayarse en medio de un ataque de histeria habría sido más propio de una dama. —Él sonrió—. Nunca olvidaré tu expresión cuando golpeaste en la cabeza a uno de tus secuestradores con una sartén de hierro fundido. Parecías muy orgullosa de ti misma.

—¡Estaba orgullosa de mí misma! —replicó indignada—. Pensé que estaba siendo bastante emprendedora.

—Si no lo hubieras sido, habríamos tenido muchas menos probabilidades de escapar sanos y salvos.

Inclinó la cabeza para darle otro beso, y en esa ocasión no se preocupó por que fuera breve. Su pequeña leona...

Ella ronroneó al devolverle el beso mientras sus dedos jugueteaban de una manera deliciosa con el cabello de Rob. Él le acarició los pechos, consciente de que no llevaba corsé ni mucha cosa más debajo de la bata.

Sarah se retorció en su regazo para cambiar de posición y su trasero, redondeado y perfecto, lo excitó hasta el punto de casi bloquearle el cerebro.

—Mi princesa dorada... —susurró mientras la abrazaba con más fuerza.

Se fueron deslizando desde el sillón hasta quedar tumbados en la gastada alfombra oriental. Rob se dio cuenta de que podía cambiar de posición para aterrizar sobre las manos y las rodillas rodeando a Sarah en vez de aplastarla con su cuerpo.

—¿Estás bien? —le preguntó con ansiedad.

Ella respondió con una serie de risitas.

—¡Creo que deberíamos comportarnos hasta nuestra noche de bodas! —dijo cuando recuperó el aliento—. O eso, o esto es una lección para aprender que el uso correcto de los sillones es para sentarse.

Aliviado, él se incorporó sobre los talones y la ayudó a sentarse.

—En los sillones se pueden hacer cosas muy interesantes, pero no esta noche.

Le cogió ambas manos y la miró con intensidad. Sarah tenía los ojos brillantes, risueños, indómitos.

Tal vez casarse con Sarah fuera lo menos sensato que hubiera hecho nunca. Pero parecía lo mejor.

La mañana siguiente resultó ser un revuelo de planes femeninos atolondrados y espontáneos. Las damas de la casa se reunieron en el saloncito de la mañana, junto con las doncellas y Hannah, la niñera. El pequeño Richard fue el único varón al que se le permitió la entrada en la estancia, y sólo le interesaba dormir.

Como era natural, todo el mundo quería ver primero el vestido, así que Sarah y Francie se ocultaron tras el biombo pintado y ella se puso el vestido de duquesa de su hermana. Francie murmuró:

—Tendré que apretar un poco el encaje ya que la duquesa acaba de tener un bebé, pero por lo demás, está perfecto. Vaya a enseñárselo a todas.

Cuando Sarah salió de detrás del biombo, hubo un suspiro colectivo de las otras mujeres.

—¡Pareces una princesa de cuento! —exclamó Bree.

Sarah cruzó la habitación hasta el gran espejo que habían llevado allí especialmente para aquella ocasión y se quedó sin respiración cuando vio su reflejo. La pesada seda de color marfil caía en lujosos pliegues y el tono claro resaltaba su delicado color de cabello. Las mangas largas y el escote eran modestos, de acuerdo con la solemnidad de una ceremonia nupcial, pero la pedrería del corpiño brillaba como si fueran estrellas fugaces.

—También hay zapatos a juego —dijo Mariah—. De piel de cabritilla dorada con cuentas de cristal, y con tacón, para que no parezcas muy baja al lado de Rob. ¿Te gusta?

Sarah acarició el encaje dorado que bordeaba el escote. Caminó unos pasos y escuchó el crujido de la enagua de satén. La cola brillaba detrás de ella con el frufrú de la seda.

—¡Es lo más bonito que he llevado nunca, Mariah! ¿Estás segura de que no quieres que te lo devuelva?

Su hermana se rió.

—Es tuyo, Sarah. Aunque seamos gemelas, te prometo que te queda mejor a ti que a mí.

—Sarah tiene ese resplandor especial de las novias —dijo su madre—. El color es parecido al que llevé yo cuando me casé con vuestro padre. —Sonrió, sentimental—. ¿Qué tienen las bodas que siempre hacen llorar?

—La certeza de que todo lo que está por venir será peor —replicó lady Kellington con aspereza, pero incluso ella tenía un brillo en los ojos—. No es una buena época para las flores. Es una pena que el invernadero que teníamos se haya echado a perder.

—No necesito flores exóticas —afirmó Sarah—. En el jardín hay unos narcisos en miniatura que quedarán muy bien, junto con las campanillas de invierno y un poco de verde. He pensado en ramilletes pequeños para Mariah, Bree y para mí, y tal vez unos más grandes para usted y para mi madre.

—¿Hay músicos disponibles? —preguntó Anna—. ¿La iglesia tiene un órgano?

—Sí, y la esposa del vicario toca muy bien —respondió lady Kellington—. Necesitarás unos violinistas para la comida de la boda y la celebración de los aparceros. El mozo de cuadra principal, Jonas, es miembro de un grupo local, así que puede organizar el tema de la música.

—¡Gracias! —En un impulso, Sarah besó a la anciana en la mejilla—. Me alegro mucho de que usted esté aquí.

La viuda se ruborizó, pero no se apartó.

—Eres la única que piensa eso. —Frunció el ceño pronunciadamente—. Ocúpate de engendrar un heredero tan rápido como lo ha hecho tu hermana. ¡Pero no antes de nueve meses!

Sarah se rió.

—Prometo que eso no ocurrirá. Bree, es el momento de que te pruebes tu vestido. La gasa blanca es bonita, pero necesitaremos ponerle más adornos para la boda. ¿Tal vez algo de encaje dorado para que vaya a juego con mi vestido?

—¡Eso estaría condenadamente bien! —exclamó la muchacha.

Lady Kellington frunció el ceño.

—¡Nada de blasfemias en la iglesia, o habrá consecuencias!

—¿Dios me matará? —preguntó Bree con inocencia.

—¡Si él no lo hace, lo haré yo! —gruñó la viuda—. Sarah, ¿tienes un sombrero adecuado para la ceremonia?

—Pensé que podría usar este mío. —Anna cogió una sombrerera del suelo, a su lado, y sacó un sombrero de paja que tenía mucha profundidad en la corona—. Tendremos que ponerle nuevos adornos, pero la forma y el estilo son apropiados.

Bree dijo, vacilante:

—Sarah, he pensado... He estado bordando una banda de sombrero. No está terminada todavía, pero puedo acabarla para la boda. ¿Te gustaría verla?

—Me encantaría. —Sarah habría dicho que era bonita aunque no lo fuera, pero no tuvo que exagerar nada. La banda tenía unos cinco centímetros de ancho y ya había más de la mitad bordada con exquisitos y diminutos capullos en color dorado y marfil—. ¡Bree, es maravillosa! Mariah, mamá, ¡mirad lo increíble que es la labor de Bree! Además de ser muy hábil, lady Kellington le ha estado enseñando a hacer las puntadas más complicadas.

—¡Es perfecta! —Anna también conocía el valor de animar a una joven que necesitaba saber que su presencia importaba. Envolvió la corona del sombrero con la banda de Bree—. Quedará precioso. ¿Estás segura de que podrás acabarla a tiempo?

—¡Oh, sí! —exclamó Bree—. Aunque tenga que quedarme levantada todas las noches.

—¡No quiero que estés demasiado cansada y que no puedas ser mi dama de honor! —dijo Sarah mientras la abrazaba.

Lady Kellington hizo un gesto de asentimiento con la cabeza.

—La banda bordada quedará muy elegante. Asegúrate de acabarla. —Dudó y añadió tímidamente—: Creo que el sombrero necesita un velo corto que caiga sobre la cabeza y los hombros de la novia. Podría coserse debajo de la banda.

—Quedaría precioso, si tuviéramos un velo. —Al ver la expresión de la anciana, Sarah añadió—: ¿Usted tiene uno?

Lady Kellington asintió.

—Lo llevé en mi propia boda. Es de un tono marfil que va bien con el vestido y aportará un poco de historia a la ocasión.

Sarah se abstuvo de señalar la ironía de que el velo de la condesa estuviera sujeto por un bordado hecho por la bisnieta a la que al principio menospreciaba.

—Eso sería perfecto. ¡Me siento tan afortunada de teneros a todas aquí!

—El placer es nuestro —dijo Mariah, que parecía un poco melancólica.

Su boda con Adam había sido magnífica, y ambos habían irradiado tanta felicidad que la iglesia de St. George en Hanover Square apenas había necesitado los montones de velas que habían usado para iluminar el interior.

Sarah había sido la dama de honor, así que había estado en el meollo de todas las actividades, y la boda la había unido un poco más a ella. Pero esa ceremonia no había tenido la intimidad de esta otra boda, pequeña y rápidamente organizada.

Desde luego, su hermana tenía mucha suerte.

Capítulo 30

*R*ob no había visto a Sarah en todo el día, así que se alegró cuando por fin se encontraron en el vestíbulo para realizar el corto viaje a la vicaría. Tenían varios objetivos. Uno era acompañar a Bree a su primera clase. La joven estaba emocionada por volver a la escuela, sobre todo porque una de las hijas de los Holt era prácticamente de su edad.

La otra razón era que él conociera a la familia, porque eran miembros vitales de la comunidad y además enseñarían a su hija. Y, por supuesto, tenían que programar la boda.

Mientras la señora Holt evaluaba las habilidades académicas de Bree, Sarah le presentó a Rob al vicario. Holt era un hombre delgado y que estaba empezando a quedarse calvo. Tenía unos años más que Rob, ojos risueños y se preocupaba de verdad por sus parroquianos. Era un buen presagio para el futuro de la feligresía; estaba bien que el vicario y el mayor propietario de la zona cooperaran.

El señor Holt los felicitó por su próximo enlace y se alegró al saber que deseaban que la ceremonia se celebrara en la iglesia, a pesar de que una licencia especial significaba que podía tener lugar en cualquier parte. Recorrieron juntos la iglesia. A Rob siempre le había gustado su sencillez clásica y su torre normanda. Sarah tenía razón: era el mejor lugar para casarse. Fijaron la fecha en cinco días a partir de aquel momento para asegurarse de que Harvey tuviera tiempo de regresar con la licencia.

Mientras volvían tras haber dejado a Bree en la vicaría para el resto de la tarde, Rob preguntó:

—¿Mi abuela se está comportando? Supongo que se alegrará de ver que estoy haciendo lo necesario para asegurar la sucesión, pero eso no significa que deje que criticar a todo el mundo.

—En realidad, está siendo de mucha ayuda —contestó Sarah—. Creo que le gusta estar activa, y saber que es la mayor experta en todo.

—Imagino que ha estado aburrida —dijo él pensativo—. Tan sola aquí la mayor parte de los últimos dos años, manteniendo vigilada la propiedad sin que mi padre ni mi hermano la ayudaran.

Además, Rob sospechaba que ni siquiera su gruñona abuela era inmune al encanto de Sarah.

—Ha ordenado que los sirvientes limpien la suite principal para nosotros —dijo Sarah—. ¿Te parece bien o prefieres estar en otras habitaciones que te traigan menos recuerdos?

Rob frunció el ceño y redujo la velocidad del carruaje ligero cuando alcanzaron a una carreta de una granja.

—No pasaba el suficiente tiempo en esas habitaciones como para tener muchos recuerdos. Sé que eran muy espaciosas y bien distribuidas, con un dormitorio para el señor y otro para la señora, dos vestidores y un salón. Aunque todo era bastante sombrío. ¿Por qué no echas un vistazo, a ver qué te parece? Dios sabe que no nos falta espacio en la casa.

—Veré si la suite es habitable o si, por el contrario, nos sume a los dos en la melancolía. —Ella se rió entre dientes—. Me pregunto cuántos años pasarán antes de que haya llegado a conocer todo el castillo de Kellington.

—Muchos. Llévate un ovillo para marcar el camino si te adentras en las zonas más alejadas.

—¿Tú eres el aterrador minotauro que acecha en el centro del laberinto?

—Lo intento —dijo él con seriedad.

Cuando ella se rió, Rob pensó que había pocas características más adorables que una mujer que apreciaba las bromas de uno. Su humor solía ser tan seco que la mayoría de la gente pensaba que no tenía.

Estaba tentado de llevar a su prometida a dar un paseo para disfrutar un poco más de aquel día primaveral, pero los dos tenían mucho que hacer, así que volvió directamente a Kellington. Al entrar en el patio de los establos vio un caballo desconocido atado y a un hombre alto vestido de negro que estaba hablando con Jonas.

Rob detuvo el carruaje de un solo caballo y aseguró las riendas. Antes de que pudiera ayudar a Sarah a bajar, el hombre de negro se dio la vuelta. Era un cura católico romano... y un hombre del pasado.

—Que me aspen —dijo Rob entre dientes cuando vio aquella cara familiar.

—No lo dudes —contestó el recién llegado con un profundo acento irlandés. Le tendió una mano—. Me acabo de enterar de que la suerte ha decidido darte una patada en el culo.

—Así es, Patrick. —Rob le estrechó la mano con fuerza, disfrutando de aquel encuentro a pesar de que tenía una idea bastante acertada de los problemas que aquella visita podría causar—. Pero vigila tu lengua, por favor. Mi prometida está aquí.

Se acercó al carruaje y ayudó a bajar a Sarah.

—¡Lo siento, señorita! —Patrick la observó con una mirada calculadora que contrastaba con su comportamiento extrovertido—. ¿O debería decir «milady»?

Ella sonrió.

—«Sarah» está bien. Y usted es...

—Patrick Cassidy —dijo Rob—. Mi compañero de locuras cuando visitaba Irlanda de pequeño, y mi primo segundo por la parte católica de la familia de mi madre. Por lo que parece, ahora es el padre Patrick.

—En carne y hueso —dijo su primo afablemente—. Un cura párroco en tus propias tierras.

Sarah paseó la mirada de Rob a Patrick y viceversa.

—Veo el parecido familiar. Es un placer conocerlo, padre Patrick. No conozco a mucha familia de Rob.

Pero el hecho de haber mencionado las tierras de Rob hizo que el ambiente pasara de ser distendido a algo pesado. Rob dijo:

—No habrás venido a verme sólo para saludarme.

—Por supuesto que no. ¿Hay algún lugar donde podamos hablar? Él dudó.

—La casa está llena de huéspedes.

—Podemos ir al estudio, por mucho que lo odiemos —sugirió Sarah—. Es un lugar privado.

—Yo me haré cargo de su caballo —se ofreció Jonas, adelantándose para coger la brida—. Ustedes ocúpense de sus asuntos.

Patrick frunció el ceño mirando a Sarah.

—No es un asunto de mujeres.

—Sarah ha estado en Irlanda. Puede oír lo que tengas que decir. —Rob sonrió débilmente—. Si hay una dama presente a lo mejor no nos matamos mutuamente.

—En eso tienes razón, primo —dijo Patrick amablemente, pero con cautela.

Llegaron al estudio, que parecía más lúgubre que nunca. Teniendo en cuenta la frecuencia con que Rob terminaba allí, tal vez debería hacerle caso a Sarah y arreglar la estancia. Una capa de cal haría maravillas.

En cuanto estuvieron a solas, Rob preguntó sin rodeos:

—¿Qué quieres, Patrick?

—¿Es que no puedo hacer una visita a la familia sin que haya un motivo oculto? —preguntó éste con una expresión de pura inocencia.

—Has debido de saltar a un barco mercante desde Dublín en cuanto te enteraste de que he heredado —dijo Rob con sequedad—. Y supusiste que estaba aquí. Eso sugiere una necesidad urgente.

Su primo entornó los ojos azules.

—Si quieres franqueza, muchacho, la vas a tener. La gente que vive en tu propiedad de Kilvarra se está muriendo de hambre y de abandono. Lo único que hicieron tu padre y tu hermano fue exprimir hasta el último maldito penique que pudieron de los aparceros. He estado rezándole a Dios para que hayas pasado el suficiente tiempo en ese lugar como para que te preocupe esa gente y estés dispuesto a hacer mejoras. —Torció la boca—. ¿He sido lo bastante directo?

—Impresionantemente conciso, sobre todo para alguien que era un cuentista redomado. —Rob jamás habría imaginado que su primo se convertiría en sacerdote, pero se decía que los chicos más rebeldes eran los que a menudo oían la llamada—. Imagino que tendrás algunas sugerencias para mejorar las cosas.

—Tienes razón. Primero, despide al administrador, el señor Paley. Es un salvaje, un abusón y, probablemente, un ladrón. —Patrick sacó de un bolsillo interior un papel lleno de caligrafía menuda y lo echó encima del escritorio—. He recogido ejemplos que conozco de su mal comportamiento. Y hay muchos más.

Rob miró la lista y frunció el ceño al ver más pruebas de lo que ocurría cuando se les daba poder a malas personas y se les permitía hacer su voluntad. Le pasó el papel a Sarah, que hizo el mismo gesto mientras leía los incidentes.

—Si me estás contando la verdad sobre Paley, e imagino que así es, se habrá ido en menos de una semana —afirmó Rob—. ¿Hay alguien en la propiedad en quien confíes y que pueda hacer el trabajo de manera competente?

—No hay nadie en este momento, pero te sugeriría a mi hermano Seamus. Como es diez años mayor que nosotros, no lo habrás visto mucho, pero trabaja de administrador cerca de Dundalk, y le gustaría volver a casa ahora que nuestra gente se está haciendo mayor.

Era nepotismo, pero probablemente del productivo.

—Seamus parece una buena elección, pero antes de que renuncie a su puesto actual, debo decirte que mi herencia es un desastre, y supongo que todos los bienes no vinculados están hipotecados hasta el cuello. Probablemente, eso incluya Kilvarra. Aunque puedo deshacerme de Paley, puede que pierda la propiedad. Imagino que a lo largo de la semana sabré la situación real de las cosas.

Patrick, que hasta el momento parecía optimista, suspiró con pesar.

—Debería haber sabido que era demasiado bueno para ser verdad. Eres mejor propietario que tu padre, pero ¿estás diciendo que a lo mejor ni siquiera tendrás la oportunidad de demostrarlo?

—Me temo que no. Además, algunos problemas van a ser mucho más difíciles de solucionar que despedir a un administrador.

—La maldición de Irlanda es que la buena tierra puede mantener a una familia entera con sólo un cultivo de patatas y una vaca lechera —dijo Patrick con tristeza—. Es un problema mayor que siempre se deja para otro día.

—Demasiada gente para la tierra que hay disponible —dijo Sarah pensativa—. ¿Y la emigración? ¿Algunos aparceros estarían dispuestos a irse a las colonias con la esperanza de tener una vida mejor?

Patrick pareció desconcertado. Por lo que parecía, era otro de los hombres que no la tomaban en serio al principio.

—Ha habido gente en Kilvarra que se ha ido a otras tierras y han prosperado, pero para eso se necesita dinero.

—¿Cuánto? —preguntó Sarah con curiosidad.

Patrick lo pensó.

—Tal vez cien libras por familia. Lo suficiente para cubrir el precio del viaje y que les quede algo para establecerse en el nuevo país. Menos para una sola persona, por supuesto. Hay algunos que lo harían, pero para la mayoría es demasiado dinero.

Sarah frunció los labios.

—Padre Patrick, ¿le importaría salir unos minutos mientras comento algo con lord Kellington?

Probablemente Patrick no estaba acostumbrado a que una pequeña rubia le pidiera que abandonara la habitación, y no sabía si el hecho de que quisiera hablar con Rob era bueno o malo. Pero se puso en pie amablemente y se dirigió a la puerta.

—Como desee, señorita Sarah. No estaré lejos.

Cuando la puerta se hubo cerrado y se quedaron a solas, Sarah dijo:

—La propiedad irlandesa es especial para ti, ¿verdad?

Él asintió.

—Sí, porque era el hogar de mi madre. Siempre estaba feliz de regresar para hacer una visita y me llevaba con ella. Patrick, otros chicos de por allí y yo corríamos por todas partes como vándalos. Pasé el suficiente tiempo allí como para sentirme ofendido por cómo Inglaterra trata a los irlandeses. —Torció la boca—. Lo peor de todo es que no sé cuánto podré hacer para ayudar a la gente de Kilvarra. Si tengo que vender o renunciar a propiedades no vinculadas en Inglaterra, sé que los aparceros probablemente estarán bien con los nuevos propietarios. Mejor que cuando mi padre y mi hermano eran los dueños. Pero si pierdo Kilvarra, lo más seguro es que los nuevos propietarios no se comporten mejor que mi padre; es posible que peor.

—Eso me temía. —Sarah inspiró profundamente—. Rob, usa mi parte del dinero para ayudar a la gente a que emigre a lugares donde tengan una oportunidad de vivir mejor. El dinero que recuperaste de Buckley se necesita aquí para ayudar a los aparceros de Kellington y para mantener funcionando el lugar mientras lo organizas todo. Mis dos mil libras no son suficientes para salvar Kellington, pero pueden significarlo todo para la gente de Kilvarra.

Él la miró, sorprendido por su generosidad con gente que ni siquiera conocía.

—Podría ser. Pero ¿por qué se te ha ocurrido sugerirlo?

—Porque Kilvarra es especial para ti —contestó con seriedad—. Te sentirás muchísimo mejor si puedes hacer algo por ellos.

—Puedes leer los pensamientos que ni siquiera he tenido todavía —dijo él—. Es una buena idea. Empezaré con mil libras para que emigren. Si hay suficiente gente que las acepte, pensaremos en otras mil. —Elevó la voz—. Ya puedes entrar, Patrick. Por si te has perdido algún detalle.

La puerta se abrió y entró su primo, sonriendo ampliamente.

—Vaya dama más increíble con la que te vas a casar, Robert.

Sarah parpadeó.

—¿Sabías que había estado escuchando?

—Por algo tan importante, por supuesto. —Rob sonrió a Sarah—. Yo haría lo mismo si pensara que es necesario. No ser un verdadero caballero tiene sus ventajas.

—Me gusta eso en ti. —Sarah se puso en pie—. Ahora que habéis resuelto vuestros problemas, supongo que os gustaría poneros al día sobre el pasado con un par de pintas de buena cerveza, ¿no es así?

—Definitivamente, me sabes leer la mente —dijo Rob—. Te estaría muy agradecido si pudieras hacer que nos trajeran una jarra de buena cerveza.

Ella asintió y se giró hacia su primo.

—Nos vamos a casar dentro de cinco días. Espero que se quede para la boda, padre Patrick.

Él dudó.

—Estaría encantado, pero ¿no será un poco incómodo que haya aquí un sacerdote católico? Un familiar de su señoría, nada menos.

—Deberíamos hacer lo que más nos plazca. Como primo de Rob, es bienvenido en nuestra casa.

Inclinó la cabeza y se retiró.

Patrick la observó con admiración.

—Esa muchacha podría hacer que un cura olvidara sus votos.

—Ni se te ocurra pensarlo —dijo Rob con frialdad.

—No se puede impedir que un hombre piense, aunque sea un cura —dijo Patrick con ojos brillantes, y después se puso serio—. Has elegido bien, Rob. Sobre todo porque parece que vas a necesitar a una buena mujer a tu lado.

—Soy afortunado. —Rob se dio cuenta de que estaba sonriendo como un tonto, así que se obligó a ponerse serio y a volver a los negocios—. Quédate para la boda, Patrick. Al día siguiente podrás volver a Irlanda con mi socio, el señor Harvey. Tendrá plenos poderes para actuar en mi nombre y es inteligente como nadie, así que no intentes engañarlo. Si lo que descubre confirma lo que dices, se deshará de Paley y empezará a hablar con la gente sobre la posibilidad de emigrar. Puedes confiar en él como confías en mí.

Su primo lo observó pensativo.

—No sé lo que has estado haciendo estos últimos doce años, pero hablas como un lord.

Rob hizo una mueca.

—¿Eso es bueno o malo?

—Depende de ti —dijo Patrick—. Pero eras un muchacho decente y creo que serás un lord decente.

Rob esperaba que su primo tuviera razón. Lo último que quería era ser el tipo de lord que habían sido su padre y su hermano.

Capítulo *31*

*D*espués de ordenar que llevaran las provisiones al estudio y que prepararan otra habitación de invitados, Sarah fue a buscar a su hermana. La encontró en la biblioteca y dijo:

—Voy a inspeccionar la suite principal, a ver si es habitable. Y, si es horrible, para ver si es salvable. ¿Quieres venir conmigo?

—Me encantaría. —Mariah dejó a un lado su correspondencia—. Muchas veces tuve que mejorar las casas durante los años errantes que pasé con papá. Las casas de Adam están tan bien llevadas que nunca tengo que hacer nada, y lo echo de menos.

Sarah se rió mientras comenzaba a subir las escaleras.

—Siéntete libre de hacer cualquier sugerencia. Y gracias por dejarme a la supervisora de sirvientas de Ralston para que acompañe al administrador provisional que Adam le va a enviar a Rob. Espero que ambos lleguen hoy.

—Ya que el señor Crowell y Sally Hunt mantienen una relación, parecía lógico invitarlos a los dos. Espero que vuestras finanzas permitan contratarlos de manera permanente. Ambos son muy buenos en su trabajo y merecen tener altos puestos.

—Necesitamos a gente como ellos. —Llegaron a la suite principal, que ocupaba toda la parte este. Mientras Sarah abría la puerta, comentó—: Rob dice que recuerda que estas habitaciones eran muy espaciosas, pero sombrías.

—Tenía razón en lo de sombrías —dijo Mariah mientras entraban en el salón—. Empecemos abriendo esas cortinas. Esta habitación debería tener vistas al mar.

Sarah comprobó que así era cuando dejó de toser debido al polvo que se levantó al descorrer las pesadas cortinas. Eran de terciopelo, de un deprimente color verde. Era difícil imaginar que alguien hubiera escogido ese tono por propia voluntad.

Observó el salón.

—Está decorado con objetos muy caros, según el último grito de la moda egipcia. Siempre me ha parecido inquietante sentarme en sofás con patas de cocodrilo.

—Por el constante miedo a que te muerdan. —Mariah frotó con aire distraído la cabeza de esfinge que había en un sillón—. ¡Qué cantidad de mobiliario horrible y caro!

—No me importaría tanto que fuera feo mientras fuera cómodo. —Sarah le dio unos golpecitos a una protuberancia puntiaguda que había en el respaldo de una butaca—. Espero que el castillo de Kellington sea como la mayoría de las casas grandes y que el mobiliario antiguo no haya desaparecido, sino que se haya guardado en los desvanes. Cuando terminemos de ver todo esto, podemos echar un vistazo allí. ¡Vamos al dormitorio del señor!

Mariah abrió una puerta situada en el extremo del salón.

—Los cocodrilos también han invadido esto. La victoria de lord Nelson en la batalla del Nilo tiene la culpa.

—Además, los colores son espantosos. ¿Crees que se supone que las cortinas verdes son como el cenagoso río Nilo? Sea cual sea la razón, son deprimentes. —Abrió una puerta—. Me pregunto si esta puerta lleva a la habitación de la señora... No, es el vestidor del conde. Y todavía hay algunas prendas carísimas que debieron de pertenecer al padre de Rob, ya que su hermano nunca vino aquí después de heredar.

Mariah se puso a su lado.

—El ayuda de cámara de su padre habrá heredado la mayor parte del vestuario que el conde tenía en Londres. Es bastante triste ver la ropa esperando a un hombre que no volverá.

—Es una manera muy poética de verlo —contestó Sarah—. Hay muchas cosas que hay que sacar de aquí si Rob va a ocupar estas habitaciones. No creo que le guste tener recordatorios de su padre por todas partes. Veamos qué hay detrás de esa puerta. —La abrió y ahogó un grito—. ¡Un cuarto de baño! Es tan espléndido como los que hay en Ashton House. Me alegro de que el conde tuviera alguna extravagancia en este aspecto.

—En esta bañera caben dos. —Mariah abrió otra puerta—. Y veo que fueron lo suficientemente inteligentes como para instalar un retrete a la vez. ¡Muy conveniente!

—Más ejemplos de cómo despilfarraba dinero el viejo conde. —Sarah atravesó la puerta en el lado opuesto y entró en el vestidor de la condesa. Se acercó a una ventana y descorrió las cortinas—. Parece que este mobiliario lo eligió la primera mujer del conde durante la fiebre por lo gótico. Es sombrío, pero por lo menos no hay patas de cocodrilo.

Mariah acarició las flores secas y muertas que había en un jarrón polvoriento.

—¿Crees que esta habitación ha estado cerrada desde que murió la madre de Rob?

—Posiblemente. Es más agradable que el dormitorio del conde. Todo mejoraría mucho poniendo cortinas y cortinajes nuevos y más luminosos en la cama. —Sarah se imaginó a Rob entrando corriendo para ver a su madre cuando aún era un niño pequeño, quizá llevándole flores u otros tesoros. Tal vez el cuarto hubiera sido sombrío, pero el amor había aportado calidez—. La madre de Rob podría haber sido la única persona a quien amó su padre. Cuando murió, él dejó de preocuparse por todo, lo que lo hizo un mal conde y propietario.

—Es mucho más saludable tener muchos tipos de amor en la vida. —Mariah atravesó la habitación hacia una de las ventanas—. En vez de al mar, este dormitorio da a los jardines. Esta estancia será más cálida que la otra cuando soplen los fuertes vientos invernales.

Entonces miró la cama con dosel y tuvo una rápida y sugerente visión de ella misma compartiéndola con Rob. Desechó esos pensamientos y dijo:

—Vamos a ver qué hay en los desvanes. No me sorprendería encontrar mobiliario gótico a juego con éste para la habitación del señor.

Lo había, pero hallaron algo mucho mejor en el desván del fondo: dos juegos de elegante mobiliario para dormitorios estilo Sheraton. Sarah quitó la tela que cubría una mesa y pasó los dedos por la delicada taracea de madera satinada.

—¡Estos muebles son preciosos! Deben de ser los que quitaron cuando la primera mujer del conde se volvió loca por el estilo gótico. Me pregunto si también habrá cortinas y cortinajes para el dosel.

Mariah se metió detrás de un armario que había en una esquina.

—Aquí hay dos baúles grandes que parecen prometedores. Trae el farol para que podamos ver lo que guardan.

Cuando Sarah llegó a donde estaba su hermana, ésta ya había abierto el primer baúl. El fuerte olor de la lavanda flotó en el aire, procedente de los saquitos de hierbas que se usaban para conservar la ropa. Elevó el farol mientras su hermana levantaba un pliegue de tela. Tenía un motivo floral en tonos rosas y bermellón sobre un fondo de brocado de color marfil.

—¡Encantador! Deben de ser las cortinas de la habitación de la condesa. Veamos qué hay en el otro baúl.

Mariah levantó la tapa y descubrieron un brocado parecido, pero con tonos azulados.

—Éste debe de ser para el dormitorio del conde. ¡Tienes un tesoro!

Sarah sonrió.

—Esto hace que haya merecido la pena el que ahora parezcamos unas vagabundas sucias. Las estancias tendrán un aspecto muy diferente y mejorarán mucho.

Mariah asintió.

—Ahora, ¡es el momento de poner a todas las doncellas y lacayos a trabajar para redecorar la suite para tu noche de bodas!

Sarah se ruborizó y agradeció que la tenue luz que había en el desván ocultara su reacción. Aunque se estaba haciendo cargo de todos los preparativos, la idea de que en unos días estaría casada todavía le parecía algo irreal. Se recordó que las mujeres llevaban casándose toda la vida y cerró el baúl.

Poquito a poco.

Estaban a punto de regresar a sus respectivos dormitorios para ponerse ropa limpia cuando pasaron por la escalera que quedaba por encima de la planta baja.

—Este lugar es como una posada de Londres —dijo Sarah mientras miraba hacia el vestíbulo, por encima de la barandilla—. ¡Cuántas idas y venidas! Algunas son porque Rob ha heredado el título y otras están relacionadas con la boda. Pero me temo que así será siempre.

Mariah asintió.

—Una gran casa es un hervidero continuo de gente. Cuando yo era sólo la sencilla Mariah Clarke, me resultaba fácil tener vida privada, pero para una duquesa es diferente. Adam me enseñó a poner barreras para protegerme.

—Supongo que yo también debería aprender a hacerlo —dijo Sarah sin ningún entusiasmo—. Habría sido más fácil ser una solterona que convertirme en condesa.

—El matrimonio no consiste en convertirse en una gran dama, sino en estar con la persona que amas —replicó Mariah con calma.

Sarah sintió que su hermana la miraba con intensidad y quiso cambiar de tema. Ya le había explicado que la relación que tenía con Rob era diferente de la suya con Adam. No quería volver a tratar el asunto.

Estaban a punto de seguir caminando hacia su habitación cuando oyeron el llamador de la puerta principal. ¿Quién sería ahora? Mariah y ella se detuvieron para descubrirlo. Un lacayo atravesó el vestíbulo y, cuando abrió la puerta, vieron a una pareja en la entrada.

—¡Son el señor Crowell y Sally Hunt, de Ralston Abbey! —exclamó Mariah, emocionada—. Y no llegan demasiado pronto.

Bajó a toda prisa las escaleras para saludar a los nuevos empleados provisionales. Sarah la siguió, agradecida por la ayuda extra. Cualquier administrador o ama de llaves preparados en la casa de Ashton sería sin duda muy competente.

Sarah reconoció a Sally Hunt de haberla visto en Ralston Abbey. Era una mujer discreta que tendría cerca de treinta años. Curiosamente, había adquirido un aire sutil de autoridad. En lugar de una doncella experimentada, parecía un ama de llaves, una mujer con un puesto de responsabilidad en una gran casa.

Si Sally podía cambiar su comportamiento, también podía ella. Hablando como lo haría la señora de la casa a su ama de llaves, dijo con una sonrisa:

—Señorita Hunt, bienvenida. Estoy muy contenta de que haya llegado. —Miró al administrador—. Señor Crowell. No nos conocemos, pero viene usted muy recomendado.

Él se inclinó.

—Estoy deseando tener la oportunidad de trabajar en Kellington.

Igual que Sally Hunt, se comportaba como una persona inteligente y ambiciosa que apreciaba la oportunidad de tener un buen puesto siendo todavía relativamente joven. Los dos trabajarían duro para demostrar que eran competentes.

—Mariah, ¿podrías ocuparte de la señorita Hunt? Enséñale su cuarto y preséntala al resto del personal. —Sonrió con malicia—. Y ponla al día en ese proyecto del que hemos estado hablando. Yo llevaré al señor Crowell con lord Kellington.

Los nuevos empleados intercambiaron una mirada. Sí, definitivamente, eran pareja. Si conseguían mantener sus puestos allí, seguramente estarían casados al año siguiente.

Y ahora, ¡a ponerlos a trabajar!

Capítulo 32

Hoy es el día de mi boda.

A Sarah le temblaban tanto los dedos que no atinaba a ponerse los pendientes.

—Yo me ocuparé de los pendientes, milady —dijo Francie con voz suave.

—Todavía no soy «milady» —señaló Sarah mientras le tendía agradecida los aros a su doncella.

—No me hará ningún daño practicar, y así estaré preparada para cuando sea condesa.

Francie le puso los pendientes con habilidad. De los aros colgaban unas espirales de oro que atrapaban la luz cada vez que se movía. El oro resaltaba la falda y el encaje. Aunque su cara parecía una máscara de cera funeraria, por lo menos brillaba.

—Sarah, estás tan impresionante que a Rob le va a dar un patatús cuando te vea caminar por el pasillo de la iglesia.

Mariah, que estaba encantadora con un vestido de color melocotón, entró en la habitación. Intentaba ser discreta para no quitarle protagonismo a la novia, pero aun así estaba muy hermosa. A Sarah no le importó.

—El mérito lo tiene tu vestido de duquesa.

Abrazó a su hermana y después a Bree, que entró después. La hija de Rob parecía emocionada y tenía un aspecto recatado con su vestido blanco de encaje dorado. Era difícil recordar a la andrajosa granuja que habían llevado al castillo.

—¡Las dos estáis maravillosas! —exclamó Sarah—. ¿Estáis preparadas para libraros de cualquier intento que haya para secuestrarme? Lady Kellington dijo que ése era el objetivo original de los que asistían a la novia. Protegerla para que no se la llevaran.

—¡Yo lucharé por ti! —dijo Bree, que en ese momento sí pareció la feroz granuja que había sido.

—Yo también ayudaré a defenderla —se ofreció Francie con los ojos brillantes.

—Saltémonos esa parte, ya que te han secuestrado de verdad hace poco —dijo Mariah estremeciéndose—. ¿Estás lista? Es hora de ir a la iglesia.

—Estoy aterrorizada. —Sarah se echó un poco del perfume para el día que le había enviado su amiga lady Kiri, que era la hermana de Adam y una magnífica perfumista—. Por lo demás, todo está bien.

—Es normal estar nerviosa.

Como Francie, Mariah empleaba un tono de voz relajado destinado a evitar que las novias ansiosas sufrieran un ataque de nervios.

—No recuerdo que tú estuvieras tan nerviosa —dijo Sarah mientras se ponía los zapatos.

La piel de cabritilla dorada y las cuentas de cristal lo hacían parecer un calzado de cuento, y le gustó ganar unos seis centímetros de altura.

—Me estaba casando con Adam, por supuesto que no estaba nerviosa. —Mariah frunció el ceño—. ¿Estás teniendo dudas sobre casarte con Rob? Aún no es demasiado tarde para cambiar de idea.

Sarah se obligó a pensar seriamente en la pregunta de Mariah. Sí, estaba aterrorizada, pero Rob era el hombre más interesante que había conocido en toda su vida, y el más atractivo. Juntos, si Dios quería, podrían reconstruir Kellington y tener niños sanos y guapos. Esperaba que la descendencia que tuvieran heredara la altura de Rob, no la suya.

—Rob será un marido estupendo. Sólo estoy... nerviosa. Como bien dices, es normal.

—Aquí está el sombrero, Sarah.

Bree abrió la sombrerera que había llevado y sacó casi de forma reverencial el tocado rediseñado.

—¡Oh, Bree, tu bordado es exquisito! —Sarah pasó un dedo por las flores cosidas con precisión—. ¿Te has tenido que quedar levantada por las noches para acabarlo?

Bree asintió, pero tenía los ojos brillantes. Se imaginó por un momento a la muchacha llevando algún día el sombrero en su propia boda.

Se giró hacia el espejo y se puso el tocado sobre su brillante cabello rubio. La banda de bordado sujetaba el encaje de color crema del velo de lady Kellington, que cubría la corona del sombrero y caía hasta más abajo de los hombros de Sarah. Ahora parecía una novia, no una duquesa.

Francie corrigió levemente la posición del sombrero.

—Por último, un poco de color. —Con una pata de liebre le aplicó a Sarah un tono rosado en las mejillas—. Y este ungüento para los labios.

El ungüento también era rosado.

El diestro toque de Francie hizo que Sarah pareciera natural y saludable en vez de un muerto viviente.

Dijo entrecortadamente:

—Ya no puedo tener mejor aspecto, así que es hora de casarse.

Bree encabezó la procesión por las escaleras y hasta el exterior, donde las esperaba el carruaje engalanado con flores. Los padres de Sarah, su tío y la condesa viuda se habían marchado antes. La mayoría de los sirvientes ya estaba también en la iglesia. Sólo se habían quedado dos o tres para que la casa no estuviera del todo vacía.

El mismo Hector ayudó a las cuatro mujeres a subir al carruaje, sonriendo leve pero sinceramente. Cuando estuvieron sentadas y de camino, Sarah dijo:

—Cuando lleguemos, recordadme quién es Rob. Hemos estado tan ocupados que apenas nos hemos visto estos días.

Mariah le dio unas palmaditas en la mano.

—Por eso estás tan nerviosa. Te sentirías mejor si hubierais pasado más tiempo juntos. Pero has empleado bien el tiempo. La suite principal ha quedado espléndida, e incluso el soso estudio ha mejorado mucho.

Era cierto. La nueva ama de llaves era una joya, y la gente de Kellington estaba emocionada y se sentía optimista respecto al futuro. Había sido fácil contratar ayuda extra en el pueblo para limpiar y reorganizarlo todo. El castillo estaba empezando a parecer un hogar.

Enseguida llegaron a la iglesia. Sarah se sintió entumecida cuando bajó del vehículo. Francie, que llevaba las flores en una cesta, sacó el ramo de novia.

—Aquí tiene, milady. Estos brillantes narcisos amarillos son tan bonitos como un rayo de sol.

Mientras Francie les daba las flores a Mariah y a Bree, Mariah dijo:

—No lleves las flores tan altas, Sarah. Mantenlas a la altura de la cintura. Y ahora, ¡adelante, hermana favorita!

—Soy tu única hermana —señaló Sarah mientras bajaba el ramo hasta la cintura.

—¡Así no tendrás ninguna duda de que eres la favorita!

El lacayo abrió la puerta de la iglesia al cortejo nupcial y enseguida oyeron la sonora música del órgano salir del interior. El tío Peter esperaba en el vestíbulo. Le sonrió a Sarah cuando ésta entró.

—¡Estás preciosa! —Le tendió el brazo y dijo bajando la voz—: Me alegro mucho de haberte tenido como hija, aunque no lo fueras realmente.

Sus palabras casi la hicieron llorar. Sarah cogió su brazo y respondió:

—Tú fuiste todo el padre que necesité.

Al oírla, él también pareció lloroso. Mientras hablaban, Francie puso en fila a Bree y a Mariah y mantuvo abierta la puerta que daba al santuario.

—Todo está en orden —susurró—. Señorita Bree, usted primero. Recuerde caminar despacio para que todo el mundo pueda ver lo guapa que está.

Con una expresión decidida, Bree sujetó su ramo a la altura de la cintura mientras Francie le hacía una señal a la organista para que comenzara con la música procesional. La señora Holt ejecutó una experta transición que dio paso a la marcha nupcial.

Francie abrió del todo la puerta y Bree comenzó a andar por el pasillo. Llevaba la cabeza bien alta y parecía nerviosa pero feliz.

Después fue el turno de Mariah, que estaba serena y preciosa, y que probablemente confundió a todos los que no sabían que Sarah tenía una gemela.

—Tu turno, cachorra —murmuró el tío Peter—. Es un buen hombre. Has elegido bien.

¿De verdad ella había elegido a Rob? ¿O aquello era un matrimonio de conveniencia y proximidad? Recordándose frenéticamente que debía llevar el ramo bajo, atravesó la puerta y entró en el santuario, agradecida de que su tío estuviera allí para sujetarla. La iglesia estaba llena a rebosar, y oyó un jadeo colectivo de admiración cuando entró. El vestido de duquesa de Mariah estaba haciendo su trabajo.

La mirada de Sarah se encontró con la de Rob, que estaba de pie frente al altar, con Adam a su lado. Ella respiraba rápida y superficialmente mientras su tío la acompañaba; éste después volvió atrás para sentarse junto a sus padres.

Rob era pura fuerza, esbelto y de espalda ancha. Pero, según se iba acercando, le pareció frío, muy frío. Sus atractivos rasgos parecían duros como el mármol y sus ojos de color azul, fríos como hielo. ¿Se estaría arrepintiendo de casarse?

Aunque lo hiciera, tenía demasiado honor como para marcharse. Si había alguien que fuera a detener esa ceremonia, tendría que ser ella.

—Queridos amigos —comenzó a decir el vicario, empezando el servicio con voz profunda y sonora—, nos hemos reunido hoy aquí…

Si no se casaba con él, ¿cómo sería su vida? ¿Viviría siempre con sus padres en el lejano y frío norte? ¿Se convertiría en una eterna tía solterona en la casa de su hermana? ¿Permanecería en Babcock Hall como la prima solterona?

Mientras esos caóticos pensamientos corrían en estampida por su mente, el vicario continuaba con el servicio. Fue vagamente consciente de que Rob expresaba su voluntad de tenerla como esposa con un firme y claro «Sí, quiero».

Entonces el señor Holt se giró hacia ella. Las palabras flotaron a su alrededor hasta que dijo:

—¿… renunciarás a todos los demás, te conservarás sólo para él mientras ambos viváis?

¡Mientras ambos viváis! Sarah se quedó sin respiración. Esas palabras sonaban tan definitivas y mortíferas como la hoja de una guillotina al caer. Levantó la mirada hacia el rostro de Rob, que tenía una expresión indescifrable.

Estaba a punto de salir corriendo cuando él le cogió la mano derecha, se la llevó a los labios y le dio unos suaves besos por encima de los dedos enguantados. Sus miradas se encontraron y, de repente, ella se dio cuenta de que él también estaba nervioso. ¿Sabía lo cerca que había estado de dejarlo plantado en el altar? Probablemente, ese condenado hombre era demasiado perceptivo.

En ese momento, su mente se inundó de recuerdos de las últimas semanas. Él la había salvado y protegido, le había dado calor por la noche y se había reído con ella durante el día. Ahora que tenía un nuevo rango, necesitaba su ayuda. Tal vez no se amaran como Mariah y Adam, pero juntos eran más fuertes que por separado. Seguramente, eso sería suficiente.

Su silencio había durado tanto que la gente había empezado a removerse incómoda en los asientos. Sarah apretó la mano de Rob y le sonrió de manera temblorosa.

—Sí, quiero.

Él le devolvió la sonrisa con una calidez que empezó a disipar el frío que sentía en los huesos. El resto del servicio pasó como una nube borrosa. Retomó su plena conciencia cuando Rob le deslizó una alianza de oro en el dedo corazón de la mano izquierda.

—¡Lo que Dios ha unido, que no lo separe el hombre! —exclamó el vicario, y ella volvió a encogerse. Sonaba muy, muy definitivo.

Porque lo era. Divorciarse era prácticamente imposible, así que los votos que habían hecho aquel día los unirían mientras vivieran.

Ya era demasiado tarde para preocuparse. El vicario los declaró marido y mujer y el órgano llenó la iglesia con una alegre melodía. Rob la cogió firmemente de la mano, se dio la vuelta y juntos recorrieron el pasillo hasta llegar al porche exterior, mientras la música se mezclaba con el alborozo de las campanas de la iglesia, que repiqueteaban con tal fuerza que resonaban por todo Kellington.

Una vez en el porche, ella dijo como disculpándose:

—¡Me alegro tanto de que se haya terminado!

La sonrisa de Rob reflejaba su alivio.

—Yo también.

Momentos después los rodearon montones de gente que les deseaban lo mejor y los felicitaban mientras toda la comunidad lo celebraba. Su matrimonio era una promesa de futuro.

Anna abrazó a su hija llorando de felicidad mientras su padre sonreía, orgulloso. Jonas le dio la mano a Rob con la aprobación de un hombre que ya llevaba tiempo casado, y el padre Patrick los abrazó con afecto y les dio bendiciones católicas. El señor Crowell y la señorita Hunt estaban uno al lado del otro, dándose la mano con discreción. Sarah vio caras que reconocía de haber recorrido la propiedad a caballo con Rob, aunque no podía ponerles nombre.

Y… ¿lord Kirkland? Uno de los mejores amigos de Rob y compañero de misiones de incógnito. Parecía cansado del viaje, como si acabara de llegar, pero le hizo una elegante reverencia cuando sus miradas se encontraron.

Ahora que oficialmente era una mujer casada… ¡y condesa de Kellington!, ya no había marcha atrás. Así que… ¡a disfrutar de la fiesta!

Capítulo 33

*R*ob se sintió inmensamente aliviado cuando la ceremonia nupcial terminó y Sarah fue oficialmente su esposa. Le había parecido increíblemente hermosa al verla entrar en la iglesia en un remolino de marfil y oro, como si fuera un ángel que había bajado a la Tierra. Sin embargo, cuanto más se acercaba, más asustada le parecía. Esperaba no haberle dado ninguna razón para que lo temiera...

Había habido un momento verdaderamente horrible durante el servicio, cuando había estado seguro de que ella se iba a girar y a salir corriendo, con las flores volando a su alrededor. Entonces se dio cuenta de que sus nervios eran algo normal. Cuando él le había pedido matrimonio a Bryony a los dieciocho años, no acababa de entender el enorme compromiso que estaba adquiriendo. Tampoco Bryony. Lo único que entonces habían sabido era que querían estar juntos y nada más.

Ahora comprendía mucho mejor lo profundo que era el matrimonio y cómo le podía cambiar la vida. Pero, al contrario que Sarah, él no estaba asustado. Se tomaba sus votos con seriedad, sí, pero no tenía dudas. Sarah y él se llevarían muy bien.

Mientras saludaban a la gente en el porche de la iglesia, ella parecía haberse recuperado por completo de su ataque de nervios. Cuando el último de los invitados les hubo expresado sus mejores deseos, él la abrazó por la cintura y la apretó a su lado.

—Incluso con los centímetros de más de esos encantadores zapatos, sigues siendo pequeñita —dijo él con cariño.

Ella levantó la cabeza hacia él y se rió. Algunos mechones de cabello rubio rizado se veían por debajo del sombrero.

—A lo mejor el problema es que tú eres demasiado alto.

Sarah estaba tan seductora que él no pudo evitar inclinarse para darle un beso. Ella respondió con entusiasmo, lo que provocó un coro de hurras y silbidos de los presentes. No había nada como una boda para animar a la gente.

Ella terminó el beso ruborizada y riéndose.

—Es hora de regresar al castillo. Esta mañana solamente he podido tomar un té, y ahora me muero de hambre.

—Sospecho que en el festín que han preparado los Ashton hay suficiente comida como para alimentar a todo Somerset. ¿Vamos a descubrirlo?

Ella le agarró el brazo y subieron al carruaje descubierto y espléndidamente decorado que los esperaba para llevarlos al castillo. Tal y como habían acordado, en el interior había una gran bolsa de brillantes monedas de seis peniques. Rob se puso en pie y exclamó:

—¡Gracias por uniros a nuestra celebración!

Entonces arrojó puñados de centelleantes monedas al aire y éstas cayeron en las ansiosas manos de todos los que esperaban. Al día siguiente se sentiría pobre de nuevo, pero al menos estaba celebrando su boda de manera adecuada, gracias a sus amigos.

Se sentó junto a Sarah, dio orden al cochero de dirigirse al castillo y después le entregó a ella la última moneda de seis peniques.

—Para que te dé suerte, milady.

Ella sonrió y se metió con picardía la moneda en el corpiño. Él siguió sus movimientos con la mirada y vio que los seis peniques se colaban entre sus pechos.

—Tendré que encontrar la moneda más tarde —dijo él con la boca seca.

—Es interesante que, después de que me dijeran durante toda mi vida que me comportara modestamente, ahora tenga permiso para ser atrevida con mi marido.

Se levantó la falda de seda marfil del vestido y dejó ver una pierna bien moldeada y una liga adornada con cintas que le sujetaba la media de seda. Mientras jugueteaba con la liga, le lanzó a Rob una mirada traviesa con los ojos entrecerrados.

El carruaje era lo bastante alto como para que sólo Rob pudiera verla… y lo que vio le hizo desear olvidarse del banquete y marcharse con ella directamente al dormitorio. Tragó saliva con dificultad.

—Eso es más que atrevido —le dijo—. Es completamente provocativo.

Ella se bajó la falda con recato.

—Entonces, tendré que seguir siendo virginalmente modesta.

—Todo lo que haces es provocativo. Incluso el perfume que llevas. Es delicado y floral, pero con un toque picante. ¿Es una de las fórmulas de lady Kiri?

Sarah asintió.

—Me ha dado dos versiones. Una para llevar durante el día… —Le dedicó una sonrisa seductora— y otra, para la noche.

Él se rió, sintiéndose frustrado y divertido a la vez. Sin embargo, sobre todo estaba contento porque por fin hubieran vuelto a su relación amigable.

—Creo firmemente que estás intentando volverme loco. Estoy pensando en secuestrarte y seducirte.

—Nada de seducciones hasta después de comer —dijo ella pragmática—. ¡Imagina qué poco romántico sería si me desmayo de hambre!

Seguían bromeando cuando llegaron a los terrenos del castillo, donde bajaron del carruaje en medio de pabellones de tela, música y comida a la brasa. Por todas partes había barriles de cerveza y mesas cubiertas de platos y fuentes. También había baile en el patio.

—Ashton no repara en gastos cuando financia una fiesta —observó Sarah.

—Es muy conveniente tener como amigo a un duque generoso —se mostró de acuerdo Rob—. ¿Qué prefieres hacer antes, comer o bailar?

—Comer —contestó con decisión—. Así tendré más energía para bailar.

Él la acompañó al pabellón que estaba más cerca del castillo, reservado para la familia y los invitados de la aristocracia. Después de haber recuperado fuerzas con la excelente comida, bailaron un *reel* juntos. Aunque Rob no solía bailar, los *reels* eran sencillos y la destreza de Sarah valía por los dos.

Después retomaron su deber de anfitriones y bailaron con otras parejas. Rob lo hizo con Mariah, Anna y con Bree, que estaba de lo más orgullosa por ser su pareja. Incluso intentó convencer a su abuela para que saliera a bailar. Ella se negó, pero no pudo evitar sonreír. Él apenas la reconocía.

Sarah bailaba sin dejar de reír y con tal resistencia que habría sorprendido a cualquiera que no hubiera cabalgado por toda Irlanda con ella. Rob se apartó a un lado de la multitud para observar. No podía apartar los ojos de ella. Se dio cuenta de que Sarah se estaba convirtiendo en el alma de Kellington. Él tenía el título y el linaje, pero el cálido encanto y el optimismo de su esposa era lo que hacía que la gente tuviera esperanza en el futuro.

Era un hombre con mucha, mucha suerte.

Tras varios bailes seguidos, Sarah descansó para recuperar el aliento. Sus zapatos ya no volverían a ser los mismos, no después de tanto baile. Los guardaría en el fondo del armario y los sacaría de vez en cuando para suspirar de felicidad mientras los miraba.

Estaba buscando a Rob cuando se le acercó una mujer atractiva, morena y de unos treinta años.

—No nos han presentado adecuadamente, lady Kellington. Soy Helen Broome, la mujer del vicario de Saint Dunstan, en Bendan. Muchas gracias por habernos invitado.

Sarah sonrió.

—Habría que agradecérselo a la condesa viuda, ya que fue ella quien nos aconsejó a quién invitar de la zona. Eso incluía a todos los vicarios de varios kilómetros a la redonda.

—Ésa es la ventaja de estar casada con un vicario —dijo Helen con expresión divertida—. Aunque vivimos modestamente en vicarías con corrientes de aire, nos invitan siempre a las mejores fiestas de la zona.

—Me alegro de que hayan venido. —Sarah frunció el ceño—. ¿No es Bendan donde Bree, la hija de mi marido, solía vivir?

Era la primera vez que decía «mi marido» y le había causado una sensación extraña. ¡Tenía marido!

—Sí, Bree nació y se crió en el pueblo. Mi hija mayor y ella eran grandes amigas. —Helen señaló un grupo de hombres que estaba junto a los establos—. Mi marido está allí. El alto vestido de negro con anteojos.

El señor Broome parecía muy agradable.

—Cuando estemos instalados, espero que vengan un día a cenar.

Helen sonrió y afirmó que les encantaría. Aquella mujer podría convertirse en su amiga, y también podría darle información útil.

—El cumpleaños de Bree será en unas semanas —dijo Sarah—. He pensado que podríamos celebrar una fiesta e invitar a sus amigas de Bendan. ¿Tienen sentido o cree usted que al haber pasado dos años separadas a su edad las chicas hayan podido olvidarla?

—A Alice le encantaría verla, y había otras chicas que eran muy amigas suyas. Bree era muy popular. ¿Qué ha pensado? Está un poco lejos.

—Me gustaría celebrar la fiesta aquí. Enviaremos un carruaje para recoger a las chicas, por supuesto.

A Helen se le iluminaron los ojos.

—¡Eso sería espléndido! Me ofrezco voluntaria para hacer de carabina. Me encantaría conocer un poco más el castillo de Kellington.

Bree apareció saltando, perdió el sombrero y el cabello oscuro le cayó por la espalda.

—¡Señora Boome! ¡Soy yo, Bree! ¿Ha venido Alice?

—¡No, pero me alegro mucho de verte! —Helen le dio un abrazo—. Le diré a Alice que te he visto. Estás muy guapa. Tu madrastra me estaba hablando de tu fiesta de cumpleaños.

Bree pareció sorprendida, pero interesada.

—¿Voy a tener una fiesta de cumpleaños?

—Con la boda, no hemos tenido tiempo de hablar de ello —le explicó Sarah—. Pero podríamos invitar a algunas de tus viejas amigas de Bendan y a las nuevas que has hecho aquí. ¿Te gustaría?

Bree abrió los ojos como platos.

—¿Puede venir Alice?

—Por supuesto —respondió Sarah.

Bree empezó a dar botes; parecía más una pilluela feliz que una joven dama.

—¿Podemos celebrar la fiesta en las ruinas del antiguo castillo? ¡Es malditamente pintoresco!

Sarah parpadeó.

—Ese lenguaje, Bree. Pero sí, si el tiempo lo permite, podríamos hacer un picnic allí.

Bree estaba completamente emocionada.

—¡Gracias!

Entonces vio a una de las chicas de los Holt y corrió hacia ella para contarle la buena noticia.

—Tiene un aspecto estupendo —observó Helen mientras las dos mujeres miraban a la chica, que atravesaba el patio—. Estuve muy preocupada por ella cuando su madre murió.

—Su abuelo era un viejo horrible —dijo Sarah—. Se limitó a dejarla aquí y se marchó. Rob no sabía que Bree existía, pero se mostró encantado, por supuesto. —Sarah sabía que no podía preguntar directamente por Bryony, pero sentía mucha curiosidad—. Parece feliz, una chica sana. Eso dice mucho en favor de su madre.

Por el brillo que vio en los ojos de Helen, supo que la mujer comprendía su curiosidad.

—Bryony era una madre muy devota. Supongo que lord Kellington le dio dinero para que se marchara. Probablemente no fuera mucho, aunque lo administró bien y pudo darle a su hija una vida cómoda. Era hermosa... Bree se parece mucho a ella. Podría haberse casado, pero le gustaba su independencia.

—¿De qué murió?

—De unas fiebres. —Helen suspiró—. Fue muy rápido. Un día estaba paseando alegremente por las colinas con el cabello ondeando al viento y tres días después se había ido.

Sarah se mordió el labio.

—Pobre Bree. Debió de ser horrible para ella.

—Sí, pero sobrevivió dos años con su abuelo, dejando a un lado el daño que ha sufrido su lenguaje, y ahora está aquí. Es afortunada.

Había muchos niños que no lo eran. Pero ahora Bree estaba feliz. Sarah se juró hacer todo lo posible por que siguiera siendo así.

Rob empezó a atravesar la multitud, saludando a conocidos y presentándose a los que no conocía. Estaba pensando en buscar a Sarah para bailar un poco más cuando, de repente, un viejo amigo lo encontró. Misterioso y enigmático, lord Kirkland era un antiguo compañero de clase de Westerfield, un rico mercader marítimo y cabecilla de una red de espionaje.

Rob, encantado de verlo, le tendió la mano.

—¡Kirkland! Me pareció verte de lejos, pero pensé que me lo había imaginado.

Kirkland le estrechó la mano.

—Felicidades, Rob. Será una condesa admirable.

Todas las alertas de Rob se dispararon.

—¿Por qué creo que esta visita no se debe simplemente a haber acudido a la boda?

—Fue una sorpresa llegar justo cuando la ceremonia estaba comenzando —admitió Kirkland—. A pesar de mi reputación, no siempre lo sé todo.

El júbilo de Rob se disipó en un abrir y cerrar de ojos. Se trataba de Kirkland, un pájaro de mal agüero, cuya llegada significaba que iba a haber problemas.

—¿Nos retiramos a mi estudio, que es feo pero privado?

—Sí, pero me gustaría que viniera Ashton. Él también querrá oír esto.

Lo que significaba que la visita de Kirkland tenía algo que ver con Irlanda y los intentos de secuestro de las duquesas. Mientras Rob buscaba al duque entre la multitud, Kirkland preguntó:

—¿El cura católico es de esta zona?

—No, es uno de mis primos irlandeses. Jugábamos juntos cuando éramos niños. —Rob miró a su amigo—. ¿Quieres interrogarlo?

—Más tarde, quizá —contestó éste de manera imperturbable—. Mira, ahí está Ashton.

Rob le hizo señas al duque para que se uniera a ellos y después guió a sus invitados por la casa. Cuando Kirkland entró en el estudio, comentó:

—Yo no diría que esto es feo.

Rob se paró en seco en el umbral, sorprendido. El estudio estaba completamente cambiado. Las paredes habían sido encaladas y unas atractivas cortinas habían reemplazado a los anteriores cortinajes deprimentes que bloqueaban la luz. Las paredes estaban adornadas con bonitas pinturas de paisajes y detrás del escritorio habían colocado librerías llenas de volúmenes y curiosidades. También había cómodas butacas que sustituían a las antiguas.

—Sarah. —Rob sonrió mientras asimilaba todos los cambios—. Debe de haberlo hecho para darme una sorpresa. —Les hizo un gesto para que se sentaran—. ¿Cuáles son las malas noticias?

—Desde mi punto de vista, ya es malo que no vayas a trabajar más conmigo, aunque probablemente sea bueno para ti. —Kirkland frunció el ceño—. Estoy seguro de que se os ha ocurrido pensar que el intento de secuestro de la duquesa de Ashton tenía tintes políticos.

Ashton asintió.

—No he oído hablar del grupo Free Eire, pero imagino que son radicales que quieren que Irlanda se libre de Inglaterra. El hecho de secuestrar a una duquesa podría considerarse un golpe contra la aristocracia, aunque no sé por qué eligieron a Mariah. No poseo ni un puñado de tierra en Irlanda.

—Les habría encantado pedir un buen rescate —dijo Rob secamente—. El hecho de que tu propiedad esté en Wiltshire y sea más fácil llegar a ella que a otros ducados puede ser la razón de que te eligieran a ti. ¿Tienes más información, Kirkland?

Éste respondió con otra pregunta:

—¿Sabes algo más de ellos que no me dijeras cuando me enviaste el informe?

Rob frunció el ceño, intentando recordar. Estaba muy cansado cuando escribió esas cartas, y no había querido entretenerse demasiado.

—¿Mencioné que a lo mejor su líder era una mujer? Aunque no podría asegurarlo, porque fue parte de una conversación que tuvo lugar cuando nos alejábamos en barco de Kinsale. ¿Eso importa?

—No a menos que esa mujer sea francesa. Tengo pruebas de que Francia ha estado financiando secretamente a algunos de los grupos independentistas irlandeses más radicales con la intención de crear problemas en Inglaterra.

Rob silbó suavemente.

—Eso tiene sentido. Algunos irlandeses aceptarían ayuda del mismísimo diablo si así consiguieran sacar a los británicos de Irlanda.

—Puede que tengan problemas sacando también a los franceses —observó Adam—. Pero eso no detendría a un rebelde furioso.

—¿Oíste algo que sugiriera que recibían ayuda de los franceses? —le preguntó Kirkland.

Rob frunció el ceño, pensativo.

—Debieron de tener buena financiación para organizar el ataque a Ralston Abbey y volver después. Pero no vi pruebas concretas. Deberías hablar con mi primo Patrick Cassidy, el sacerdote que ha venido a la boda.

—¿Por qué ha venido a Kellington?

—Para convencerme de que mejore las condiciones de vida de Kilvarra, la propiedad que tengo en Irlanda —le explicó Rob—. Como estoy cooperando en ese sentido, está en deuda conmigo y probablemente hablará de buena gana. Hasta cierto punto.

Kirkland lo miró con intensidad.

—¿Es un radical?

—Quiere que los ingleses se vayan de Irlanda, eso sin duda —dijo Rob—. Pero no está a favor de la violencia. Es miembro de los Irlandeses Unidos, que es un grupo moderado, aunque sospecho que sabe muchas cosas.

—¿Nos presentarás? —Kirkland sonrió con cansancio y se levantó—. Tengo la esperanza de que tu primo haya bebido suficiente cerveza como para soltarle la lengua.

—No te contaría nada que considerara traición —le advirtió Rob—. Pero se sorprendió mucho cuando le hablé del intento de secuestro de una mujer a punto de dar a luz. Merece la pena interrogarlo, aunque me gustaría estar presente.

Kirkland enarcó las cejas.

—No lo voy a torturar, Rob.

—Lo sé. Pero será más fácil que hable si estoy yo.

Kirkland asintió mostrando su consentimiento mientras se dirigía a la puerta.

—Busquemos al buen padre. Estoy seguro de que tendrá cosas interesantes que contarnos.

Y Kirkland sabría exactamente cómo usar cualquier información que consiguiera.

Capítulo 34

*E*l sol casi se había puesto, pero la fiesta continuaba cuando Rob salió a buscar a Sarah. Ella no supo interpretar su expresión, aunque sí vio que no parecía tan relajado y feliz como antes.

Él se inclinó sobre una de sus manos.

—Hora de escapar, milady.

—Estoy preparada —contestó—. Ser la novia es magnífico, pero estoy cansada de mostrarme encantadora durante tantas horas.

Él sonrió un poco.

—Tu encanto es tan natural como el hecho de respirar.

Le puso una mano en la parte baja de la espalda mientras la acompañaba a la casa. La calidez de la palma abierta le pareció a Sarah muy... íntima.

Tardaron un poco en llegar a la casa porque había mucha gente que quería hablar con ellos y ofrecerles sus mejores deseos, pero por fin consiguieron entrar. Mientras subían las escaleras, él preguntó:

—¿Tu habitación o la mía?

—La suite principal —contestó ella—. Las habitaciones son bastante agradables, y pensé que el simbolismo era apropiado.

—¿Comenzar una fase nueva de la vida en un lugar nuevo? Tienes razón, los dormitorios que hemos estado usando no tienen nada especial. —Mientras recorrían el pasillo, añadió—: Gracias por el gran trabajo que has hecho en el estudio. Lo has mejorado tanto que casi no lo reconozco.

—Bien. Como parece que vas allí con frecuencia, debería ser acogedor.

El pasillo terminaba con una serie de puertas que daban a las diversas habitaciones que componían la suite. La gran puerta central daba paso al salón mientras que las otras se abrían a los vestidores, para que los sirvientes pudieran ir y venir con discreción.

Rob se estaba dirigiendo a la puerta central cuando Sarah dijo:

—Están cerradas con llave. No quería que nadie nos dejara ninguna sorpresa de bodas dentro.

—Una buena precaución —dijo, dando su aprobación—. La mayor parte de esas sorpresas son divertidas para los bromistas, pero no para los novios.

Ella cogió una llave que había bajo un jarrón en una mesa del pasillo y abrió la puerta. No le pasó desapercibido que Rob pareció prepararse mentalmente antes de entrar. Ése era el problema de las casas familiares donde generaciones enteras habían vivido y muerto. Siempre había capas y capas de recuerdos, y no siempre eran agradables.

Entraron en un pasillo corto que llevaba al salón que había entre los dormitorios. Él cogió la llave, cerró la puerta y se dio la vuelta para darle un abrazo.

No fue un gesto pasional, sino de cariño y consuelo. Sarah se apoyó en él con un pequeño gemido de placer mientras lo abrazaba por la cintura y colocaba la cabeza sobre su hombro. Mariah tenía razón: Rob y ella no habían pasado el suficiente tiempo juntos en los últimos días. Se sentía muy bien estando entre sus brazos.

—Me alegro de no estar en público —murmuró él—. Ser el lord amable de la casa es muy cansado.

Ella se rió entre dientes.

—Prefieres acechar discretamente en un segundo plano, ¿verdad?

—Sí, mi estilo es acechar. —Se mostró de acuerdo—. Pero tú, condesa mía, eres una magnífica señora de la casa.

—Gracias. —Se apretó un poco más contra él—. Todo se lo debo al vestido de duquesa que me ha dado Mariah. Cualquier mujer que lo llevara se sentiría como una gran dama.

—Me preguntaba de dónde habías sacado un vestido tan espléndido con tan poco tiempo. Debería haberlo adivinado. Tienes mucha suerte de pertenecer a tu familia.

—Ahora también es tu familia —señaló Sarah.

—Es cierto —contestó pensativo—. Me cuesta un poco hacerme a la idea de que el duque de Ashton es ahora mi cuñado.

Ella echó la cabeza hacia atrás para mirarlo.

—Pero conoces a Adam desde siempre.

—Sí. Sin embargo, él siempre fue un duque, mientras que yo era el hijo pequeño, un estudiante de menos edad y, últimamente, alguien que trabajaba para él llevando a cabo diversas investigaciones. Ser familia es diferente. Me siento como si se hubieran barajado de nuevo las cartas de mi vida.

—Porque es así —dijo ella—. ¿Todavía tienes dudas sobre ser un conde?

—Sí. —Sonrió—. Pero ahora que hay sitio en mi vida para una esposa, me gusta.

Rob la soltó y dio los últimos dos pasos hacia el salón mientras se quitaba la chaqueta y el pañuelo de cuello. Los tiró sobre el respaldo de una butaca y observó la estancia. Los últimos rayos del sol poniente se filtraban por las ventanas como si fueran oro líquido, bañando el elegante mobiliario y los jarrones de flores con colores brillantes que adornaban la habitación.

—¿Estamos en la casa correcta? —preguntó él, sorprendido—. Está completamente diferente a como lo recordaba. Y mejor. Mucho, mucho mejor. ¿Cómo has podido hacer tantos cambios tan rápidamente?

—Mariah y yo irrumpimos en los desvanes y encontramos mobiliario más antiguo —le explicó—. Después, sólo fue cuestión de traerlo aquí y de limpiar.

—¡Ha tenido que ser un gran trabajo! Pero los resultados merecen la pena. Ya no parece que esto pertenezca a mi padre.

Se sentó para quitarse las botas, después cogió a Sarah de la mano y empezó a explorar la suite. Tras admirar el dormitorio del conde, le echó un vistazo al vestidor, donde habían guardado su ropa.

—Veo que Harvey también ha estado ocupado. Aquí dentro mi vestuario parece algo insignificante. Por lo que recuerdo, el vestidor de la condesa es el doble de grande, así que espero que tu vestuario sea amplio.

—Es más que adecuado. —Ella sonrió, anticipándose a su sorpresa—. Abre ahora esa puerta.

Él hizo lo que le sugería y se quedó paralizado en el sitio.

—¡Santo Dios, unos baños romanos! Esto no estaba aquí antes.

—Cogieron espacio del vestidor de la condesa para hacer este baño y un retrete al que se accede por esa puerta —le explicó Sarah—. Según Hector, varios años después de que tu madre falleciera, tu padre tuvo una amante con gustos extravagantes. Lo convenció para que lo amueblara todo al estilo egipcio y para que pusiera este baño antes de que se cansara de ella.

—Si le gustaban los cocodrilos grabados, no me extraña que no durara mucho. —Había un tanque suspendido sobre un extremo de la bañera. Rob levantó la mano hacia él—. ¿Agua caliente?

—Hay un calentador en un pequeño armario situado entre el baño y el pasillo, así los sirvientes pueden mantener el agua a la temperatura adecuada sin molestarnos —dijo Sarah.

Rob le lanzó una rápida mirada.

—Esto podría ser... muy placentero. ¿Vemos ahora tus habitaciones?

Cuando ella asintió, Rob abrió la puerta que daba al vestidor de la condesa y lo atravesó hasta el dormitorio, sin soltarle la mano. Parecía intensa y provocativamente masculino en aquel ambiente sereno y muy femenino de tonos marfil y rosa.

—¡Bien hecho, Sarah! —Le sonrió—. Los colores y el mobiliario te van muy bien. Una perfecta rosa inglesa en su tocador.

La calidez que había en su mirada hizo que a ella se le acelerara el pulso.

—Si tienes hambre, hay comida y bebida en la mesa situada junto a la ventana —dijo ella con nerviosismo—. Los sirvientes no querían que tuviéramos que salir en uno o dos días.

Riéndose, él la abrazó.

—Me gusta la idea.

Inclinó la cabeza y la besó. Su boca era cálida y firme.

Ella se fundió en el beso. Sus lenguas se tocaban y cada uno respiraba el aire del otro. Por fin, la ceremonia nupcial y todas las formalidades habían quedado atrás y se encontraron solos como marido y mujer.

Sarah estaba tan concentrada besándolo que apenas fue consciente de lo que Rob estaba haciendo con las manos hasta que su cabello quedó suelto. Él deslizó los dedos en el interior de sus mechones y le acarició la cabeza y el cuello con dedos fuertes y seguros.

—No llamemos a tu doncella —murmuró mientras le desabrochaba con habilidad la parte posterior del vestido.

Cuando Rob se puso detrás para desatarle el corsé, ella dijo casi sin respiración:

—Qué bien lo haces. ¿Debería preocuparme por tu habilidad?

Él se inclinó para besarle la garganta a través de la cascada dorada de cabello.

—Si te estás preguntando si soy un sinvergüenza experimentado, la respuesta es no —contestó—. Pero he deseado hacer esto desde la primera vez que te vi.

—¿De verdad? No dabas ninguna señal de que fuera así —dijo ella con interés.

—Se suponía que te estaba rescatando, no seduciéndote. A pesar de mis mejores intenciones, ya pudiste ver que no conseguí mantener totalmente el deseo bajo control.

Terminó de desatar el corsé y se lo quitó, dejándola con la camisa interior y los zapatos.

—Me di cuenta. —Se quitó el exquisito calzado e inmediatamente perdió seis centímetros de altura—. Dame unos minutos para que me cambie y vuelvo enseguida.

—Puedo ayudarte a quitarte la camisa —se ofreció Rob.

Le brillaban los ojos mientras le pasaba las manos por los brazos, desde los hombros hasta los codos.

Ella se rió.

—¡Compórtate! Volveré en unos minutos.

Recogió el vestido de duquesa y el corsé y desapareció en el vestidor. Dejar el vestido en el suelo habría sido irrespetuoso.

Colgó rápidamente la prenda, se desnudó y se puso un bonito camisón rosa de muselina que Mariah le había dado. Tener una hermana que era generosa y una duquesa bien vestida era extremadamente útil.

Le llegaba hasta los pies, tenía manga larga y era modesto, pero el color le sentaba muy bien y la tela flotaba a su alrededor con mucha gracia cuando ella se movía. Se cepilló el cabello enmarañado, lo dejó suelto sobre los hombros y se puso un poco de la versión nocturna del perfume de Kiri. Era de una dulce inocencia floral, pero bajo la superficie había una promesa exquisita y seductora.

Al mirarse rápidamente en el espejo vio que tenía el aspecto que debía tener una mujer en su noche de bodas. Estaba nerviosa, por supuesto, pero eso era algo normal.

Inspiró profundamente y regresó a su dormitorio. Rob estaba de pie mirando por la ventana, con las manos agarradas por detrás de la espalda.

Se había puesto una magnífica túnica de seda de color burdeos bordada con motivos orientales en tonalidades azules y en negro. La prenda era exótica y hermosa y hacía que pareciera un desconocido misterioso y tal vez peligroso. Parecido al hombre que ella le había descrito una vez a su amiga lady Kiri cuando hablaban de sus parejas ideales.

Entonces él se giró con una sonrisa en los labios y volvió a ser su amigo.

—Adquirí esta prenda tan espectacular cuando estaba en la India. Son unos expertos en el lujo. Y tú, mi exquisita novia, pareces la mujer más suntuosa del mundo.

Antes de que ella se pudiera dar cuenta de lo que pretendía, Rob la cogió en brazos y la dejó en el centro de la cama con dosel con la misma delicadeza que si hubiera estado hecha de porcelana.

—Ah, Sarah, Sarah. Princesa. —Se tumbó a su lado, dejando un brazo alrededor de su cintura mientras se inclinaba sobre ella—. Eres tan hermosa... —dijo con voz ronca—. Tan exquisitamente hermosa...

En esos momentos, su boca era ardiente y ansiosa. Abrasadora. Sarah sintió que el calor bullía en su cuerpo, concentrándose con intensidad líquida en lugares que no podía nombrar.

Al principio, disfrutó del beso embriagador, del calor y el deseo que los invadían a ambos. Después él se movió para besarle la oreja de modo que su torso quedó encima de ella. A pesar de que Rob mantenía la mayor parte de su peso en vilo, Sarah tuvo una repentina y vertiginosa sensación de que estaba atrapada. Ahogó un grito y lo empujó instintivamente por los hombros.

Al instante, él rodó hasta quedar de espaldas, con la respiración agitada y los puños apretados. Tras unos segundos, dijo:

—Lo siento. Yo... Parece que te he asustado, y no es la primera vez que eso ocurre hoy. ¿Es que no... no quieres estar casada conmigo?

—¡No! —Se incorporó hasta quedar sentada, apoyada en el cabecero cubierto de almohadones—. Si alguien debería disculparse, Rob, soy yo. No tengo ninguna razón para temerte. Has sido increíblemente amable y paciente. Pero... ¡Eres tan grande! Grande y fuerte. Y yo... no lo soy.

Él se sentó y se apoyó en uno de los enormes postes que había a los pies de la cama, mirando a Sarah. Respiraba agitadamente, pero mostraba una expresión controlada y estiró las piernas al lado de su mujer. Tenía los pies grandes, en proporción con el resto de su cuerpo. ¿Qué era lo que ella había oído una vez respecto a que el tamaño de los pies reflejaba el tamaño de...? Se ruborizó y apartó la mirada.

—No puedo hacer gran cosa con mi altura —dijo él con ironía—. Soy muy consciente de lo pequeña que eres tú. Pero no eres débil. Tu fortaleza y tu resistencia son admirables. Sin embargo, eres tan menuda y adorable que deberías estar sobre un pedestal con un cartel que dijera «Se mira pero no se toca». Desafortunadamente, mi deseo de tocarte es enorme.

—No soy frágil. Recuerda que era un chico más cuando jugaba con mis primos. —Frunció el ceño al intentar analizar su reacción—. Por un momento me sentí atrapada, pero no tengo miedo de ti, Rob.

—Algo es algo —murmuró él—. ¿Estaba yendo demasiado rápido?

—Un poco. —Hizo una mueca—. Pero debo reconocer que no dejo de pensar que todos y cada uno de nuestros invitados saben lo que estamos haciendo ahora. Es muy embarazoso.

—Por lo menos, no es como los matrimonios reales de antaño, cuando media corte se reunía en el dormitorio marital. ¡Había que ser muy hombre para dar la talla en tales circunstancias! —exclamó—. Pero tienes razón en que se hacen muchas suposiciones sobre las noches de bodas.

Ella hizo una mueca cuando Rob mencionó las consumaciones públicas que se hacían en el pasado.

—Tal vez yo esté destinada a ser una solterona —dijo con tristeza.

Rob se quedó muy quieto.

—Si de verdad no quieres ser mi esposa, podríamos anular el matrimonio. Sería problemático y complicado, pero estoy seguro de que puede hacerse mientras no haya sido consumado.

Ella se estremeció al pensar en todas las personas que habían acudido para celebrar su boda. Casi todo el mundo de la enorme propiedad de Kellington y muchos amigos y familia. Una anulación sería como darle públicamente una bofetada a Rob, que no había hecho nada, absolutamente nada, para merecer aquello.

Al contrario, se lo había dado… todo.

—¡Desde luego que no quiero una anulación! Ya era hora de que me casara, y tú eres el único hombre con el que me puedo imaginar casada. —Se apartó el cabello de la cara con un gesto impaciente—. Sin embargo, no esperaba sentirme tan inquieta. Por lo general, soy bastante sensata.

—Me gusta eso en ti. —Dobló una pierna y apoyó un brazo en ella. Todo él parecía la viva imagen de la relajación elegante—. Si estuvieras enamorada de mí, no estarías tan nerviosa. Aunque hemos compartido aventuras muy interesantes, tampoco hace tanto tiempo que nos conocemos.

En ese momento, instintivamente, ella se dio cuenta de que Rob no estaba para nada relajado, sino que era muy bueno ocultando su tensión. Se le encogió el corazón al recordar la brillante seguridad que se reflejaba en la cara de Mariah cuando se acercaba a Adam para casarse.

En los ojos de Adam había la misma seguridad, y una especie de asombro por la buena suerte que había tenido. Era muy diferente de lo que tenían Rob y ella.

Sarah apretó la mandíbula. Unas horas antes, había pronunciado unos votos frente a Dios y los hombres. No podía desdecirse. No quería hacerlo. Tras escoger sus palabras cuidadosamente, dijo:

—Muchas parejas se casan sin estar enamoradas y el matrimonio funciona muy bien. Nosotros… o mejor dicho, yo, necesito un poco de tiempo para asimilarlo.

—Cada matrimonio es único —dijo él pensativo—. Podemos hacer lo que más nos plazca. No hace falta que la consumación sea esta noche. Podemos esperar a no tener a doscientas personas ahí fuera especulando sobre lo que estamos haciendo.

—Y hasta que mis nervios se hayan aplacado un poco —contestó ella, agradecida—. Estoy muy cansada y crispada. No es tarde, pero ha sido un día muy largo. —Ahogó un bostezo—. De verdad que te agradezco lo comprensivo que estás siendo, Rob. Eres un santo.

—Ni me acerco a la santidad, princesa —dijo con los ojos brillantes—. Pero yo también estoy cansado. Han sido demasiadas horas comportándome de manera intachable. Me siento bien ahora relajándome contigo. ¿Quieres comer o beber algo?

—No tengo hambre, pero me gustaría tomar una copa de vino blanco.

Él saltó de la cama, encendió un par de velas para romper la oscuridad y sirvió vino para los dos. A ella le encantaba observar sus movimientos fluidos y eficientes. Era como un elegante caballo pura sangre.

Rob regresó a la cama y le tendió una de las copas. Después, chocó la suya con la de Sarah.

—Por mi bellísima esposa.

Ella sonrió y también chocó la copa.

—Y por mi marido, atractivo e increíblemente paciente.

Rob volvió a sentarse apoyado en el poste, con un pie en el suelo y la otra pierna doblada bajo su cuerpo. Sus ojos de color aguamarina eran tan claros como el agua y tenía el cabello castaño revuelto. Ella sintió el deseo de revolvérselo aún más, pero por ahora él estaba fuera de su alcance.

No, él no era el único que estaba fuera de alcance. Era ella quien estaba poniendo distancia entre los dos. Y, cuanto antes acortara esa distancia, mejor.

Capítulo 35

*R*ob miraba con fijeza a Sarah mientras ésta bebía vino distraídamente. Le encantaba verla así, con su maravilloso cabello rubio cayén-
dole sobre los hombros y el modesto camisón de color rosa, que no
era tan opaco como seguramente ella creía.

—Has dicho que deseaste besarme desde la primera vez que me
viste —comentó ella—. Pensé que creías que era frívola e inútil.

—Sí —admitió él—. Pero eso no significaba que no fueras podero-
samente hermosa. Aunque yo no podía permitirme tener tales pensamientos.

Sólo ahora se daba cuenta de cuánto había estado reprimiendo sus
deseos. Pero ya no tenía que hacerlo, lo que era algo bueno, porque no
aguantaba más. La deseaba de la forma más primitiva, con un frenesí
que gritaba: «¡MÍA, MÍA, MÍA, MÍA!»

—¿Tienes la misma reacción con Mariah? —preguntó ella, que no
podía resistir la curiosidad, a pesar de que no parecía estar segura de
querer saber la respuesta.

—No. —Él dudó—. Es difícil de explicar. Como es igual que tú,
es también muy hermosa. Pero su esencia es diferente. Le falta tu cualidad de Sarah.

Ella se rió y le pareció todavía más encantadora.

—Una respuesta muy diplomática.

—Tiene la virtud de ser verdad. Imagino que Ashton diría algo parecido. Que eres hermosa, pero que te falta la cualidad de ser Mariah.

—¿Cuál es la esencia de un hombre o de una mujer? —reflexionó ella—. ¿El alma?

—Tal vez. Simplemente, supe que eras muy especial en cuanto te vi. —Sonrió un poco—. Ya que yo soy un acechador por formación profesional y por gusto, tú no te habrías fijado en mí si yo no hubiera acudido a rescatarte.

—En realidad, eso no es verdad —contestó ella con timidez—. La primera vez que te vi fue en la boda de lady Kiri y Damian Mackenzie. Parecías al acecho, pero pensé que eras... interesante. Me entraron ganas de conocerte mejor.

Él se sintió absurdamente encantado.

—¿En serio? Nunca me había ocurrido que una mujer hermosa me distinguiera en medio de una multitud.

—¡Que tú sepas! —Se rió—. No fui la única mujer que se fijó en ti, pero no podía acercarme y presentarme sin más.

Él deseó que lo hubiera hecho, pero aquel momento no era el apropiado. Se habría sentido halagado, sorprendido y después se habría marchado.

Sin embargo, ahora sí era el momento, y ella era su esposa. *¡Mía, mía, mía!* Debería haber sabido que el matrimonio no sería fácil. No había tenido nada fácil en su vida. No tenían un lazo amoroso que lo facilitara todo, ni una de esas uniones pragmáticas en la que las dos partes sabían que su deber era copular y se ponían a ello de una manera funcional.

En lugar de eso, Sarah y él estaban atrapados en alguna parte entre una unión por amor y un matrimonio de conveniencia. Se podría llamar matrimonio de amistad. Rob no estaba seguro de qué forma se materializaría, y Sarah tampoco. No tenía dudas de que lo harían funcionar aunque, por el momento, la situación era incómoda.

Dormir algo los ayudaría.

—¿Apago las lámparas para que podamos descansar?

Ella le dedicó una sonrisa luminosa.

—Eso sería fantástico.

Mientras él recogía las copas de vino y las ponía a un lado, ella dijo con pesar:

—Es bastante triste dormir sola en mi noche de bodas.

Él arqueó las cejas.

—Lo más sensato es retrasar la consumación, pero yo también quiero dormir contigo, aunque no tengamos un pajar adecuado.

—¡Oh, bien!

Él apagó una lámpara, atenuó la otra y ella se trenzó rápidamente el cabello. Después se deslizó bajo las mantas y dio unos golpecitos a su lado de manera seductora.

Él se quitó la túnica y la dejó cuidadosamente doblada sobre una butaca. Como no quería poner más nerviosa a Sarah añadiendo la desnudez al gran tamaño de su cuerpo, no se quitó la camisa interior de lino ni los calzones.

Después se metió en la cama, junto a su mujer, que lo saludó con una sonrisa cálida, somnolienta y confiada. Tenía un aroma femenino dulce y especiado, realzado por su perfume exótico. Cuando Rob la rodeó con un brazo y ella se acurrucó contra él, se preguntó si podría mantener la santidad.

Apoyada contra el fuerte cuerpo de Rob, Sarah sintió que todas las tensiones y los nervios desaparecían. Seguramente, la deliciosa calidez animal de compartir una cama era una poderosa razón para casarse.

Sin la presión de tener que consumar el matrimonio, la atracción que siempre sentía por Rob empezó a invadirla. Él murmuró:

—Se pueden hacer muchas cosas agradables sin llegar a la consumación.

Ella dejó escapar un sonido placentero.

Rob comenzó a acariciarla con suavidad, con dedos ligeros y tentadores. A la tenue luz nocturna, sin hablar, aquello era un placer puro y sin complicaciones. El camisón la cubría desde la barbilla a los tobillos, así que se sentía bastante decente. Pero el calor que notaba donde Rob la tocaba le recordaba que la muselina era muy fina.

Cuando él levantó una mano para cubrirle un pecho, ella se apretó más contra su cuerpo. Su marido comenzó a acariciarle el pezón con el pulgar. Sarah abrió los ojos de golpe cuando una nueva sensación la atravesó. A la tenue luz, los duros rasgos de Rob se habían suavizado y estaban pendientes de ella.

Al oír que la respiración de Sarah cambiaba, él murmuró algo reconfortante y comenzó a dedicarle su atención al otro pecho. En esa ocasión, se inclinó para lamerle el pezón. Ella jadeó y su pelvis empezó a moverse involuntariamente.

Él reconoció las ansias del cuerpo de Sarah con mucha más claridad que ella, así que deslizó una mano entre sus muslos. A pesar de que la tocaba con la ligereza de una pluma, invocaba calor, humedad y muchos más anhelos. A Sarah se le aceleró la respiración y todo su mundo pareció reducirse a las diestras caricias de Rob y a su propia reacción, cada vez más intensa.

No se dio cuenta de que él había metido una mano por dentro del camisón hasta que sintió que sus hábiles dedos estaban tocando piel íntima y deslizándose más profundamente, más profundamente. Cuando él comenzó a acariciar una diminuta protuberancia que parecía concentrar todo su ser en un solo punto, Sarah gimió y se aferró a él con las uñas. Un deseo fiero aumentaba más y más…

… hasta que toda ella pareció romperse en una satisfacción abrasadora. Gritó cuando todo su mundo se fragmentó. Se dio cuenta vagamente de que se había producido un cambio irrevocable.

El placer físico se desvaneció y un torrente de tristeza, miedo y desesperación la inundó. Rompió a sollozar sin saber por qué.

Rob la rodeó con los brazos y ella se aferró a él como si fuera la única ancla segura en un mundo destrozado. Rob la abrazó con fuerza, acariciándole la cabeza y la espalda mientras la apretaba contra él y sentía que las lágrimas de Sarah le mojaban la camisa.

Poco a poco, los sollozos disminuyeron y Rob dijo en voz baja:

—No tengo ni idea de por qué ha ocurrido eso. ¿Y tú?

Ella hipó y se enjugó los ojos con la manga del camisón.

—¡Ahora sí que te debo una disculpa! Lo siento, Rob. No sé por qué me he derrumbado.

—Si eso es lo que había debajo de tu nerviosismo, es muy poderoso. —Introdujo los dedos en su cabello, acariciándola como si fuera una gatita—. ¿No sabes por qué ha ocurrido? Me gustaría pensar que el llanto desconsolado no va a ser una característica habitual de nuestra vida de casados.

Ella se mordió el labio, obligándose a pensar en la horrible pena que parecía haberle roto el corazón. ¿Cómo podía sentirse tan abatida cuando el hombre más amable y atractivo que había conocido nunca le había dado un placer tan intenso?

La respuesta apareció con abrasadora claridad.

—¡Es porque los hombres se van! —exclamó perdiendo las formas—. No se puede confiar en que se queden, y duele mucho. El dolor no se desvanece nunca.

Tras una breve pausa, Rob, azorado, dijo:

—Es por tu padre, ¿verdad? Simplemente se marchó y no regresó hasta más de veinte años después, a pesar de que os quería a tu madre y a ti.

Ella asintió.

—Siempre supe que se había ido y que estaba vivo en alguna parte, disfrutando de la vida y sin preocuparse por mí. Después de todo, tenía a Mariah. Él dice que fue al cuarto infantil y que la cogió a ella por puro azar, pero miente. Estoy segura. Ella siempre fue más inteligente y más atractiva. Así que se la llevó y... —Se le quebró la voz—. Se la llevó y me abandonó.

—Hay un extraño contraste entre tu hermana y tú —dijo Rob pensativo—. Mariah ha tenido una vida bastante volátil con Charles, pero siempre supo que la quería. Como pensaba que tu madre estaba muerta, nunca se sintió abandonada. En muchos sentidos, tú te has criado de forma mucho más estable y segura, aunque en tu interior siempre sentías el dolor de saber que tu padre te había abandonado. Supongo que el hecho de que Gerald muriera no te ayudó.

—Tienes razón. Suena muy tonto cuando se dice en voz alta, ¿no te parece? Muy trivial. Quiero a mi madre. No puedo imaginar cómo habría sido crecer sin ella, como hizo Mariah. —Suspiró—. Pero tienes razón. Cuando mi padre se fue se me creó un vacío que nada pudo llenar.

—Todos tenemos oscuras verdades grabadas tan profundamente en nuestras almas que en realidad no importa cuáles son los hechos. El que tu padre te abandonara es tu verdad, y no importa que ahora te des cuenta de que era joven, necio y que hiciera algo tan estúpido que necesitó décadas para solucionarlo.

Ella asintió.

—Creo que arrojar algo de luz sobre esa oscura verdad en particular la reducirá. Por lo menos, eso espero.

Se volvió a enjugar los ojos; debía de estar espantosa.

Rob le mantuvo la mirada con una intensidad hipnotizadora.

—Sarah, yo nunca te abandonaré. Soy tuyo y tú eres mía en la riqueza y en la pobreza, en la salud y en la enfermedad, renunciando a todas las demás personas. No puedo asegurarte que no vaya a morir, pero si eso ocurre, seguramente mi espíritu se quedará cerca e intentará protegerte. Te llevará algún tiempo vencer esa oscura verdad, pero es una nueva verdad. Nunca te abandonaré. Créeme.

Sarah casi empezó a llorar otra vez, pero consiguió reprimir las lágrimas. Rob no necesitaba que fuera una regadera.

—Te creo —afirmó con voz ronca—. Por lo menos, con la cabeza. La creencia tardará en llegar al corazón y al alma.

Rob sonrió con calidez.

—Tenemos tiempo. Tómate todo el que necesites.

Ella cogió su mano y se la llevó a la mejilla, pensando que tenía mucha suerte de haber encontrado a un hombre que tenía un lado deliciosamente peligroso y en quien a la vez se podía confiar totalmente. Entonces se dio cuenta de que la percepción de Rob no había sido por casualidad. Había hablado con la voz de la experiencia.

Levantó la cabeza para mirarlo y preguntó en voz baja:

—¿Cuál es tu verdad oscura, Robin? ¿Qué dolor hay tallado en tu alma?

Las palabras de Sarah fueron como un martillazo que resonó por todo su cuerpo. Rob sabía que las verdades oscuras estaban enterradas en lo más profundo de su ser, moldeando su vida cada día, pero hacía todo lo posible para no prestarles atención.

Sarah le tomó la cara entre las manos y lo miró con preocupación.

—¿Rob?

Él inspiró profundamente.

—Nadie me había llamado Robin desde que murió mi madre.

—¿Preferirías que no lo hiciera?

Él giró hasta quedar de espaldas y observó el dosel de brocado, los colores rosado y marfil que le habrían encantado a su madre y que le iban a Sarah tan bien.

—No me importa que me llames Robin, pero oír ese nombre junto a tu pregunta ha sido… discordante.

Ella le cogió una mano.

—¿Porque has mirado en tu propia oscuridad?

Él asintió.

—Me he dado cuenta de que… Me he sentido un segundón, incluso con mi madre. De que nadie me habría querido si hubieran tenido otra alternativa.

Esa oscuridad era una oleada de vacío y desesperación.

Sarah le apretó la mano con fuerza y, al sentir sus uñas, él salió de su ensoñación.

—Te deseo, Rob.

Capítulo 36

*T*e deseo, Rob.

A esas palabras les siguió un beso devorador mientras Sarah presionaba su cuerpo contra el suyo. La pasión prendió en él como si fuera lava al rojo vivo. Consiguió decir con voz ronca:

—Si no quieres terminar esto, debo dejar esta cama.

—Me he dado cuenta de que ya no me importa lo que puedan estar pensando los doscientos invitados de la boda.

Tomó aire. Metió una mano por dentro de sus calzones, deslizándola tentativamente hacia el vientre. Cuando rozó su erección con los dedos, él se tensó, sintiendo que, si no le hacía el amor a Sarah en ese mismo momento, moriría.

Apenas se dio cuenta de lo que estaba haciendo cuando se quitó la camisa y los calzones y los lanzó al suelo. Recordó vagamente que ella aún era virgen y que debía tener cuidado para hacerle el menor daño posible.

Afortunadamente, Sarah estaba hirviendo como si fuera una tetera por lo que ya habían hecho. Ahogó un grito cuando él les dedicó todas sus atenciones a sus pechos perfectos. Gimió cuando Rob dejó un reguero de besos bajando por la suave y sedosa piel de su vientre. Gritó de manera encantadora cuando él le pasó los dedos por la parte interna de los muslos y se adentró en su calor dulce y oculto.

Estaba cálida, dispuesta y dócil, y él no podía esperar ni un momento más. Obligándose a ir despacio, se situó entre sus piernas y empujó. Ella abrió mucho los ojos.

—¿Te estoy haciendo daño? —le preguntó Rob con la voz entrecortada.

—No... En realidad, no —contestó ella—. Estoy... sorprendida.

Dando gracias por ello, él empujó contra su estrechez un centímetro cada vez, hasta que por fin quedaron totalmente unidos. El placer era exquisito, demasiado intenso para durar. Ya no tenía control sobre su cuerpo y empujó una, dos, tres veces y se derramó en su interior liberándose de manera tan embriagadora que perdió conciencia de sí mismo y de todo lo que lo rodeaba excepto de su bella y acogedora esposa.

Jadeando como si hubiera corrido una maratón, cayó sobre un costado y cogió a Sarah entre sus brazos.

—Lo siento, Sarah. No quería ir tan rápido ni ser tan descuidado. Espero no haberte hecho demasiado daño.

—No ha sido tan malo como esperaba —contestó, y se acurrucó contra él—. Puede que, como he cabalgado tanto, eso me haya facilitado las cosas.

—Si es así, estoy agradecido.

Tanteó hasta encontrar la toalla que había dejado en la cabecera de la cama y después soltó a Sarah para que ambos pudieran limpiarse.

Había muy poca sangre, otro signo más de que se habían unido con relativa facilidad. La otra virgen con la que había yacido había sido Bryony, y los dos habían sido tan jóvenes y tan inexpertos que no habían entendido la mayor parte de lo que hacían. Pero si lo recordaba bien, había sido más difícil para ambos.

Eso era el pasado. Sarah era su presente y su futuro. Se sentó apoyado en los almohadones y la abrazó contra un costado, pensativo.

Sarah dijo con vacilación:

—Me sorprende que te sintieras un segundón con tu madre. Por lo que has dicho, debía de ser amable y cariñosa.

—Y lo era, pero siempre quiso tener una niña. —Se le hizo un nudo en la garganta—. Murió en el parto. Estaba tan emocionada por volver a estar embarazada… Me dijo que iba a tener una hermanita y lo mucho que me gustaría. Y después… murió desangrada. El bebé, la hija que tanto deseaba, vivió sólo unas horas y se la enterró en brazos de mi madre.

—Oh, Rob.

Sarah se apoyó en un codo. La débil luz de la lámpara perfilaba sus rasgos perfectos y su cabello brillante, haciéndola parecer un ángel. Se inclinó para darle un beso cuya calidez compasiva fluyó hacia él, lo atravesó, caldeando el frío nunca olvidado de la muerte de su madre.

Como sabía que había más cosas que decir, cuando el beso terminó Rob la bajó hasta que la cabeza de Sarah descansó en su hombro.

—Como antes has señalado, estas cosas suenan triviales cuando se dicen en voz alta. Sé que mi madre me quería, aunque también quisiera tener una hija. Pero durante todos estos años, de alguna manera he pensado que no era un hijo lo suficientemente bueno como para satisfacerla. Necesitaba más de lo que yo podía darle.

—Te adoraba —dijo Sarah con firmeza—. ¿Qué madre no lo haría? Si tenemos un hijo, espero que sea como tú. Incluyendo la altura.

Él se rió, aunque estaba asombrado. Sarah estaba hablando de tener hijos, sus hijos, como una parte natural y bienvenida de su futuro. Crear una familia era un milagro cotidiano, pero de repente esa noción le pareció tan nueva que le dejó sin respiración.

—En ese caso, me gustaría dejar constancia de que deseo una exquisita hija rubia a quien mimar.

—A lo mejor tenemos gemelos —le advirtió—. Se dan en la familia de mi madre.

—Eso sería una doble bendición.

Sarah bajó la mano por el pecho de Rob, frotando su vello castaño con los dedos.

—Tienes más verdades oscuras, ¿no es así? ¿Un afianzamiento de la sensación de no ser lo suficientemente bueno?

—Eres una princesa demasiado intuitiva —dijo él con ironía—. En cuanto una verdad oscura y posiblemente falsa ocupa su lugar, hay muchos afianzamientos. Ciertamente, mi padre pensaba que era un segundón indigno de llevar el apellido Carmichael. A mi hermano lo enviaron a Eton, a mí no. Yo quería ser un noble oficial y luchar por mi país y, en lugar de eso, descendí al mugriento nivel de alguien que atrapaba ladrones. Apreciaba a una mujer con quien deseaba tener un futuro y ella me dejó por otro hombre.

—¿Por eso te sentías tan incómodo al heredar el título? —preguntó Sarah—. ¿Porque te parecía imposible e incorrecto que pudieras convertirte en el conde de Kellington?

Él frunció el ceño.

—Puede que tengas razón. Podría listar un buen número de razones por las que no quería heredar, pero tal vez el hecho de sentirme siempre en segundo lugar sea la principal.

—Es extraño que las oscuras verdades persistan aun cuando las circunstancias son favorables —meditó ella—. Seguramente la academia de Westerfield te hizo más bien de lo que podría haberte hecho Eton. Y mientras los chicos soñaban con la gloria militar… ¿Has hablado alguna vez con un soldado como Alex Randall sobre cómo es la vida durante una guerra?

—Lo suficiente como para saber que hacer justicia siendo un detective de Bow Street fue una elección mejor —admitió Rob—. Pero los uniformes del ejército son mucho más elegantes.

Ella se rió.

—Habrías estado espléndido con el uniforme escarlata. Pero también estás espléndido sin él. —Le hizo círculos con los dedos alrededor del ombligo—. En cuanto a la mujer que te dejó por otro hombre… tenía muy mal gusto.

En esa ocasión, fue Rob quien se rió.

—No, fue más lista que yo. Éramos demasiado parecidos y estamos mejor con parejas diferentes. —Le masajeó suavemente la nuca con las yemas de los dedos—. Yo sé que lo estoy, y he oído que ella también.

—Entonces, todos vivimos felices para siempre. Me gusta. —Sarah exhaló con suavidad y él sintió su aliento cálido en el pecho—. Estoy cansada, pero no quiero dormir todavía. No quiero que esta noche se acabe.

Rob bajó hacia su espalda la mano con la que la acariciaba.

—Yo tampoco. Mañana tendremos que ponernos a trabajar duro en la propiedad. Pero esta noche no hay preocupaciones.

—Por eso no quiero desperdiciarla. —Levantó la cabeza del pecho de su marido—. ¡Tengo una idea! Probemos el baño. En la bañera caben dos.

Las imágenes mentales de Sarah desnuda y mojada le resultaron irresistibles. Él la soltó y se incorporó hasta quedar sentado en la cama.

—Espero que sepas cómo funciona. A mí me parece intimidante.

Sarah se rió y saltó de la cama.

—¡Dudo que haya algo que te intimide! En realidad, es bastante sencillo. He estado deseando probarlo desde que Mariah y yo descubrimos el cuarto de baño.

Él se volvió a poner la túnica.

—¿Tienes una bata? La noche está fresca.

—¡Con más razón debemos sumergirnos en una bañera gigante de agua caliente!

Sarah se puso una bata de franela y las zapatillas y se dirigió al baño.

Rob encendió otra vela y la siguió. Antes no se había fijado demasiado porque estaba más interesado en las camas que en los baños, así que en ese momento lo observó todo con atención. La profunda bañera ovalada tendría fácilmente un metro y medio de largo y estaba colocada en una estructura de caoba pulida que la rodeaba, dotándola de un amplio borde. Había escalones a todo lo ancho para salir y entrar con facilidad. Parecía hecha para la realeza.

—En ese armario hay unas toallas maravillosas y enormes —señaló Sarah.

Después se subió al escalón más bajo de la bañera y giró dos grifos. El agua comenzó a salir.

—¿Agua corriente caliente y fría? —preguntó él, asombrado, mientras sacaba varias toallas—. ¡Ha debido de costar una fortuna instalarlo! Vaya desperdicio de dinero que podría haberse aprovechado mejor en otro sitio.

—De todas formas, tu padre se habría gastado el dinero en cosas indignas; por lo menos, aquí lo destinó a algo que podemos disfrutar —dijo Sarah con pragmatismo—. Yo no me habría gastado miles de libras en algo tan innecesario, pero si hay que alquilar la casa a un ricachón, estos lujos harán que la renta sea más alta.

—Revestimientos de plata —murmuró Rob mientras encendía las velas de los candelabros, que arrojaban una luz suave y romántica—. No puedo evitar pensar que con lo que ha costado este baño todas las casas arrendadas de la propiedad podrían haber tenido tejados nuevos.

—Piensa en eso mañana.

Sarah sonrió, sacó una botella del armario y echó unas gotas de aceite en el agua, cuyo nivel subía rápidamente. Un aroma a hierbas flotó deliciosamente en la estancia.

Rob olfateó.

—¿Romero y lavanda?

—Entre otras cosas. Es una mezcla para el baño que Kiri me preparó. Me encantan sus experimentos. —Inspiró profundamente—. Una noche de lujo antes de volver al trabajo. ¿Sirvo más vino?

—Sí, por favor. Beber vino en la bañera es el máximo lujo.

Sarah se dirigió al dormitorio y regresó con el cabello recogido en la parte superior de la cabeza y una pequeña bandeja que contenía copas de vino y algunas delicias para comer.

—¡Mira estos exquisitos bocados! —Se metió un cubo de queso en la boca—. Creo que todo el mundo en Kellington ha trabajado para que el día de hoy sea especial.

—Somos su esperanza de futuro, princesa.

Rob le dio un bocado que combinaba pan, jamón y queso. Ella lo cogió con la boca de sus dedos y los lamió deliberada y provocativamente, haciendo que él se estremeciera.

Al ver que ya había suficiente agua, Rob cerró los grifos y depositó la bandeja en una amplia esquina muy apropiada para dejar comida o libros.

—Y ahora, milady, probemos el baño. ¿Puedo ayudarte a quitarte el camisón? Estoy deseando ver todo tu cuerpo.

Al oír esas palabras, Sarah se tensó, quedándose paralizada.

Rob frunció el ceño.

—Y ahora, ¿qué ocurre?

—Yo… no quiero quitármelo. Puedo bañarme con él.

Él arqueó las cejas.

—Podría entender la timidez, pero tú no pareces tímida, sino preocupada. ¿Tienes una señal de nacimiento? Te aseguro que siempre pensaré que eres hermosa. —Como ella seguía encogida contra la pared, añadió—: Espero que estemos casados durante mucho tiempo, princesa. Supongo que puedes mantenerte tapada durante los próximos cincuenta años, aunque preferiría que no lo hicieras.

Ella inspiró profundamente, lo que hizo que el delgado tejido de la prenda titilara de una manera deliciosa.

—Lo que estoy intentando ocultar no es una señal de nacimiento. Es… ¡Es un tatuaje!

—¿Un tatuaje? —repitió Rob, asombrado—. ¿Dónde demonios te lo hicieron?

Ella puso una mueca.

—Estuve en un internado varios años para adquirir buenas maneras y conocer a otras chicas de mi posición. Una de ellas era bastante alocada y diferente. Sus padres eran irlandeses, pero se había criado en la India. Yo pensaba que era maravillosa, atrevida e intrépida. ¡Había montado en elefante!

—Para ser una chica que estaba ávida de aventuras, comprendo que te resultara irresistible como amiga —dijo él, divertido—. ¿También era una artista de tatuajes?

—No, pero estaba muy interesada en ellos y como loca por crear uno. Pero le habría resultado casi imposible tatuarse a sí misma, y yo era la única chica en el internado que estaba dispuesta a permitir que experimentara conmigo.

Rob no pudo evitarlo; rompió a reír.

—Sarah, eres una fuente inagotable de placer. ¿Puedo ver ese tatuaje? Por favor. ¿O me vas a hacer esperar cincuenta años?

Ella suspiró.

—Supongo que debería acabar con esto cuanto antes.

Se quitó el camisón por encima de la cabeza y su perfecto cuerpo de guitarra de piel sedosa quedó al descubierto antes de que arrugara la prenda y ocultara con ella sus partes más íntimas.

Por un momento, Rob dejó de respirar. Era muy hermosa vestida, pero lo era todavía más desnuda.

—Eres la criatura más exquisita que he visto en toda mi vida.

Su cuerpo, que pensaba que estaba satisfecho, comenzó a excitarse de nuevo.

Ella sonrió con timidez, aunque estaba encantada con su reacción.

—El tatuaje está aquí detrás, en el lado derecho. —Se dio la vuelta y le mostró un motivo pequeño, negro y circular, en la perfecta curva de su trasero, que no necesitaba ningún adorno—. Me gustaba la idea de tener un tatuaje escandaloso, pero era demasiado cobarde como para hacérmelo en algún lugar que se viera.

—Un buen equilibrio entre la rebeldía y la funcionalidad. Por lo menos, ahora es posible distinguiros a Mariah y a ti.

Sarah resopló ante ese comentario y él se arrodilló para ver mejor el motivo serpenteante. El tatuaje tenía unos dos centímetros y medio de diámetro y era un poco asimétrico, pero bonito.

—Es un nudo celta. Tu alocada amiga hizo un buen trabajo para ser una aficionada. No tenía ni idea de las travesuras que son capaces de hacer las colegialas. —Besó el tatuaje y se puso en pie—. ¿Te dolió?

Sarah hizo una mueca.

—Terriblemente, pero había brandy, y eso me ayudó.

Él se rió entre dientes.

—Sin el brandy, probablemente tampoco habría habido tatuaje.

—Tienes razón. —Ladeó la cabeza de manera burlona—. ¿Y tú? Has sido marinero. ¿Tienes tatuajes?

—No, no me gusta llamar la atención. ¿Nos damos ya ese baño?

La cogió en brazos y la metió en el agua aromatizada con romero y lavanda.

—Ahhh... —Ella inspiró cuando el líquido deliciosamente caliente le llegó a los hombros—. ¡Maravilloso! Es como estar en un manantial caliente, pero huele mucho mejor.

—Creo que mucha gente piensa que un manantial caliente tiene que oler fatal para tener propiedades medicinales.

Abrió un armario y encontró dentro pastillas de jabón. Le tendió una a Sarah. Tenía un aroma especiado que no pudo identificar, pero le gustaba.

Ella dejó el jabón a un lado, colocó los brazos en el borde de la bañera y lo miró con gran interés.

—Y ahora, mi recién adquirido lord, ¡me toca a mí verte desnudo!

Capítulo 37

Soy mucho menos bello que tú —le advirtió Rob—. No hay tatuajes, aunque tengo algunas cicatrices. Además, y me disculpo por ello, muestro claras señales de mi deseo de consumar nuestro matrimonio de nuevo, una o dos veces más antes de que amanezca. Aunque no lo haré. Necesitas más tiempo para recuperarte.

—Me tomaré esas señales como un halago —dijo ella.

Le encantaba que pudieran bromear. La primera vez que había visto a Rob, todo en él se reducía a la severidad y al trabajo.

Él se desabrochó el cinturón de la túnica, se quitó la prenda y se dio la vuelta para colgarla de uno de los ganchos que había en la puerta. Ella no había visto antes a un hombre adulto completamente desnudo, y el espectáculo era intimidante, fascinante… y bastante excitante.

Tal y como había imaginado, Rob era puro músculo y su torso formaba un triángulo desde los anchos hombros a las estrechas caderas. Mantuvo la mirada apartada de su erección; ésa era la parte intimidante. Era difícil de creer que ese objeto tan grande hubiera estado dentro de ella.

Se recordó que después de la primera conmoción le había gustado y estudió el resto del cuerpo. No había bromeado sobre las cicatrices. Ella frunció el ceño.

—¿Esas marcas débiles de la espalda son de un látigo?

Él asintió.

—Las conseguí al principio de mi etapa de marinero reacio. Forcejeé, me quejé e intenté convencer al capitán de que era un caballero al que habían secuestrado. Puede que me creyera, porque yo hablaba como un caballero, pero no le interesaba cómo había llegado a su barco. Lo único que quería de mí era que trabajara. Se hizo entender muy bien con unos latigazos del contramaestre.

Ella ahogó un grito, horrorizada.

—¡Es espantoso!

—Los latigazos son frecuentes en los barcos. Los hombres inteligentes no hacen nada por atraerlos —afirmó secamente mientras subía los escalones de la bañera. Se metió en el lado contrario, con movimientos lentos para que a ella no la tragara la ola que provocó, aunque aun así, el agua le llegó a Sarah a la barbilla.

Se quedaron sentados con cuidado; ella había subido las rodillas, que quedaron junto a las de Rob. Era cierto que en la bañera cabían dos personas, pero no quedaba mucho espacio libre cuando una de ellas era tan alta como su marido.

Sarah se inclinó hacia delante y rozó con los dedos una cicatriz hendida que él tenía en el brazo izquierdo.

—¿Es un recuerdo de tus días de detective?

—Me alcanzó una bala. Afortunadamente, el tirador no tenía mucha puntería.

—Llevas tu historia escrita en la piel —dijo ella—. Es bastante inquietante.

—No es nada comparado con las marcas que habría tenido un oficial de infantería —le aseguró Rob.

Le tendió una de las copas de vino y él cogió la otra.

Ella lo probó. En aquella ocasión era tinto, ya que no había peligro de que manchara nada si caía al agua.

—Esto es vida en la decadencia más espléndida.

—Espléndida, sí. —Él también tomó un sorbo—. Decadente, no. Disfrutar de una noche de bodas acuática con mi exquisita esposa es un regalo maravilloso, nada decadente.

Ella sintió que se ruborizaba.

—Pero no es algo que debamos contarles a nuestros nietos.

—Definitivamente, no.

Rob le ofreció la bandeja de la comida y ella cogió otro canapé de jamón y queso.

—Beber y comer en una magnífica bañera se ajusta a mi modesta idea de decadencia. —Cogió un cubo de queso cheddar con un poquito de mermelada por encima—. Por cierto, os vi a Adam, a Kirkland y a ti dirigiéndoos a la casa a media tarde, y después no os vi ni a Kirkland ni a ti durante un buen rato. ¿Hay algo que deba saber?

—Lo siento —dijo él como disculpándose—. Olvidé darte las gracias por redecorar el estudio. Está tan mejorado que apenas reconocí la habitación.

—Me alegro de que te guste, porque sigues yendo allí en muchas ocasiones. Más adelante haré que se parezca más a la biblioteca. —Inclinó la cabeza hacia un lado—. ¿Qué hay de Kirkland?

Rob suspiró y perdió parte de su anterior alegría.

—Piensa que puede haber dinero francés tras los grupos irlandeses radicales más peligrosos, incluido el Free Eire. Tú pasaste varios días con ellos; ¿oíste o viste algo que confirmara esa teoría?

Sarah frunció el ceño, intentando recordar. No era nada fácil, porque estaba flotando en una nube de exquisito vino burdeos.

—No se me ocurre nada, excepto que una vez oí a Flannery decirle a uno de sus hombres que, cuando volvieran a casa, el pago de Claude ya habría llegado. Ya que Claude es un nombre francés, podría significar algo.

—Es posible, por supuesto —dijo Rob con interés—. Se lo diré a Kirkland antes de que se marche mañana. Hasta los detalles más pequeños pueden ser de utilidad.

Sarah bostezó con delicadeza y dejó su copa vacía de vino en el amplio borde de la bañera.

—Por fin me está entrando sueño, y tú eres lo más cómodo que veo por aquí.

Tuvo que hacer algunas acrobacias, pero consiguió darse la vuelta hasta terminar con la cabeza en el mismo lado que la de Rob. Él la rodeó con un brazo y ella quedó extendida a lo largo de su cuerpo, medio flotando.

—Esto es la gloria —murmuró ella.

—Tú también eres bastante cómoda. Muy suave.

Le apretó el pecho con dulzura.

Ella comenzó a acariciarle el torso distraídamente, pasando los dedos por encima del vello. Después probó a presionarle uno de los pezones. Se endureció al instante y Rob cogió aire con brusquedad.

—Qué interesante —dijo ella—. Una reacción parecida a la mía.

Le presionó el otro.

—Tienes un don para esto —comentó él con la voz ligeramente entrecortada.

—¿De verdad? Entonces, debería desarrollarlo.

Deslizó una mano hacia abajo y agarró con suavidad la «clara señal de su deseo». El miembro se tensó hasta quedar duro como una roca y él jadeó.

Ella siguió explorando, aprendiéndose las formas por el tacto y descubriendo lo que a Rob parecía gustarle más. Era difícil porque, aparentemente, le gustaba todo. Tenía los ojos cerrados, la respiración irregular y la seguía rodeando con un brazo.

El hecho de saber que era ella la que provocaba esa respuesta tan poderosa la hizo sentirse intensa y maravillosamente femenina. También era sorprendentemente excitante. El calor que crecía en los lugares ocultos que acababa de descubrir aquella noche hacía que sus caderas comenzaran a moverse rítmicamente.

Se le ocurrió pensar que, si rodeaba a Rob con una pierna, quedarían muy bien acoplados. Dicho y hecho. Deslizó una pierna hasta el costado de Rob y quedó a horcajadas sobre él, medio flotando, con sus partes más íntimas descansando sobre las de su marido.

Él jadeó.

—¡Santo Dios, Sarah!

Ella comenzó a mecerse lentamente, hacia arriba y hacia abajo sobre su miembro, suave y duro a la vez. Él la agarró por las caderas y la colocó para que pudiera meterse en ella. Estaban tan íntimamente unidos que ese punto de exquisitas sensaciones se frotaba contra él con resultados devastadores. Sarah gritó, revolviéndose en el agua mientras perdía el control de su cuerpo.

Rob gimió con voz ronca en su oído y su cuerpo explotó de forma tan demoledora como el de Sarah. Ella se habría ahogado si él no le hubiera mantenido la cabeza fuera del agua.

Cuando toda esa avalancha de sensaciones se dispersó, cayó sin fuerzas encima de él. Rob la abrazó por la cintura. Y en cuanto recuperó el habla, le dijo:

—De verdad espero que podamos quedarnos con esta casa y con este baño.

Rob se rió y le besó la mejilla.

—Sarah —dijo con voz ronca—. Mi princesa. Eres lo mejor que me ha ocurrido nunca.

A ella le habían ocurrido muchas más cosas buenas que a Rob. Pero él se iba acercando rápidamente al primer puesto de su lista.

Cuando el agua se hubo enfriado, salieron de la bañera. Rob usó una de las enormes toallas para frotar a Sarah tan enérgicamente que la piel le hormigueaba. Se secó él mismo y la llevó al dormitorio en brazos. Aunque no era necesario, a ella le encantaba sentir su fuerza.

Entonces descubrió que dormir sin ropa era otra deliciosa decadencia. En el futuro, sería mejor llevar camisón porque las doncellas entrarían por la mañana a llevarle chocolate o té, pero esa noche era suya. Le encantaba estar tumbada con Rob, piel contra piel, sintiendo que la rodeaba protectoramente con los brazos.

Habían dejado encendida una tenue lámpara como luz nocturna. Sarah, que se estaba quedando dormida, sacó la mano izquierda fuera de las sábanas y la luz brilló levemente en su anillo de casada. Durante toda su aventura irlandesa había llevado la alianza de Mariah, primero como prueba de que era la duquesa y después para mantenerla a salvo.

Mariah había recibido su anillo muy agradecida cuando se lo había devuelto, a pesar de que Adam podría haberle comprado uno nuevo repleto de diamantes si así ella lo hubiera querido. Esa sencilla alianza de oro no tenía precio por lo que representaba.

Sarah cerró la mano protegiendo instintivamente el anillo y todo lo que significaba. No tenía precio porque era un símbolo de los votos que Rob y ella se habían hecho.

Se quedó dormida sonriendo. Pasaría un tiempo antes de que creyera completamente que él nunca la dejaría. Sin embargo, sabía que al final lo conseguiría.

Capítulo 38

A la mañana siguiente, Rob se despertó de mala gana porque la noche sin preocupaciones había terminado. Se quedó mirando el dosel de brocado y pensó en todo lo que había que hacer. El dinero que había recuperado de Buckley estaba desapareciendo rápidamente. Si al día siguiente no tenía noticias del abogado de la familia, tendría que ir a Londres en persona para descubrir qué pasaba con las finanzas de Kellington.

Se ponía tenso sólo de pensarlo. En ese momento Sarah se movió en sus brazos y él desvió la mirada del dosel a ella. Era suave, dorada y completamente adorable. Sus tensiones desaparecieron. Tal vez su nueva vida fuera exigente, pero con ella a su lado, merecía la pena.

La mayor parte de los invitados se estaba marchando. Algunos, como los Ashton, se habían quedado más de lo previsto para la boda. Patrick Cassidy volvía a Irlanda con Harvey, el hombre de confianza de Rob, para ver lo que se podía hacer en Kilvarra.

Patrick le estrechó la mano a Rob para despedirse y dijo afablemente que Kirkland no era un mal tipo, sin duda porque era más escocés que inglés y, por tanto, más cercano a los irlandeses. Rob sospechaba que, en el futuro, su primo le enviaría información a Kirkland si pensaba que beneficiaría tanto a Irlanda como a Inglaterra.

Rob también le pidió a Harvey que intentara encontrar un poni llamado *Boru* que le habían dado a un capitán de yola en Kinsale como pago parcial por la embarcación. Y que si encontraba otro buen poni adecuado para una joven, que lo comprara por todos los medios.

Después de que todos los invitados se hubieran marchado, Bree se acercó a Rob con actitud beligerante, como si no esperara buenos resultados.

—Como hoy no hay lecciones en la vicaría, ¿me das otra clase de equitación?

Rob dudó, pensando en todas las cosas que debería estar haciendo. Entonces captó una mirada de Sarah que interpretó como que debería acceder de buena gana. Ella tenía razón. El trabajo en la propiedad era interminable y su hija necesitaba atención en ese momento.

—Me reuniré contigo en los establos en cuanto te hayas cambiado de ropa.

Ella asintió. Parecía más feliz y corrió a cambiarse. Cuando se hubo alejado lo suficiente, Rob le dijo a Sarah:

—Bree parecía molesta. ¿Ha ocurrido algo?

—No que yo sepa —contestó ella frunciendo el ceño—. Bree ha sufrido muchos cambios en muy poco tiempo. Al principio, simplemente estaba agradecida por que la hubieras rescatado de su horrible abuelo. Después vino la emoción de la boda. Yo creo que ahora la vida está tomando otros derroteros y no sabe muy bien qué lugar ocupa en Kellington. Sobre todo porque te has casado. —Sarah sonrió levemente—. Pero como es tu hija, se está enfrentando a ello en lugar de encogerse.

—¿Qué harías tú en una situación parecida? —preguntó Rob—. ¿Luchar o huir?

Sarah se rió.

—Daría una imagen de mujer desvalida y encantadora.

—Y así también conseguirías muchas cosas.

No podía imaginar que nadie se resistiera a ella. Hasta a su abuela le gustaba Sarah, aunque intentaba ocultarlo.

Le dio un rápido beso en la mejilla, porque cualquier otra cosa se pondría más seria inmediatamente.

—Te veré más tarde.

—Oliendo a caballo —dijo ella amablemente—. ¡Hasta luego!

Bree llegó a los establos justo después que Rob. Llevaba un vestido de montar de su talla y parecía una joven dama, a pesar de que su lenguaje todavía ponía los pelos de punta. Bryony y él habían creado a esa niña, pero Bree tenía su propio carácter.

—Hasta ahora te has desenvuelto bien practicando en el potrero. ¿Salimos hoy a montar por la propiedad?

—¡Eso sería jodidamente maravilloso!

Hizo una mueca como disculpándose.

Cuando hubieron montado, Bree en una serena yegua entrada en años, Rob se dirigió al norte por las colinas, pasando las viejas ruinas del castillo. Su hija parecía un poco nerviosa de montar sin alguien que controlara las riendas, pero tenía buen equilibrio y aptitudes para ello. Pronto estaría preparada para otra montura más vivaz.

Mientras pasaban por el castillo, él le preguntó:

—¿Has pasado mucho tiempo explorando las ruinas? Aunque son muy interesantes, pueden ser peligrosas. Algunos de los túneles y muros más viejos están a punto de caerse. No vayas allí sin antes decirle a nadie dónde vas a estar. Y mejor aún, ve con una amiga.

Ella asintió con un gesto que él reconoció y que quería decir: «No tengo intención de hacer lo que dices, pero no voy a molestarme en discutir». Rob había visto esa expresión en su propio rostro cuando era un muchacho. Esperaba que, si no lo obedecía, por lo menos tuviera cuidado.

—¿Te gustó ser la dama de honor?

Como ella se encogió de hombros sin responder, él preguntó sin rodeos:

—Pareces molesta. ¿Por qué? No puedo ayudarte si no sé lo que ocurre.

Ella lo miró con esos ojos azules que eran desconcertantemente tan parecidos a los suyos.

—Supongo que ahora Sarah y tú vais a tener un montón de malditos bebés.

Así que ése era el problema.

—Eso esperamos, con el tiempo. Pero tú siempre serás mi hija mayor.

—Si tenéis hijas, serán lady Sarah y lady Mariah —le espetó—. No la bastarda de Bree.

Él hizo una mueca.

—¿Alguien te ha llamado eso?

—Un chico del pueblo. ¡Pero le di un puñetazo en la nariz!

Sarah tenía razón al decir que Bree era una luchadora.

—Pelear no suele ser una buena solución —dijo él—. La gente que insulta espera una reacción. Si sonríes y actúas como si no te importara, probablemente se irán y se buscarán a otra persona a quien insultar.

Ella frunció el ceño mientras lo pensaba.

—Puede ser, pero pierdo los estribos cuando la gente es cruel. Sobre todo si alguien llama puta a mi madre.

—Yo también tendría problemas con eso —admitió Rob—. Como la mayoría de las cosas, se necesita práctica para controlar el genio. Si alguien te llama bastarda, recuerda que hay un término mucho más bonito que es hija del amor. Eres una joven nacida del amor. Hay mucha gente que no puede decir eso.

Ella asintió con aire sombrío.

—Tal vez, pero ojalá te hubieras casado con mi madre.

—Yo quería hacerlo —afirmó, y se preguntó cuántas veces tendría que decirlo para que ella lo creyera—. Sé que preferirías que tu madre siguiera contigo, pero tienes un padre y una madrastra que se preocupan por ti.

—Jodida Sarah —dijo entre dientes.

En contra del buen consejo que le acababa de dar, Rob estalló.

—¡Bryony! —Cogió las riendas de su yegua y la hizo girar para mirar a su hija, echando fuego por los ojos—. No te permito que hables en esos términos de mi mujer. Sarah se merece respeto y cortesía como mínimo, y muchas cosas más.

En lugar de amilanarse, Bree respondió:

—¿Y si te llamo jodido desgraciado?

Rob soltó las riendas.

—Comportarse mal llama la atención. Pero comportarse bien te da mucha más libertad para hacer discretamente lo que quieres. —Recordó las palabras de Sarah y añadió—: Has sufrido muchos cambios en muy poco tiempo. Eso es angustioso. Pero no arremetas contra la gente que no lo merece. Si tienes problemas, cuéntamelos a mí.

Ella entornó los ojos y preguntó:

—¿Qué me vas a hacer si no me comporto?

¿Cómo demonios se manejaba a una joven agresiva? Se le ocurrió algo.

—Montar a caballo requiere calma y buen juicio. Cualquier jinete que esté enfadado o fuera de control no debería subirse a un caballo. ¿Me he explicado con claridad?

Se quedó paralizada.

—¿No hay poni?

Aunque Rob odiaba tener que decirlo, afirmó:

—No si veo que estás siendo una mala amazona. Así que trabaja tu comportamiento y tu lenguaje, por favor. Una cosa es usar malas palabras sin querer, pero te recomiendo que te deshagas de esa costumbre. Emplear un mal lenguaje deliberadamente para insultar es cruel.

Tras un largo silencio, ella asintió.

—¡Pero de verdad eres un jodido desgraciado!

Hizo girar a la yegua y regresó al castillo todo lo rápido que se lo permitía su montura, que no era mucho.

Rob no sabía si reírse o darle unos azotes. Ninguna de las dos cosas sería buena idea. La siguió, contento de ver lo fácilmente que se mantenía en la grupa de la yegua.

¿La crianza era más fácil si se empezaba con el niño desde el principio de modo que padre e hijo crecían juntos? Hizo una nota mental para consultarlo con Sarah. Aunque ella no había criado a una hija, había sido una niña.

Una chica que bebía brandy y que se había hecho un tatuaje. Al recordarlo, se rió. La vida familiar era complicada, pero interesante.

Cuando llegó a los establos vio que Bree estaba cepillando a la vieja yegua. Se había tenido que subir a una caja de madera para poder hacerlo. Lo miró con recelo mientras él metía a su caballo en el establo.

Rob dijo pacíficamente:

—Aún no tengo experiencia en ser padre. Ni tú en tener uno. ¿Trabajamos en esto juntos?

La sombría expresión de Bree se convirtió en una sonrisa.

—¡Sí, señor!

Con bastante vacilación, él dijo:

—Me he estado preguntando si estarías dispuesta a adoptar el apellido Carmichael. No quiero decir que renuncies al apellido de tu madre. Serías Bryony Owens Carmichael.

Bree se mordió el labio. Parecía a punto de echarse a llorar.

—¡Joder, por supuesto que me gustaría!

—Gracias, señorita Carmichael.

Rob desensilló su caballo y decidió que estaban haciendo progresos. Por lo menos, eso esperaba.

Capítulo 39

Rob hizo mentalmente una lista de las tareas que debía hacer el resto del día mientras entraba en el vestíbulo de la casa. Lo interceptó Sarah, que llevaba un abultado portafolio.

—El ausente Nicholas Booth, el abogado de tercera generación de la firma que lleva los asuntos de Kellington, ha llegado —le informó—. Lo he dejado tomando té en el salón pequeño mientras iba a buscar los planes financieros que habéis hecho Adam y tú. —Levantó el libro—. Estaba a punto de enviar a alguien a buscarte.

Rob se puso inmediatamente en alerta. Seguramente las noticias económicas serían malas, pero conocerlas sería mejor que seguir en el limbo en el que se encontraba.

—¡Por fin! Estaba empezando a creer que había salido corriendo con los bienes familiares, sólo que probablemente no tengamos ninguno. ¿Qué piensas de él?

Ella reflexionó unos instantes.

—Sobrio, serio e inteligente.

—Eso es alentador. —Le ofreció el brazo—. ¿Vamos a escuchar lo que tenga que decir?

Ella le cogió el brazo con una expresión de triste determinación.

—¡Para lo bueno y para lo malo, milord! Lo he llevado al salón pequeño porque es una de las habitaciones en las que todavía no he hecho nada. Debe saber que somos pobres si no se lo ha figurado ya.

Estaban cruzando el pasillo cuando vieron a la marquesa viuda bajar las escaleras, bastón en mano.

—He oído que ha llegado Booth. Quiero verlo.

Rob dudó.

—¿Más tarde? Sarah y yo vamos a reunirnos con él para tener una charla seguramente desagradable sobre las finanzas familiares.

—Por eso precisamente quiero estar presente —dijo ella con mordacidad—. Kellington ha sido mi hogar durante casi cincuenta años y tengo derecho a saber qué está pasando.

Eso no podía negárselo.

—Como desee, señora. Después de usted.

Ella asintió y se dirigió al salón pequeño, golpeteando el suelo bruscamente con el bastón. Cuando entraron en la habitación, el abogado se levantó rápidamente e hizo una reverencia. Rob calculó que tendría unos cuarenta años, y era de estatura y complexión medias. Booth y él se estudiaron mutuamente, evaluándose.

Tras unos momentos, el abogado desvió su atención a la viuda.

—Lady Kellington. Es un placer veros tan bien como siempre.

Ella torció la boca.

—Miente usted tan mal como lo hacía su padre.

Eligió una silla y se sentó con el bastón listo, por si tuviera que golpear a alguien.

Rob dijo:

—Me alegro de verlo, señor Booth. Estaba a punto de viajar a Londres para darle caza.

Le tendió la mano.

Booth no parecía seguro de que tal comentario viniendo de un detective de Bow Street fuera una broma.

—Lo siento, lord Kellington. Quise escribiros en cuanto recibí vuestra carta, pero la situación es complicada. Reunir toda la información importante me llevó más tiempo del que esperaba, y enseguida me di cuenta de que era mejor que os viera en persona. —Soltó la mano de Rob y miró a Sarah—. Perdóneme, señorita. No sé quién es usted.

—Otra lady Kellington —dijo ella alegremente.

Él hizo una reverencia.

—Lo siento, milady. No sabía que lord Kellington tuviera esposa.

—Nos casamos ayer, así que no es sorprendente que no lo supiera. —A Sarah le brillaban los ojos—. Y antes de que se haga ilusiones, le diré que no tengo una dote que pueda mejorar las finanzas de Kellington. ¿Nos sentamos y comenzamos?

El señor Booth dijo con cierta indecisión:

—Va a ser una tediosa conversación de negocios. Tal vez las damas prefieran excusarse...

—Mi esposa sabe más de administración de propiedades que yo mismo —dijo Rob mientras acompañaba a Sarah al sofá que había frente a Booth—. Y lo más probable es que mi abuela también. Como tienen un interés particular en la situación, creo que deben participar.

Se sentó junto a Sarah. Había una mesa baja entre el sofá y la silla del abogado y éste tenía frente a él un ordenado montón de papeles.

Sarah dejó su portafolio de cuero junto a los documentos del abogado, como si fuera un desafío silencioso.

—Sáquenos de la ignorancia, señor Booth. ¿Tendremos que arrendar el castillo de Kellington a algún ricachón y retirarnos a alguna casita perdida?

—Veo que habéis estado pensando en ello, milady —dijo el abogado con aprobación—. No, la situación es muy complicada, pero no tanto.

Sarah le cogió la mano a Rob y se la apretó. Él le devolvió el apretón, sintiendo una sorprendente oleada de alivio. Por lo que parecía, estaba más unido a ese condenado falso castillo de lo que creía. Recuperó la compostura y dijo:

—¿Tiene una lista de todas las propiedades de Kellington? Supongo que todo lo que no esté vinculado estará hipotecado.

—Eso es tristemente cierto. Aquí tenéis un listado de propiedades e hipotecas. —El abogado cogió el documento que estaba en la parte superior del montón y lo pasó por encima de la mesa—. Como podéis ver, todas las hipotecas están pendientes de pago. Tras la muerte de vuestro padre y de vuestro hermano, los prestamistas hipotecarios han estado esperando para ver quién es el nuevo conde antes de ejecutarlas.

—¿En el caso improbable de que el nuevo conde sea rico? Van a sentirse muy decepcionados.

Rob estudió la lista. Además del castillo de Kellington, que estaba vinculado y no podía ser hipotecado, había media docena de propiedades pequeñas, incluyendo Kilvarra en Irlanda. También había varias propiedades en Londres y tres negocios en las Midlands: una fundición, un taller de alfarería y una especie de molino.

Se mareó al sumar mentalmente las espectaculares deudas. Ascendían a más de cien mil libras. ¿Qué demonios habían hecho su padre y su hermano con todo el dinero? Le tendió la hoja a Sarah.

—No veo hipoteca sobre Kellington House. ¿Está vinculada?

Booth asintió.

—Vuestro abuelo lo hizo. También adquirió la mayor parte de las propiedades no vinculadas. —Asintió con la cabeza respetuosamente hacia la condesa viuda—. Vuestro marido era un excelente gerente de cuentas, milady.

La viuda estaba estudiando la hoja de propiedades y deudas que Sarah le había pasado.

—Una característica que no parece haber sido heredada. Mi marido vinculó Kellington House para que la familia pudiera tener un alojamiento decente en Londres.

Sarah le dijo a Booth:

—Aquí, en la suite principal, hay un cuarto de baño de lo más extravagante. ¿Sabe si se ha hecho lo mismo en Kellington House?

Booth hizo una mueca.

—Sí, vi las facturas cuando llegaron. Exorbitantes.

—Un despilfarro de dinero enorme —dijo Sarah con remilgo, pero Rob vio que le brillaban los ojos.

—¿Qué ingresos produce la propiedad? —preguntó Rob—. O tal

vez debería preguntar qué producía con mi abuelo comparado con lo que hace ahora.

—En sus mejores tiempos, cuando vuestro abuelo trabajaba con el mío, los ingresos anuales eran un excedente de sesenta mil libras.

Rob silbó por lo bajo.

—¿Qué ingresos hay ahora?

—Entre veinte y treinta mil libras —contestó Booth—. Como vuestro hermano falleció antes de recibir el ingreso del primer trimestre, el pago está disponible para vos. He traído un giro bancario por unas seis mil libras.

Unido al dinero que había recuperado de Buckley, era suficiente para pagar los gastos de la propiedad durante varios meses.

—Servirá para comenzar en el castillo de Kellington. Sarah, mi amigo Ashton y yo hemos hecho un borrador de todo lo que hay que hacer.

Sacó el resumen del portafolio de Sarah y se lo tendió a Booth.

—¿Se refiere al duque de Ashton? —Rob asintió y Booth dijo, impresionado—: Se le considera uno de los propietarios mejores y más progresistas de Gran Bretaña. Tuvisteis suerte de que pudiera trabajar con vos.

—Es el marido de mi hermana —le explicó Sarah.

El abogado pareció mucho más impresionado al estudiar los planes, frunciendo el ceño.

Rob dijo:

—Tendremos que trabajar por etapas, por supuesto. En la primera haríamos reparaciones fundamentales y compraríamos ganado de crianza para mejorar los ingresos en el futuro. Son cálculos aproximados, claro, porque no contábamos con las cifras exactas.

Booth pasó a la siguiente página.

—Sin embargo, vuestras suposiciones y objetivos son buenos.

—Ahora que hemos hablado con usted, podemos reafirmar los planes —dijo Rob—. Imagino que tendré que dejar que se ejecuten las propiedades que no están al corriente de pago. Como Kellington

House está bien situada, podría alquilarse para que diera ingresos. Ya que usted está mucho más familiarizado con las propiedades, agradeceré sus opiniones.

—Lord Kellington, habláis como vuestro abuelo —afirmó Booth con aprobación—. Tengo algunas ideas para el futuro de la propiedad.

—¿Qué me dice de las deudas personales? No voy a pagar las pérdidas de juego de mi padre ni de mi hermano, pero intentaré cancelar las deudas de los comerciantes. No deseo que ninguna familia tenga que vivir en la calle debido a la prodigalidad de mis predecesores.

—Puedo proporcionarle un listado de esas deudas. —Booth hizo una mueca—. Los comerciantes han estado asediando mi despacho desde que falleció vuestro hermano.

—Ahora se puede negociar la mayoría de esas deudas —intervino la viuda—. Un sastre que tema que no se le pague nada se contentará con recuperar la mitad. —Resopló—. Probablemente dobló el precio al principio porque sabía que sería difícil recuperarlo.

Sintiéndose algo más aliviado, Rob dijo:

—Señor Booth, tiene mi permiso para negociar cualquier acuerdo.

El abogado asintió y apuntó algo.

—He reflejado los bienes de la propiedad y las deudas, lord Kellington. ¿Tenéis bienes personales significativos?

Rob pagaba siempre todas sus facturas y tenía suficientes ahorros como para vivir sin estrecheces en los altibajos de su trabajo, pero no era el tipo de dinero por el que preguntaba Booth.

—Lo siento, pero no. Tendré que trabajar con lo que produzca la propiedad.

Sarah dijo con vacilación:

—Una vez mencionaste que, cuando te marchaste de la India, le diste parte de tus ahorros a tu antiguo patrono para que los invirtiera. ¿Qué ha pasado con eso?

—La verdad es que no lo sé —contestó, sorprendido—. Nunca pienso en el dinero que le di a Fraser. —Ese dinero era para emergencias o para la vejez, si llegaba a vivir tanto—. Pero en su última carta, dijo que mi inversión iba bien. Escribiré al despacho de Fraser en Londres para descubrir cómo de bien.

—¿Rob no tiene derecho a una parte de la herencia para el hijo menor? —preguntó Sarah—. Los acuerdos matrimoniales siempre designan partes para las hijas y los hijos más pequeños.

—Habría tenido derecho a diez mil libras —confirmó el abogado—. Pero el dinero se gastó hace mucho tiempo.

La viuda golpeó el suelo con el bastón.

—Booth, debe de estar cansado del viaje. Sarah, llama al mayordomo para que acompañe al señor Booth a una habitación.

Las palabras eran corteses, pero aun así lo estaba despidiendo.

—Gracias, milady. —Booth recogió sus documentos y se puso en pie—. Os veré más tarde, milord. Tendrá más preguntas después de haber asimilado toda la información.

Cuando el abogado se hubo marchado y la puerta se cerró a sus espaldas, la condesa viuda taladró a Rob con la mirada y le dijo:

—No te deshagas de ninguna de las propiedades de Kellington.

—A lo mejor puedo salvar una o dos, pero desde luego, todas no. No cuando están hipotecadas hasta el cuello y con impagos.

—Todas son propiedades valiosas y buenas inversiones a largo plazo. Tu abuelo y yo las escogimos cuidadosamente.

—¿Su marido y usted trabajaban juntos? —le preguntó Sarah con interés.

—Mi padre era un comerciante adinerado, así que yo crecí aprendiendo a hacer negocios. Mi marido apreciaba mis conocimientos. —Frunció el ceño—. A tu padre no le gustaba escuchar a las mujeres.

—Entonces, era un necio —afirmó Sarah—. Sospecho que, si la hubiera escuchado a usted, las propiedades estarían en condiciones mucho mejores.

—Lo estarían. Pero a su primera mujer, la madre de Edmund, sólo le interesaba lo extravagante y vivir según la moda del momento —dijo la viuda con mordacidad—. Tu madre no era extravagante, Kellington, pero le faltaban conocimientos en cuestiones financieras y dejó tales asuntos a su marido, lo que fue un grave error.

Gracias a esas palabras Rob comprendió un poco más por qué su abuela solía hablar con tanta amargura. La opinión que tenía de él debía de haber mejorado, porque era la primera vez que lo llamaba por su título. Hasta ese momento, en realidad no lo había llamado nada.

—Un hombre tiene que ser muy necio para rechazar consejos inteligentes.

—Tú tienes mucho mejor juicio que tu padre y tu hermano —afirmó su abuela con aspereza—. Déjame ver las reparaciones y las inversiones que has pensado hacer.

Sarah le tendió los papeles. La abuela de Rob los leyó rápidamente, asintiendo con aprobación.

—Bastante inteligente, aunque tienes que invertir más en el drenaje de las tierras del sur. La cosecha de cereales mejorará considerablemente si lo haces.

—No lo dudo, pero no sé de dónde sacar el dinero. ¿Qué proyectos sugiere usted que retrase para pagar el drenaje? —preguntó con cierto tono de urgencia en la voz.

—Los dos parecéis ser bastante sensatos para ser jóvenes —dijo la viuda, mirándolos con los ojos entrecerrados—. Debo decir que estoy agradablemente sorprendida.

Divertido, Rob dijo:

—El sentimiento es mutuo.

—Si no tenéis cuidado, os vais a hacer caridad mutuamente —comentó Sarah, igualmente divertida.

En la cara de la condesa viuda apareció una levísima sonrisa.

—¿Qué harías si no hubiera hipotecas que pagar de las propiedades no vinculadas?

—Valoraría cada propiedad —contestó Rob—. Sospecho que no se las ha mantenido adecuadamente, así que los primeros ingresos se destinarían a reparaciones y mejoras. Cuando fueran rentables, ahorraría parte de los ingresos y me plantearía hacer nuevas inversiones. Pero me gustaría saber un poco más del asunto antes de hacerlo.

—Entonces, empieza a estudiar —dijo ella con sequedad—. Yo soy el tenedor de las hipotecas de la mayor parte de las propiedades no vinculadas.

Sarah ahogó un grito y Rob miró a su abuela. Intentando comprenderlo, dijo:

—¿Usted le prestó el dinero a mi padre en primera instancia?

—Por supuesto que no. Siempre supe que eso era demasiado arriesgado. —Resopló—. Yo estaba totalmente en contra de las hipotecas y tu padre lo sabía, así que consiguió el dinero por otro lado. Como yo tengo mis propias fuentes de información, le seguí el rastro. Cuando murió y la propiedad cayó en manos de Edmund, la mayoría de los banqueros decidieron reducir sus pérdidas. Yo pude adquirir todas las hipotecas, excepto la de la mansión de Derbyshire.

—¿Negoció con ellos de la misma manera que le ha aconsejado a Rob que haga con los comerciantes? —preguntó Sarah, fascinada.

—Las compré más o menos por la mitad de su valor nominal.

—Señora, me descubro ante sus increíbles habilidades para los negocios —dijo Rob con sinceridad—. ¿Qué tiene pensado hacer con las hipotecas? Dudo que confíe en mí lo suficiente como para simplemente entregármelas.

—Es cierto —dijo su abuela secamente—. Tu esposa y tú tenéis actitudes y habilidades prometedoras. Sin embargo, todavía es demasiado pronto para suponer que no vais a caer en las mismas costumbres horrendas en las que cayeron tu padre y tu hermano. Yo seguiré siendo el tenedor de las hipotecas, pero no pediré pago si seguís el curso de acción que habéis descrito hoy. Y no alquiles Kellington House. Me gustaría quedarme allí cuando vaya a Londres.

Era demasiada información para asimilar. Rob intercambió una mirada con Sarah, que parecía tan sorprendida como él.

—No sé cómo darle las gracias, señora.

—No lo estoy haciendo por ti, sino por Kellington. Espero sinceramente que seas mejor conde de lo que fueron tu padre y tu hermano. —Se puso en pie y le lanzó una mirada asesina a Sarah—. ¡Y tú, señorita, asegúrate de engendrar un heredero pronto, y edúcalo para que tenga buen juicio!

—Lo haré lo mejor que pueda —dijo Sarah dócilmente.

La condesa viuda salió de la estancia. Cuando se hubo marchado, Rob levantó a Sarah del sofá, se la sentó en el regazo y la abrazó con fuerza. Casi estaba temblando por la emoción.

—¡Vamos a sobrevivir, Sarah! Puede que tengamos algunos años de austeridad por delante, pero podremos reconstruir la propiedad, como esperábamos.

—Cuando estabas medio ahogado y tu abuela te clavaba el bastón en el cuerpo, nunca, nunca me habría imaginado que haría algo como esto. —Sarah se rió—. ¡Después de todo, no era necesario que te casaras con una heredera!

Él se unió a sus risas.

—Me alegro mucho de haber seguido mis impulsos en vez de haber sido lógico y comenzar la búsqueda de la heredera. —Besó el elegante cuello de su esposa—. Ahora que nos hemos ocupado de los negocios, ¿vamos arriba para celebrarlo?

Sarah batió sus pestañas doradas con inocencia mientras contoneaba su dulce trasero sobre el regazo de Rob sin ninguna inocencia.

—¿Qué tienes en mente?

—Ya se me ocurrirá algo. —La tomó en brazos y se puso en pie, lo que no era tarea sencilla incluso con una mujer tan menuda como Sarah—. Eres mi amuleto de la suerte, princesa. Mi vida ha mejorado drásticamente desde que te conocí.

Ella le rodeó el cuello con los brazos.

—La mía también, Robin. La mía también.

Capítulo 40

*S*arah se despertó desperezándose y con un largo bostezo. Antes no tenía ni idea de lo mucho que le gustaría estar casada. Antes de que tuviera esas ideas vagas y místicas sobre no casarse a menos que estuviera enamorada. Había aprendido que era suficiente disfrutar de la compañía de Rob, confiar en él y respetarlo… y le encantaba compartir la cama con él.

Rob estaba tumbado sobre un costado dándole la espalda, así que ella se dio la vuelta para acoplarse a él, presionando el cuerpo contra el suyo y pasándole un brazo por la cintura. Entonces hizo un leve ruido, aún medio dormido, y le agarró la mano, llevándosela al corazón.

Sarah murmuró:

—Ahora que tu abuela ha vuelto a Bath, por fin me siento como si ésta fuera nuestra casa.

Él se rió entre dientes.

—Sigue ocupando mucho espacio mental. Me siento honrado por que finalmente esté dispuesta a confiarnos Kellington.

—Le reconozco el mérito de afirmar que, si se hubiera quedado, interferiría constantemente. —Sarah respiró en la nuca de Rob—. La he invitado a la fiesta de cumpleaños de Bree y puede que asista. Bath no está tan lejos.

—Hasta entonces voy a tener que hacer algunos viajes. Tengo que visitar las propiedades de Kellington para ver lo que necesita cada una.

Empezaré con las que hay en esta parte del país. —Rodó sobre su espalda y pasó a Sarah un brazo por el cuello—. Odio dejarte. ¿Podrías venir conmigo?

Ella suspiró.

—Me encantaría, pero están pasando muchas cosas. Ahora, por el momento, uno de los dos tiene que quedarse aquí.

—Entonces, me llevaré a Crowell. Es un excelente administrador. Ahora que le he ofrecido un puesto permanente y algo de dinero para las mejoras, está trabajando aún más duro. Me resultará útil contar con su opinión sobre las otras propiedades. —La risita de Rob resonó en su oído—. Pero no querré compartir con él la cama por la noche.

—¡Espero que no!

Él le acarició el cabello.

—Me encanta cómo nuestras vidas están tomando forma, Sarah.

—A mí también, pero, por el momento, me interesa más el aquí y el ahora. —Deslizó la mano por su torso y no le sorprendió descubrir que ya estaba un poco excitado. Cuando lo agarró, él contuvo la respiración y se endureció al instante—. Creo que escalaré el monte Robert —dijo ella alegremente.

—Haz conmigo lo que quieras, princesa —dijo él con voz ronca—. Estoy a tu merced.

Ella apartó las sábanas y se subió encima de él en una versión seca de lo que había hecho en la bañera. Aunque era una nueva postura, pensó que podría funcionar.

La teoría se hizo práctica rápidamente. Le encantaba estar tumbada sobre su cuerpo esbelto, con el cabello derramándose alrededor de la cara de Rob mientras se besaban y se acariciaban. El mundo se redujo a la pasión y a un deseo que se intensificaba cada vez más. No sólo era fácil unirse en esa posición, sino también sorprendente y deliciosamente estimulante.

Su unión fue rápida y salvajemente satisfactoria. Cuando ella quedó jadeando sobre su marido, dijo casi sin respiración:

—No sabía lo poderosa que es la intimidad marital. No me imagino haciendo esto con ningún otro hombre.

—Si Dios quiere, no tendrás que hacerlo. —Rob tapó sus cuerpos con las sábanas—. Ésta es la parte de «estar unidos para siempre», y me gusta.

Ella apoyó la cabeza en su hombro y no pudo evitar pensar que otras mujeres habían estado en la cama de Rob antes que ella, aunque no fueran sus esposas.

—Rob —dijo en voz baja—, ¿el hecho de que hayas tenido otras amantes hace que lo que hacemos sea... menos especial?

Él se tensó.

—Veo que no evitas las preguntas difíciles, princesa.

—Lo siento —dijo con voz aún más baja.

—No lo sientas —contestó con firmeza—. La respuesta más sencilla es que cada relación es diferente. Única. Imposible de comparar. Bryony y yo éramos muy jóvenes, con el descubrimiento apasionado de la juventud. Mi... compañera durante mis años de detective era mi amiga y mi igual profesional. Éramos dos personas solitarias que buscaban consuelo en la compañía del otro, y a veces calor en los brazos del otro.

Sarah frunció el ceño, pensativa.

—Nosotros tenemos una buena dosis de pasión, y también el compañerismo, creo.

—Sí, por no mencionar que eres mi esposa. —Se rió un poco—. ¡Todavía me cuesta creerlo! Pero eso significa que todo entre nosotros está conformado por el hecho de que hemos realizado unas promesas de por vida, con todas las alegrías y responsabilidades que conllevan. —Le besó la barbilla—. ¡Me niego a entrar en una discusión sobre la belleza, el encanto y la seducción! Eso no sería justo para ninguno.

—Eres inteligente —dijo ella, y sonrió mientras se relajaban juntos.

Sospechaba que había estado con otras mujeres. Tal vez hubiera tenido una amante en la India. Y más encuentros casuales que no lo habían marcado demasiado.

Y ahora estaba la señorita Sarah Clarke-Townsend, que afortunadamente y debido a las circunstancias, se había convertido en su esposa. Si Rob hubiera rescatado a otra mujer y hubiera regresado a Inglaterra para descubrir que era un lord, ¿se habría casado con esa mujer? Tal vez, si ambos se gustaban y estaban dispuestos a casarse. Era una visión muy poco romántica del matrimonio.

Sin embargo, el hecho de casarse cambiaba la situación. Rob y ella se habían prometido fidelidad y responsabilidad. Él tenía razón al decir que eso afectaba a la parte íntima del matrimonio, aunque ella no tenía los suficientes conocimientos como para saber cómo.

Rob dijo con pesar:

—No quiero moverme, pero los deberes del día me llaman.

También a regañadientes, Sarah bajó de él.

—Esta noche será otra noche.

Él se sentó y la besó.

—Y mañana será otra mañana.

Ella hizo que el beso fuera algo más que relajado, sorprendida al pensar que se había sentido inquieta por el matrimonio. Si el matrimonio fuera un juego, ella ganaría la apuesta.

Rob pudo encontrarse con Sarah ese día para comer. Le encantaba compartir con ella los detalles del día a día. Se dio cuenta de que aquél era otro de los lazos del matrimonio. Crear una vida como pareja.

Era un agradable día de primavera y las ventanas estaban abiertas, por lo que podían escuchar los sonidos del ganado mientras tomaban el té. El bramido de un toro, el balido de una oveja y los cacareos de los gallos, seguidos por los graznidos y chillidos de las aves acuáticas.

—¿Qué demonios es eso?

Rob se levantó y miró por la levanta, y Sarah se unió a él.

Fuera del castillo había un convoy que incluía a dos hombres a caballo y dos carros, cada uno con un toro amarrado en la parte trasera. El primer carro contenía ovejas, cabras y cerdos en rediles separados. El segundo llevaba aves de corral y conejos en jaulas. Por lo menos había dos gallos, porque se cacareaban el uno al otro.

—Parecen ser todos machos —observó Sarah—. ¡Y son unos animales muy buenos! ¿Encargaste ganado de crianza y se te olvidó mencionarlo?

—No. —Rob sonrió—. Pero creo que sé de dónde vienen. ¿Ves al hombre a caballo que está al final del convoy?

—¡Murphy! —exclamó ella con placer—. El mozo de cuadra principal de Adam. Creo que ese otro hombre debe de ser uno de los vaqueros de Adam.

Rob la cogió de la mano y se dirigió a la puerta.

—Veamos si es lo que creo que es.

Llegaron al camino que había frente a la casa a la vez que los carros, los toros y los caballos también se detenían. Murphy bajó de su montura y se acercó con una carta en la mano.

—Buenos días, milord —dijo de manera formal.

—Creía que la última vez que nos vimos me llamabas Carmichael. ¿Por qué no dejarlo en Rob? —Le tendió la mano y sonrió—. ¡Esto debe de ser una molestia para un hombre que trabaja con caballos!

Murphy le devolvió la sonrisa.

—Ha sido un viaje interesante. Hemos tardado tres días. Los toros no caminan muy rápido —dijo y le dio la carta.

Rob rompió el sello y leyó:

Rob y Sarah:

Como ya os dije, el servicio que me prestasteis no tiene precio y merece un pago en especie. Vuestra propiedad necesita ganado de crianza de primera clase, y éstos son algunos de los mejores animales que hay en Gran Bretaña. Nunca los vendería, así que supongo que eso hace que no tengan precio. Por favor, aceptad este ganado como muestra de mi eterna gratitud.

Ashton

Rob le dio la carta a Sarah.

—¡Es maravilloso! —exclamó ella—. Gran parte del ganado original de Adam procede de Coke de Norfolk, y lo ha estado mejorando desde entonces.

—Sí, milady. —El vaquero se unió a ellos—. No vais a encontrar mejores sementales en el país. ¿Dónde los dejamos? Quiero que se queden instalados adecuadamente. Un viaje como éste es duro para las pobres bestias.

Pero aquel hombre le encantaba su trabajo y amaba a los animales.

—Lo llevaré a los graneros —dijo Rob—. Imagino que se quedarán a pasar la noche, y tal vez un día o dos más. Estoy seguro de que mis ganaderos pueden aprender de ustedes.

—Sí, Su Excelencia dijo que estábamos a vuestra disposición durante el tiempo que deseéis.

Al ver que la conversación derivaba hacia temas agrícolas, Sarah dijo:

—Señor Murphy, me alegro de volver a verlo. Aún debo darle las gracias por lo que hizo por mi hermana y por mí. Rob, te veré más tarde.

Les dedicó una sonrisa deslumbrante a todos los hombres, incluidos los conductores, y regresó a la casa.

Mientras caminaban hacia los graneros, Murphy se puso al lado de Rob.

—Su Excelencia ha dicho que también puedes quedarte con el caballo que yo he traído, si quieres. *Rojo* es un semental de primera categoría.

Rob se fijó en el caballo, un precioso animal de color castaño.

—¡Es magnífico! ¿Por qué iba a pensar Ashton que no iba a quererlo?

—Algunos hombres se sentirían insultados por la idea de que necesitan ayuda con su caballería —le explicó.

—Cualquiera que quiera insultarme con un caballo como éste, será bienvenido —contestó Rob con una sonrisa—. Esta vieja propiedad está haciendo lo posible por ponerse de nuevo en pie.

—Con unos cuantos grupos de cuatro patas, y algunos de dos —dijo Murphy con los ojos brillantes—. El año que viene tendrás bastante ganado nuevo.

—Y será aún mejor un año después.

Rob miró con admiración a los nuevos sementales. Las ovejas y las reses eran impresionantes, pero los conejos y las palomas constituían una buena fuente de carne, y los buenos gallos y los gansos podían mejorar la calidad de los huevos y de las aves de corral.

Acarició el cuello sedoso de su nuevo caballo. Ashton le había ofrecido un pago único y perfecto por la misión que él había llevado a cabo.

Capítulo *41*

*E*l ganado de reproducción no fueron los únicos animales en llegar. Una semana después, cuando Rob estaba familiarizándose con otras propiedades de Kellington, Sarah se dirigió a los establos para ir a montar.

Estaba buscando a Jonas cuando vio que Harvey, el hombre de confianza de Rob, había regresado de Irlanda y estaba cepillando a un poni alto en un compartimento. Como Sarah apenas lo conocía, le pareció una buena oportunidad para remediar aquello.

—Buenas tardes, señor Harvey. —Entonces reconoció al poni que él estaba cepillando—. ¡*Boru*! —exclamó encantada—. ¿Eres tú de verdad?

Mientras lo arrullaba le ofreció parte de una manzana que había llevado para el caballo capón que había pensado montar.

Harvey se tocó la gorra en un gesto de respeto.

—Rob me pidió que intentara encontrar a vuestro poni cuando terminara en Kilvarra. —Hizo un gesto con la cabeza hacia el siguiente compartimento—. También dijo que debería buscar otro poni que se adecuara a la señorita Bree.

—¡Qué belleza! —Sarah se apoyó en la puerta del compartimento y admiró al sereno poni moteado de color gris—. A Bree le va a encantar.

Harvey le dio unas palmaditas al animal en el cuello.

—Es una chica paciente. Adecuado para alguien que está aprendiendo.

—¿Cómo van las cosas en Kilvarra? —le preguntó Sarah—. ¿Hay aparceros interesados en emigrar?

Harvey asintió.

—Sí, algunos están deseando probar suerte en tierras nuevas. Ha sido una buena idea. También despedí al antiguo administrador y contraté al hermano del padre Patrick. Aunque todavía queda mucho por hacer, el futuro de los aparceros está mejorando.

Como ocurría en el castillo de Kellington, era un comienzo. Sarah observó a Harvey por el rabillo del ojo. Era algunos años mayor que Rob, enjuto y curtido. Tenía una expresión de inteligencia y un aire cansado de experiencia.

—¿Cómo se conocieron Rob y usted? —quiso saber—. Si no le importa que se lo pregunte.

Harvey se encogió de hombros.

—No me importa. Fue en la India. Yo era sargento en el ejército de la Compañía de las Indias Orientales. Una noche, después de haber bebido demasiado, me metí en un callejón donde había algunos lugareños a los que no les gustaban los extranjeros. Me atacaron y me habrían matado si yo no hubiera gritado. Rob me oyó y acudió para ver qué ocurría. Consiguió ahuyentarlos, y les hizo bastante daño. Por supuesto, me habían dejado en muy mal estado.

—¿Tan malo que tuvo que dejar el ejército? —preguntó ella con suavidad.

—Sí. —Harvey golpeó el suelo con su pata de palo—. Perdí la pierna por debajo de la rodilla. Casi morí cuando se me pudrió la herida. Rob se aseguró de que me curaran y después me ofreció trabajo cuando se hizo evidente que ya no podía servir en el ejército.

—Tal vez no pudiera servir en el ejército, pero entiendo que es muy bueno en otras cosas —comentó Sarah—. Rob lo aprecia mucho, como socio y como amigo.

—Es mutuo. —Harvey la miró con recelo—. ¿Sois vos lo suficientemente buena para él, milady?

Ella sonrió.

—Probablemente no. Pero estoy trabajando en ello.

Él ser rió calladamente y Sarah supo que, en el futuro, serían amigos.

Rob había planeado regresar de Devonshire al día siguiente, pero en lugar de eso siguió adelante en el viaje, ansioso por ver a Sarah. Era casi medianoche cuando Crowell y él llegaron. Con un brillo indulgente en los ojos, el administrador le dijo que se ocuparía de los caballos y envió a Rob a ver a su mujer. A él le parecía irónicamente divertido ser el cliché de un recién casado enamorado, pero no tenía sentido negar la realidad.

Cuando entró en la suite principal, se fue directamente al dormitorio de Sarah. Todavía no habían dormido en la habitación del conde. Entró en la estancia sin hacer ruido para que no se despertara sobresaltada. La luz tenue de una lámpara iluminaba lo suficiente como para ver a su esposa durmiendo inocentemente sobre el costado derecho, con la mano derecha debajo de la mejilla. Parecía un ángel dormido. Había serenidad en sus exquisitos rasgos y su trenza rubia le caía sobre el hombro.

—¿Sarah? —dijo él en voz baja.

Vio un rápido movimiento y de repente su esposa estuvo sentada en la cama, sujetando con firmeza una pistola amartillada con ambas manos y el cañón apuntándolo al pecho.

Rob se quedó paralizado, con las manos en el aire. Sobresaltar a una mujer aún medio dormida que lo apuntaba con un arma no sería nada sensato.

—Pensé que recibiría una bienvenida más cálida —dijo con su tono de voz más relajante.

Ella lo reconoció al instante y desamartilló el arma. Mientras la dejaba sobre la mesilla de noche, exclamó:

—¡Rob, lo siento! Cuando estás fuera tengo pesadillas. Sueño que los secuestradores vienen otra vez por mí.

Saltó de la cama para abrazarse a él. Rob la envolvió en sus brazos y notó que Sarah estaba temblando.

Se sintió el hombre más necio del mundo.

—Soy yo quien tiene que disculparse. No debería haberme ido, ¡y no debería haberte despertado! Te echaba tanto de menos que no quería estar alejado de ti ni un minuto más.

Ella levantó la cabeza y Rob la besó. La pasión los abrasó, rápida y estremecedora. Él la llevó en brazos a la cama y se tumbó a su lado. Se desabrochó frenéticamente los pantalones, sintiendo las manos, la boca y los dientes de Sarah por todas partes. Estaba tan ansiosa como él.

Se encontraba preparada, más que preparada, con el cuerpo caliente, húmedo y exigente cuando entró en ella. Sarah era su hogar, no ese montón de piedras. En Sarah encontraba paz, alegría y plenitud.

La culminación fue tan rápida e incontrolada como su unión. Adivinando que tendría marcas de uñas en la espalda, Rob giró hacia un costado y la abrazó con fuerza, jadeando para recuperar el aliento, con la mejilla presionada contra la de Sarah.

Ella dijo divertida:

—Bueno, ¡ha sido una buena manera de despertarse!

Rob se rió entre dientes.

—Lo siento. No pretendía violarte.

—Creo que la violación ha sido mutua. —Ella lo rodeó con sus brazos—. Aunque me he mantenido muy ocupada, te he echado de muchísimo de menos.

—Como yo a ti. Nunca había comprendido la locura de los recién casados. Me siento como un idiota… pero no lo haría de ninguna otra manera.

Le besó la sien.

—Yo tampoco.

Hizo un suave sonido que a Rob le recordó el ronroneo de un gato satisfecho.

—Odio la idea de tener que visitar otra casa solariega en unos días, pero debo hacer todo lo que pueda mientras el año no esté muy avanzado para que los cambios se conviertan en mejoras. —Suspiró—. Y también tendré que pasar en Londres algunos días. A lo mejor me veré en la necesidad de secuestrarte yo mismo.

—Es tentador, pero nada sensato. —Sarah pensó unos momentos—. ¿Qué te parece si después del cumpleaños de Bree nos vamos los tres a Londres? Tú puedes ocuparte de los negocios mientras yo le enseño la ciudad y la llevo a una modista. También me gustaría contratar a una institutriz para ella y para los hijos de los Holt. La señora Holt es una buena profesora, pero tiene que ocuparse de tantas tareas que se alegrará de liberárse de ésa.

—Me gusta la idea —reconoció él—. ¿Has encontrado profesores de la zona para las escuelas de la propiedad que quieres montar?

—He contratado a dos profesores para los niños pequeños, aunque todavía tengo que buscar un maestro y una maestra para los mayores. Preferiría que fuera gente de aquí. —Sonrió—. Estoy pensando en llamarlas las Escuelas Rurales Kellington, con el lema «Educación para todos».

Él se rió.

—Me gusta el nombre, pero no queremos que los padres se nieguen a traer a sus hijos porque teman que cojan una pulmonía por estudiar en malas condiciones.

—Supongo que tienes razón. —Sarah suspiró, feliz—. Hay muchas cosas que podemos hacer por muy poco dinero para mejorar las vidas de los aparceros. Un año de educación para todos los niños de la propiedad por menos de lo que vale un vestido de corte de una dama o un buen caballo de caza de un caballero deportista.

Mientras Rob le acariciaba la espalda, dijo lentamente:

—Empiezo a sentirme agradecido por las dificultades que he tenido en mi juventud, porque viví como lo hacen muy pocos aristócratas. He aprendido que la gente de todos los rangos sociales tiene esperanzas, miedos y sueños. Sienten felicidad y desesperación. Ahora estoy en posición de ayudar a algunas personas.

—Me pregunto cómo serías si te hubieras educado como el típico hijo pequeño de un aristócrata —dijo Sarah—. Mucho menos interesante, estoy segura. Me encantas tal y como eres.

—Es una suerte, porque estás unida a mí —respondió mirándola con ternura.

Se quedaron en un cómodo silencio durante unos minutos hasta que Sarah preguntó:

—¿Cómo está la propiedad de Buckthorne?

—Bastante descuidada, aunque la situación no es desesperada. Cuenta con un buen aparcero que se ha ocupado él mismo de muchos de los problemas menores. Se alegró mucho de saber que se van a hacer mejoras. Como no tengo que pagar la hipoteca, puedo invertir de nuevo en Buckthorne los ingresos de la propiedad. Debería ser rentable de nuevo en dos o tres años.

—Si eso también ocurre con las otras propiedades, en unos cuantos años serás muy, muy rico —comentó Sarah.

—Seremos muy, muy ricos. ¿No recuerdas que dije «con todos mis bienes terrenales te doto»? —Frunció el ceño—. Eso me recuerda que tenemos que redactar acuerdos matrimoniales, porque no lo hicimos antes de la boda. Partes para hijas y los hijos más pequeños y, para ti, dinero para emergencias y alguna propiedad en caso de viudedad. Cualquier cosa que sea conveniente.

—Una ventaja de todas esas propiedades no vinculadas es que se pueden dejar a las hijas y a los hijos más pequeños —comentó ella—. De esa manera, estarán cómodamente establecidos como aristócratas por derecho propio.

Él le acarició el costado y la cadera. Como Sarah no lo esperaba aquella noche, llevaba un camisón de franela, sencillo y recio. Aun así, seguía estando increíblemente cautivadora.

—Como hijo pequeño, habría agradecido más tener tierra en lugar de dinero.

—De todas formas, no la recibiste. Si hubieras tenido la escritura de una casa solariega, habrías poseído algo que tu familia no se habría podido llevar. —Se acurrucó más contra él—. Seremos mucho mejores padres de lo que fue tu padre.

—Eso espero. Sin embargo, tendré que aprender a hacerlo bien, porque no tengo ningún tipo de experiencia sobre cómo es un buen padre.

—Si necesitas un modelo, toma el de mi tío Peter, que fue un maravilloso padre para sus hijos y para mí —le sugirió—. O al padrastro de Adam, el general Stillwell. Sus hijos y sus hijastros lo adoran. Sin embargo, creo que lo harás bien. Estás haciendo un gran trabajo con Bree.

—Me alegro de que pienses así. —Pensó en sí mismo con remordimiento—. Pero puede que necesite ayuda para ser un marido adecuado y respetuoso. Estoy lleno de polvo del viaje y te he manchado, a ti y la cama.

—Hay una solución. —Sarah le sonrió con picardía—. ¡Démonos un baño!

Riendo, él saltó de la cama y la levantó en brazos para llevarla a la magnífica bañera. Ciertamente, era un hombre afortunado.

Capítulo 42

*E*s un día maravilloso para hacer un picnic —dijo Helen Broome mientras observaba las ruinas del castillo. Cerró los ojos y escuchó la explosión de las olas en los acantilados, acentuada por los penetrantes chillidos de las gaviotas—. Y, éste, un lugar muy tranquilo para hacerlo.

Sarah estaba de acuerdo. Las piedras antiguas se encontraban sobre una rica alfombra de verde hierba primaveral salpicada de alegres flores silvestres. Habían elegido un lugar tranquilo protegido del viento por muros de piedra por tres lados, y tras ellas se alzaba una colina.

En el cuarto lado, directamente enfrente de ellas, un pequeño cabo se metía en el mar. La mitad de la casa empleada para fabricar bebidas fermentadas colgaba peligrosamente sobre el borde, con restos de muros y pequeñas dependencias anexas dispersos artísticamente sobre la hierba.

La condesa viuda había viajado desde Bath para la ocasión, y se había sentado en una butaca de estilo Windsor que habían sacado de la casa para que estuviera cómoda. La anciana dijo con tono quejumbroso:

—¿No se suponía que el chico iba a estar aquí hoy? ¡Después de todo, es el cumpleaños de su hija!

Sarah se preguntó si Rob sabría que su abuela lo llamaba «el chico». Comparadas con la reacción inicial de la viuda ante su único nieto vivo, las palabras eran casi cariñosas.

—Kellington tiene un largo camino por delante para llegar a casa, pero dijo que estaría aquí a media tarde para unirse a nosotras.

Como Helen Broome y Ruth Holt, las otras carabinas, Sarah estaba sentada en una roca caída. Las seis chicas preferían echarse sobre mantas de manera informal.

Las cestas de picnic contenían sándwiches pequeños y elegantes y deliciosos hojaldres acompañados de té caliente y botellas de sidra agria del oeste del país. Era un festín para una cumpleañera que también estaba celebrando una vida nueva.

Bree se había sentido exultante al ver a Alice Broome y a sus otras dos amigas de Bendan. Las chicas habían escuchado embelesadas la romántica historia que les había contado sobre que su padre lord la había sumergido en un mundo de riqueza y lujo. Sus amigas eran buenas chicas y se alegraban de verdad por ella, aunque también tenían un poco de celos. Conocer al padre de Bree sería la guinda perfecta, así que Sarah esperaba que Rob regresara a tiempo para unirse a la fiesta.

Después de haber comido bien, la mayoría de las invitadas estaba disfrutando del sol y charlando. El Holt más pequeño estaba dormido en brazos de su madre y, como de costumbre, Bree estaba llena de energía. Se levantó de la manta.

—Sarah, ¿te gustaría ver algo más de las ruinas?

Sarah habría preferido quedarse al sol, pero no había visto gran cosa del lugar.

—Me encantaría. Si nos disculpáis…

Las otras les dijeron adiós con la mano alegremente. Sarah comenzó a seguir a Bree y le dijo:

—Confío en que no vayas al cabo que se está desmoronando. La otra mitad de esa casa de bebidas fermentadas está a punto de caerse.

Observó la tierra suspendida sobre el mar que se encontraba justo enfrente del castillo y se preguntó hasta dónde se habría extendido cuando éste se construyó.

Bree parecía un poco culpable.

—Ya he ido ahí una vez, pero sólo una.

Sarah puso los ojos en blanco.

—Me alegro de que el cabo no escogiera ese día para derrumbarse bajo tus pies. Por favor, ten cuidado. Las ruinas son peligrosas.

—Eso fue lo que dijo mi padre. Dijo que debería ir con otra persona cuando saliera a explorar. —Bree sonrió con picardía—. Por eso te he pedido que vinieras conmigo.

Sarah se rió.

—Está bien. Solamente he venido un par de veces, y no he explorado mucho. —Subieron un montículo cubierto de hierba y ella se hizo sombra con una mano para estudiar lo que había más allá, que parecía más un pueblo que un castillo—. Las ruinas son muy grandes, ¿verdad? Me sorprende que no se llevaran más rocas para construir en otra parte.

—La señora Holt dice que el pueblo quedó abandonado después de que murieran casi todos de la peste —le explicó Bree—. La gente no usa la piedra porque les parece que es un sitio que da mala suerte.

El camino discurría cerca del borde del acantilado. Sarah miró hacia abajo y vio un barco anclado entre el cabo que sujetaba la destartalada casa para fabricar bebidas fermentadas y otro cabo más grande que había al norte. La gran yola le resultó vagamente familiar, pero ella no era ninguna experta en barcos, a pesar de los esfuerzos que hacía Rob para instruirla. Se hizo visera con una mano sobre los ojos e intentó ver más detalles. Había varios hombres en cubierta, pero estaba demasiado lejos para vislumbrar mucho más.

Frunció el ceño mientras la invadía cierta sensación de inquietud.

—¿Los barcos suelen anclar aquí?

—A veces. —Bree observó la yola—. Son barcos más pequeños. Pescadores. Nunca había visto éste.

—¿Hay un camino que suba el acantilado desde aquí?

Bree asintió.

—Sube por la otra parte de ese cabo. Es bastante empinado, pero seguro. —Se le notaba el entusiasmo en la voz—. ¿Crees que ésos que hay ahí abajo son piratas? ¿O contrabandistas?

—No lo sé, pero tengo un mal presentimiento. ¿Podemos verlos más de cerca? Me gustaría ver si han subido por el acantilado.

Con los ojos brillantes, Bree guió a Sarah hacia un camino a nivel más bajo que discurría entre construcciones antiguas y desmoronadas.

—Al otro lado del pueblo hay un granero que aún se puede usar. ¡Sería condenadamente perfecto para los contrabandistas!

Tal vez, pero la mayoría de los contrabandistas estaba en las costas del este y del sur, no en la costa oeste de Gran Bretaña. Continuaron por el camino. Al final había una construcción robusta de piedra. Bree la señaló.

—Ahí está el granero.

Dos hombres aparecieron por el camino del acantilado llevando con esfuerzo una caja grande y pesada. Sarah cogió a Bree del brazo y tiró de ella para que quedara oculta por una casa caída en caso de que miraran hacia donde ellas estaban.

Esperó unos momentos antes de echar un vistazo desde detrás de la vieja construcción que las ocultaba. No había nadie a la vista. Susurró:

—Bree, voy a acercarme más para ver si esos hombres son peligrosos, pero no quiero que vengas conmigo.

Bree respondió con terquedad:

—Yo también voy. ¡Conozco estas ruinas mejor que tú!

Al ver que su hijastra parecía decidida, Sarah contestó:

—Muy bien. Pero debemos permanecer en silencio y tener cuidado. Esto no es un juego.

—Tendré cuidado —le prometió Bree—. Si nos escondemos tras las casas que hay al otro lado del camino, tendremos menos posibilidades de que nos vean.

—Tú primero.

Sarah volvió a echar un vistazo. No había nadie. Mientras corría por el camino detrás de Bree, deseó tener la libertad de los pantalones que había llevado en Irlanda.

Tal y como Bree había dicho, aquel lugar estaba más escondido.

La vieja construcción tenía muros de piedra, ventanas rotas y un tejado de paja que parecía bastante reciente. Sarah supuso que algunos aparceros de Rob lo usaban para guardar cosas.

Al acercarse, oyó voces. Voces familiares irlandesas. Se quedó helada, con el corazón latiéndole apresuradamente, y aferró el brazo de Bree para que se detuviera. Las dos oyeron con claridad:

—Ahora que estamos aquí, ¿cuánto vamos a tardar en ir por ese condenado detective y su puta?

Era la voz de Flannery, el líder del grupo que había secuestrado a Sarah. A ella se le encogió el estómago de miedo.

—Más respeto —replicó con ironía una voz de mujer. Hablaba como una inglesa bien educada con un ligero acento irlandés—. Ese condenado detective ahora es lord Kellington, y he oído que la puta es su condesa. —Se oyó un tinte de malicia en su voz cuando añadió—: Será un placer matarlos antes de ir por Ashton.

Bree miró a Sarah conmocionada; ya no pensaba que aquello fuera un juego. Abrió la boca para hablar, pero Sarah le puso una mano encima.

—Nunca he matado a un jodido lord inglés. —Esa vez era la voz de O'Dwyer—. Estoy deseando hacerlo.

—Tendrás que esperar tu turno, muchacho —oyeron que decía una voz ronca en irlandés—. Tengo un asunto pendiente con el detective. Después podremos hacer el primer saqueo del Free Eire en Inglaterra. Que la gente nos tema.

Oyeron otra voz, esa vez con un fuerte acento francés.

—Los irlandeses sois unos sanguinarios —dijo un hombre, divertido—. Eso es lo que nos gusta a mi jefe y a mí de vosotros. El Free Eire es un arma excelente para usar contra nuestro enemigo común.

La mujer volvió a hablar.

—Será más fácil atrapar al detective que a Ashton. Ese condenado duque tiene guardas por toda la propiedad.

—Kellington no —dijo el hombre de voz ronca—. Los lugareños hablan con libertad en las tabernas de aquí. Será fácil entrar en la casa por la noche. Después podremos aniquilar el pueblo. ¡Les meteremos a los jodidos ingleses en el cuerpo el miedo de los irlandeses!

—Está bien empezar con gente a la que ya conocemos y odiamos —comentó la mujer con malicia.

Sarah quería lanzarse contra ellos. ¿Esos brutos pensaban que matar a personas inocentes y desarmadas los convertiría en valientes héroes irlandeses? Solamente eran cobardes a los que les gustaba asesinar y elegían objetivos fáciles. Y los franceses estaban detrás del asunto, proporcionándoles dinero y armas para sembrar el terror. Un pacto perfecto: El Free Eire saciaba su deseo de matar y, los franceses, el de causar problemas en Inglaterra.

Oyeron ruidos de pisadas y una voz nueva:

—¿Dónde ponemos estos rifles?

—En la habitación del fondo, con la munición —replicó la voz ronca.

Con el corazón acelerado, Sarah estaba a punto de hacerle una señal a Bree para que se marcharan cuando vieron a un hombre moreno que parecía peligroso acercarse al granero por el camino que ellas habían usado antes. Sarah se lanzó al suelo y tiró de Bree hacia abajo para que hiciera lo mismo, rezando para que el hombre no las hubiera visto escuchando debajo de la ventana.

Debió de haber visto movimiento porque miró hacia donde estaban ellas, pero Sarah y Bree estaban ocultas tras la hierba alta que crecía alrededor del granero.

El hombre entró y anunció:

—Señor, me pidió que explorara las ruinas para asegurarnos de que no había nadie. ¡Resulta que están haciendo un jodido picnic en el castillo! Tres mujeres y media docena de chiquillas. ¿Las silenciamos? No me gustaría disparar un arma y alertar a los lugareños, pero podemos ocuparnos de ellas con la navaja. —Dejó escapar una risa desagradable—. Puedo hacerlo yo solo si nadie quiere venir conmigo.

Sarah ahogó un grito, incapaz de imaginar tanta crueldad. Pero entonces, sí que pudo.

La sugerencia del hombre fue acogida con el silencio, hasta que el francés dijo:

—Ya sabéis que el imperio apoya a los irlandeses en su búsqueda de justicia y libertad para liberarse de la opresión inglesa. Pero ¿de verdad queréis que vuestro primer golpe sea asesinar a mujeres indefensas y a niñas? Seguramente deberíais reservar ese honor para oponentes más valiosos.

El de la voz ronca intervino:

—Dices bien, Claude. Pero ¿y si nos descubren?

¡Claude! Debía de ser el hombre al que había oído mencionar cuando estaba cautiva en Irlanda. Ahí estaba la prueba de la participación francesa que Kirkland sospechaba.

—¿Por qué esperar para ver si nos descubren? —dijo el francés—. Estamos a alguna distancia del castillo y se supone que las chiquillas no van a llegar hasta aquí.

La mujer gruñó.

—¡No podemos permitir que nuestro ataque fracase por culpa de los remilgos!

Cuando empezaban a discutir, Sarah le susurró a Bree:

—Vuelve al picnic y llévate a todo el mundo. Después ve a la casa y consigue ayuda. Asegúrate de decir que hay varios hombres armados. Habrá que llamar a la milicia.

Rezó para que hubiera una milicia local y para que se la pudiera reunir con rapidez.

Bree frunció el ceño.

—¿Tú no vienes también, Sarah?

—Quiero escuchar un poco más. Si deciden venir por nosotros, quizá… quizá pueda hacer algo para retardarlos. —Al ver que Bree empezaba a responder, dijo con aspereza—: ¡No discutas! Tendré cuidado.

Bree se mordió el labio con miedo, pero asintió y se alejó. Sarah se quedó tumbada en la hierba escuchando la discusión y preguntándose cómo era posible que su vida se hubiera vuelto tan peligrosa.

La mujer salió del granero, hablando todavía de lo que debían hacer con todas ellas. La rebelde irlandesa era de mediana edad, atractiva... y Sarah la reconoció. Se trataba de Georgiana Lawford, a quien Adam había llamado tía Georgiana cuando era joven.

El año anterior, la viuda Georgiana había intentado asesinar a Adam para que su propio hijo, Hal, heredara el ducado. Casi lo había conseguido. Más de una vez. Cuando su sanguinario plan salió a la luz, Ashton la exilió a su hogar irlandés de la infancia, Ballinagh, en lugar de entregarla a las autoridades, lo que habría supuesto un escándalo humillante para toda la familia Lawford.

Por lo que Sarah sabía, no se había oído ni una sola palabra de Georgiana desde que había regresado a Irlanda. Parecía que había encontrado un grupo rebelde que se había convertido en el instrumento de su venganza. Eso lo explicaba todo, incluyendo el intento de secuestro de Mariah, que entonces estaba embarazada del hijo de Adam. Al impedirlo, Rob y Sarah también se habían convertido en sus objetivos.

Los compañeros de Georgiana también habían salido del granero a la luz del sol. El hombre de más edad le pasó un brazo alrededor de los hombros con un gesto posesivo, lo que claramente quería decir que eran amantes.

Furiosa, Sarah pensó qué podía hacer. Santo Dios, ¿y si Rob estaba llegando en ese momento a las ruinas del castillo para celebrar la fiesta de su hija? Aunque estuviera armado, no podría hacer nada contra el grupo de hombres de Georgiana.

Frunció el ceño y evaluó sus opciones. Los graneros solían tener puertas a ambos lados. Si las armas estaban en la habitación del fondo y sin vigilancia...

Se arrastró rodeando el granero hasta que los que había frente a la edificación no podían verla. Entonces se levantó y corrió hacia la parte trasera. Sí, había unas puertas dobles a ese lado.

Pensó en abrir una para mirar dentro, pero las viejas puertas de los graneros siempre chirriaban, y eso alertaría a cualquier persona que hubiera dentro. Aunque la ventana era demasiado alta para que pudiera mirar por ella, el antiguo muro de piedra le proporcionaba muchos puntos de apoyo para escalar y poder mirar en el interior. Era una suerte que hubiera trepado a tantos árboles de pequeña.

Rezando para que no la vieran, echó un vistazo por la esquina de la ventana sin cristal y no vio a nadie. Con mucho cuidado, levantó un poco más la cabeza y suspiró aliviada al ver que no había nadie en el interior. En la habitación vio unos cuantos fardos de paja mohosa del año anterior, varias herramientas oxidadas apoyadas en un rincón... y dos cajas grandes de madera que tenían toda la pinta de contener rifles. Junto a ellas había unas cajas cuadradas. ¿Pólvora? ¿Balas?

Con las manos mojadas de sudor, se elevó hasta pasar por la ventana y dio un pequeño salto hasta el suelo. Se acercó a las cajas en silencio. En cada una había palabras estarcidas en francés. Abrió la primera y encontró una docena de brillantes rifles nuevos.

Sacó uno y lo examinó. Era un arma mucho más elegante y mortal de la que ella había usado para aprender a disparar en la propiedad de su tío, pero el procedimiento era el mismo. Podría manejarlo.

Tal y como esperaba, las otras cajas contenían pólvora y balas. Deseó poder llevárselas para que los malditos invasores no tuvieran munición, pero pesaban demasiado. Había llevado su bolso por costumbre, así que sacó de él el peine y el pañuelo. Después metió un puñado grande de pólvora en el fondo y encima colocó tantas balas como cupieron.

¿Habría tenido el valor de encender la pólvora si hubiera llevado yescas en el bolso en lugar de un pañuelo? Ella saldría despedida por la explosión, pero también los bárbaros del Free Eire. Se alegró de no tener las yescas para no verse obligada a tomar esa decisión. Su nueva vida le gustaba demasiado como para querer perderla.

¿Cargaba el rifle ahora, o echaba a correr y lo cargaba cuando se hubiera alejado? Las ganas de huir eran muy fuertes, así que se dirigió a la puerta trasera, llevando el rifle con ambas manos. Casi había llegado cuando se abrió la puerta de la parte frontal y entró O'Dwyer, el más repugnante de sus captores.

Se le iluminó la cara con una expresión de placer malicioso cuando la vio.

—Bueno, bueno, bueno, ¡si es la falsa duquesita remilgada! —Dejó en el suelo la caja que llevaba y cerró la puerta a su espalda—. Me voy a divertir un poco contigo antes de llamar a los demás para que hagan lo mismo.

Ella retrocedió unos pasos lentamente hacia la puerta, deseando haberse tomado el tiempo para cargar el rifle. ¡Pero había tenido tantas ganas de salir!

—¿Qué está haciendo esta chica pequeña con un arma tan grande? —se burló—. Aunque supieras cómo cargarla, es condenadamente difícil apuntar a un hombre y disparar, por lo menos la primera vez. Tú sólo eres buena para una cosa, y yo la voy a disfrutar.

Mientras él acortaba la distancia que los separaba, ella pensó rápidamente. Podía intentar apalearlo con el rifle descargado, pero pesaba tanto que no sería capaz de moverlo con la suficiente rapidez como para darle un buen golpe. Él se lo quitaría fácilmente.

Así que dejó que se acercara.

—¿No vas a gritar, chiquilla? —dijo él con maldad—. Me gustaría que gritaras, aunque eso alertaría a los otros antes de que terminara.

Quiso agarrarla y ella levantó el rifle para golpearle en la cabeza. Sin embargo, lo único que consiguió fue perder el equilibrio.

Riéndose, él agarró el rifle con una mano. Sarah dejó que lo cogiera mientras seguía retrocediendo despacio, girando un poco a su derecha. Había media docena de herramientas viejas amontonadas en un rincón y cogió la más cercana.

Una horqueta herrumbrosa. Aterrorizada por las risotadas amenazadoras de O'Dwyer, le clavó la horqueta con toda la fuerza y la velocidad de la que fue capaz.

Él, pillado desprevenido, blasfemó e intentó levantar el rifle para bloquear el golpe, pero pesaba demasiado y fue demasiado lento. Las púas oxidadas de la horqueta se le clavaron en el cuello. Con los ojos muy abiertos por la sorpresa, O'Dwyer se tambaleó y cayó de espaldas. La sangre empezó a manar a borbotones de las heridas y un grito se le quedó ahogado en la garganta rota.

Sarah intentó no dejarse dominar por los nervios y levantó la horqueta, preparada para otro ataque, pero O'Dwyer no se levantó. Sólo se movió un poco y dejó escapar un estertor. Después… nada. Los ojos se le apagaron y la sangre siguió fluyendo lentamente en un reguero. No respiraba.

Entonces lo miró, temblando violentamente. *¡He matado a un hombre!*

Se inclinó hacia el suelo y vomitó los delicados sándwiches y los hojaldres sobre la paja mohosa.

¡Recobra la compostura, Sarah! ¡Vamos!

Se puso en pie con esfuerzo y se limpió la boca con el dorso de la mano. Después cogió el rifle y salió corriendo del granero.

El aire del exterior la ayudó a despejar un poco la cabeza. O'Dwyer tenía razón: atacar a otra persona con intención de herirla era duro, pero si alguien tenía que morir en ese granero, se alegraba de que no hubiera sido ella. Se encaminó a las ruinas del castillo, deseando haberse puesto unos zapatos más resistentes.

Estaba en un extremo del pueblo cuando oyó gritos furiosos tras ella. Habían encontrado el cuerpo de O'Dwyer.

Se quitó los zapatos y echó a correr.

Capítulo 43

Bree llegó jadeando a la zona del picnic. La quietud de las muchachas adormiladas y de las adultas parecía algo irreal. Se dirigió trastabillando a las tres adultas, su bisabuela y las dos esposas de los vicarios.

La señora Broome la vio primero.

—Bree, ¿ocurre algo? ¿Dónde está Sarah?

—¡Los secuestradores que se llevaron a Sarah de Ralston Abbey han vuelto! —Tomó aire para poder continuar—. Los rebeldes irlandeses. Quieren matar a todo el mundo en el pueblo para sembrar el terror entre los ingleses. Pero, sobre todo, quieren asesinar a Sarah y a mi padre por haberles causado problemas. Sarah me dijo que volviera para poner a todo el mundo a salvo.

Las mujeres la miraban asombradas. La señora Holt abrazó a su bebé, Stephen, con fuerza.

—¡Debes de estar bromeando! Esto… ¡Esto no tiene gracia, Bree!

—No es ninguna broma —dijo la condesa viuda con gravedad—. Está hablando en serio. ¿Dónde está Sarah?

Ahora Bree podía respirar mejor.

—Quería quedarse a escuchar para enterarse de sus planes y encontrar la manera de retrasarlos.

—¿Y cómo podría hacerlo? —dijo la señora Broome, espantada—. ¿Cuántos hombres son?

—No lo sé. Oímos a media docena o así. —Se encogió de hombros con impotencia—. Vimos su barco abajo, en la cala. Aunque no era grande, podría haber otra media docena más de hombres a bordo. —Sobre el sonido constante de las olas rompiendo en los acantilados se oyeron gritos procedentes de los atacantes—. ¡Joder, los desgraciados vienen por nosotras!

—Si es así, no conseguiremos ponernos a salvo antes de que nos alcancen —dijo la señora Broome. Habló con calma, pero el terror se reflejó en sus ojos al mirar a su hija y a las otras muchachas, que ya estaban bien despiertas y la miraban fijamente.

—El túnel. —Bree se pasó la lengua por los labios secos—. Hay un túnel en las ruinas que llega hasta la casa. He pasado por él varias veces; está lleno de barro, pero despejado. En cuanto estemos dentro, no nos encontrarán. —Se mordió el labio mientras miraba a la anciana—. No será un camino fácil.

—Conozco ese túnel de mis años de juventud —contestó la viuda con los ojos entornados—. Puedo hacerlo, pero será mejor que vaya la última para no retrasaros. —Se puso en pie—. Vamos, niñas. Vamos a vivir una aventura.

La señora Holt llevaba al pequeño, la señora Broome cogió a la siguiente niña más pequeña y Bree encabezó el camino a las ruinas. El túnel estaba oculto tras un muro parcialmente desmoronado en el antiguo sótano del castillo. Cuando llegaron a la pequeña entrada, Bree dijo:

—Como lo uso a menudo, he dejado velas y yescas en los dos extremos.

—¡Qué práctico! —exclamó la anciana con aprobación—. Enciende una.

Bree se arrodilló y hurgó en una abertura hasta encontrar las velas y las yescas. Le temblaban tanto las manos que necesitó media docena de intentos para encender la mecha húmeda de una de las velas. Con esa encendió otra para tener luz en ambos extremos de la comitiva.

La señora Broome dijo:

—Alice, coge una de las velas. Bree, tú conoces el túnel, así que enciende otra y corre todo lo rápido que puedas para buscar ayuda. ¡Vete ya!

Bree no necesitó que se lo dijeran dos veces. Protegió la vela con una mano, reptó para pasar por la entrada y después se incorporó, dando gracias de que el túnel fuera lo bastante alto para poder estar de pie. Después se internó en la húmeda oscuridad, rezando para conseguir ayuda a tiempo.

Si a Sarah le pasaba algo porque ella no había sido lo suficientemente rápida, nunca se lo perdonaría.

Rob se había resignado a ser un marido enamorado. Solamente había estado fuera tres días y echaba a Sarah de menos terriblemente. Estaba deseando reunirse con ella. Y también llevarlas a Bree y a ella a Londres en unos días. Quería enseñarle la ciudad a su hija y reunirse con sus viejos amigos de igual a igual.

Como había comenzado el viaje muy temprano, llegó a casa con tiempo para unirse al final del picnic de cumpleaños. Cuando iba de camino se detuvo en los establos, donde el poni de Bree estaba esperando tras pasar los últimos días en los establos de uno de los aparceros. Jonas había cepillado y ensillado a *Riona* y le había puesto un lazo en la melena. Rob estaba deseando ver la reacción de Bree cuando llevara al poni al picnic y se lo regalara a su hija.

Riona tenía una cara muy dulce y una expresión inteligente. Los ponis podían ser extremadamente listos, y estaba seguro de que Bree aprendería a montar con aquél.

Se encontraba a medio camino de las ruinas del castillo cuando vio movimiento junto al viejo almacén de hielo, que estaba medio enterrado junto a una colina. Una figura menuda y cubierta de barro salió de allí y echó a correr hacia él. La miró sorprendido. ¿Bree? Sí, era su hija, y parecía muy agitada.

Ajena al poni, se arrojó a los brazos de Rob, sollozando.

—¡Papá, papá!

¿Estaría tan alterada por haberse peleado con otra chica? Seguramente no. La rodeó con su brazo libre y le preguntó:

—Bree, ¿qué ocurre?

—¡Los hombres que secuestraron a Sarah han vuelto y quieren mataros a Sarah y a ti y a todo el mundo en el pueblo! —exclamó atropelladamente—. ¡Tienen una yola en la cala, y armas, y son horribles!

Santo Dios, ¿quién habría previsto algo así?

—¿Dónde está Sarah? ¿Y tu bisabuela y tus amigas?

—Sarah y yo oímos a esos desgraciados hablar... Están en el granero en el otro extremo del pueblo. Ella se quedó a escuchar más y me envió con las demás. Están en el túnel. —Señaló hacia el almacén de hielo mientras jadeaba. Aunque tenía el rostro lleno de suciedad y marcas de lágrimas en las mejillas, había recuperado la compostura—. Me enviaron por delante para conseguir ayuda.

—¡Buena chica! Aquí tienes tu regalo de cumpleaños. —La agarró por la cintura y la subió al lomo—. Corre a casa y cuéntale a Jonas lo que pasa para que reúna a la milicia local. Él es sargento del escuadrón y sabrá a quién más llamar. Dile que se dé prisa y que se asegure de que todo el mundo va armado. ¿Lo has entendido?

Ella asintió. Y, por fin, se fijó en el poni.

—¿Para mí?

—Sí, se llama *Riona*. Y ahora, ¡vete!

Con el corazón acelerado, él corrió hacia las ruinas del castillo. *¡Por favor, Dios, no permitas que le ocurra nada a Sarah! ¡Si alguien tiene que morir, que sea yo!*

Pero si él podía hacer algo al respecto, nadie de Kellington saldría herido aquel día.

Cuando Sarah llegó a la zona del picnic, todas las invitadas habían desaparecido, dejando las mantas y las cestas desperdigadas y la butaca estilo Windsor de la condesa. Echó un vistazo a su alrededor y no vio a nadie. ¿Habrían escapado por el túnel del que Rob le había hablado una vez? Eso esperaba.

No tenía ni idea de dónde estaba, pero no importaba, porque no iba a marcharse. Aunque no tuviera el valor de volar ella también por los aires, podía resguardarse en terreno elevado y retrasar a esos demonios asesinos si aparecían por donde ella estaba.

Escaló el montículo de tierra y piedras caídas que se apoyaba contra el alto muro que había tras la zona del picnic. La tierra que había en el extremo más alejado del muro estaba bastante nivelada y había un banco de madera para que los visitantes pudieran sentarse y disfrutar de la magnífica vista del mar.

A través de dos ventanas sin cristal tenía una vista imponente del pequeño cabo que había frente a las ruinas. Era el lugar perfecto para disparar y ocultarse. Un tirador experimentado controlaría toda la zona que tenía por abajo, incluyendo una buena parte del camino del acantilado, y ella era una tiradora muy hábil.

Jadeando por el esfuerzo hecho al trepar, abrió su bolso y colocó las balas y la pólvora en ordenados montones sobre el banco. Después estudió la zona que había por debajo. Seguramente los villanos seguirían el camino del acantilado, porque llevaba directamente a la zona del picnic.

Aunque nunca había cazado de pequeña porque no le gustaba matar, había superado a todos sus primos en puntería. Aquel día era diferente. Sintió una furia violenta y primitiva. Ella era lady Kellington, y usaría sus habilidades para defender a sus amigos, a su familia y su tierra.

Cuando los rebeldes llegaran a la zona del picnic, ya abandonada, estarían a tiro, a no más de cuarenta y cinco metros. Con un par de tiros certeros, podría llevarlos hasta el cabo y arrinconarlos allí durante un rato. Dado lo escarpado de la pendiente, ninguno sería capaz de cargar contra ella para atacarla sin ser disparado.

Apretó los labios y practicó cargando el rifle varias veces. Siempre había sido rápida haciéndolo, y en ese momento necesitaba esa habilidad.

¿Debería disparar para atraer la atención? No, podría venir a investigar cualquier habitante del pueblo desarmado y se vería metido en una trampa mortal. Tampoco quería avisar a los del Free Eire de que estaba allí, de que tenía un rifle y de que sabía cómo usarlo.

Cargó el arma una última vez. Después, esperó.

Cuando sólo habían pasado unos minutos, vio aparecer a cinco hombres y a una mujer. Caminaban con arrogancia, seguros de que no había ninguna amenaza en aquel lugar tan tranquilo. Todos los hombres llevaban rifles.

Georgiana Lawford caminaba a grandes zancadas junto al hombre fornido, que era su amante y el otro líder del grupo. Cuando Sarah había conocido a Georgiana en sociedad el año anterior, había pensado que era bastante estirada y malhumorada, pero no había visto en ella ninguna locura oculta.

Ahora la locura había brotado como una especie de belleza salvaje y peligrosa. Iba toda vestida de negro, excepto por un pañuelo de brillante color rojo sangre que llevaba al cuello y que ondeaba tras ella con el viento. Parecía Morrigan, la diosa irlandesa de la guerra, la sangre y la muerte.

Sarah esperó hasta que estuvieron justo enfrente de ella. Se tomó su tiempo para apuntar el rifle al hombre taimado que había querido cortarles el cuello a las muchachas.

O'Dwyer tenía razón: era muy difícil apuntar un arma a otro ser humano. Pero también había tenido razón al decir que el primer asesinato era el más difícil. Ella ya había matado a un hombre ese día y, si iba a intentar matar a otro, no se le ocurría un objetivo mejor que alguien deseoso de asesinar a unas jóvenes.

Se tomó su tiempo para apuntar bien, apoyando el cañón del rifle en el alféizar de piedra de la ventana. Calculó la desviación por los vientos racheados del mar...

¡Buuuuum! La explosión resonó mientras el rifle le golpeaba el hombro con fuerza.

El asesino de niñas se desplomó en el suelo. Mientras sus compañeros gritaban y miraban a su alrededor buscando de dónde procedía el disparo, Sarah volvió a cargar el arma rápidamente.

Acalló con ferocidad el horror que sentía ante tal violencia. La gente que tenía delante estaba dispuesta a matar inocentes y merecían que les disparara.

Apuntó al hombre que tenía más cerca. Se movió cuando apretaba el gatillo, así que la bala sólo lo rozó, pero gritó y dejó caer su rifle.

Satisfecha consigo misma, lo cargó de nuevo y volvió a disparar. Otro herido.

¡Sí! Tal y como había esperado, los cinco que seguían en pie se retiraron al cabo para refugiarse tras los muros de las construcciones en ruinas. Uno de los hombres, creía que era Flannery, averiguó su situación y devolvió el fuego. La bala rebotó en la pared que había sobre ella.

Sarah se agachó y cargó el rifle. Había otra ventana a unos tres metros y medio hacia abajo, en el muro. Se movió hacia ella y volvió a disparar, agachándose inmediatamente.

Más balas se incrustaron en el muro que tenía delante. Una piedra del borde superior de la pared se desprendió y casi la golpeó. Ella la esquivó, disparó y se ocultó tras el borde de la ventana. ¿Durante cuánto tiempo podría contenerlos?

Cuando terminó de cargar de nuevo el rifle, oyó un ruido detrás de ella. Aterrorizada por que uno de los rebeldes hubiera conseguido arrastrarse hasta colocarse a su espalda, se dio la vuelta con el rifle preparado.

—Deberías dejar de apuntarme con armas de fuego —dijo Rob amablemente, quedándose totalmente quieto—. Hace que un hombre no se sienta querido.

—¡Rob! —Lo vio detrás de ella, alto, tranquilo y competente, y sintió alivio al saber que ya no estaba sola. Dejó caer el rifle y se arrojó a sus brazos—. ¡Oh, Robin, tenía miedo de no volver a verte nunca!

Rob la besó con fuerza y después la apartó de él, mirándola sin inmutarse.

—Oí disparos y vine por detrás. ¿Cuál es la situación?

Ella recuperó la compostura y se pasó una muñeca mugrienta por los ojos para atajar las lágrimas que amenazaban con salir.

—Georgiana, la tía de Adam, está detrás de todo. Su amante y ella son los líderes del Free Eire. Con ellos hay un francés que probablemente les haya proporcionado los rifles y la munición. Parece que quieren sembrar el terror en Inglaterra masacrando a aldeanos inocentes, y Georgiana los ha convencido de que empiecen aquí, por nosotros.

Rob blasfemó por lo bajo.

—En su momento comprendí por qué Ashton no quiso que su tía se enfrentara a la ley, pero me pregunté si su compasión no se volvería contra él.

—No creo que nadie hubiera adivinado que ella llevaría a cabo una venganza tan monstruosa —dijo Sarah, y se estremeció.

Él asintió y miró por la ventana. Una bala golpeó la pared y Rob retrocedió.

—Parece que los has arrinconado en el cabo. ¡Bien hecho! ¿Cuántos son?

—Cuatro hombres armados y Georgiana, creo. Debe de haber más en la yola. No sé si del barco han venido más. Yo diría que no. —El pánico que había estado reprimiendo afloró de nuevo—. No... No sabía cuánto tiempo podría contenerlos.

—Eres realmente asombrosa, princesa. —Le cogió la mano y ella sintió su calidez—. Y ya no estás sola. Como solamente hay un rifle, ¿puedo relevarte?

—¡Por favor! —Ahora que Rob estaba con ella, se había puesto a temblar y probablemente no podría volver a cargar el arma, y mucho menos disparar con precisión—. Toma, está cargada.

Él aceptó el rifle y miró por una ventana. Sólo necesitó un instante para apuntar, disparar y volver a agacharse mientras otros rifles le devolvían el fuego.

—Los franceses hacen armas buenas y precisas. —Mientras volvía a cargar, levantó la voz y gritó—: ¡Rendíos! ¡Estáis atrapados y el escuadrón de la milicia viene de camino!

Georgiana Lawford le contestó, también gritando:

—¿Carmichael? ¡No veo a ninguna milicia!

—¡No pienso entregarme a la justicia inglesa! —oyeron que decía el de la voz ronca—. ¡Asoma la cabeza, muchacho, para que pueda volártela!

—Estamos en un punto muerto —dijo Sarah con voz temblorosa—. Los hombres de la milicia necesitarán tiempo para llegar y, cuando lo hagan, cargar contra el cabo sería un suicidio.

—Puede que los rifles no sean la solución.

Rob echó un rápido vistazo por la ventana para mirar la pendiente que había por debajo y que llevaba al cabo.

Después retrocedió para inspeccionar la pared y empujó algunos de los bloques irregulares de piedra.

—Este muro está a punto de caerse, como han hecho otros en el pasado. Si empujamos por la parte derecha, que parece menos estable, puede que creemos una pequeña avalancha para darles a Georgiana y compañía algo más de lo que preocuparse. ¿Lo intentamos?

Sarah sonrió torciendo la boca.

—Dime dónde tengo que empujar. Pero no esperes gran cosa.

—Cualquier cosa que hagas ayudará.

Cogió con la mano la pólvora que quedaba, la volvió a meter en el bolso de Sarah y lo dejó en el suelo. Después levantó el banco de madera y lo apoyó de manera horizontal a lo largo de la pared a un metro por encima del suelo para aumentar el área que se vería afectada.

—Empuja por la izquierda y veamos lo que ocurre. ¿Preparada? Uno, dos, ¡tres!

Empujaron con fuerza a la vez. Él estaba concentrado en mover el muro, clavando los talones en el césped. Ella hizo lo mismo y sintió algo de movimiento. Volvieron a empujar y sí, el muro se tambaleó. Una tercera vez.

Al cuarto empujón la mitad derecha de la pared cedió abruptamente y las piedras comenzaron a caer por la empinada pendiente. Rob tiró de Sarah hacia atrás para que no cayera detrás de las piedras por la colina y ambos se mantuvieron agachados, por si alguien les disparaba.

Como quería ver lo que había ocurrido, Sarah miró con cuidado por otra ventana, que quedaba en una parte mucho más pequeña del muro.

—¡Santo Dios!

Rob se unió a ella y juntos vieron como las piedras que habían tirado golpeaban otros muros que había más abajo, arrastrando con ellas muchas más piedras que formaron una avalancha demoledora. Sarah no se había dado cuenta de lo empinada que era la pendiente, ni de cuánta velocidad podrían alcanzar las piedras que rodaban por ella.

Los rebeldes del Free Eire gritaron asustados al ver la avalancha de piedras que se dirigía hacia ellos. Un hombre se puso en pie, pero fue golpeado al instante por las rocas, que chocaron contra los muros bajos que ya no les ofrecían ningún tipo de protección.

La propia tierra tembló. Después, con un ruido semejante al de un trueno, el cabo se desplomó y arrojó al mar las construcciones en ruinas y a los asesinos.

Capítulo 44

Rob le pasó a Sarah un brazo alrededor del cuerpo mientras ambos observaban el mar, que parecía estar en ebullición. Una torre de agua estalló en el aire, seguida de un montón de espuma y de enormes olas cuando el mar agitado se tragó el vasto trozo de tierra, los restos de las construcciones anexas del castillo y a los monstruos que habían aparecido para masacrar a su familia y a sus amigos.

Sarah preguntó con la voz rota:

—¿Crees que ha sobrevivido alguien?

Él miró hacia el caos de agua y piedra.

—No.

Rob sabía que el cabo estaba debilitado después de tantos años sufriendo el embate de las olas y el mal tiempo, pero no había esperado ser el responsable de que se desmoronara. Solamente había tirado el muro con la esperanza de complicar la situación. Nunca había imaginado… aquello.

Pero no lo sentía.

Sarah dijo mientras señalaba:

—¿Ves la yola en la que vinieron los hombres? Creo que es la misma que usaron para llevarme a Irlanda. Están izando las velas para marcharse.

La yola estaba cabeceando por el oleaje que había creado el acantilado al caer.

—Hacen bien. Como sus líderes están muertos, lo único inteligente es retirarse. Imagino que ahora lo que queda del Free Eire se disolverá y sus miembros se unirán a otros grupos que no tienen ninguna razón personal de venganza contra Ashton o contra nosotros. —Miró el rostro pálido de Sarah—. Si quieres ceder al histerismo, adelante. Te has ganado el derecho a hacerlo.

—Me siento bien ahora que estás aquí, pero ¡oh, Dios, Rob! ¡No quiero vivir ninguna otra aventura más en toda mi vida!

Como si fuera una marioneta a la que hubieran cortado los hilos, Sarah cayó en la hierba. Su bonito vestido de verano de color pálido estaba manchado de hierba y suciedad y se le había soltado el cabello. Parecía una niña que hubiera estado jugando con sus primos y que se hubiera caído de un árbol más que una mujer que había contenido sin ayuda a una banda de asesinos.

Su indómito polluelo dorado. Rob sentía una ternura imposible de contener y otras emociones que no conseguía identificar. Deseaba envolverla en sus brazos y protegerla del mundo. Quería tumbarse y hacerle el amor apasionadamente. Quería…

Contuvo todas esas emociones y se sentó en el suelo, a su lado, pasándole un brazo por los hombros.

—Esto me recuerda que las princesas descienden de reyes guerreros y se pueden convertir en princesas guerreras. ¿Cómo conseguiste el rifle y las balas?

—Los robé de donde los tenían almacenados, en la habitación trasera del viejo granero. —Señaló hacia el pueblo en ruinas—. Estaba a punto de irme cuando… —Tragó saliva con esfuerzo, casi incapaz de hablar—. O'Dwyer, el más canalla de los secuestradores, entró. Quería violarme y pasarme a los demás hombres para que hicieran lo mismo. Cuando alargó la mano para coger el rifle, que no estaba cargado, le dejé que lo hiciera mientras yo cogía una herramienta oxidada que había en un rincón.

—¿Lo dejaste fuera de combate con una pala? —sugirió Rob cuando a ella se le quebró la voz.

Sarah se tensó.

—Lo que cogí fue una horqueta. Cuando lo golpeé con ella, él... murió.

—¡Oh, Sarah!

Se giró para abrazarla. Ella se ocultó bajo su brazo, estremeciéndose por los sollozos.

—Eso no es todo —continuó mientras se esforzaba por recobrar la compostura—. También disparé al hombre que quería cortarles el cuello a las chicas y a las otras mujeres. He... He matado a dos hombres hoy.

Él maldijo entre dientes.

—¡Debería haber estado aquí! No deberías haber tenido que enfrentarte sola a una panda de asesinos. —La abrazó con fuerza—. Aunque has hecho un trabajo increíble ocupándote de ellos.

Ella levantó la cabeza y le sonrió levemente.

—Las mujeres somos buenas haciendo lo que hay que hacer.

—Es cierto. Pero a pocas se les pide que defiendan a su gente usando la violencia. Y menos aún lo habrían hecho tan eficazmente como tú.

Se dio cuenta de que estaba temblando por dentro. La idea de perder a Sarah era tan horrenda que no quería ni pensarlo.

Sarah lo era... todo. Le provocaba esa pasión embriagadora que había descubierto con Bryony cuando la pasión era algo nuevo y milagroso. Tenía la inteligencia y las mismas cualidades de compañera de Cassie, y también la misma testarudez. Todo dentro de esa inefable envoltura propia de Sarah.

Él le explicó con torpeza:

—Cuando mi antigua compañera me dejó, dijo que los dos éramos demasiado independientes, incapaces de necesitar a nadie ni nada, de enamorarnos. Entonces tenía razón. —Pasó los dedos por un lado de la cara de Sarah—. Estaba tan acostumbrado a vivir de esa manera que apenas me di cuenta de que te necesitaba más que respirar. Necesito tu risa, tu bondad y tus capacidades. Necesito estar contigo porque, si no, el mundo parece medio muerto. Te amo, Sarah. Ahora y por siempre, amén. —Le levantó una mano y se la besó—. No tienes que responderme nada. Sólo… quédate conmigo y sé mi esposa durante toda la vida.

Sarah se mordió el labio y las lágrimas le asomaron a los ojos.

—No conocía el poder del matrimonio, Robin. No conocía los lazos que se crean con la intimidad física, ni siquiera el simple hecho de compartir una cama. Tampoco sabía que, con el día a día, crear una vida juntos hace que dos personas dejen de ser «tú y yo» para convertirse en «nosotros» mientras nos enfrentamos al mundo como si fuéramos uno solo. —Levantó una mano de Rob y se la apretó contra la mejilla—. El verdadero amor es poner el alma propia en manos de otro. Tú tienes mi alma, Rob. Te amo, ahora y siempre.

Levantó la cabeza y él la besó, impresionado por la sinceridad y la dulzura de Sarah. Era su amada, su compañera, su amiga y su vida.

Su esposa.

Epílogo

Kellington House, Londres, mayo de 1813

Sarah entró en el vestidor de Rob y dijo:

—¿Estás preparado para el baile de la viuda «Mi nieto el nuevo conde no es tan espantoso como afirmaba la familia»?

Él se rió mientras se miraba en el gran espejo, haciéndose un ligero ajuste en los puños.

—Por el bien de su propio orgullo, tiene que demostrar en público que me apoya. No puede admitir que el nuevo conde es una deshonra para el apellido familiar.

—Es cierto, aunque también se está encariñando contigo. —Sarah se rió por lo bajo—. He contado por lo menos media docena de veces en las que ha mencionado que te pareces a tu abuelo, y eso quiere decir que, sin duda, te aprueba.

—Después de haber visto retratos de mi abuelo, tengo que suponer que el parecido es más mental que físico. Pero es bueno que los Carmichael presenten en sociedad un frente unido.

Dejó de mirarse en el espejo y se giró, satisfecho con su aspecto.

Sarah abrió mucho los ojos cuando pudo ver bien a su marido, que llevaba prendas de tarde perfectamente confeccionadas a medida. La chaqueta de color azul oscuro hacía que su espalda fuera más amplia que nunca a la vez que resaltaba el azul de sus ojos, y los pantalones acentuaban sus potentes muslos. Parecía un lord. Un hombre con autoridad e importante, atractivo y con el punto justo de vestir a la moda.

—Cielo santo, ¿es éste el sinvergüenza de mala fama que me llevó por media Irlanda?

A Rob, divertido, le brillaron los ojos.

—Tienes ante ti el resultado de permitir que Ashton me llevara a su propio sastre.

—Como Adam es universalmente conocido por ser uno de los caballeros mejor vestidos de Londres, no se puede criticar el resultado. —Sarah rodeó a su marido, admirándolo—. Y tu nuevo y delictivo ayuda de cámara parece estar haciéndolo bien. Tienes un aspecto espléndido y ni siquiera ha robado todavía la plata de los Carmichael.

—Cuando Smythe vino a la entrevista y me reconoció, casi salió corriendo, pero era el ladrón mejor vestido que he atrapado en mi vida y, desde entonces, ha adquirido experiencia válida como ayuda de cámara —explicó Rob—. Ya que jura que ahora está del lado de los buenos, pensé que sería un buen *valet* y que me entendería mejor que la mayoría.

—Hay cierta lógica en que un ladrón reformado sirva a un antiguo detective —se mostró de acuerdo Sarah—. Y si va por el mal camino, ¿lo perseguirás tú mismo?

—Exacto. —Rob le agarró la mano para que dejara de dar vueltas a su alrededor—. Aún no me has dado la oportunidad de decirte lo increíblemente hermosa que estás.

—Ya viste este vestido cuando nos casamos —dijo, e hizo una elegante reverencia acompañada del crujido de sus faldas de color marfil y de seda dorada.

—Sí, pero entonces parecías a punto de salir huyendo de la iglesia. Desde que has decidido quedarte, cada día estás más preciosa.

Rob se inclinó hacia delante para darle un ligero beso que no arrugara el vestido.

—Con los cumplidos no vas a conseguir nada. —Se inclinó hacia él para recibir el beso—. Mmm... ¿Podemos saltarnos el baile y encerrarnos en el dormitorio?

—Esta noche no, princesa —contestó justo en el instante en el que su reloj daba la hora—. Es el momento de recoger a Bree y de hacer nuestra entrada triunfal.

Por lo general, una chica tan joven como Bree no asistiría a un baile, pero Rob había insistido en que fuera presentada en sociedad junto con el nuevo conde y su condesa para demostrar que era una hija muy querida en la familia. La condesa viuda sólo había protestado de manera simbólica por lo inapropiado que era; en realidad, ya estaba bastante embobada con su bisnieta.

Cuando Rob abrió la puerta que daba al pasillo, escucharon el murmullo de conversaciones, risas y la música que subía del piso inferior. Bree se unió a ellos. En su cara se reflejaba toda la emoción que sentía. Sarah habría jurado que la muchacha había crecido más de dos centímetros y que había ganado años de madurez desde su cumpleaños. Iba camino de convertirse en un diamante de primera categoría.

—¡Estás preciosa, Bree! Pero, por favor, no crezcas demasiado rápido.

Rob asintió.

—Odiaré el momento en el que los pretendientes empiecen a pedir tu mano. No querré dejarte ir.

Bree se rió con nerviosismo, pareciendo de nuevo una muchacha de doce años.

—No me casaré hasta que sea muy mayor. Por lo menos, hasta los veinticinco.

—Te tomo la palabra. —Rob levantó el brazo derecho—. ¿Lady Kellington? —Sarah lo agarró y él le ofreció el brazo izquierdo a su hija—. ¿Señorita Carmichael? —Bree tomó el brazo, orgullosa—. ¡Vamos, mis damas! Nos enfrentaremos juntos a la sociedad londinense.

Caminaron hasta el comienzo de la enorme escalera, que era lo suficientemente amplia para los tres. A los pies estaba la condesa viuda, a la que se le iluminó la cara cuando vio a su familia. Lucía el brillo de los diamantes y parecía una verdadera gran dama de la alta sociedad.

La condesa había planeado muy bien su entrada. Cuando Sarah descendió las escaleras del brazo de Rob, vio a muchos amigos sonriéndoles entre la multitud de personas que los miraban. Mariah y lady Kiri, y sí, también estaba lady Agnes Westerfield, la querida directora de Rob.

De repente, Sarah se dio cuenta de dos cosas: aquella noche, por fin y por completo, Rob había aceptado que era el conde de Kellington, el cabeza de familia y un poderoso hombre de negocios. Rob nunca dejaría de lado sus deberes.

En cuanto a ella misma, se dio cuenta de que durante muchos años había ido a la deriva, adaptándose cómodamente en lugar de esforzarse por conseguir los sueños que había creído que nunca alcanzaría: un hogar feliz, un marido amante y, si Dios lo quería, hijos.

Observó el perfil fuerte y tranquilo de Rob. Él también la miró y le sonrió con complicidad.

Ella le devolvió la sonrisa de manera radiante. No le extrañaba que hubiera pasado tantos años sin encontrar un hombre con el que quisiera casarse.

Había estado esperando al perfecto sinvergüenza.

www.titania.org

Visite nuestro sitio web y descubra cómo ganar
premios leyendo fabulosas historias.

Además, sin salir de su casa, podrá conocer
las últimas novedades de
Susan King, Jo Beverley o Mary Jo Putney,
entre otras excelentes escritoras.

Escoja, sin compromiso y con tranquilidad,
la historia que más le seduzca
leyendo el primer capítulo de cualquier libro
de Titania.

Vote por su libro preferido y envíe su opinión
para informar a otros lectores.

Y mucho más...